Kim Vogel Sawyer
Mein Herz bleibt bei dir

KIM VOGEL SAWYER

MEIN HERZ
BLEIBT BEI DIR

SCM Hänssler

SCM
Stiftung Christliche Medien

Dieses Werk einschließlich aller seiner Teile ist urheberrechtlich geschützt. Jede Verwendung außerhalb der engen Grenzen des Urheberrechtsgesetzes ist ohne vorherige schriftliche Einwilligung des Verlages unzulässig und strafbar. Das gilt insbesondere für Vervielfältigungen, Übersetzungen und die Einspeicherung und Verarbeitung in elektronischen Systemen.

© der deutschen Ausgabe 2012
SCM Hänssler im SCM-Verlag GmbH & Co. KG · 71088 Holzgerlingen
Internet: www.scm-haenssler.de; E-Mail: info@scm-haenssler.de

Originally published in English under the title: In Every Heartbeat
© der Originalausgabe 2010 by Kim Vogel Sawyer
Published by Bethany House, a division of Baker Publishing Group,
Grand Rapids, Michigan, 49516, U. S. A.
Cover art used by permission of Bethany House Publishers.
All rights reserved.

Die Bibelverse sind, wenn nicht anders angegeben, folgender Ausgabe entnommen:
Lutherbibel, revidierter Text 1984, durchgesehene Ausgabe in neuer Rechtschreibung,
© 1999 Deutsche Bibelgesellschaft, Stuttgart.

Übersetzung: Ulrike Chuchra, M. A.
Umschlaggestaltung: OHA Werbeagentur GmbH, Grabs, Schweiz;
www.oha-werbeagentur.ch
Satz: Satz & Medien Wieser, Stolberg
Druck und Bindung: CPI – Ebner & Spiegel, Ulm
Gedruckt in Deutschland
ISBN 978-3-7751-5355-3
Bestell-Nr. 395.355

Für meine Seelenschwester Sabra.
An vielen Punkten unterscheiden wir uns stark,
aber Gott hat es geschenkt, dass wir Freundinnen
geworden sind. Dafür bin ich sehr dankbar.
Du bedeutest mir viel!

»Denn die Torheit Gottes ist weiser, als die Menschen sind, und die Schwachheit Gottes ist stärker, als die Menschen sind.«

1. Korinther 1,25

1

Chambers, Missouri
September 1914

Nur keine Tränen.

Libby Conley ließ die Schranktür vor ihren spärlichen Habseligkeiten zuschnappen und drehte sich schnell zu ihrer Mentorin und Freundin um. »Na gut, ich glaube, das war's dann.« Ihre Kehle war wie zugeschnürt und ihre Stimme klang eine Oktave höher als sonst. Sie würde Maelle so sehr vermissen!

Sie zwang ihre bebenden Lippen zu einem Lächeln. »Vielen Dank, dass ihr die Jungs und mich zum College gebracht habt. Es war so schön, im Zug eure Gesellschaft zu haben. Aber …« Sie hob die Hände in die Luft und reckte das Kinn. »Ich schätze, jetzt seid ihr mich los.«

Maelle Harders ließ ihren Mann stehen und nahm Libby fest in die Arme. Libby schloss die Augen und ließ die Umarmung zu, erwiderte sie jedoch nicht. Wenn sie sich jetzt an Maelle festhielte, würde sie sie womöglich nie mehr loslassen.

»Wir sind dich los? Ach, Quatsch.« In Maelles kräftiger Stimme schwang ein humorvoller Ton mit. »Ich denke, wir werden dich wiedersehen.« Sie ließ Libby los und zwickte sie leicht ins Kinn, eine liebevolle Geste, die aus Libbys Kindheit übrig geblieben war. »Schließlich werdet ihr – du, Pete und Bennett – in knapp sechs Wochen bereits wieder nach Shay's Ford zurückkommen, wenn Matt heiratet. Mattie wird alle seine Trauzeugen benötigen.«

Libby nickte. Die Gewissheit, dass sie bald wieder in der Waisenschule sein würde, die in den vergangenen acht Jahren ihr Zuhause gewesen war, hatte ihr gestern geholfen, sich von den Leitern des Hauses, Aaron und Isabelle Rowley, zu verabschieden. Eine vorübergehende Trennung konnte Libby ertragen, aber sie sagte niemals Lebewohl, wenn sie davon ausging, dass es ein dauerhafter Abschied war. Sie hatte nicht vor, Lebewohl zu Maelle zu sagen, dem liebsten Menschen, den es für sie auf der Welt gab, obwohl sie wusste, dass es bald ein Wiedersehen geben würde. Sie *verabscheute* das Wort *Lebewohl*.

»Ich werde ganz bestimmt dabei sein. Ich freue mich schon auf das Tanzen nach der Trauung deines Bruders.« Libby hob ihren nagelneuen Rock und machte ein paar schnelle Tanzschritte, bis der braune Stoff über dem Schaft ihrer stabilen Lederstiefel wirbelte. Sie hatte vor, mit Bennett zu tanzen und auch mit Petey, obwohl er mit seinem Holzbein ein bisschen unbeholfen war.

»Es wird großartig.« Maelle lächelte und um ihre goldbraunen Augen bildeten sich kleine Fältchen. Sie legte ihre Hand in Jacksons Armbeuge und strahlte zu ihm auf. »Genauso schön wie die Feier nach unserer Trauung.«

Libby senkte den Blick auf die Spitzen ihrer neuen Schuhe, als die Blicke zwischen Maelle und Jackson intensiver wurden. Obwohl man sie keinesfalls mehr frisch verheiratet nennen konnte – ihre Hochzeit war sofort nach Jacksons Rückkehr von seiner Amtsperiode in Missouri vor fünf Jahren gewesen –, hatten die beiden nur Augen füreinander. Libby musste sich eingestehen, dass sie eine gewisse Eifersucht gespürt hatte, als Jackson nach Shay's Ford zurückgekehrt war. Bis dahin hatte sie Maelle für sich allein gehabt. Sie schloss die Augen und ließ einen vertrauten Tagtraum aufsteigen.

»Du wirst also wirklich meine Mutter?« Das Glücksgefühl, das in Libbys Innerem explodierte, brach als freudiges Kichern hervor.

Maelle strich Libby das wilde Haar aus dem Gesicht. »Ja, natürlich. Ich habe mir immer eine Tochter gewünscht und kann mir keine bessere vorstellen als dich, Libby.«

Libby warf sich Maelle in die Arme. »Ach, ich bin so glücklich, dass du mich adoptierst! Danke!«

»Nein, ich möchte dir danken, mein Liebes.« Maelle legte ihre Wange auf Libbys Scheitel und die Berührung fühlte sich warm und tröstlich an. »Du hast mich zur glücklichsten Mutter der Welt gemacht …«

Ein Räuspern vertrieb die Fantasiebilder. Libby hob den Kopf und merkte, dass Maelle und Jackson sie angrinsten. Jackson sagte: »Entschuldige bitte, Libby.« Er legte seinen Arm um Maelles Taille. »Manchmal verliere ich mich im betörenden Blick meiner reizenden Frau und vergesse, dass es auch noch andere Menschen auf der Welt gibt.«

Maelle schüttelte den Kopf und ihre ungebändigten braunen Locken hüpften dabei. »Meine Güte, was du für Sachen sagst …« Aber der zärtliche Blick, den sie Jackson zuwarf, stand im Widerspruch zu ihrer sanften Zurechtweisung.

Libby presste die Lippen fest aufeinander, als ihr Zorn wuchs. Warum hatten Maelle und Jackson sie nicht adoptiert? Als Libby zehn Jahre alt gewesen war, hatte sie Maelle gebeten, ihre Mutter zu werden. Maelle hatte ihr liebevoll erklärt, dass sie Libby das Vorrecht gönnen wollte, mit Mutter *und* Vater aufzuwachsen. Aber dann war Jackson zurückgekehrt. Er und Maelle hatten geheiratet, und nicht einmal dann hatten sie Libby adoptiert.

Jetzt war es zu spät. Niemand hatte Libby im Alter von zehn Jahren haben wollen, warum sollte also jemand – selbst Maelle, die behauptete, sie wirklich zu lieben – eine Achtzehnjährige adoptieren? Sie würde nie das Glück erleben, Maelle *Mama* zu nennen, so wie sie es sich ersehnte.

Maelle wandte sich an Libby. »Sollen wir schauen, wo die Jungs sind? Ich vermute, dass Bennett inzwischen Hunger haben wird.«

Jackson streckte die Hand Richtung Tür aus und Libby ging schnell an ihm vorbei. Als sie aus dem Zimmer eilte, stieß sie im Flur beinahe mit zwei Mädchen zusammen. Sofort erinnerte sie sich an Isabelle Rowleys Lektionen über gutes Benehmen und entschuldigte sich automatisch.

Die beiden musterten Libby von oben bis unten, bevor sie einen schnellen hochmütigen Blick wechselten. Die größere der beiden sagte: »Du musst langsamer gehen.«

»Oder zumindest aufpassen, wenn du dein Zimmer verlässt«, ergänzte die zweite.

Libby verschränkte die Arme vor der Brust. »Ich habe mich entschuldigt. Und es ist ja nicht so, als hätte ich die Absicht gehabt, euch umzurennen. Es war einfach ein ungünstiges Zusammentreffen.«

Die größere öffnete den Mund, doch bevor sie etwas sagen konnte, traten Maelle und Jackson in den Flur. Das Mädchen überlegte es sich anders, fasste die Kameradin am Ellbogen und eilte mit ihr zur Treppe.

Mädchen! Libby hatte sich nie gut mit anderen Mädchen verstanden. Sie waren zu hochnäsig, zu zimperlich oder zu albern. Der herablassende, tadelnde Ton der Mädchen im Flur hatte zu sehr nach der Gründerin des Waisenhauses geklungen. Wie oft hatte Mrs Rowley mit Libby geschimpft, weil sie sich in Tagträume flüchtete oder undamenhaft auf Bäume kletterte oder Frösche fing? Mit der Zeit hatte Libby Mrs Rowley ins Herz geschlossen, aber sie hatte sich nie völlig von ihr angenommen gefühlt. Mit Mädchen konnte man keinen Spaß haben. Außer mit Maelle.

Libby verschränkte die Hände unter dem Kinn und schenkte Maelle ihren flehendsten Blick. »Kann ich nicht mit dir und Jackson nach Shay's Ford zurückkehren?«

Verwirrt runzelte Maelle die Stirn. »Warum solltest du das wollen? Du hast dich so darauf gefreut, auf die Universität zu gehen.«

Das war vor meinem Zusammenstoß mit Hochnäsig eins und zwei. Libby griff nach Maelles Arm. »Wenn ich zu alt bin, um in der Waisenschule zu bleiben, könnte ich mir eine Stelle bei der Zeitung besorgen oder vielleicht sogar als deine Assistentin arbeiten.« Sie konnte mit Maelles Kamera umgehen. Sie hatte so viel Zeit in Maelles Fotostudio verbracht, dass sie sich dort genauso zu Hause fühlte wie in ihrem Zimmer im Waisenhaus.

»Libby, du weißt doch, dass es dich nicht glücklich machen würde, in meinem Studio zu arbeiten.« Maelles Stimme war freundlich, doch bestimmt. »Du wolltest immer Schriftstellerin werden. Gott muss diese Tür für dich geöffnet haben, denn hier bist du genau am richtigen Ort, um das Handwerk des Journalismus zu lernen. Nicht jedes College in Missouri lässt weibliche Studenten zum Journalismus-

Studiengang zu, aber hier an der University of Southern Missouri können Frauen Seite an Seite mit Männern lernen.«

Libby wusste bereits, dass sie eine großartige Chance erhalten hatte, obwohl sie das Stipendium nicht so sehr Gott zuschrieb, sondern eher Mrs Rowleys Begabung, überzeugende Briefe zu schreiben. Wie sehr hatte sie sich darauf gefreut, von ausgezeichneten Professoren angeleitet zu werden und zu lernen, wie man die Worte so setzte, dass sie die Gefühle der Leser anrührten! Maelle hatte das Fotografieren durch die Praxis gelernt, demnach könnte Libby das Verfassen von Zeitungsartikeln sicher ebenfalls durch Praxis lernen. »Ich weiß, aber ...«

»Wenn Gott eine Tür öffnet, muss man hindurchgehen. Sonst verpasst man den Segen, den er einem zugedacht hat.« Sanft nahm Maelle Libbys Hand von ihrem Arm. »Außerdem hat sich meine Schwester so große Mühe gegeben, um diese Stipendien für dich, Pete und Bennett zu bekommen. Überleg doch mal, wie enttäuscht Isabelle wäre, wenn du all das einfach wegwerfen würdest.«

Libby biss sich auf die Unterlippe. Mrs Rowley war vor Aufregung fast schwindelig geworden, als sich ein Spender bereit erklärte, die ersten Schulabgänger des Waisenhauses finanziell zu unterstützen – es war der Trostpreis dafür, dass sie nie adoptiert worden waren. Sie hatten ihr, Pete und Bennett endlose Vorträge darüber gehalten, dass sie diese großartige Chance nutzen sollten. Nein, Isabelle Rowley wäre nicht glücklich darüber, wenn Libby nach Shay's Ford zurückkäme.

Sie seufzte. »Ich fürchte, du hast recht.«

Jackson trat einen Schritt vor. »Es ist verständlich, dass du ein bisschen Angst hast, Elisabet. Das ist eine große Veränderung für dich – du verlässt dein Zuhause und triffst neue Menschen. Als ich von Shay's Ford wegging, um Jura zu studieren, hatte ich Heimweh und fragte mich, ob ich die richtige Entscheidung getroffen hatte. Es dauerte eine Weile, aber schließlich lebte ich mich ein.«

Andächtig lauschte Libby Jacksons aufmunternden Worten. Würde ein Vater genauso mit ihr reden?

Er lächelte und drückte sie leicht am Oberarm. »Also wart's ab. Ich wette, dass es dir hier in einem Monat so gut gefällt, dass du nicht einmal zu einem Wochenendbesuch weg möchtest.«

Libbys Mund wurde trocken. Nicht mehr den Wunsch haben, nach Shay's Ford zurückzukehren, nicht einmal für einen Besuch – könnte das College eine solche Veränderung bei ihr bewirken? »M-meinst du wirklich?«

Maelle zog Libby sanft an einer herabhängenden Locke. »Die Gelegenheit, dich zu bilden, solltest du niemals vergeuden. Nicht jeder hat so eine Gelegenheit.«

Libby wusste, wie sehr Maelle es bedauerte, so wenig Bildung genossen zu haben. In ihrer Kindheit war sie im Wagen eines Fotografen von Staat zu Staat gereist und hatte das Fotografieren als Handwerk gelernt. Obwohl sie sich ein gutes Leben aufgebaut hatte, hatte sie Libby immer ermutigt, fleißig zu lernen und Gebrauch von den Bildungsmöglichkeiten zu machen, die die Waisenschule ihr bot. Libby war es viel wichtiger, Maelle nicht zu enttäuschen, als Mrs Rowley zufriedenzustellen.

»Na gut. Ich werde es versuchen.«

»Prima.« Maelle lächelte und bei dieser Anerkennung wurde es Libby warm ums Herz. »Du wirst merken, dass es keinen Grund gibt, sich zu fürchten.«

Libby hob das Kinn. »Ich fürchte mich nicht.«

Maelles Lächeln blieb unverändert. »Das weiß ich, Libby.« Sie legte Libby den Arm um die Schultern. »Auf geht's, schauen wir, wo die Jungs sind, damit wir uns verabschieden können. Jackson und ich werden unseren Zug verpassen, wenn wir uns nicht bald aus dem Staub machen.«

Als Libby, Maelle und Jackson über den dicken Grasteppich auf das prächtige steinerne Gebäude zumarschierten, in dem sich der Speisesaal befand, seufzte Libby erleichtert auf. Wenigstens würde sie hier in Chambers nicht allein sein. Ihre langjährigen Kameraden Petey Leidig und Bennett Martin waren ebenfalls hier auf dem Campus der University of Southern Missouri. Diese vertrauten Gesichter aus dem

Reginald-Standler-Heim für verwaiste und verlassene Kinder würden ihr helfen, das Heimweh niederzukämpfen, das ihr den Magen zusammendrückte. Allerdings waren Petey und Bennett Jungen und hatten andere Studienfächer, was bedeutete, dass sie alle in verschiedenen Häusern wohnten. Es würde nicht mehr so sein wie im Waisenhaus, wo sie auf verschiedenen Stockwerken unter einem Dach gelebt hatten.

Sie näherten sich dem Speisesaal und Jackson streckte den Finger aus. »Ist das Pete dort auf der Terrasse?«

Petey musste sie zur selben Zeit entdeckt haben, denn er hob winkend die Hand und kam auf sie zugestapft. Der Wind hob die frisch geschnittenen Strähnen seines dicken blonden Haars. Dank des neuen Haarschnitts und dem brandneuen Nadelstreifenanzug wirkte er so würdevoll wie Jackson, der Anwalt war. Libbys Herz hüpfte vor Stolz über ihren Freund. Aufgrund seines Holzbeins – die Folge eines Unfalls in seiner Kindheit – hinkte er, aber das störte Libby nicht. Er zeigte kein Selbstmitleid, deshalb hatte sie nie das Gefühl gehabt, ihn bedauern zu müssen. Er war einfach Petey, ihr bester Freund und Vertrauter.

Als sie sich auf einem sonnigen Flecken in der Mitte des Hofs trafen, fragte Libby: »Wo ist Bennett?«

»Er ist schon hineingegangen.« Petey zog eine Augenbraue hoch. »Du weißt ja, wie er ist, wenn es ums Essen geht … Er sagte, er könne nicht warten.«

Jackson lachte und in den Winkeln seiner dunklen Augen bildeten sich lustige Fältchen. »Das ist okay. Du kannst ihn von uns grüßen.« Er streckte die Hand aus und schlang den Arm um Peteys Hals. Die beiden Männer drückten sich und klopften sich gegenseitig auf den Rücken. »Pass gut auf dich auf, Pete.« Jackson löste sich aus der Umarmung und warf ein neckendes Lächeln in Libbys Richtung. »Und behalte auch unser Mädchen im Auge.«

Libbys Herz schlug höher, weil er sie »unser Mädchen« genannt hatte. Ach, wenn sie doch wirklich *ihr* Mädchen wäre!

»Pass auf, dass sie keinen Unfug macht«, fügte Jackson hinzu.

Petey lachte in sich hinein. »Als wenn ich das könnte! Niemand kann Libby zähmen.«

Libby schnaubte und sah die beiden finster an. »Also, ehrlich! Als müsste mich jemand *zähmen*.« Sie schüttelte den Kopf und wandte sich Maelle zu. Ein großer Klumpen hing ihr in der Kehle. Sie wollte nicht, dass Maelle ging. Ihre Lippen zitterten, aber es gelang ihr, ein schwaches Lächeln aufzusetzen. »Ich wünsche euch eine gute Heimreise.«

Tränen glänzten in Maelles Augen, aber sie blinzelte sie weg. »Und du lern eifrig, damit wir alle stolz auf dich sein können.«

»Das werde ich. Versprochen.«

Maelle drückte Libby fest an sich und diesmal erwiderte Libby die Umarmung. Maelles Schultern bebten – weinte sie? Maelle weinte nie, sie war stark, genau wie Libby. Dann hörte Libby ein Schniefen an ihrem Ohr. Maelle weinte tatsächlich. Der Drang, ebenfalls zu weinen, brannte wie Feuer, aber Libby kniff die Augen fest zu, um ihm nicht nachzugeben. Sie würde nicht weinen. *Nein, auf keinen Fall!*

Jacksons Stimme platzte in die Szene. »Maelle, wir müssen los.«

Maelle drückte Libby noch einmal fest an sich und trat dann zurück. Libby schlang sich die Arme um den Leib und blinzelte heftig. Maelle öffnete ihren Mund, doch bevor sie Lebewohl sagen konnte, stieß Libby hervor: »Wir sehen uns dann in sechs Wochen bei der Hochzeit.« Sie packte Petey am Arm. »Komm, wir gehen. Ich habe Hunger.«

2

Pete drückte sich den Arm fest an die Rippen und ließ sich nicht von Libby wegziehen. »Warte. Ich will mich ordentlich von Jackson und Maelle verabschieden.«

Libby stieß ein kleines ärgerliches Schnauben aus, aber Pete beachtete es nicht. Er war an Libbys Schnauben gewöhnt. Es war das einzige mädchenhafte Verhalten, das sie an den Tag legte, und es war harmlos. Er blieb stehen und sah Jackson und Maelle nach, bis sie die hohe Steinmauer erreicht hatten, die das Campusgelände umgab. Wie er es vermutet hatte, hielten sie dort an und drehten sich um. Sie winkten beide.

Petey winkte mit hoch erhobener Hand zurück. Eine lebhafte Erinnerung kam ihm in den Sinn: wie er vor dem Mietshaus seiner Familie stand, zum Fenster starrte und darauf wartete, dass jemand hinausschaute und zum Abschied winkte. Er hatte stundenlang dort gestanden, doch nie hatte jemand gewunken.

Er nickte Libby zu. »Siehst du? Wie wäre es für sie gewesen, wenn sie zurückgeblickt und festgestellt hätten, dass niemand ihnen nachschaut?«

»Traurig.« Libbys Ton entsprach ganz ihrer kurzen Antwort und schien das Gefühl aufzunehmen, das er selbst im Herzen trug. Sie winkte flüchtig und zog wieder an seinem Arm. »Na gut, jetzt hast du sie ordentlich verabschiedet. Lass uns endlich essen gehen.«

Pete lachte, als er sich dem Speisesaal zuwandte. Er musste kleine Sprünge mit seinem Holzbein machen, um mit ihr Schritt halten zu können. »Ich habe noch nie erlebt, dass du so auf eine Mahlzeit aus warst. Du musst vom Verstauen deiner Sachen Hunger bekommen haben. Aber mach ein bisschen langsamer, sonst kippe ich noch um.«

Sie blieb so abrupt stehen, dass er fast nach vorn fiel. Er sah auf sie herunter und wollte sich beschweren, aber die Tränen, die in ihren samtbraunen Augen glitzerten, hielten ihn davon ab. Er hatte Libby noch nie weinen sehen – nicht damals, als sie vom Baum gefallen war und sich am Kinn verletzt hatte, auch nicht, als Bennett sie aus Versehen mit einem selbst gebastelten Baseball hart getroffen hatte, und nicht einmal dann, als sie sich eine Tracht Prügel eingehandelt hatte, weil sie am Rosenspalier des Schulwohnheims hochgeklettert war.

Besorgt legte er seine Hand auf ihre. »Libby, was ist los?«

Sie gab keine Antwort, sondern wandte sich von ihm ab und blickte über den Campus. »Ich habe meine Meinung geändert. Ich … ich glaube, ich könnte keinen Bissen herunterbringen. Ich werde stattdessen einen Spaziergang machen.« Mit entschlossenem Schritt marschierte sie los und schwang die Arme beim Gehen mit.

»Warte!« Pete trabte ihr nach, wobei er immer zweimal auf seinem gesunden Bein und einmal auf seinem Holzbein hüpfte. Selbst nach jahrelanger Übung mit dem hölzernen Ersatz für Fleisch und Blut drückte es noch schmerzhaft in seine Hüfte, wenn er sich zu schnell bewegte. Er verzog das Gesicht, holte Libby jedoch ein. Er fasste nach ihrem Arm und zwang sie anzuhalten. »Was ist los? Sag's mir.« Über die Jahre war er zum Mitwisser ihrer Geheimnisse geworden, sie hatte ihm ihre Sorgen und Enttäuschungen anvertraut. Er wartete gespannt auf eine Antwort. Doch zu seiner Überraschung blieb sie stur.

»Nichts ist los. Ich will einfach nur spazieren gehen. Geh du zum Essen.« Sie versetzte ihm einen kleinen Schubs. »Bennett hält dir vermutlich einen Platz frei. Also geh jetzt.«

Obwohl sein Magen hungrig grummelte, schüttelte Pete den Kopf. »Nein. Du weißt doch, dass Bennett alles andere vergisst, wenn er Essen vor sich hat. Er wird nicht einmal merken, dass ich nicht da bin. Stattdessen werde ich dich begleiten.«

Sie schürzte die Lippen und einen Moment lang dachte Pete, sie würde ihn wegschicken. Aber schließlich stieß sie ein weiteres leises Schnauben aus. »Na gut. Gehen wir. Hier entlang.« Die Arme vor dem Körper verschränkt und den Kopf gesenkt schlug Libby die entgegengesetzte Richtung zu dem Pfad ein, den Jackson und Maelle vorher genommen hatten. Ab und zu trat sie gegen einen Stein. Ihre

Bewegungen wirkten fahrig, fast unkontrolliert, und ließen ihre übliche Anmut vermissen. Obwohl Pete sich wunderte, dass sie so aufgewühlt war, stellte er keine Fragen. Er hatte die Erfahrung gemacht, dass es manchmal am besten war, Libby in ihrem Zorn schmoren zu lassen. Irgendwann würde sie Dampf ablassen und dann wüsste er, was los war.

Sie gingen einen von Bäumen gesäumten Pfad entlang, der an einer ungemähten, stellenweise von Wildblumen übersäten Wiese endete. Libby blieb stehen und schaute nach links und rechts, als überlege sie, welche Richtung sie einschlagen solle. Er wartete geduldig auf ihre Entscheidung und achtete darauf, nicht herumzuzappeln, obwohl das Stillstehen den Schmerz in seiner Hüfte verschlimmerte. Egal welche Richtung sie wählte, er würde ihr folgen.

Sie runzelte die Stirn und senkte den Kopf. »Was ist das?« Sie bewegte sich vorwärts und ihre Füße zertraten das dreißig Zentimeter hohe Gras. Pete ging ihr nach, den Blick auf die glänzenden Locken ihrer schwarzen Haare gerichtet, die ihr fast bis zur Taille reichten. Sie hielt so plötzlich an, dass er fast mit ihr zusammengestoßen wäre.

Sie verschränkte die Hände unter ihrem Kinn und lachte erfreut auf. »Wir haben es gefunden!«

Er schaute umher und konnte nichts Bedeutsames entdecken. »Was haben wir gefunden?«

»Das Fundament.« Libby hüpfte nach vorn und ging dann in die Hocke. Mit der Hand strich sie über eine grobe Steinmauer, die nur ein paar Zentimeter hoch war. Das hochgewachsene Gras und die vielen Wildblumen hatten sie verdeckt. Pete stützte die Hände in die Hüften und betrachtete die grauen verwitterten Steine, die ein großes Rechteck bildeten.

»Weißt du noch, was Mrs Rowley erzählt hat?« Aufregung schwang in Libbys Stimme mit. »Das Originalgebäude der Universität brannte in den späten 1870er-Jahren nieder; man beschloss, ein neues Gebäude näher an der Straße zu errichten, statt wieder auf den alten Fundamenten aufzubauen.« Ihr Blick folgte der steinernen Linie und auf ihren vollen Lippen lag ein staunendes Lächeln. »Aber es ist immer noch hier, tief auf den Erdboden geduckt, wie eine geheime Festung für Streifenhörnchen oder Eichhörnchen.« Ihre Stimme nahm einen verträumten Klang an und Petey wusste, dass sie in eine ihrer Fantasiewelten abglitt.

Mit einem kleinen Kichern stieg sie auf die Grundmauer und streckte die Arme aus. Pete griff automatisch nach einer Hand und ihre Grübchen zeigten sich, als sie lächelte. Sie hielt sich an seinen Fingerspitzen fest, setzte einen Fuß vor den anderen und lief die gesamte Länge der kleinen Mauer ab, das Kinn gereckt, einen ernsthaften Ausdruck auf dem Gesicht. Während er sie beobachtete, musste Pete unwillkürlich lächeln. Libby hatte so eine Art, gewöhnlichen Augenblicken den Glanz des Besonderen zu geben.

Sie erreichte die Ecke, sprang herunter und machte einen übertriebenen Knicks. Sie lachte und drehte sich dann wieder zu der Mauer um. Ernüchtert tippte sie sich mit dem Finger ans Kinn. »Es ist irgendwie traurig, dass dieses prachtvolle Gebäude heruntergebrannt und verschwunden ist und dass nur noch diese paar Steine geblieben sind, oder etwa nicht? Ich wünschte, ich hätte es sehen können, als es noch stand.« Ihr Blick hob sich langsam und Petey wusste, dass sie versuchte, sich das Gebäude vorzustellen. Er blieb still und gestattete ihr diesen Moment der lautlosen Innenschau. Wenn sie genug von ihrer Träumerei hatte, würde sie sich wieder anderen Dingen zuwenden und er würde ihr folgen. Wie immer.

Nach einigen langen Sekunden stieß sie ein tiefes Seufzen aus und drehte sich in die andere Richtung um. Plötzlich riss sie die Augen weit auf und schnappte nach Luft. »Petey!« Sie rannte zu der Lichtung zwischen den Bäumen.

»Was ist?« Hinkend trat er neben sie und sah in ihr verwundertes Gesicht.

»Ach … schau nur!« Sie zeigte auf den Weg, den sie gekommen waren. Ihre Augen schienen hin und her zu huschen. »Siehst du, wie die Bäume den Weg überdachen? Und wie die Sonne sich zwischen den Blättern hindurchstiehlt und den Pfad mit Licht sprenkelt? Er ist völlig übersät mit Sonnen- und Schattenflecken. Wie entzückend!«

Sie lachte und klatschte in die Hände. »Sieht er nicht wie ein verzauberter Weg aus?«

Pete klopfte mit dem Holzbein auf den Boden. Auf diese Weise kämpfte er gegen das Gefühl der Taubheit in seinem fehlenden Körperteil an. »Ein verzauberter Weg?«

Sie knuffte seine Schulter, wie sie es damals, als sie jünger gewesen waren, immer gemacht hatte, wenn er sie geärgert hatte. Doch sie grinste ihn dabei an. »Mach dich nicht über mich lustig.«

Er streckte beide Hände nach oben. »Tue ich nicht. Du hast recht. Es ist … bezaubernd.« Aber seine Augen blieben fest auf ihr Gesicht gerichtet. Sonnenstrahlen schlüpften durch die Zweige über ihnen. Sie brachten Glanz in ihr Haar und einen Schimmer in ihre Augen. Wenigstens waren die Tränen daraus verschwunden.

Er runzelte die Stirn. »Libby? Vorhin warst du den Tränen nahe. Warum?«

Der fröhliche Ausdruck verschwand mit einem Mal von ihrem Gesicht. »Ich weine nie.«

»Das weiß ich. Deshalb mache ich mir ja Sorgen.«

Sie warf ihm einen verwunderten Blick zu. »Du machst dir wirklich Sorgen um mich?«

Er zuckte die Achseln. »Na klar. Schließlich sind wir … sind wir Freunde, oder nicht?« In letzter Zeit fiel es ihm schwer, mit Libby nur befreundet zu sein. Ein Teil von ihm − der größere Teil, wie ihm bewusst war − sehnte sich danach, sie zu beschützen, sie mit kleinen Geschenken und zärtlichen Worten zu überschütten, ihr zu sagen, dass er sie für die faszinierendste Frau hielt, die Gott jemals in die Welt gesetzt hatte. Aber er hielt diese Worte zurück. Libby war so unabhängig und hatte so hochtrabende Pläne für eine erfolgreiche Zukunft. Er konnte in keiner Weise mit ihren Träumen konkurrieren. Sie wollte große Städte bereisen und Artikel schreiben, mit denen sie die Aufmerksamkeit bedeutender Zeitungsverleger auf sich zog. Sein Leben war bewahrt worden, damit er Gott diente. Warum sollte sie auf die Chance verzichten, groß herauszukommen, um stattdessen die Frau eines einbeinigen Pfarrers zu werden?

Sie legte eine Hand auf seinen Arm. »Du musst dir keine Sorgen um mich machen. Ich hatte einen vorübergehenden Anfall von Melancholie. Ich war noch nicht bereit, mich von Maelle zu trennen.« Ihr Kinn zitterte einen Moment lang, aber sie biss die Zähne aufeinander und ihre braunen Augen funkelten entschlossen. »Jetzt geht es mir wieder gut, wie du sehen kannst. Außerdem sollten wir wahrscheinlich zu unseren Wohnheimen zurückkehren. Wenn wir an unserem ersten Tag auf dem Campus zu spät zur Nachtruhe kommen, wird das den Lehrern nichts Gutes verheißen.«

Pete bot ihr den Arm an. Mit einem kleinen Kichern hakte sich Libby bei ihm unter und er eskortierte sie den von Bäumen gesäumten Weg zum Hauptteil des Campus zurück. Sie gingen schweigend, was Pete nicht störte. Im Gegensatz zu vielen anderen Mädchen im Waisenhaus schien Libby nicht ständig plappern zu müssen, um sich wohlzufühlen. Das schätzte er an ihr. Als Mann konnte er einfach mit ihr zusammen sein und musste sich nicht abmühen, sie zu beeindrucken.

Er verkniff sich ein Lachen, als er daran zurückdachte, wie sie früher für ihn ganz selbstverständlich zu den Jungen gehört hatte. Isabelle Rowley, die förmlichste, korrekteste Frau, die er kannte, hatte Libby niemals erlaubt, Jungenhosen zu tragen, egal, wie oft sie darum bettelte. Aber selbst in einem Kleid und mit einer Anmut, wie kein Junge sie beherrschte, hatte Libby nie mädchenhaft gewirkt. Mit wehenden dicken schwarzen Zöpfen hatte sie bei Wettrennen Schritt gehalten, ebenso hohe Bäume erklommen und beim Messerwerfen ihr Ziel mit erstaunlicher Genauigkeit getroffen.

Doch eines Tages, kurz nach ihrem sechzehnten Geburtstag, hatte er sie angesehen und festgestellt, wie schön sie war. Er hatte es ihr auch gesagt. Sein Arm hatte noch zwei Tage lang wehgetan von dem Schlag, den sie ihm versetzt hatte. Er würde es ihr nicht noch einmal sagen. Aber sie konnte ihn nicht davon abhalten, es zu denken.

»Na so was, Claude, schau dir das an. Wir haben uns ein paar Turteltäubchen geschnappt.«

Instinktiv drückte Pete seinen Arm fest an den Körper, sodass Libbys Hand zwischen seinem Ellbogen und Brustkasten eingeklemmt war. Er hoffte, der Druck würde sie veranlassen, den Mund zu halten. Zwei junge Männer stolzierten mit übermütigem Grinsen auf sie zu. Sie trugen die gleichen Jacken mit dem Emblem ihrer Studentenverbindung. Daran erkannte Pete, dass sie Collegestudenten waren. Sein Magen zog sich ängstlich zusammen. Jackson hatte ihm von den Schikanen erzählt, die Studienanfänger erwarteten. Pete hatte nicht die Absicht, einer Studentenverbindung beizutreten, deshalb hatte er gehofft, dieser Tradition zu entgehen. Aber der Ausdruck auf den Gesichtern der Männer ließ ihn vermuten, dass sie entschlossen waren, ihren Spaß mit ihm zu haben.

Die beiden hielten direkt vor Pete an. Breitbeinig, die Hände auf die Hüften gestützt, versperrten sie Pete und Libby den Weg. »Und, habe ich recht?«, fragte der größere der beiden in affektiertem Ton. »Seid ihr zwei Turteltäubchen?«

Libby richtete sich empört auf. »Natürlich nicht! Wir sind …«

Pete bewegte ruckartig seinen Arm und zu seiner Erleichterung verstummte sie. »Ich begleite Miss Conley zu ihrem Wohnheim, damit sie nicht zu spät zur Nachtruhe kommt. Wenn Sie uns bitte entschuldigen.«

»Miss Conley, was?« Der Mann, der bisher der Sprecher gewesen war, trat einen Schritt näher und beugte sich dicht zu Libby vor. Sie drückte ihre Wange an Petes Schulter und verzog angewidert das Gesicht. Der Mann lachte und schlug sich ans Bein. »Es ist noch Zeit bis zur Nachtruhe. Ich würde mir gern diesen kleinen Schatz genauer anschauen. Sie ist echt ein Hingucker, oder, Claude?«

»Unbedingt, Roy.« Claude wackelte mit den Augenbrauen und grinste Libby an. »Mir gefällt es, wenn ein Mädchen etwas Farbe im Gesicht hat. Und all das offene schwarze Haar. Es erinnert mich an ein Bild im Kalender, den mein Vater hinten in seiner Werkstatt versteckt hatte, damit meine Mutter ihn nicht sah.«

Wut über die Unverschämtheit des Mannes stieg in Pete auf. Auch wenn sie zur gehobenen Gesellschaft gehörten, hatten sie nicht das Recht, Libby zu beleidigen. »Gentlemen«, sagte Pete mit zusammengebissenen Zähnen, »Sie hatten Ihren Spaß. Lassen Sie uns jetzt vorbei.«

»Ach, unser Spaß fängt gerade erst an, mein lieber Junge.« Der Student, der Roy hieß, versetzte Pete mit dem Handrücken einen Schlag an die Schulter.

Pete setzte sein Holzbein fest auf und es gelang ihm, trotz dieser rauen Behandlung das Gleichgewicht zu behalten.

»Ihr seid neu, stimmt's?«

Pete warf Libby einen kurzen Blick zu und nickte zögernd.

»Habe ich mir gleich gedacht. Das bedeutet, dass wir eine höhere Position haben. Und das bedeutet, dass ihr tun müsst, was wir sagen. Stimmt's, Claude?«

Claude grinste. »Das stimmt, Roy.«

»Gut, als Erstes …« Roy trat einen drohenden Schritt vor und blieb nur Zentimeter von Pete entfernt stehen. »Lass die Hand dieses süßen kleinen Dings los.«

Libby sog scharf die Luft ein. Pete schüttelte den Kopf. »Nein, Sir.«

Roys dicke Augenbrauen gingen in die Höhe. »Habe ich eben ein Nein gehört?«

Herr, hilf mir. Ich will nicht, dass dies eine hässliche Szene wird. Libby könnte verletzt werden. Pete füllte seine Lungen mit Luft und sah seinem Angreifer direkt in die Augen. »Ja, so war es. Ich werde die Hand meiner Freundin nicht loslassen, und ich erlaube Ihnen nicht, sie weiter zu belästigen. Treten Sie jetzt sofort zur Seite und lassen Sie uns vorbei.«

Ungläubig starrte Roy Pete mit offenem Mund an, bevor er dröhnend auflachte. Er packte Claude am Arm und schüttelte ihn. »Hast du das gehört, Claude? Der hübsche Junge hier meint, er würde mir nicht erlauben, sein kleines Täubchen zu belästigen.« Das Lachen brach ab und Roys Augen wurden zu schmalen Schlitzen. »Ich bin neugierig, mein Hübscher, wie du mich davon abhalten willst, sie zu belästigen.«

Aaron Rowley, Petes Pflegevater für den Großteil seines Lebens, hatte ihm beigebracht, bei einer Auseinandersetzung den Kopf statt der Fäuste zu gebrauchen. Aarons Rat war sinnvoll – Gewalt brachte selten eine dauerhafte Lösung hervor, und mit seinem Holzbein war Pete bei jedem körperlichen Zusammenstoß benachteiligt. Deshalb hatte er sich stets an Aarons Anweisung gehalten. Der Ausdruck auf Roys Gesicht ließ Pete jedoch vermuten, dass in dieser Situation mit Reden nicht viel zu erreichen war. Um den Mann loszuwerden, würde er seine Fäuste benutzen müssen. Er fasste Libby an den Schultern und schob sie zur Seite.

Sie riss die Augen weit auf, als ihr klar wurde, was er vorhatte. »Nicht, Petey!«

»Petey?« Roy stieß wieder ein Lachen aus. »O Claude, hast du das gehört? Sein Name ist Petey!«

Mit einem Ruck wirbelte Libby zu den Männern herum. »Hört auf, ihn auszulachen!« Sie stützte die Fäuste auf die Hüften und warf ihnen einen flammenden Blick zu. Pete zuckte zusammen. Er erkannte die Anzeichen, dass Libby sich innerlich auf einen Kampf vorbereitete.

»Oh, wie mutig ihr seid – zwei gegen einen«, fuhr sie fort. »Aber schaut euch nur an, wie er es mit euch aufnimmt! Er hat doppelt so viel Mut wie einer von euch allein!« Ihr Gesicht lief vor Empörung rot an und gleichzeitig steigerte sich auch ihre Lautstärke. Andere Studenten, die vor dem Speisesaal herumschlenderten, wandten sich in ihre Richtung.

Pete warf Libby einen flehenden Blick zu, aber sie wedelte mit den Händen. »Macht euch davon! Wie könnt ihr es wagen, eine Frau und einen Krüppel anzugreifen!«

Eine Welle der Scham überflutete Pete. Sie hielt ihn für einen Krüppel? »Libby, das reicht.«

Aber sie legte die Hände trichterförmig an den Mund und rief den näher kommenden Studenten zu: »Schaut euch alle diese großen Männer an! Sie belästigen eine Frau und einen Mann mit einem Holzbein. Ist jemand von euch bereit, es mit ihnen aufzunehmen?«

Plötzlich löste sich ein Mann aus der Menge und rannte über das Gelände. Pete stöhnte auf, als er Bennetts feuerrotes Haar erkannte.

Hatten Libbys Rufe ihn nicht schon genug gedemütigt? Musste jetzt auch noch sein Kindheitsfreund kommen und ihn retten?

»Bennett, halte du dich da raus«, knurrte Pete, sobald Bennett sie erreicht hatte.

Aber Bennett grinste. »Mach dir keine Sorgen, Pete. Ich werde ihnen einen Dämpfer geben. Ich habe kein falsches Bein, das *mich* davon abhält.« Bennett hob die Fäuste und duckte sich kampfbereit. »In Ordnung, Leute. Das Einzige, was ich will, ist, dass einer nach dem anderen kommt. Das ist nur fair, oder?«

»Klar, das ist fair«, stimmte Roy zu und hob winkend den Arm. Ein halbes Dutzend junger Männer, alle mit den gleichen dunkelblauen Jacken und dem goldenen Emblem an der linken Schulter, trabten über den Rasen und schlossen sich Roy und Claude an. »Wir überlassen dir sogar die Wahl, mit wem du anfangen willst.«

Bennett rieb sich mit dem Daumen die Nase und ließ den Blick über den Kreis der Männer schweifen. Bevor er sich einen von ihnen als ersten Gegner aussuchen konnte, schnellte Pete nach vorn.

»Das ist lächerlich!« Bei seinem zweiten Schritt rutschte sein Holzbein im Gras aus. Er schwankte.

Bennett griff nach Petes Arm und verhinderte seinen Sturz. »Tritt zurück, Kumpel. Ich kümmere mich darum.«

»Aber das ist nicht nötig.« Pete wollte Bennett am Ellbogen packen, doch sein Freund tänzelte zur Seite und wich seinem Griff aus.

Bennett hob die Fäuste und beschrieb damit kleine Kreise in der Luft. »Los geht's. Ich bin bereit. Wer will anfangen?«

Die Menge der Schaulustigen nahm zu. Sie bestand aus Männern und Frauen. Ihr neugieriges Gaffen und erwartungsvolles Grinsen verriet, dass sie sich alle auf ein Handgemenge freuten. Pete schaute sich frustriert um. Genügte es nicht, dass die Zeitungen voll waren mit Berichten über den Krieg, der in Europa tobte? Es bestand keine Notwendigkeit für eine Auseinandersetzung hier auf dem Campus der University of Southern Missouri.

»Bennett, hör auf, so anzugeben. Lass mich das selbst regeln.« Pete bekam Bennetts Arm zu fassen, aber sein Freund schüttelte ihn ab.

»Ich kann es mit ihnen aufnehmen.« Bennetts zusammengekniffene Augen wanderten von einem Gegner zum nächsten. »Du musst mir nur aus dem Weg gehen.«

Zwei von Roys Freunden befreiten sich aus ihren Jacken und marschierten vor, bis sie nur noch Zentimeter von Bennett entfernt waren. Der eine zeigte auf Pete: »Fangen wir an.«

Mit einem Ruck richtete Bennett sich auf. »Moment mal. Pete kämpft nicht.«

»Er hat das Ganze angefangen«, rief Roy von der Seite her, »also wird er auch helfen, es zu beenden.«

Der Mann, der auf Pete gezeigt hatte, rückte vor.

Libby schoss über das Gras und warf sich vor Pete. »Wag es nicht, ihn zu berühren!«

Verblüfft blieb der Mann stehen. Die Menge brach in Gelächter aus.

Pete stöhnte auf. Es war noch keine Stunde her, dass Jackson ihn ermahnt hatte, Libby von Dummheiten abzuhalten. Und was hatte er getan – er hatte einen Aufruhr ausgelöst, und sie befand sich mittendrin. Er legte seine Hand auf ihre Schulter. »Libby, bitte …«

»Nein!« Sie schlug seine Hand weg, während ihr das Haar wild ums Gesicht flog. Sie breitete die Arme aus und versperrte Pete den Weg. »Wenn du meinst, du müsstest mit jemandem kämpfen, musst du es mit mir aufnehmen.«

Der Mann schaute an Libby vorbei zu Pete. Verächtlich kräuselte er die Lippen. »Du lässt dieses Mädchen deinen Kampf für dich austragen?«

»Nein.« Pete packte Libby mit beiden Händen an der Taille und hob sie hoch. Sie kreischte auf und schlug nach ihm. Der Schmerz schoss ihm vom Beinstumpf bis zur Hüfte und er brauchte sämtliche Kraft, um sein Gleichgewicht nicht zu verlieren. Aber zu seiner Erleichterung blieb er aufrecht stehen und ließ Libby neben sich herunter.

Kaum hatte er sie losgelassen, spurtete sie wieder vor ihn. Sie funkelte ihn wütend an, bevor sie sich zu dem anderen Mann drehte.

»Wenn du kämpfen willst, dann kämpf mit mir. Du wirst Petey nicht anrühren.«

Pete wünschte, der Boden würde sich unter ihm auftun und ihn verschlingen.

3

Bennett musterte den großen Mann mit lockigem Haar vorn in der Menge. Er hatte die Arme über der Brust verschränkt und lachte. Ihm gefiel wohl Libbys Aufführung. Die gute alte Lib, immer war sie mittendrin, wenn es einen Tumult gab. Ihre Possen verschafften Bennett die nötige Zeit, um die Lage einzuschätzen.

Sich auf den Straßen in Shay's Ford in Missouri herumzutreiben, hatte ihn einige Überlebensstrategien gelehrt und eine der wichtigsten Lektionen war, den Anführer einer Bande zu erkennen. Bennett musste nur den Anführer zu Fall bringen, dann würde sich die Truppe zerstreuen. Das funktionierte immer.

»Hey! Du da!« Bennett trat einen Schritt auf den lockigen Mann zu, der über Libby lachte.

Der Mann wandte den Kopf in Bennetts Richtung und sein Lächeln verwandelte sich in ein spöttisches Grinsen.

Bennett wippte mit lockeren Knien auf und ab. »Du hast gesagt, dass ich mir aussuchen kann, mit wem ich als Erstes kämpfen will, stimmt's?« Bennett richtete den Zeigefinger direkt auf die Nase des Mannes. »Ich wähle dich.« Aus dem Augenwinkel sah er, dass Pete Libby von der Menge wegzerrte. Gut. Jetzt konnte er sich auf seinen Gegner konzentrieren, ohne sich Gedanken darüber zu machen, dass einer seiner Kameraden verletzt werden könnte.

Bennett duckte sich mit geballten Fäusten. »Also, los geht's!«

Einen Moment lang wirkte der Mann unentschlossen. Bennett gab sich keine Mühe, sein Grinsen zu verbergen. Es würde ihn in keiner Weise überraschen, wenn der Angeber sich plötzlich umdrehen und davonrennen würde, jetzt, wo er herausgefordert worden war. Doch dann riss sich der Mann die Jacke vom Leib. Er händigte sie einem seiner Freunde aus und fing an, sich mit langsamen, bewussten Bewegungen die Ärmel hochzukrempeln. Seine Kameraden feuerten ihn an.

Freudige Erregung schoss durch Bennetts Körper, kraftvoll wie ein Blitzschlag. Der Mann würde also kämpfen! Ihn zu besiegen, wäre noch besser, als ihn flüchten zu sehen. Bennett tänzelte hin und her und wartete darauf, dass der größere Mann endlich mit seinen Vorbereitungen fertig war. »Komm schon, Mann, beeil dich. Du bist so langsam wie meine Großmutter.« Bennett kannte seine Großmutter nicht, aber die spöttische Bemerkung tat ihre Wirkung.

Das Gesicht des Mannes flammte rot auf. Seine Freunde riefen: »Gib's ihm, Roy. Zeig ihm, wer der Boss ist.«

»Ja, Roy, zeig's mir.« *Oder vielmehr, mach dich darauf gefasst, gezeigt zu bekommen, dass niemand Bennett Martin besiegt.*

Bennett spannte die Muskeln an, als der Mann sich näherte. Obwohl er gut fünfzehn Zentimeter kleiner war, schätzte Bennett, dass er mindestens zehn Kilo mehr wog. Seit die Rowleys ihn von der Straße geholt hatten, hatte er guten Gebrauch von den kostenlosen Mahlzeiten gemacht. Das reichliche Essen in Verbindung mit Bennetts unermüdlicher Aktivität hatte einen stämmigen, muskulösen Körperbau zur Folge gehabt. Er musste diesen Menschen nur richtig in den Griff bekommen, dann wäre der Kampf schnell zu Ende.

Ein paar Sekunden lang stand Roy reglos da, das eine Bein vor das andere gestellt, die Fäuste in Position, und beäugte Bennett. Bennett beobachtete das Gesicht des Mannes und erwartete den ersten Angriff. Ein leichtes Anspannen der Kiefermuskeln warnte ihn vor und Bennett wich dem ersten Stoß mit Leichtigkeit aus. Während Roy aus dem Gleichgewicht war, brachte Bennett seine rechte Faust nach oben und erwischte Roy am Kinn. Roy taumelte, ruderte mit den Armen und Bennett schwang seine Linke. Sie traf Roys Nase mit voller Kraft.

»Ohhh! Ohhh!« Roy griff sich ins Gesicht und krümmte sich nach vorn. »Meine Nase! Du hast meine Nase gebrochen!«

»Das kann beim Kämpfen passieren, mein Freund.« Bennett rieb sich die schmerzenden Handknöchel.

Zwischen Roys Fingern tropfte das Blut hervor. Er stahl sich seitlich davon, die Hand immer noch an der Nase.

Bennett schaute zur Gruppe von Roys Freunden hinüber. »Wer ist der Nächste?«

Die Clique der Männer murmelte und wich zurück. Gekrümmt wie ein alter Mann verschwand Roy Richtung Männerwohnheim. Die Menge zerstreute sich raunend und kopfschüttelnd.

Bennett wartete, bis alle weg waren, bevor er sich zu Pete und Libby umwandte. Er grinste. »Da lässt man euch mal eine Stunde aus den Augen und dann passiert so was! Alles in Ordnung bei euch?« Sein Blick huschte an Pete vorbei und blieb an Libby hängen. Wie konnte jemand so hübsch und gleichzeitig so zäh sein? »Mal ehrlich, Lib, eines Tages wirst du anfangen müssen, dich wie ein Mädchen zu benehmen.«

Libby warf den Kopf zurück. Ihr langes Haar flatterte wie eine Pferdemähne. »Diese Männer haben mich so wütend gemacht! Sie hatten keinen Grund, uns anzugreifen. Nur weil wir hier neu sind, dachten sie ...«

»Daran musst du dich gewöhnen«, antwortete Bennett ohne Mitleid. »Wir sind Studenten im ersten Semester, und das heißt, dass wir niemand sind. Solche Schikanen gehören im ersten Collegejahr dazu. Aber ...«, er sah sie warnend an, »da Pete drüben im Haus Landry Hall an der Bibelschule sein wird, du im Journalismus-Studiengang und ich bei den Ingenieuren, werde ich nicht immer in deiner Nähe sein. Sei also vorsichtig, wenn du einen Streit anfängst.«

Libby starrte ihn wütend an. »*Ich* hab diesen Streit nicht angefangen! Dieser ... dieser Roy hat ihn uns aufgezwungen!«

»Na gut, na gut, fang jetzt keinen Streit mit *mir* an.«

Libby schob ihre Hand durch Petes Armbeuge und lächelte zu ihm auf. »Aber Ende gut, alles gut, nicht wahr, Petey?«

Pete erwiderte ihr Lächeln nicht.

Bennett klopfte ihm auf die Schulter und spannte dann die Muskeln seiner Hand an. Dieser Roy hatte einen harten Kopf. »Komm schon, Junge, mach nicht so ein finsteres Gesicht. Niemand hat etwas abbekommen. Außer Roy.« Er wartete auf ein Lachen von Pete, doch vergeblich.

Pete drehte Libby zum Frauenwohnheim und fing an, in diese Richtung zu hinken. »Auf geht's, Libby. Wir müssen dich zum Haus Rhodes bringen und dann noch vor Beginn der Nachtruhe in unserem eigenen Gebäude sein.«

Bennett schlenderte auf die andere Seite von Libby, wie er es gewohnt war. Wenn sie zu dritt waren, rahmten Pete und er Libby immer ein. Und egal, was er anstellte, um ihre Aufmerksamkeit auf sich zu lenken, schaute sie immer zuerst zu Pete.

Er stieß sie leicht mit dem Ellbogen an. »Hey, ich hab keinen von euch im Speisesaal gesehen. Das Essen ist ziemlich gut – nicht so lecker wie das, was die gute alte Ramona in der Schule für uns gekocht hat, aber dafür reichlich.« Bennett klopfte sich auf den Bauch. »Ich hatte keine Mühe, satt zu werden. Ich habe mir ein paar Brötchen in die Taschen gesteckt. Möchtest du eins?« Er griff in seine Jackentasche und fasste in einen Haufen Krümel. »O weh, Roy muss sie zerdrückt haben, als er sich auf mich gestürzt hat. Tut mir leid.«

Libby grinste ihn an. »Macht nichts. Wir waren ohnehin nicht hungrig, oder, Petey?«

Pete deutete auf die geschwungenen Flügeltüren des Frauenwohnheims. »Geh schnell rein, Libby. Wir sehen dich dann morgen beim Frühstück.«

»In Ordnung. Gute Nacht, Petey. Gute Nacht, Bennett.«

Bennett war gekränkt. Er hatte gerade einen Kampf ausgetragen, um sie zu verteidigen. Könnte sie ihm nicht zumindest als Erstem Gute Nacht sagen? Aber natürlich würde Pete für Libby immer an erster Stelle stehen, sein Holzbein verschaffte ihm den Sympathiefaktor. »Nacht, Lib.«

Er und Pete standen auf dem Gehweg und warteten, bis sich die Tür hinter Libby geschlossen hatte. Dann wandten sie sich in Richtung Haus Franklin, in dem Bennett sein Zimmer hatte. Bennett verlangsamte seine Schritte, um sich Pete anzupassen. Wenn er wollte, konnte Pete mit diesem Holzbein rennen. Es war eine unbeholfene Art zu rennen – eine Art Doppelhopser mit dem gesunden Bein und dann ein Hüpfer mit dem Holzbein –, aber er konnte sich ziemlich schnell fortbewegen. Trotzdem schlug er die meiste Zeit ein gemächliches Tempo an. Bennett versuchte, deswegen nicht ungeduldig mit ihm zu werden.

»Und wie ist dein Zimmer im Haus Landry?«, fragte Bennett. Sein eigenes Zimmer war ziemlich klein und roch ein bisschen wie die Höhle, die er und Pete als Kinder entdeckt hatten. Aber er hatte schon an wesentlich schlimmeren Orten geschlafen.

»Klein«, antwortete Pete, »und es riecht irgendwie nach Fledermauskot.«

Bennett grinste. Witzig, wie sie beide das Gleiche dachten. Bennett vermutete, dass das unausweichlich war, nachdem sie so viel Zeit zusammen verbracht hatten. Er und Pete waren vom ersten Tag an, als Bennett von Aaron Rowley gerettet worden war und ins Reginald-Standler-Heim kam, ein Herz und eine Seele gewesen. Als die ältesten Jungen in der Schule hatten sie den Ton angegeben. Dabei hatte Pete sich eher um die Jüngeren gekümmert, während Bennett es vorzog, sie herumzukommandieren.

Bennett schnaubte. »Ich habe Libby gesagt, dass sie sich daran gewöhnen soll, doch es wird nicht leicht werden, hier der jüngste Jahrgang zu sein.« Er stieß Pete mit dem Ellbogen an. »Aber wir haben auf der Straße überlebt und wir werden es überleben, die kleinen Studienanfänger zu sein, oder? Heute Abend sind wir prima davongekommen.«

Pete blieb stehen und sah Bennett stirnrunzelnd an. »Hör mal, wegen heute Abend …«

Bennett schob die Umschläge seiner Jacke nach oben, um die Hände in die Hosentaschen zu schieben. »Du brauchst mir nicht zu danken, Pete. Du weißt, dass ich für einen guten Kampf immer zu haben bin. Es hat mir gar nichts ausgemacht, dir da rauszuhelfen.«

Petes Stirnrunzeln vertiefte sich. »Genau darum geht es. Ich wollte nicht, dass du mir da raushilfst. Ich wäre prima mit der Situation klargekommen. Es hätte vielleicht nicht einmal einen Kampf gegeben, wenn du nicht mit erhobenen Fäusten angerannt gekommen wärst. Die Bibel sagt …«

Bennett streckte abwehrend die Hände in die Höhe. »Das genügt schon. Ich weiß, dass du Pfarrer werden willst. Du willst deine Zeit damit verbringen, zu beten und Predigten zu halten? Tu das, wenn es dich glücklich macht. Aber du bist nicht *mein* Pfarrer, also halte *mir* keine Predigt.«

Pete ließ den Kopf nach hinten fallen und seufzte. »In Ordnung.« Er sah Bennett wieder ins Gesicht. »Ich mache dir einen Vorschlag: Ich werde dir keine Predigten halten und du wirst deine Fäuste nicht mehr für mich schwingen. Abgemacht?« Er streckte seine Hand aus.

Bennett betrachtete Petes Hand einen Moment lang mit gerunzelter Stirn. Er wusste nicht, ob ihm Petes Ton gefiel. Sein Kamerad klang irgendwie gekränkt, aber woran konnte das liegen? Dank Bennett hatte Pete sich aus dem Kampf heraushalten können und seine Nase war unverletzt geblieben. Er sollte Bennett dankbar sein, dass er genau im richtigen Moment eingegriffen hatte. Aber wenn Pete das nächste Mal selbst kämpfen wollte, war das kein Problem. Bennett würde ihm das Vergnügen nicht nehmen.

Er packte Petes Hand und drückte sie fest. »Abgemacht, Kumpel. Von jetzt an sind deine Kämpfe deine eigene Angelegenheit.«

»Deine Kämpfe sind deine eigene Angelegenheit.« Pete wiederholte Bennetts abschließende Bemerkung in Gedanken, während er zum Haus Landry hinkte. Das große steinerne Gebäude ragte vor ihm auf; die vielen Fenster unter den Dachgiebeln sahen für Pete wie Augen aus, die über den Campus spähten. Ihm hatte das Gebäude der Bibelschule auf Anhieb gefallen. Es war aus Stein gebaut und stand unbeugsam und fest da. Anders als einige der anderen Häuser fiel kein Schatten hoch aufragender Bäume auf Landry und die Steine leuchteten wie Gold im Licht der untergehenden Sonne. Das Gebäude wirkte wie ein heiliger Ort. Pete gefiel der Gedanke, hier eine Zuflucht zu haben.

»Deine Kämpfe sind deine eigene Angelegenheit.« Die Worte gingen Pete immer noch nach, als er sich durch den Flur zur Treppe bewegte.

Er war in der Lage, die Treppen hinaufzuhüpfen, ohne sich auf seinem Holzbein abzustützen, aber heute nahm er jede Stufe mit beiden Beinen. Er kam nur langsam voran. Links, rechts, links, rechts. Ein Bein nach dem anderen. Das Holzbein machte ein klackendes Geräusch, und wenn er mit dem Schuh auftrat, klang es dumpfer. Er bewegte sich langsam, aber in aller Ruhe.

Pete erreichte sein Zimmer und schloss die Tür hinter sich. Das Einrasten der Türklinke hallte leise nach und trotz der Wärme des Raums schauderte er. Er hatte noch nie ein Zimmer für sich allein gehabt. Bevor seine Eltern ihn vor die Tür gesetzt hatten, hatte er zusammen mit ihnen und fünf jüngeren Geschwistern in einer Dreizimmerwohnung gelebt. Im Waisenhaus hatten sich Bennett und er ein Zimmer mit sechs anderen Waisenjungen geteilt. Davor hatte er in einem Lagerraum im Laden der Rowleys geschlafen, in dem sich eine ständig wechselnde Besetzung von Straßenkindern aufhielt. Selbst wenn er die Nacht auf der Straße verbracht hatte, waren immer andere heimatlose Kinder um ihn gewesen.

Pete wünschte, dass er ein gemeinsames Zimmer mit Bennett hätte haben können, aber sie waren in verschiedenen Studiengängen. Außerdem hatte jeder, der die Bibelschule besuchte, ein Einzelzimmer. Die Professoren meinten, dass dies ihnen die Möglichkeit geben würde, in Ruhe zu studieren, zu beten und nachzudenken. Pete nahm an, dass er sich mit der Zeit an die Stille gewöhnen würde.

Er legte seine neue, im Laden gekaufte Jacke ab und hängte sie über die Stuhllehne, dann setzte er sich auf den Rand des quietschenden kleinen Bettes in der Ecke. Er blickte aus dem Fenster auf das Gelände, das jetzt, als die Sonne hinter den Bäumen versank, von Schatten überzogen war. Er seufzte tief auf und sagte laut ins leere Zimmer: »Deine Kämpfe sind deine eigene Angelegenheit, Pete.« Ein trauriges Lachen kam über seine Lippen. »Sofern du Libby davon abhalten kannst, sie für dich auszutragen.«

Das Gefühl der Demütigung überrollte ihn und er fing an zu schwitzen. Was mussten diejenigen, die diese abendliche Auseinandersetzung auf dem Rasen beobachtet hatten, jetzt von ihm halten?

Ein erwachsener Mann, der von einem zierlichen Mädchen verteidigt wurde? Er hatte das Grinsen gesehen und die abfälligen Kommentare gehört. Ohne es zu wollen, hatte Libby ihn als Feigling gebrandmarkt. Und als Krüppel. Er hasste das Wort. Es war ihm zuwider, dass Libby es benutzt hatte, um ihn zu beschreiben.

Er schnallte sein Holzbein ab und warf es beiseite, dann stieß er sich ab, um in stehende Position zu kommen. Nachdem er jahrelang auf einem Bein gestanden hatte, fand er schnell sein Gleichgewicht und hüpfte zum Fenster. Er legte die Hände auf den glatten, kalten Stein, der die Fensterbank bildete, und ließ den Blick über den Campus schweifen, doch sein Kopf war erfüllt vom finsteren Ausdruck auf Libbys Gesicht, als sie ihn verteidigt hatte.

Libby hatte eine kämpferische Ader – das war schon immer so gewesen. Das Gleiche galt für ihn und Bennett. Sie hatten Kämpfernaturen sein müssen, um zu überleben. Libby hatte ihre Eltern beim Unfall mit einer Kutsche verloren. Bennett erinnerte sich nicht einmal an seine Familie. Und Petes Vater und Mutter hatten ihn hinausgeworfen, damit er sich allein durchschlug, als er erst sieben Jahre alt gewesen war. Wenn er, Libby und Bennett nicht bereit gewesen wären zu kämpfen, hätten sie sich auch gleich zum Sterben hinlegen können.

Obwohl sie letzten Endes im Waisenhaus gelandet waren und die liebevolle Aufmerksamkeit von Aaron und Isabelle Rowley genossen hatten, hatten sie ihre Kampfbereitschaft aus der Kindheit auch als Erwachsene behalten. Der einzige Unterschied zwischen ihm und seinen Freunden war sein fehlendes Bein. Er schaute auf das leere Hosenbein hinunter, das ein paar Zentimeter über dem Boden baumelte, und ein feuriger, alles verzehrender Zorn übermannte ihn. Dass er heute keine zwei gesunden Beine mehr besaß, musste er seinen Eltern, Gunter und Berta Leidig, zum Vorwurf machen.

Aaron Rowley hatte Pete erklärt, dass er seinen Eltern vergeben müsse. Pete stimmte ihm zu, aber er wusste nicht, wie er diesen Groll loswerden konnte. Er wäre nicht in der Straßenbahn gewesen, mit einem Arm voller Zeitungen, die er an der nächsten Ecke verkaufen wollte, wenn sie ihn nicht in die Kälte hinausgeschickt hätten. Nie würde er den Schock und den Schmerz vergessen, als das Rad der Straßenbahn über sein Bein fuhr. Und nie würde er die Eltern vergessen, die zugelassen hatten, dass so etwas geschah, weil sie keine Verantwortung für ihr Kind übernommen hatten.

Pete schlug an den Fensterrahmen und hüpfte wieder zum Bett. Die Matratze beklagte sich, als er sich darauffallen ließ, aber er ignorierte das Quietschen und zog sich aus. Hose und Hemd legte er ordentlich über die Sitzfläche des Stuhls, damit er die Kleidungsstücke am nächsten Tag noch einmal anziehen konnte. Dann streckte er sich auf dem Bett aus und legte den Kopf auf die verschränkten Hände. Er starrte an die Decke. Er wäre gern eingeschlafen, aber der einfache Satz: »*Deine Kämpfe sind deine eigene Angelegenheit*«, raubte ihm die Ruhe.

Seit er ein sehr kleiner Junge gewesen war, waren seine Kämpfe seine eigene Angelegenheit gewesen. Und es gab einen großen Kampf, dem er sich jetzt stellen wollte. Jahrelang hatte er sich darauf vorbereitet und endlich hatte er den Mut dafür: Er wollte Gunter und Berta Leidig ausfindig machen und ihnen ganz ehrlich sagen, was er von ihnen hielt. Vielleicht würde er dann diesen Schatten des Hasses, der ihn ständig begleitete, loswerden.

4

»Du willst dich wirklich keiner Studentinnenverbindung anschließen?«

Ein Handtuch ans Kinn gedrückt, wandte Libby sich vom Waschbecken ab und schaute ihre Zimmerkameradin an. Der entsetzte Gesichtsausdruck des Mädchens reizte sie zum Lachen. Sie schob sich das feuchte Handtuch vor den Mund und räusperte sich, um das aufsteigende Gelächter zu unterdrücken. »Nein, wirklich nicht. Ich sehe keinen Sinn darin.«

»Aber ... aber ...« Ihre Zimmerkameradin, Alice-Marie Daley aus Clayton – im St. Louis County, wie sie Libby erzählt hatte –, erhob sich vom Rand ihres Bettes und streckte flehend die Hände aus. Ihr gerüschtes Nachthemd bauschte sich in schimmerndem Rosa um ihre Knöchel. »Jeder, wirklich *jeder* tritt einer Studentinnenverbindung oder einer Studentenverbindung bei!«

Libby drehte sich wieder dem runden Spiegel zu, der über dem Waschbecken hing, und trocknete ihr Gesicht ab. Alice-Marie stellte sich hinter Libby und sprach zu ihrem Spiegelbild.

»Ich will mich *Kappa Kappa Gamma* anschließen. Das ist eine der ältesten Schwesternschaften und meine Mutter sagt, dass dies sehr wichtig ist – was zählt, ist immer die *Geschichte* einer Sache.« Sie kicherte und stieß Libby an der Schulter an. »Aber was mir an ihnen gefällt, ist ihr Blumensymbol. Die bourbonische Lilie. Ich mag den Klang ihres Namens. *Fleur-de-Lys.*« Sie betonte jede Silbe und ließ die Vokale klingen.

Libby unterdrückte den Impuls, die Augen zu verdrehen. »Aha.« Feuchte Locken klebten an ihren Schläfen und sie fuhr mit dem Handtuch über die dünnen Strähnen.

Alice-Marie schüttelte die langen Locken auf, die über Libbys Rücken fielen. »Deine Haare sind sehr lang. Lässt du sie immer offen? Meine Mutter sagt, dass der griechische Stil jetzt in Mode ist. Darum bürste ich mein Haar immer in einen festen Knoten zurück. Damit die Frisur hält, müssen meine Haare eine handliche Länge behalten. Aber durch meine Naturlocken sind sie immer noch schwer zu bändigen. Vielleicht sollte ich sie auch wachsen lassen und offen tragen?«

Libby bewegte sich ein Stückchen zur Seite, um sich von Alice-Maries Fingern zu entfernen. »Ich habe sie gern lang.« Maelle trug ihr Haar lang. Die meisten Mädchen im Waisenheim hatten schulterlanges Haar, was leichter zu pflegen war, aber Libby hatte jedes Mal einen Anfall bekommen, wenn Mrs Rowley sich mit der Schere genähert hatte. Mrs Rowley hatte es schließlich aufgegeben. Wenn Maelle damit zufrieden war, die Haare lang zu tragen, wollte Libby es ihr gleichtun.

»Na gut, du hast auf jeden Fall hübsches Haar«, sagte Alice-Marie. »Ganz, ganz weich, aber dunkel, fast wie bei einer Indianerin.« Sie stieß ein nervös klingendes Kichern aus. »Du bist aber *keine* Indianerin, oder? Auch wenn deine Haut braun ist … aber das kommt *bestimmt* von der Sonne?« Sie fuhr sich mit den Fingerspitzen über ihre eigenen blassen Wangen, die Augen auf ihr Spiegelbild gerichtet. »Meine Mutter sagt, dass weiße Haut das Zeichen einer echten Dame ist. Ich trage immer einen Hut oder nehme einen Sonnenschirm, wenn ich für längere Zeit in die Sonne hinaus muss.«

Libby hängte das nasse Handtuch über eine kleine Holzstange und drehte sich um, um an Alice-Marie vorbeizugehen.

Aber Alice-Marie stellte sich Libby direkt in den Weg. Sie verschränkte die Hände unter dem Kinn und strich die Rüschenfülle am Ausschnitt ihres Nachthemds glatt. »Elisabet, du musst dich unbedingt einer Verbindung anschließen. Geh mit mir zu *Kappa Kappa Gamma,* bitte! Du wirst keine einzige Freundin haben, wenn du es nicht tust.«

Libby rieb sich die Hände und warf Alice-Marie einen grimmigen Blick zu. »Das heißt dann wahrscheinlich, dass ich auf Freundinnen verzichten muss.«

Alice-Marie blieb der Mund offen stehen. Sie starrte Libby an, als hätte sie gerade ein Gespenst gesehen.

Libby tänzelte an ihrer Zimmerkameradin vorbei zum Kleiderschrank und zog sich das einfache weiße Baumwollnachthemd über den Kopf. »Alice-Marie, bitte halte mich nicht für ungesellig, aber ich bin nicht hier, um Klubs beizutreten und Freundschaften zu schließen. Ich bin hergekommen, um Journalismus zu studieren. Ich beabsichtige, mir in der Stadt einen Job zu suchen, der mich wahrscheinlich viel Zeit kosten wird. Ich glaube kaum, dass ich neben der Arbeit und dem Studium noch Zeit für Klubs und so etwas haben werde.«

Alice-Marie kletterte in ihr Bett und schmiegte sich in die Kissen. Sie zog einen Schmollmund. »Ach … du Arme. Du musst arbeiten, um dir das Studium selbst zu finanzieren? Bezahlt dein Vater dir das nicht?«

Libby wusste nicht, ob Alice-Marie Mitleid hatte oder entsetzt war. Aber sie antwortete ehrlich: »Ich habe ein Stipendium. Mein Studium wird von einem Wohltäter bezahlt, der das Waisenhaus unterstützt, in dem ich seit meiner Kindheit gelebt habe. Ich muss mir kein Geld verdienen. Ich möchte arbeiten, um Erfahrungen zu sammeln, weniger wegen des Geldes.«

»Oooh!« Dieses eine Wort umfasste eine ganze Skala von Tönen, einmal hinauf und wieder hinunter. Alice-Marie machte sich an ihren Decken zu schaffen und ihre Augen wanderten durchs ganze Zimmer, ohne Libby direkt anzusehen. »Du … du bist eine Waise?«

Libby hatte diesen Tonfall schon öfter gehört und er gefiel ihr nicht. Warum reagierten die Menschen so negativ, wenn sie erfuhren, dass sie keine Eltern mehr hatte? Sie konnte nichts dafür. Warum taten die Menschen dann so, als stimme etwas nicht mit ihr? Andererseits stimmte vielleicht *tatsächlich* etwas nicht mit ihr. Nach dem Tod ihrer Eltern hatte sie anscheinend niemand haben wollen. »Ja, das bin ich.«

»Ich verstehe.« Alice-Marie zog sich die Decke bis ans Kinn und rutschte auf der Matratze tiefer nach unten. »Ja, das ist traurig. Hm. Nun ja, wie gesagt, ich möchte mich *Kappa Kappa Gamma* anschließen und mich für ein Amt im Frauenrat aufstellen lassen. Ich hoffe auch, dass ich in den Dachverband für Studentinnenverbindungen aufgenommen werde. Solange sich das nicht mit dem Tennis überschneidet. Ich bin so froh, dass es einen Tennisplatz hier auf dem Campus gibt. Ich liebe ein gutes Match.«

Libby stellte sich vor, wie Alice-Marie mit einem Schläger in der einen und einem Sonnenschirm in der anderen Hand Tennis spielte. Sie schnaubte leise. »Bist du zum Zeitvertreib hier oder um zu studieren?«

Alice-Marie hob den Kopf. »Was hast du gesagt?«

»Nichts. Nur dass ich hoffe, dass dir die ganzen ... Aktivitäten gefallen.«

»Oh, ich werde mich darum bemühen. Meine Mutter sagt, dass vielseitige Frauen die interessantesten sind. Ich brauche also viele Erfahrungen, um ... na ja, um mich zu vervielseitigen.«

Ihr hohes Kichern schrillte durchs Zimmer und tat Libby in den Ohren weh. Sie zog sich die Decke über den Kopf. »Gute Nacht, Alice-Marie.«

»Oh, willst du schon schlafen?« Sie klang eher verwirrt als verärgert. »Na gut. Soll ich das Licht ausmachen?«

»Wenn du nicht bei brennendem Licht schlafen willst.«

Die Decke musste ihre beißende Antwort verschluckt haben, denn Alice-Marie fragte: »Was hast du gesagt?«

Libby schlug die Decke zurück und sprach laut und deutlich. »Ja, bitte, mach es aus.«

»Na gut. Gute Nacht, Elisabet. Schlaf gut. Meine Mutter sagt, dass ein ordentlicher Nachtschlaf sehr wichtig ist.«

Libby vergrub ihr Gesicht wieder in der Decke. *Meine Mutter sagt ...* Der Neid brannte in ihrem Inneren. Wie sehr wünschte sie, sie könnte auch zu jemandem sagen: »Meine Mutter sagt ...« Aber sie hatte keine Mutter. Nicht einmal eine Adoptivmutter. Sie könnte sagen: »Mrs Rowley sagt ...« oder »Maelle sagt ...« Aber dann würden die Leute fragen: »Wer ist Mrs Rowley? Wer ist Maelle?« Niemand musste jemals fragen: »Wer ist deine Mutter?«

Libby drehte sich auf die Seite und kniff die Augen zu. Sie war schon achtzehn – selbst eine Frau. Und sie würde eine bekannte Jour-

41

nalistin werden. Eines Tages würden die Menschen auf der Straße zueinander sagen: »Haben Sie heute die *Gazette* gelesen? Elisabet Conley sagt …« Und dann würden sie direkt aus ihren Artikeln zitieren. Alice-Maries Mutter war nur Alice-Marie vertraut; Libby würde Tausenden ein Begriff sein. Und wenn es so weit war, würde es keinen Deut mehr zählen, dass sie eine Waise war.

Als Libby am nächsten Morgen aufwachte, stellte sie fest, dass Alice-Marie sich bereits leise angezogen und das Zimmer verlassen hatte. Blinzelnd betrachtete sie die runde Uhr auf dem Schreibtisch ihrer Zimmerkameradin und stieß einen überraschten Schrei aus. Es war fast halb neun! In einer halben Stunde würde das Frühstück vorbei sein. Nachdem sie gestern Abend nichts gegessen hatte, war ihr Magen schmerzhaft leer. Sie wollte heute die Büros der verschiedenen Zeitungen in der Stadt abklappern, um sich eine Stelle zu suchen. Da brauchte sie eine Grundlage, um gestärkt zu sein.

Libby sprang aus dem Bett, schlüpfte in den braunen Rock und die Weste, die sie gestern getragen hatte, und band sich die ungekämmten Haare mit einem schmucklosen braunen Band zu einem Pferdeschwanz zusammen. Mit zitternden Fingern betastete sie den Boden des dunklen Kleiderschranks, bis sie die schwarze Ledermappe fand, die Maelle und Jackson ihr für ihre Aufzeichnungen geschenkt hatten. Einen Moment lang hielt sie die Mappe auf den Handflächen wie ein Diener, der ein Kissen mit einer Krone trug, und hielt die Luft an. In diesem ledernen Behältnis ruhte ihre Hoffnung für die Zukunft.

Bitte, o bitte, lass sie gut genug sein!

Normalerweise überließ sie Petey das Beten, aber diese Bitte kam aus ihrem tiefsten Inneren.

Die Mappe an die Brust gedrückt, riss sie die Tür auf und schoss in den Gang hinaus. Sie dachte kaum daran, sich zuerst umzusehen. Zu ihrer Erleichterung war der Korridor leer. Sie rannte zur Treppe und bewegte sich polternd nach unten. Ihre Schuhe machten einen erheblichen Lärm.

Ohne an Tempo zu verlieren, eilte sie über den grasbewachsenen

Hof. Gekonnt wich sie anderen Studenten aus, ignorierte ihr Lachen und ihre Warnungen, vorsichtig zu sein, und stürmte in den Speisesaal, wo sie an der Tür schlitternd zum Stehen kam. Sie nahm sich einen Moment Zeit, um ihren Rock und die losen Haarsträhnen um ihr Gesicht herum glatt zu streichen, bevor sie den Raum so anständig betrat, dass Isabelle Rowley stolz auf sie gewesen wäre.

Die meisten Tische waren leer; nur wenige Studenten saßen noch in kleinen Gruppen zusammen, um fertig zu essen oder sich zu unterhalten. Suchend sah sie sich nach Petey oder Bennett um, entdeckte sie aber nirgendwo. Enttäuscht nahm sie sich ein Tablett. Die Mappe zur Sicherheit unter den Ellbogen geklemmt, ging sie zu einem langen Holztisch in der Nähe der Küche hinüber, auf dem Schüsseln und Platten warteten. Das meiste davon war schon leer geräumt – nur etwas Rührei, ein runzliger Apfel und ein paar trocken aussehende Scheiben Toastbrot waren noch übrig. Seufzend schaufelte sie sich das Ei auf den Teller und nahm sich eine Scheibe Toastbrot.

Als sie die unappetitliche Mahlzeit betrachtete, dachte sie an die wunderbaren Waffeln und Bratwürste, die die Köchin Ramona im Waisenhaus zum Frühstück zubereitete. Ihr lief das Wasser im Mund zusammen. Ach, könnte sie doch gerade jetzt in Shay's Ford sein!

»Elisabet!« Eine helle Stimme klang durch den Saal.

Libby drehte sich um und entdeckte Alice-Marie mit drei anderen Mädchen an einem Tisch am anderen Ende des Raums.

Alice-Marie winkte ihr zu. »Komm zu uns, Elisabet!«

Libby unterdrückte einen Seufzer. Sie würde lieber mit Petey und Bennett zusammensitzen oder einen Tisch für sich allein haben, aber sie sah keine Möglichkeit, diese Einladung höflich auszuschlagen. Also trug sie ihr Tablett zu den Mädchen hinüber und setzte sich neben ihre Zimmerkameradin. »Du bist früh aufgestanden.«

Alice-Marie lächelte affektiert. »Ja. Ich hatte eine Verabredung mit« – sie zeigte auf jedes Mädchen, während sie ihre Namen nannte – »Margaret Harris, Kate Dunn und Myra Child.« Sie beugte sich dicht zu Libby und flüsterte: »Sie sind im zweiten Studienjahr und Mitglieder von *Kappa Kappa Gamma*.« Sie setzte sich aufrecht hin und strahlte die anderen an. »Das ist Elisabet Conley. Sie kommt aus Shay's Ford und wir teilen uns das Zimmer.«

Libby nickte den jungen Frauen nacheinander zu und fing dann an zu essen. Die Eier waren kalt und schmeckten nach nichts, das Toastbrot war trocken und hart, aber sie aß alles auf, weil sie nichts verderben lassen wollte. Die anderen unterhielten sich weiter, während sie aß, als nähmen sie ihre Anwesenheit gar nicht wahr. Aber als sie mit dem leeren Tablett in der Hand aufstehen wollte, griff das Mädchen ihr gegenüber – Kate Dunn – nach ihrem Handgelenk.

»Bleib doch noch einen Moment, Elisabet.«

Libby verharrte halb stehend, halb sitzend. »Eigentlich habe ich ein paar Dinge zu erledigen.«

»Aber wir hatten noch gar keine Gelegenheit, uns zu unterhalten. Deine Erledigungen können sicher noch ein paar Minuten warten.«

Alice-Marie warf Libby einen flehenden Blick zu. Es bedeutete ihr viel, Teil dieser Studentinnenverbindung zu werden. Obwohl Libby ihre Zimmergenossin für ein bisschen oberflächlich hielt, wollte sie ihre Chancen, in *Kappa Kappa Gamma* aufgenommen zu werden, nicht sabotieren. Mit einem angestrengten Lächeln setzte sie sich hin.

Kate warf einen kurzen Blick in die Runde der Mädchen, bevor sie Libby wieder ihre Aufmerksamkeit zuwandte. »Also gut, Elisabet, wir sind schrecklich gespannt zu erfahren … bist du nicht das Mädchen, das gestern auf dem Rasen in eine Rauferei verwickelt war?«

Die anderen beugten sich vor wie Katzen um eine in die Enge getriebene Maus. Libby hatte eine böse Ahnung und ihre Kopfhaut fing an zu prickeln. Offenbar hatten sie diesen Vorstoß genau geplant. Dies war ein weiterer Grund, warum sie Mädchen nicht mochte. Sie konnten so berechnend sein. Sie war versucht, ihnen zu sagen, sie hätten sich geirrt, aber ihr Gewissen verbot ihr zu lügen. Also straffte sie die Schultern, sah Kate Dunn direkt in die blitzenden Augen und sagte einfach: »Ja.«

Zwei von ihnen schnappten nach Luft und legten sich die Hand auf den Mund. Libby hätte fast die Augen verdreht. Sie hatten die Antwort schon gekannt – es gab also keinen Grund für diese melodramatische Reaktion.

»Und wer war der Mann, den du geschützt hast?«, fragte Margaret. Drei Sommersprossen prangten in einer Reihe wie kleine Münzen auf einem weißen Blatt Papier auf ihrer Stupsnase. »Ist er dein Freund?«

»Er ist *ein* Freund«, erwiderte Libby gereizt. »Und er hatte nichts getan, um einen Angriff zu provozieren. Dieser Roy« – sie spuckte den Namen förmlich aus – »ist ohne jeden Grund auf uns losgegangen. Ich bin froh, dass Bennett ihn in die Schranken gewiesen hat.«

»Aber Elisabet, wusstest du nicht, dass Roy Kapitän des Baseballteams ist?« In Kates Gesicht und Tonfall spiegelte sich Erstaunen. »Er ist leitendes Mitglied von *Beta Theta Pi*. Roy ist ein sehr wichtiger Mann auf dem Campus.«

»Roy ist ein Rüpel«, gab Libby zurück.

Alice-Maries Gesicht lief leuchtend rot an. Margaret keuchte auf. »Elisabet!« Die anderen schüttelten die Köpfe und wechselten bestürzte Blicke.

Libby erhob sich und schob sich ihre Mappe unter den Arm. »Ich sage nur die Wahrheit. Ich hoffe, Roy geht uns von jetzt an aus dem Weg. Denn ich weiß, dass Bennett nicht zögern wird, ihn noch einmal zu schlagen, wenn es nötig ist.« *Und das gilt auch für mich!*

Wieder schnappten die versammelten Mädchen nach Luft. Libby nahm von ihrer Reaktion keine Notiz, sondern eilte in Richtung Küche, um ihr Tablett abzugeben. Sie hörte eine von ihnen sagen: »Alice-Marie, wie kannst du nur mit so einem würdelosen Mädchen zusammenwohnen?«

Alice-Maries Antwort erreichte Libbys Ohren. »Oh, ihr müsst Elisabet entschuldigen. Sie ist eine Waise, wisst ihr – sie weiß es nicht besser. Vielleicht ist sie sogar eine Indianerin.«

Mit einem Ruck drehte Libby sich um. »Ich bin keine Indianerin!« Sie wollte auch herausschreien, sie sei keine Waise, aber das konnte sie nicht. Deshalb knallte sie ihr Tablett auf den nächstbesten Tisch und flüchtete.

5

Libby stürmte aus dem Speisesaal und rannte direkt in einen harten Oberkörper. Der Zusammenprall verschlug ihr den Atem und riss ihr die Mappe aus der Hand. Vor ihren Augen tanzten kleine Lichter. Starke Hände packten sie an den Oberarmen und hielten sie aufrecht, denn sonst wäre sie zusammengeklappt. Dann ertönte ein vertrautes raues Lachen.

»Die gute alte Lib, immer in Eile und schaut nie, wohin sie rennt.«

Libby erkannte Bennetts Stimme, aber sie musste mehrmals blinzeln, bevor ihr Blick klar genug wurde, um sein Gesicht mit dem eckigen Kinn richtig zu erkennen. Als sie sich von dem Zusammenstoß erholt hatte, befreite sie sich aus seinem Griff und hob ihre Mappe auf. Sie drückte sie mit beiden Händen an sich wie einen Schild. »Manchmal muss man sich beeilen.«

Bennett lachte und einige seiner Sommersprossen verschwanden in den Lachfältchen um seine Augen. »Menschenskind, du bist ja völlig aufgebracht. Was hat dich so in Zorn versetzt?«

Libby stieß ein Schnauben aus. »Gestern Abend haben wir gemerkt, dass einige Männer auf diesem Campus totale Barbaren sind. Und heute finde ich einige der Frauen unerträglich!« Sie warf einen vernichtenden Blick über die Schulter zurück. »Mich als Indianerin zu bezeichnen ...« Sie drehte sich wieder zu Bennett um und knurrte: »Wenn mir jemand in diesem Moment ein Zugticket anbieten würde, würde ich nach Hause fahren!«

Bennett steckte sich einen Finger ins Ohr und drehte die Hand, als wolle er sich das Ohr reinigen. »Habe ich richtig gehört? Jemand hat dich Indianerin genannt?«

Libby schnaubte wieder. »Es spielt keine Rolle. Es ist nur ...« Sie schlug sich die Mappe gegen das Bein. »Mädchen! Warum müssen sie so ... albern sein?«

Bennett warf den Kopf in den Nacken und lachte schallend. Irritiert schürzte Libby die Lippen. Sie hätte ihm gern die lederne Mappe über den Kopf gezogen, doch sie fürchtete, sein harter Kopf würde die Mappe beschädigen. »Hör auf damit! Das ist nicht witzig!«

Er wurde ernst, doch seine graublauen Augen glänzten vor unterdrücktem Lachen. »Tut mir leid, Lib. Aber manchmal glaube ich, du vergisst, dass du *selbst* ein Mädchen bist.«

»Wie könnte ich das vergessen?« Schon seit Jahren stellte es ein Problem dar, dass sie ein Mädchen war. Ihr Onkel hatte sie nach dem Tod ihrer Eltern ins Waisenhaus gebracht, weil er kein Mädchen allein aufziehen wollte. Potenzielle Adoptiveltern waren nicht an ihr interessiert gewesen, weil sie kräftige Jungen suchten, die bei der Arbeit helfen konnten. Selbst ihre über alles geliebte Maelle hatte anfangs gezögert, zu viel Zeit mit ihr zu verbringen – aus Sorge, ihr unkonventionelles Verhalten würde Libby daran hindern, eine Dame zu werden, wie Mrs Rowley sie sich vorstellte.

Sie drückte die Mappe und das weiche Leder fühlte sich warm und biegsam unter ihren Fingern an. Ein Mädchen zu sein, hatte sie vielleicht in der Vergangenheit einiger Chancen beraubt, aber sie würde nicht zulassen, dass das Pech, als Frau geboren zu sein, ihr bei dem Vorhaben, für eine angesehene Zeitung zu arbeiten, im Weg stand.

Sie zuckte leicht zusammen. Sie musste sich auf den Weg in die Stadt machen! »Ich muss gehen, Bennett. Triffst du Petey zum Mittagessen?« Sie trat ein paar Schritte zurück, während sie sprach.

Bennett zuckte die Achseln und bei dieser Bewegung dehnte sich seine Anzugjacke so, dass die Knöpfe fast absprangen. »Ich kenne Petes Stundenplan für heute nicht so genau – er hat diesen Vormittag eine Versammlung oder so etwas. Anscheinend gibt es einige davon, bevor morgen die Seminare beginnen. Aber ich bin um halb zwölf im Speisesaal. Wollen wir uns treffen?«

Libby kräuselte die Nase. Das würde ihr in der Stadt nicht viel Zeit lassen. »Ich werde versuchen zu kommen, aber versprechen kann ich es nicht.« Sie winkte ihm zum Abschied zu. »Bis später dann! Wünsch mir Glück!« Sie drehte sich schnell um und fing an, zum Gehweg zu rennen, der zur Straße führte.

»Glück? Glück für was?«

Bennetts Stimme folgte ihr, aber sie achtete nicht darauf und setzte ihren wilden Lauf fort. Bevor sie nach Chambers gekommen war, hatte sie den Handelsverband angeschrieben und um die Namen und Adressen sämtlicher Zeitungen in der Stadt gebeten. Sie wollte sich bei allen drei nach einer Stelle erkundigen.

Nachdem sich die Situation auf der anderen Seite des Ozeans jetzt so zuspitzte, würde man Journalisten brauchen, die über den weiteren Fortgang der Ereignisse berichteten. Libby hatte gehört, wie Aaron Rowley und Jackson Harders Präsident Wilson für sein besonnenes Verhalten angesichts der deutschen Angriffe lobten. Glücklicherweise waren Petey und Bennett an der Universität eingeschrieben und mussten deshalb nicht in einen Krieg ziehen.

Aber wenn es nach ihr ginge, wäre sie mitten im Geschehen, mit Block und Bleistift in der Hand, und würde jede Einzelheit der Auseinandersetzungen berichten. Um das tun zu können, brauchte sie einen Job bei der Zeitung.

Sie suchte zuerst den *Chambers Courier* auf. Zu ihrer Freude wurde sie ins Büro des Herausgebers geführt, doch die gute Laune verging ihr schnell, als der Mann unverhohlen über ihren Wunsch lachte, Nachrichtenartikel zu schreiben.

»Sie sind zu hübsch, Schätzchen«, sagte der Mann und zwinkerte ihr unverfroren zu. »Sie eignen sich besser als Verkäuferin im Drugstore. Warum versuchen Sie es nicht nebenan – vielleicht wird dort jemand gebraucht?«

Libby marschierte direkt an dem Drugstore vorbei und suchte die zweite Zeitung auf ihrer Liste auf, die *Weekly Dispatch*. Der Herausgeber nahm sich die Zeit, ein paar von ihren Schreibproben zu überfliegen, bevor er ihr sagte, dass er keine weiteren Reporter benötige, und wissen wollte, ob sie gut wischen könne. Er könne eine zuverlässige Putzfrau gebrauchen.

Libby ließ sich ihre Verärgerung nicht anmerken und antwortete mit ruhiger Stimme: »Sir, ich habe nicht den Wunsch, für Ihre Zeitung zu putzen. Ich möchte gern schreiben.«

»Tut mir leid.« Er schob den Stapel ihrer Musterartikel über den Schreibtisch. »Ich glaube nicht, dass ich jemals eine Frau als Reporterin einstellen werde. Frauen sind mir zu launisch.«

Libby hätte seine Einschätzung beinahe mit einem Wutanfall bestätigt, aber sie biss sich gerade noch rechtzeitig auf die Zungenspitze. Sie sammelte ihre Artikel ein, steckte sie ordentlich in die Mappe zurück und stürmte aus dem Büro, bevor die zornigen Worte aus ihr herausbrachen, die ihr bereits auf der Zunge lagen.

Auf dem Gehweg betrachtete sie den letzten Namen auf der Liste und murmelte: »Meine letzte Hoffnung ...« Sie holte tief Luft, um sich zu stärken, drehte sich auf dem Absatz um und ging zu dem roten Ziegelgebäude an der Kreuzung von Second und Ash Street. Als sie die Glastüren erreichte, hob sie das Kinn und trat ein, die Mappe in die Armbeuge geklemmt. Sie ging direkt zur Dame am Empfang und gab sich so selbstbewusst wie möglich. »Ich hätte gern ein kurzes Gespräch mit dem Chefredakteur, bitte.«

Die Frau musterte sie durch dicke, runde Brillengläser. »Haben Sie einen Termin bei Mr Houghton?«

Libby ließ sich nicht aus der Fassung bringen. »Nein, Madam, aber ich verspreche, nicht viel von seiner Zeit zu beanspruchen. Würden Sie ihm bitte sagen, dass Miss Elisabet Conley von der University of Southern Missouri hier ist, um mit ihm zu sprechen?«

Die Augen hinter den Brillengläsern wurden schmäler. »Sie sind nicht hier, um eine Anzeige im Jahrbuch zu verkaufen, oder? Er hat alle seine Anzeigen für dieses Jahr schon gekauft.«

»O nein, Madam.« Libby stieß ein leises Lachen aus und lächelte die Frau an. »Ich versichere Ihnen, ich bin nicht gekommen, um ihm irgendetwas zu verkaufen.« *Außer mich selbst ...*

»Na gut ...« Die Frau tippte mit dem Bleistift auf einen Block auf dem Schreibtisch und machte ein finsteres Gesicht. »Ich vermute, es kann nicht schaden, ihn zu fragen. Warten Sie hier.« Die Stuhlbeine quietschten auf dem Holzboden, als sie den Stuhl nach hinten schob. Sie erhob sich und verschwand um die Ecke. Libby wartete und unterdrückte das dringende Bedürfnis, ungeduldig mit dem Fuß zu wippen. Kurz darauf kam die Frau zurück, gefolgt von einem großen grauhaarigen Mann, der die Hemdsärmel bis über die Ellbogen hochgekrempelt hatte. Die Fingerspitzen seiner linken Hand waren mit schwarzer Tinte befleckt.

»Guten Tag, Miss Conley. Ich bin Fenton Houghton. Wie kann ich Ihnen helfen?«

Libby setzte ihr strahlendstes Lächeln auf. »Wenn man es genau nimmt, bin ich hier, um *Ihnen* zu helfen. Könnten wir uns vielleicht für ein paar Minuten in Ihr Büro zurückziehen?«

Seine Lippen zuckten kurz. »Solange es wirklich nur ein paar Minuten sind.«

Obwohl sein Gesichtsausdruck freundlich blieb, verstand Libby die unterschwellige Warnung in seinen Worten. Sie neigte den Kopf. »Fünf Minuten höchstens.«

»Die kann ich erübrigen.« Er deutete auf den Gang und Libby stiefelte hinter ihm her. Das Rattern von Schreibmaschinen übertönte murmelnde Stimmen, und neugierig schlug Libbys Herz schneller. Was für Berichte entstanden unter den Fingern, die in diesem Moment in die Tasten schlugen? Sie atmete den verlockenden Geruch von Tinte und Papier ein und fand ihn berauschender als Parfum. *Hier gehöre ich hin!*

Mr Houghton führte sie in ein großes, unordentliches Büro und zeigte auf einen Stuhl mit hoher Rückenlehne. »Nehmen Sie Platz.« Er sank in den Ledersessel hinter dem Schreibtisch, lehnte sich zurück und verschränkte die Hände über dem Bauch. »Sagen Sie nichts – Sie wollen Reporterin werden.«

Libby blieb der Mund offen stehen. »Woher wussten Sie das?«

Er wedelte mit der Hand, als wolle er eine Fliege verscheuchen. »Mindestens ein Dutzend angehende Reporter suchen mich jedes Jahr hier auf. Die meisten von ihnen sind jedoch …«, er räusperte sich, »männliche Bewerber.«

Natürlich. »Ich habe nicht die Absicht, mich durch mein Geschlecht davon abhalten zu lassen, eine erstklassige Reporterin zu werden.« Libby öffnete ihre Mappe und zog ein paar säuberlich beschriebene

Blätter hervor. »Wie Sie an meinen Arbeiten sehen können, kann ich ...«

Wieder hob Mr Houghton eine Hand. »Bis hierher und nicht weiter, junge Dame.« Er beugte sich nach vorn und stützte die Ellbogen auf der Schreibtischplatte ab. »Wie alt sind Sie?«

Zu verblüfft, um lange nachzudenken, antwortete Libby automatisch: »Achtzehn, Sir.«

»Haben Sie eine Ausbildung?«

»Nein, aber ich bin an der Universität eingeschrieben.«

»Sie sind Studienanfängerin?«

»Ja.«

»Im Journalismus-Studiengang?«

»Ja, Sir.«

»Mm-hm.« Er strich sich mit dem Finger über die Oberlippe. »Es schreiben sich immer mehr Frauen ein ...« Er ließ die Hand sinken und betrachtete sie ernsthaft über den Schreibtisch hinweg. »Miss Conley, ich möchte Ihnen einen Rat geben. Ich sehe, dass Sie eine entschlossene junge Frau sind. Ich bewundere sogar Ihre Absicht, eine – wie Sie es nennen – erstklassige Reporterin zu werden. Aber dazu braucht es mehr als Tatendrang und Entschlossenheit. Es braucht Erfahrung. Und das ist genau das, was Sie nicht besitzen.«

Libby dachte an die vielen Zurückweisungen an diesem Vormittag und stieß verärgert die Luft aus. Dieser Mann konnte sie nicht auch noch ablehnen! »Und wie soll ich Erfahrung bekommen, wenn mir niemand eine Chance gibt?«

Mr Houghton lachte. »Miss Conley, Sie werden Ihre Chance an der Universität haben. Der Journalismus-Studiengang veröffentlicht zwei Zeitungen direkt dort auf dem Campus. Sie werden an der Produktion dieser Ausgaben beteiligt sein. Dort werden Sie die Gelegenheit haben, Erfahrungen zu sammeln.«

Aber Libby wollte ihren Namen nicht in der College-Zeitung sehen, sie strebte Größeres an. Sie rutschte auf dem Sitz nach vorn und legte die Fingerspitzen auf den Schreibtisch des Redakteurs. »Aber was ist, wenn ich mehr will? Könnten Sie sich nicht wenigstens einmal ansehen, was ich schreibe? Mein Lehrer in Shay's Ford hat mir versichert, dass ich begabt sei.«

»Begabte Schreiber gibt es wie Sand am Meer«, sagte der Mann mit einer wegwerfenden Handbewegung. »Was zählt ist, ob – Sie – den – Job – machen – können.« Er stieß jedes Wort mit der Kraft eines Boxers hervor. Er richtete den Finger auf Libby. »Und diese Sicherheit entsteht, indem man für eine etablierte, anerkannte Publikation wie die Zeitungen auf dem Campus schreibt und damit etwas vorweisen kann.« Er machte Anstalten, sich zu erheben. »Also –«

Libby umklammerte die Sitzfläche des Stuhls mit beiden Händen und blieb sitzen. »Mr Houghton?«

Er wartete und seine Lippen zuckten. »Ja, Miss Conley?«

»Ich würde gern etwas schreiben, was sich vorweisen lässt, aber nicht bei der College-Zeitung. Ich ziehe eine Publikation vor, die ein breiteres Publikum hat. Wenn Sie nicht bereit sind, mich als Mitarbeiterin anzustellen, haben Sie dann vielleicht eine Empfehlung für mich?«

Der Mann ließ sich wieder in seinen Sessel sinken. Er schaukelte ein paar Minuten hin und her und musterte Libby mit finsterem Blick. Dann seufzte er. »Versuchen Sie es mit Zeitschriften. So wie Sie aussehen, könnte ich mir vorstellen, dass Sie das Zeug zu einer guten Romanautorin haben. Vielleicht könnten Sie einige Fortsetzungsgeschichten schreiben und sich auf diese Weise bewähren.«

Romane? Libby wollte ernsthafte Reportagen schreiben! Es verletzte sie, dass er ihrem Traum so gleichgültig gegenüberstand, und sie senkte den Kopf. »Ich … ich verstehe.«

»Ich fürchte, mehr kann ich nicht für Sie tun.« Sein Sessel quietschte, als sich erhob. »Aber kommen Sie doch in ein paar Jahren wieder, wenn Sie etwas in der Hand haben. Sprechen Sie dann bei mir vor.«

»Wirklich?«

»Auf jeden Fall. Wenn mir Ihre Arbeitsproben gefallen und wenn Sie bewiesen haben, dass Sie es schaffen, Abgabetermine einzuhalten, bin ich vielleicht bereit, Ihnen eine Chance zu geben.« Er lächelte.

»Die Zeitung kann immer eine Kolumne zur Haushaltsführung oder eine gute Klatschspalte gebrauchen.«

Libby schoss beinahe von ihrem Stuhl hoch. Sie packte ihre Mappe und wirbelte zur Tür herum. In dieses Büro würde sie mit Sicherheit nicht zurückkehren. Zähneknirschend zwang sie sich, daran zu denken, was Isabelle Rowley sie über gutes Benehmen gelehrt hatte. Sie drehte sich noch einmal um und sagte steif: »Ich danke Ihnen für Ihre Zeit, Mr Houghton, und wünsche Ihnen noch einen schönen Tag.«

Dann flüchtete sie aus dem Gebäude, ohne die Empfangsdame auch nur eines Blickes zu würdigen. Sie stürmte über den Gehweg und ihre Füße gaben ärgerliche kleine Stampfgeräusche von sich. Haushaltsführung? Klatschspalte? Romane? Einem Mann, der bei ihm Arbeit suchte, hätte Mr Houghton niemals solche Vorschläge gemacht.

Wie unfair es war, dass man ihr weniger zutraute, nur weil sie ein Kleid trug und keine Hosen. Kein Wunder, dass Maelle so viele Jahre lang Hosen getragen hatte. Vielleicht sollte Libby sich über die Anstandsregeln hinwegsetzen und sich ebenfalls eine Hose kaufen! Sie trat wütend gegen eine leere Dose, die im Rinnstein lag. Scheppernd flog sie ein paar Meter weit und blieb neben einer kleinen, schmutzigen, flachen Scheibe liegen. Neugierig beugte Libby sich hinunter und nahm die Scheibe zwischen Daumen und Zeigefinger. Ihr Herz hüpfte vor Freude. Es war eine Fünf-Cent-Münze! Sie ließ den Blick über die anderen Leute auf dem Gehweg wandern, aber niemand schien eine verlorene Münze zu suchen.

Dieser unerwartete Glücksfall hob ihre Laune. Es gab ein Dutzend Möglichkeiten, wie sie dieses Geldstück verwenden könnte. Ein Laden wartete direkt vor ihr. Mit einem kleinen Hüpfer eilte sie vorwärts und betrat das Geschäft. Eine lange hohe Theke zog sich an der rechten Seite des Geschäfts entlang, doch sämtliche schwarzen Eisenstühle waren schon von Kunden besetzt, die Limonade tranken oder ein Sandwich aßen.

Libby lief das Wasser im Mund zusammen, als ihr der Geruch gebratener Zwiebeln in die Nase stieg und eine Erinnerung weckte.

Zwei Jahre vor ihrem Tod hatten ihre Eltern sie zur Weltausstellung in St. Louis mitgenommen. Sie hatten ein köstliches Sandwich gegessen – einen *Hamburger* hatten sie es genannt –, das aus einer Hackfleischfrikadelle auf Toastbrot mit Essiggurken und gebratener Zwiebel bestand. Nach ihrem traurigen Frühstück und der erfolglosen Jobsuche hatte sie einen besonderen Leckerbissen verdient. Könnte sie sich vielleicht einen Hamburger mit ihrer Münze kaufen?

Sie schlich näher heran und spähte zwischen zwei Schultern hindurch, um auf dem Plakat aus Pappe hinter der Theke zu lesen, welche Sandwiche es gab und was sie kosteten. Zu ihrer Enttäuschung standen nur Eiersalat auf Weißbrot, Schinken und Käse auf Roggenbrot und Frankfurter im Brötchen auf der Liste. Sie spielte mit der Münze in ihrer Hand und hielt weiter Ausschau. Es gab Milchshake, ein Schälchen Eiscreme, eine große Dillgurke … Nachdem ihr Appetit auf einen Hamburger geweckt war, fühlte sie sich von nichts anderem angesprochen. Seufzend wandte sie sich zur Tür, um das Geschäft zu verlassen, aber ein Ständer in der Ecke zog ihre Aufmerksamkeit auf sich.

Zeitschriften.

Mr Houghton hatte ihr vorgeschlagen, sich zu bewähren, indem sie Geschichten für Zeitschriften schrieb. Der Gedanke, romantische Fortsetzungsgeschichten zu verfassen, reizte Libby nicht, aber vielleicht würde ihr der Zeitschriftenredakteur erlauben, stattdessen Artikel zu schreiben. Sie kämpfte sich zum Zeitschriftenständer durch und zog eine Ausgabe von *Carter's Home Journal* aus dem Regal. Sie blätterte das Heft durch. Keine ernst zu nehmenden Artikel – fast alles nur Rezepte und Tipps für Garten und Haushalt. Sie legte es zurück.

Sie überflog das Zeitschriftenangebot und entdeckte eine Ausgabe von *Modern Woman's World*. Ein sarkastischer Gedanke ging ihr durch den Kopf: Vielleicht würde diese Zeitschrift ihr zeigen, wie sie als Frau in diese Welt passte. Sie nahm sie aus dem Ständer und warf einen Blick hinein. Eine fette Überschrift sprang ihr ins Gesicht – *Ein Kuss um Mitternacht* – und sie spürte ein ungewohntes Flattern im Magen. Nachdem sie kurz über die Schulter geschaut hatte, fing sie an zu lesen.

Die ersten Abschnitte ließen für Libby keinen Zweifel daran, dass Mr Houghton genau solche Liebesgeschichten gemeint hatte. Am Ende der ersten Spalte wusste sie, dass sie etwas schreiben konnte, was genauso gut war. Wenn nicht sogar besser. Mrs Rowley hatte Libby oft für ihre überbordende Fantasie getadelt und sie ermutigt, in der Gegenwart zu bleiben, anstatt sich in erfundene Welten in ihrem Kopf zu flüchten. Nun fragte sich Libby zum ersten Mal, ob ihre Fantasie ihr vielleicht mehr nutzen als schaden könnte.

Mr Houghton hatte angedeutet, sie müsse als Autorin etwas vorweisen können. Zweifellos wäre sie in der Lage, sich solche Geschichten wie diese auszudenken. Wenn eine Zeitschrift ihre Geschichten kaufte, könnte sie sehr schnell eine Mappe mit Arbeitsproben zusammenbringen und beweisen, dass sie in der Lage war, Abgabetermine einzuhalten. Dann könnte sie sich anspruchsvolleren Projekten zuwenden.

Sie klappte die Zeitschrift zu. Ihr Blick fiel auf den Preis und sie hätte beinahe laut aufgelacht. Fünf Cent. Sicher war es kein Zufall, dass sie die Münze direkt nach ihrer Begegnung mit dem Zeitungsredakteur gefunden hatte. Mit der Zeitschrift in der Hand eilte sie zur Theke und hielt ihre Münze hoch.

Der Verkäufer kam herbei und steckte die Münze ein. Er tippte sich an seinen lustigen kleinen Papierhut und grinste. »Viel Spaß beim Lesen.«

Libby grinste zurück. »Sie meinen wohl, viel Spaß beim Schreiben!«

6

Bennett sah auf seine Taschenuhr – ein besonderes Geschenk von den Mitarbeitern des Waisenhauses – und stieß ein ärgerliches Knurren aus. Es war fünf nach zwölf und noch immer keine Spur von Libby. Er griff nach seinem Teller, schlenderte zur Essensausgabe und füllte den weißen Keramikteller zum dritten Mal. Würde er jemals das Gefühl haben, genug zu essen zu bekommen? Noch immer hingen ihm jene früheren Tage nach, in denen er gehungert hatte, obwohl das inzwischen lange her war.

Er nahm sich zwei Scheiben Brot und steckte zwei weitere für später ein, dann wählte er einen Platz mit Blick auf die Tür, damit er nach Libby Ausschau halten konnte.

Er streute Salz und Pfeffer über das Stück Fleisch, die gekochten Kartoffeln und den Mais, bevor er mit der Gabel in das Fleisch stach. Um ihn herum summten Gespräche und er lauschte, immer aufmerksam für seine Umgebung.

»Na gut, ich sage immer noch, dass Amerika sich nicht raushalten kann«, bellte eine männliche Stimme hinter Bennett, »und es ist dumm, etwas anderes zu glauben. Zwischen den verschiedenen Ländern gibt es zu viele Handelsverflechtungen. Wenn Geld auf dem Spiel steht, können wir die Geschehnisse dort drüben nicht ignorieren.«

Die Antwort wurde von rauem Gelächter links von Bennett übertönt. Er warf einen finsteren Blick auf die Gruppe, die sich so amüsierte, aber er brauchte die Antwort nicht zu hören. Er stimmte der Aussage zu, die der Sprecher gemacht hatte. Seit Monaten braute sich auf der anderen Seite des Ozeans etwas zusammen, nachdem Deutschland fast allen anderen europäischen Ländern den Krieg erklärt hatte. Bennett schnaubte leise. Vielleicht sollten die USA den Deutschen den Krieg erklären und schauen, wie es ihnen gefiel, wenn der Spieß umgedreht wurde. Bei diesem Gedanken erhob sich sein Kampfgeist. Sobald die USA bereit waren, wäre auch er bereit. War er nicht immer für eine gute Keilerei zu haben?

Hektische Geschäftigkeit an der Tür des Speisesaals erregte seine Aufmerksamkeit und er hielt mitten in der Bewegung inne, ließ seine Gabel in der Luft hängen. Aber als er Libby in der Gruppe Studenten, die den Raum betrat, nicht entdeckte, schob er sich den Bissen in den Mund und kaute heftig darauf herum. Wo blieb sie nur?

Zwei junge Männer blieben auf der anderen Seite von Bennetts Tisch stehen und deuteten auf die leeren Stühle. »Sind die Plätze besetzt?«

Bennett überlegte, ob er sie wegschicken sollte – sie würden ihm die Sicht auf die Tür versperren und er würde Libby vielleicht verpassen. Aber was für einen Unterschied würde das machen? Sie kam offensichtlich nicht. Er zuckte die Achseln. »Nehmt ruhig Platz.« Sie zogen die Stühle unter dem Tisch hervor, wobei die Metallbeine im Gleichklang über den Boden quietschten, und setzten sich.

Einer der beiden senkte den Kopf, um zu beten, was Bennett erinnerte, dass er vor dem Essen kein Dankgebet gesprochen hatte. Wispernd erhob sich ein Schuldgefühl in seinem Inneren, aber er schob es beiseite. Was machte es schon, dass sie im Waisenhaus vor dem Essen immer gebetet hatten? So sehr er die guten Mahlzeiten und das warme Bett auch geschätzt hatte, hatten ihm längst nicht alle Regeln gefallen. Jetzt, wenn er wieder auf eigenen Füßen stand, konnte er machen, was ihm gefiel. Und er zog es vor, das Beten Pete zu überlassen.

Sobald der Mann seinen Kopf wieder hob, sagte er: »Ich bin Jim.« Er zeigte auf seinen Kameraden. »Das ist Ted.«

»Bennett Martin.« Bennett spießte einen weiteren riesigen Bissen auf und deutete auf die Jacken, die die beiden trugen. »Seid ihr in einer dieser Studentenverbindungen?«

Jim grinste. »Ja, sind wir. In *Delta Tau Delta*. Hast du vor, dich einer anzuschließen? Unsere ist eine gute.«

Mit einem zusammengedrückten Stück Brot wischte Bennett das Fett von seinem Teller auf. »Wahrscheinlich. Aber ich weiß noch

nicht, welche es sein soll. Ich muss noch ein bisschen darüber nachdenken.«

»Denk nicht zu lange nach«, riet ihm Ted. »Die Verbindungen nehmen nur eine bestimmte Zahl von Mitgliedern auf. Wenn du dich
nicht schnell genug entscheidest, kommst du vielleicht nicht mehr in
die gewünschte.«

Bennett zuckte wieder die Achseln, obwohl ihm der Gedanke, zu
einer Gruppe zu gehören, gefiel. Er war allein gewesen, bis Aaron
Rowley ihn überzeugt hatte, die Straße zu verlassen und im Waisenhaus zu leben. Dort hatte er sich mit Pete und Libby angefreundet,
aber selbst wenn er mit ihnen zusammen war, hatte er manchmal das
Gefühl, nicht ganz zu ihnen zu passen. Wie würde es sein, Mitglied
in einer Verbindung zu werden und wirklich dazuzugehören?

Die beiden Männer aus der Studentenverbindung steckten die
Köpfe zusammen und unterhielten sich leise, während Bennett sein
Essen fortsetzte. Er schluckte den letzten Bissen hinunter, klopfte sich
auf den Bauch und stand auf. »Also, Kameraden, ich bin fertig, und
werde mal ...«

Die beiden sprangen auf. »Wart mal.«

Bennett legte die Hände an sein Tablett. »Warum?«

Ein hinterhältiges Grinsen stahl sich auf Teds Gesicht. »Wir fragen
uns nur, ob du dich entschieden hast, irgendwo Mitglied zu werden.
Wirst du über *Delta Tau Delta* nachdenken?«

»Vielleicht.« Aus dem Augenwinkel heraus beobachtete Bennett,
wie Jim langsam um den Tisch herumkam.

»Na gut, wenn du darüber nachdenkst, müssen wir ein paar Dinge
erfahren.« Ted kreuzte die Arme über der Brust. »Wir haben gern
Sänger in unserer Verbindung. Kannst du singen, Martin?«

Stühle quietschten, als Leute sich umdrehten, um zuzuschauen.
Das geräuschvolle Durcheinander von Stimmen, das noch vor einem
Moment geherrscht hatte, verstummte, während Geflüster und ge-
dämpftes Lachen sich im Speisesaal ausbreitete. Bennett spürte ein
Prickeln am Hinterkopf. Es hatte ihm nichts ausgemacht, auf dem
Rasen im Mittelpunkt der Aufmerksamkeit zu stehen, weil er dort

der Angreifer gewesen war. Aber es gefiel ihm nicht, in der Defensive zu sein. »Ich bin kein großer Sänger. Ich würde also wahrscheinlich nicht gut bei *Delta Tau Delta* reinpassen.«

»Überlass uns die Entscheidung.« Jim nahm Bennett das Tablett aus den Händen. »Kletter auf den Tisch hier und gib uns ein kleines Konzert.« Er drehte sich um und grinste die anderen im Saal an. »Wie wäre es mit etwas Ermutigung? Martin hier wird uns etwas vorsingen.«

Hurrarufe wurden laut. Bennett stand mit steifen Beinen da, die Hände zu Fäusten geballt. Er hatte zwei Möglichkeiten: Entweder ließ er zu, dass sie die Situation beherrschten, oder er übernahm selbst die Kontrolle. Seine Wangen zuckten, als er gegen ein Grinsen ankämpfte. Hatte ihn jemals ein Mensch zu etwas gezwungen, was er nicht wollte? Er sprang auf den Tisch. Er wackelte und Bennett tat so, als kämpfe er um sein Gleichgewicht. Dies brachte ihm Gelächter ein. Dann, als er sicher stand, breitete er die Arme aus.

»Na gut, na gut, ich werde ein Lied singen. Aber zuerst muss ich fragen, ob es eine Caroline hier im Speisesaal gibt?«

Schrilles Kichern ertönte von einem Tisch in der Ecke. Zwei Mädchen zeigten auf ein drittes – es war eine schüchtern aussehende junge Frau, deren schmales Gesicht von dichten braunen Haarsträhnen umrahmt war. Sie bedeckte ihre Wangen mit beiden Händen. Bennett grinste und lockte sie mit gekrümmtem Finger zu sich. »Komm her, Süße. Ich kann dieses Lied nicht ohne dich singen.«

Die Kameradinnen der Frau zogen sie von ihrem Stuhl. Mit gerötetem Gesicht wehrte sie sich, stemmte die Fersen gegen den Boden und schüttelte wild den Kopf. Aber die anderen schoben sie durch den Raum zu Bennetts Tisch.

Er ging in die Hocke und schenkte ihr sein entwaffnendstes Lächeln. »Du bist also Caroline, ja?«

»J-ja.« Die braunen Augen weit aufgerissen, versuchte das Mädchen, sich aus dem Griff der Freundinnen zu lösen.

Bennett hätte beinahe die Augen verdreht. Albernes Ding – sie wurde doch nicht zum Galgen gezerrt. Er legte seine Hand auf ihre magere Schulter. »Ich will dir nichts tun. Ich brauche einfach nur eine hübsche Caroline, um sie zu besingen. Willst du mir helfen?«

In Wirklichkeit hatte Bennett schon hübschere Mädchen gesehen. Aber seine Worte hatten den gewünschten Effekt. Die Röte in ihren Wangen vertiefte sich zu einem flammenden Rot und sie versuchte nicht länger zu fliehen. Sie nickte schüchtern. Ihre Freundinnen traten zurück und Bennett drückte sie kurz an der Schulter. »Klasse, dass du mitmachst.« Er zwinkerte. »Jetzt bleib einfach hier stehen und lächle mich weiter an, Süße – das wird mir die nötige Ermutigung geben, um mir diese Kumpel vom Hals zu schaffen.«

Er richtete sich auf. Die Augen auf Carolines Gesicht geheftet, schmetterte er den Text von »Can't You Hear Me Callin', Caroline?« Bennett war schon mehrfach gesagt worden, dass er keinen Ton halten könnte, aber davon ließ er sich nicht beeinträchtigen. Er sang aus voller Kehle. Gleichzeitig machte er ausladende Gesten und ging manchmal auf ein Knie herunter, um Carolines Wange mit den Fingern zu streifen oder um über ihr krauses braunes Haar zu streichen. Die Röte in ihren Wangen breitete sich aus, bis ihr Gesicht vom Hals bis zum Haaransatz von roten Flecken überzogen war, doch sie drückte sich weiterhin an den Rand des Tisches, das Gesicht Bennett zugewandt.

Er konnte sich nicht an den ganzen Text erinnern – er hatte das Lied nur ein paar Mal im Radio gehört –, aber er half sich mit *la-la-la* aus, wo es nötig war. Gelächter und Beifall begleiteten die gesamte Darbietung, und bis er fertig war, starrte Caroline ihn verzückt und völlig betört an.

Als er zur letzten Zeile des Lieds kam, sprang er auf den Boden, legte beide Hände auf Carolines Wangen und hielt die letzte Silbe von »Caroline …«, bis ihm die Luft ausging. Er hustete künstlich, was ihm noch mehr Gelächter und tosenden Applaus einbrachte. Dann hob er Carolines magere Hand an die Lippen und drückte einen Kuss auf den Handrücken. Schließlich verbeugte er sich vor dem jubelnden Publikum. Jim und Ted klopften ihm auf den Rücken, während ihm wildes Klatschen und Fußgetrampel in den Ohren hallte. Bennett entfernte sich einen Schritt von den beiden Männern und legte seinen Arm um Carolines Taille.

»Komm, Süße, ich bring dich zurück zu deinem Essen.«

Caroline zog den Kopf ein und drückte sich die verschränkten Hände aufs Herz. »Ja, bitte.«

Bennett, der an Libbys forsche Art gewöhnt war, stellte fest, dass er für das verschämte Verhalten dieses Mädchens nichts übrighatte. Aber er spielte den Gentleman und geleitete sie zu ihrem Tisch, wo sie auf ihren Stuhl sank, die trübseligen Augen immer noch auf sein Gesicht gerichtet. »Danke für deine Hilfe, Caroline.« Er summte ein paar Takte aus dem Lied und grinste, während Caroline ihren immer noch roten Wangen mit beiden Händen Luft zufächelte. Dann zwinkerte er ihren Freundinnen zu, die hysterisch kicherten, bevor er zu seinem eigenen Tisch zurückstolzierte.

Gerade als er sein Tablett hochnahm, betraten Libby und Pete den Speisesaal. Er sah sie finster an, als sie sich näherten. »*Jetzt* taucht ihr auf. Wo wart ihr?« Er bewegte das leere Tablett auf und ab. »Ich bin schon komplett fertig.« Das spontane Konzert erwähnte er nicht. Er fragte auch nicht, warum Libby mit Pete zusammen war, wenn er sie doch eingeladen hatte, mit ihm zu essen.

»Tut mir leid, dass ich mich verspätet habe.« Libby schob die Unterlippe vor und blies sich ein paar dünne Haarsträhnen aus dem Gesicht. »Es hat länger gedauert, als ich dachte, um zu den Zeitungsbüros in der Stadt zu kommen.«

Bennett runzelte die Stirn. »Zu den Zeitungsbüros?«

»Ich wollte mir Arbeit suchen.«

Sie würden alle einen Job brauchen, um sich Geld zu verdienen. Ihre Stipendien deckten nur die Ausgaben für die Universität ab, nichts weiter. Aber sie hatten keine Eltern, die ihnen ein monatliches Taschengeld schickten. Pete hatte Glück – Mrs Rowley hatte ihm eine Stelle als studentische Hilfskraft für die theologischen Professoren verschafft. Aber natürlich hatten sich die Rowleys nicht die Mühe gemacht, etwas für ihn oder Libby zu organisieren. Sie waren auf sich selbst gestellt.

Er wünschte, er hätte gewusst, was Libby den ganzen Vormittag über gemacht hatte – er hätte sie begleiten und selbst auch nach Arbeit suchen können. »Hast du etwas gefunden?«

Ein geheimnisvolles Lächeln stahl sich auf ihr Gesicht. »Ja. Etwas völlig Unerwartetes.« Bevor Bennett fragen konnte, was sie meinte, wandte sie sich Pete zu. »Auf jeden Fall bin ich froh, dass wir uns über den Weg gelaufen sind. Nachdem Bennett schon fertig ist, werde ich mit dir essen. Vorausgesetzt, es ist noch etwas übrig.«

Pete schaute zu Bennett. »Willst du noch dabeibleiben und dich mit uns unterhalten, während wir essen?«

Bennett schnaubte. »Nein. Ich bin lange genug hier gewesen.« Wenn er den Saal früher verlassen hätte, hätte er die Gesangseinlage vielleicht vermeiden können. Natürlich war das nicht völlig nutzlos gewesen. Er warf einen Blick über die Schulter. Caroline und ihre Freundinnen starrten ihn immer noch hingerissen an. Er konnte nicht widerstehen und wackelte mit den Augenbrauen zu dem Trio hinüber, was weiteres Gekicher zur Folge hatte, bevor er sich wieder zu Pete und Libby umdrehte. »Ich gehe in mein Zimmer – und genieße meinen letzten Nachmittag in Freiheit, bevor morgen der Unterricht beginnt.«

»In Ordnung. Sehen wir dich beim Abendessen?«

Bennett nickte. »Ich werde da sein.« Er stellte sein Tablett vor der Küche ab und steuerte auf die Tür zu. Dort traf er Jim und Ted, die zur gleichen Zeit hinausgehen wollten. Er versetzte Jim einen Schlag auf die Schulter. »Hey, danke, dass ihr mir die Gelegenheit verschafft habt zu singen.« Er zog eine Augenbraue hoch. »Den Damen gefällt es auf jeden Fall, wenn ein Mann ihnen vorsingt. Ihr habt mir einen echten Gefallen getan.«

Ted räusperte sich. »Du bist so ziemlich der schlechteste Sänger, den ich je gehört habe.«

Bennett lachte. »Heißt das, ihr wollt doch nicht, dass ich Mitglied bei ... wie war das noch mal? *Delta Sau Delta* werde?«

Ted blickte finster. »Es heißt *Delta* Tau *Delta*.«

Bennett mimte Verlegenheit. »Ach so. Ja, stimmt.« Er rieb sich mit dem Finger über die Oberlippe und verbarg sein Lächeln. »Tut mir leid, Kumpel.«

Jim sagte: »Du kannst dich gern bewerben, aber wir nehmen dieses Jahr nur drei neue Mitglieder auf. Also …«

Bennett verstand die Andeutung – seine Chancen standen nicht gut. Das war nichts Neues. Wann waren seine Aussichten je günstig gewesen? Die beiden wollten gehen, doch Bennett stellte sich ihnen in den Weg. »Hey, kann ich euch noch was fragen, bevor ihr geht?«

Jim zuckte die Achseln. »Klar.«

»Kennt ihr einen großen Typen … lockiges Haar … mit Namen Roy?«

Die zwei starrten ihn mit offenen Mündern an. Jim sagte: »Hey, du bist der, der …« Er packte Ted am Arm.

Ted grunzte und riss sich los.

Jim schlug Ted auf den Arm und grinste von einem Ohr zum anderen. »Weißt du, wen wir hier haben? Das ist der Kerl, der Roy gestern eins auf die Nase gegeben hat. Stimmt's? Das warst doch du, oder?«

Die Bewunderung in den Augen des Mannes ließ Bennett fast erröten. Fast. Er drückte die Brust nach vorn. »Ja, das war ich.«

Jim schüttelte den Kopf. »Ich habe noch nie gesehen, dass es jemand so mit Roy aufnimmt.« Er beugte sich vor und fügte verschwörerisch hinzu: »Er hat hier echt was zu melden, weißt du.«

Bennett kicherte. »Es sah nicht sehr danach aus, als er mit blutiger Nase davongeschlichen ist.«

Die anderen beiden lachten, schauten sich jedoch gleichzeitig um, als hätten sie Angst, von jemandem belauscht zu werden.

»Und, seid ihr Freunde von ihm?« Bennett zog eine Scheibe Brot aus seiner Tasche. Er kaute, während er auf eine Antwort wartete.

»Na ja, nicht gerade Freunde …« Jim kratzte sich am Kopf. »Aber wir kennen ihn.«

»Du meinst, wir wissen, *wer* er ist«, ergänzte Ted. »Er ist bei *Beta Theta Pi* wie die meisten Sportler. Wir, ähm …« Er räusperte sich. »Wir verkehren nicht viel mit dieser Gruppe.«

Bennett unterdrückte ein Grinsen. »Ach so. Na dann, danke.« Er trat von der Treppe herunter.

»Warte!« Jim stolperte hinter Bennett her, Ted folgte ihm auf den Fersen. »Wirst du dich *Delta Tau Delta* anschließen? Du kannst sogar deinen Freund mitbringen – du weißt schon, den Roy belästigt hat. Sein Holzbein ist kein Problem für uns.«

Automatisch ballte Bennett die Fäuste. Petes Holzbein würde sie also nicht stören, ja? Aus Gründen, die er nicht verstand, wurmte ihn diese Aussage. Er drückte sich die Faust in die Hüfte, um sie Jim nicht in den Mund zu schlagen. »Wie gesagt, ich weiß nicht, ob ich Mitglied werden will. Ich gebe euch dann Bescheid.«

Ohne auf eine Antwort zu warten, drehte sich Bennett um und eilte zu seinem Wohnheim. Als er das steinerne Gebäude erreichte, hatte er eine Entscheidung getroffen. Er würde sich einer Studentenverbindung anschließen. Aber es würde nicht *Delta Tau Delta* sein. Sein Ziel war *Beta Theta Pi*. Und er hatte die Absicht, Pete dorthin mitzubringen.

7

Seine Fingerspitzen strichen an ihren Wangen entlang. Sie keuchte auf. »O bitte, Sir, Sie gehen zu weit! Sie dürfen nicht ... Sie dürfen nicht ...« Sie schluckte, als seine feste, kühle Hand die Linie ihres Kinns nachzeichnete.

»Ich kann nicht widerstehen«, flüsterte er. Sein Atem bewegte die Locken, die ihr in die Stirn fielen. »Deine hinreißende Schönheit, mein Liebling, ist ...«

»Hallo, Elisabet!«

Bei dieser fröhlichen Begrüßung gingen die imaginären Charaktere in Libbys Kopf schlagartig in Deckung. Libby knallte den Bleistift auf den Tisch, drehte sich auf ihrem Stuhl herum und warf ihrer Zimmerkameradin einen wütenden Blick zu.

Alice-Maries vergnügtes Lächeln erlosch. Sie eilte zum Schreibtisch und setzte sich auf die Kante. »Nanu, was ist los? Du siehst so verärgert aus.« Ihre Augen huschten zu dem Notizblock auf Libbys Schreibtisch.

Libby drehte den Block schwungvoll um und legte ihre verschränkten Hände darauf. »Ich war ... beschäftigt. Du hast mich erschreckt.« Sie stieß mit dem Ellbogen leicht an Alice-Maries Bein.

Alice-Marie verstand die Andeutung nicht. Sie faltete die Hände im Schoß und strahlte Libby an. »Oh, ich entschuldige mich von Herzen. Meine Mutter sagt, dass ich wirklich damit aufhören muss, in ein Zimmer hineinzustürmen und laut zu rufen, aber irgendwie gelingt mir das nicht!« Sie zog die Schultern hoch und kicherte. »Ich werde es aber versuchen, damit ich dich nicht abhalte, von ...« Noch einmal schaute sie neugierig auf die Seiten.

Libby nahm den Block vom Tisch und ließ ihn in die Schreibtischschublade fallen. Sie schloss die Schublade mit einem kräftigen Stoß. »Wie viel Uhr ist es?«

Alice-Marie sah auf ihre zierliche Armbanduhr. »Viertel vor sechs.«
Libby sprang auf. »Ich treffe mich mit meinen Freunden zum
Abendessen.« Nachdem sie heute Mittag ihre Verabredung mit Bennett verpasst hatte, sollte sie ihn nicht warten lassen.

Alice-Marie verschränkte die Arme vor der Brust und zog einen
Schmollmund. »Ach, und ich habe gedacht, dass du mit mir essen
würdest. Deshalb bin ich hochgekommen, bevor ich zum Speisesaal
gehe.«

»Triffst du dich nicht mit Kate und Myra und …?« Libby konnte
sich nicht mehr an den Namen des dritten Mädchens vom Frühstück
erinnern.

»Margaret«, ergänzte Alice-Marie. Sie schob die Unterlippe noch
weiter vor. »Ich habe mit niemandem etwas ausgemacht … nur mit
dir.«

Libby nagte an ihrer Unterlippe. Sie und Alice-Marie teilten sich
ein Zimmer, aber sie hatte keine Lust darauf, Freundschaft mit ihr zu
schließen. Doch als sie in ihre enttäuschten blassblauen Augen sah,
konnte Libby ihr die Bitte nicht abschlagen. Sie kannte das Gefühl,
zurückgewiesen zu werden.

»Na gut«, sagte sie und biss die Zähne zusammen, »warum schließt
du dich nicht meinen Freunden und mir an?«

Alice-Maries breites Lächeln kehrte zurück. Sie sprang auf und
hakte sich bei Libby ein. »Oh, gut! Ich habe gehofft, du würdest
mich deinen *Freunden* vorstellen.« Ihr Kichern hallte durch den Gang,
als sie zur Treppe gingen. »Also, welcher ist dein Verehrer? Ich möchte nicht aus Versehen mit dem Jungen flirten, den du dir schon ausgesucht hast.«

War es möglich, aus Versehen zu flirten? Sanft zog Libby ihren
Arm aus Alice-Maries Umklammerung. »Weder Pete noch Bennett
sind meine Verehrer. Wir sind alle einfach gute Freunde. Seit der
Kindheit.«

Alice-Marie fasste Libby am Arm und brachte sie in der Eingangshalle des Wohnheims zum Stehen. »Seit der Kindheit? Sind sie auch
Waisen?«

Wohl wissend, dass alles, was sie sagte, weitergetragen würde, wählte Libby ihre Worte vorsichtig. »Der eine ja, der andere nicht.« Manchmal hatte Libby das Gefühl, dass Petes Verletzung darüber, verstoßen worden zu sein, tiefer saß als ihr eigener Schmerz über den Verlust ihrer Eltern. Aber Alice-Marie brauchte die Einzelheiten nicht zu wissen. »Wenn wir uns nicht beeilen, kommen wir zu spät zum Nachtessen. Also, gehen wir.«

Petey und Bennett warteten auf dem Rasen vor dem Speisesaal. Die angenehmen Gerüche, die durch die Türen nach draußen drangen, weckten Libbys Appetit. Sie sprang die letzten paar Schritte, um schnell zu ihren Freunden zu kommen, und deutete mit dem Daumen auf Alice-Marie. »Das ist meine Zimmergenossin Alice-Marie. Sie isst mit uns.« Dann zeigte sie nacheinander auf die beiden Männer. »Alice-Marie, das sind Bennett Martin und Petey Leidig.«

»Pete«, korrigierte Petey.

»Pete«, wiederholte Libby grinsend. Er lächelte zurück. Seit zwei Jahren bearbeitete er sie, doch endlich den kindischen Spitznamen fallen zu lassen, doch für sie würde er immer Petey bleiben.

Alice-Marie trat eifrig auf Petey zu und schüttelte ihm die Hand. Dann fasste sie Bennetts Hand und klammerte sich daran fest. »Ach, es ist so nett, Elisabets Kindheitsfreunde kennenzulernen. Ich hoffe, meine Anwesenheit ist keine unwillkommene Störung. Ich wollte mit Elisabet zu Abend essen, aber sie sagte, sie hätte sich bereits mit euch verabredet. Ich war so arg enttäuscht, dass sie nachgegeben und mir erlaubt hat, mitzukommen.« Sie kicherte und hielt sich die Finger vor die Lippen. »Und ich muss sagen, als Mädchen passiert es einem nicht oft, dass man mit zwei so schneidigen Männern essen geht. Ich fühle mich sehr geehrt.«

Libby schüttelte den Kopf. Würde Alice-Marie lang genug den Mund halten, damit sie etwas essen könnten? Sie packte Alice-Marie am Ellbogen und gab ihr einen kleinen Schubs Richtung Tür. »Gehen wir.« Als Petey und Bennett sich hinter ihnen in Bewegung setzten, warf sie einen entschuldigenden Blick über die Schulter zurück. Sie stellten sich an der Schlange an, die vom Serviertisch die ganze

Wand entlang bis zur Tür ging. Die Schlange bewegte sich langsam vorwärts, aber sie unterhielten sich über ihre Studienfächer – zu Libbys Überraschung wollte Alice-Marie eines Tages Krankenschwester werden – und vertrieben sich so die Zeit.

Als sie die Essensausgabe erreichten, überholte Bennett die Mädchen schnell und händigte beiden ein Tablett aus. »Bitte schön, die Damen.«

»Ooh.« Alice-Marie neigte den Kopf und schaute Bennett unter den gesenkten Wimpern hervor an. »Was bist du doch für ein Gentleman!«

Libby verdrehte die Augen. Wenn Alice-Marie wüsste! Statt die Damen an sich vorbeizuwinken, blieb Bennett weiterhin vor ihnen und begann, seinen Teller zu füllen. Libby schaute zu Petey und die beiden grinsten sich zu. In seinen blauen Augen las sie ihren eigenen Gedanken: *Bennett wollte nur als Erster drankommen.*

Als sie alle ihre Auswahl getroffen hatten, führte Bennett sie zu einem Tisch an der südlichen Wand. Er zog den Stuhl für Alice-Marie vor, was ihm ein weiteres affektiertes Lächeln einbrachte, und setzte sich schnell neben sie. Libby setzte scheppernd ihr Tablett ab und griff nach dem Stuhl, doch zu ihrer Überraschung zog Petey ihn vor und bot ihn ihr an. Verlegen und gleichzeitig angenehm berührt nahm sie darauf Platz.

Petey machte Anstalten, sich zu setzen, aber sein Holzbein rutschte auf dem glatten Fliesenboden aus. Er kippte zur Seite und stieß mit dem Ellbogen an Libbys Schulter.

»Petey!«, rief sie erschrocken aus und umfasste seinen Arm mit beiden Händen.

Er hielt sich an der Tischkante fest und setzte sich. »Hui.« Er grinste die anderen an. »Mir geht's gut. Ich bin nur etwas ungeschickt.« Er schaute auf Libbys Hände. »Du kannst mich loslassen – ich bin jetzt in Sicherheit.« Obwohl sein Tonfall mild war, verrieten ihr die fest aufeinandergepressten Kieferknochen, dass er sich gereizt fühlte.

Gekränkt zog sie ihre Hände ruckartig zurück. Ihre Finger zitterten leicht, als sie unnötigerweise ihr Besteck wie kampfbereite Soldaten neben ihrem Teller anordnete. »W-würdest du bitte ein Dankgebet für uns sprechen, Petey?«

Sofort senkte Alice-Marie den Kopf. Bennett stellte den Salzstreuer ab, den er gerade in die Hand genommen hatte. Petey faltete die Hände und schloss die Augen. Libby tat es ihm nach. Peteys leise Stimme wurde fast von den lauten Gesprächen, klapperndem Besteck und quietschenden Stühlen im überfüllten Speisesaal verschluckt. Aber indem sie sich leicht zur Seite beugte, konnte Libby sein einfaches Dankgebet für das Essen hören.

Er sagte Amen und Libby richtete sich auf. Ihre Schulter berührte leicht seinen Arm und er warf ihr ein schnelles Lächeln zu. Was immer ihn vorher geärgert hatte, schien verflogen zu sein. Erleichtert lächelte sie zurück und wandte dann ihre Aufmerksamkeit dem Essen zu.

Während sie aßen, stellte Alice-Marie unaufhörlich Fragen. Nach kurzer Zeit richtete sie jede Frage an Bennett und ignorierte Petey und Libby. Bennetts Geschichten, wie er sich auf der Straße selbst versorgt hatte, schienen ihr besonders gut zu gefallen. Dass Libby eine Waise war, schien ihre Zimmergenossin bestürzt, ja sogar abgestoßen zu haben. Doch gegenüber Bennett brachte sie nur Bewunderung und Mitgefühl zum Ausdruck. Libby stieß ihre Gabel in das aufgetürmte Kartoffelpüree auf ihrem Teller und versuchte, nicht innerlich zu kochen.

Bennett kratzte jeden Krümel auf seinem Teller zusammen und zog los, um Nachschub zu holen. Alice-Marie sah ihm mit verzücktem Gesichtsausdruck nach. Dann beugte sie sich vor und warf Libby einen tadelnden Blick zu. »Elisabet Conley, ich könnte dich erwürgen!«

Abrupt richtete Libby sich auf und stieß mit dem Rücken an die Lehne des Stuhls. »Warum denn das in aller Welt?«

»Du hast mir nichts davon gesagt, dass Bennett so ein Herzensbrecher ist. Wäre ich vorgewarnt gewesen, hätte ich mich darauf vorbereitet. Ich muss ja furchtbar aussehen in diesem Kleid, das ich schon *den ganzen Tag* anhabe. Und ich habe mir nicht die Zeit genommen,

Rouge aufzutragen oder meine Haare zu bürsten …« Sie kniff sich in die Wangen und strich sich das gewellte blonde Haar hinter die Ohren. Ihr Blick suchte Bennett im Saal.

Libby unterdrückte ein ärgerliches Schnauben. »Du siehst gut aus, Alice-Marie.«

Alice-Marie stieß einen tiefen, theatralischen Seufzer aus. »Ach, ich bin so erleichtert, dass du ihn nicht für dich beanspruchst. Es täte mir leid, wenn ein Mann zwischen uns käme. Aber ich bin wirklich völlig hingerissen von ihm!«

Völlig hingerissen? Von Bennett? Libby hätte fast laut aufgelacht. Sie sah über die Schulter zu Bennett, der sich eifrig mehrere Scheiben Roastbeef auf den Teller lud. Sie drehte sich wieder zu Alice-Marie um und fragte: »Aber warum?«

Alice-Marie starrte Libby an. »Warum? Ach, du liebe Güte?« Sie wedelte sich mit der Hand Luft zu und ihr Mund blieb erstaunt offen stehen. »Dieses widerspenstige rote Haar, diese jungenhaften Sommersprossen, diese breiten Schultern, das Grübchen im Kinn … Elisabet, meine Liebe, er ist einfach ein *Schatz*!«

Bennett … ein Schatz? Libby öffnete den Mund, um ihr zu widersprechen, aber Petey unterbrach sie.

»Ich hole mir Nachtisch. Es gibt richtig gute Sachen hier.« Er stieß sich mit beiden Händen vom Tisch ab und stand auf. »Ich habe schon Apfelkuchen und einen Rührkuchen gesehen. Soll ich euch etwas mitbringen?« Er schaute fragend zwischen den beiden Mädchen hin und her.

»Nein, danke«, antwortete Libby.

Alice-Marie schüttelte den Kopf. Petey schlenderte in seinem ungleichmäßigen Gang davon. Libby wandte sich wieder zu Alice-Marie. »Ich nehme an, man könnte Bennett als …« – sie konnte sich nicht dazu durchringen, das Wort *Schatz* zu benutzen – »attraktiv bezeichnen.«

Alice-Marie seufzte verträumt und stützte ihr Kinn auf die Hand. Dann setzte sie sich aufrecht hin. »Und wie wunderbar wäre es, Elisabet, wenn er und ich anfangen würden … hm, mehr Zeit miteinander zu verbringen.« Sie kicherte. »Vor allem, wenn du und Pete das Gleiche tun würden.«

Libby ließ ihre Gabel fallen. »Wie bitte?«

»Ach, du dummes Ding, du müsstest mal dein Gesicht sehen! Schau nicht so schockiert.« Alice-Marie gab ein weiteres Kichern über mehrere Tonlagen von sich.

Libby klappte den Mund zu und warf einen kurzen Blick über die Schulter. Hatte Petey das gehört? Zu ihrer Erleichterung war er bereits ein paar Tische entfernt.

Alice-Marie fuhr fort: »Du und Pete, ihr wärt ein bemerkenswertes Paar – du so zierlich und er so hochgewachsen, du mit deinem Temperament und er mit seiner ruhigen Art, du mit so dunklem Haar und er mit Haar, das so blass ist wie das Mondlicht ...«

Haar so blass wie das Mondlicht? Vielleicht könnte sie diese Formulierung in ihrer Liebesgeschichte verwenden.

»Du und Pete, ihr scheint in jeder Hinsicht Gegensätze zu sein.« Alice-Marie holte Libby wieder in die Realität zurück. Sie spielte mit einer Locke, die sich um ihren Hals rankte. »Aber meine Mutter sagt, dass Gegensätze sich anziehen.«

Zu Libbys Erleichterung kam Bennett zurück. »Tut mir leid, dass ich so lang weg war. Aber ich bin ein paar Typen von *Beta Theta Pi* in die Arme gelaufen. Ich überlege, ob ich in ihrer Verbindung Mitglied werden soll.«

»Ach, wirklich?« Alice-Marie strahlte zu ihm auf. »Die Studentinnenverbindung, der ich mich anschließen möchte, ist die Schwestergruppe von *Beta Theta Pi*.«

Bennett ließ sich auf seinen Stuhl fallen und griff nach seiner Gabel. »Na, das wäre doch was, wenn wir beide dort hineinkämen, oder nicht?«

»Ja, wirklich.« Mit ihrem heißblütigen Blick hätte Alice-Marie Butter zum Schmelzen bringen können. Libby hatte große Lust, ihr Brötchen nach dem koketten Mädchen zu werfen.

Bennett richtete seine Gabel auf Libby. »Wenn du Nachschlag haben willst, Libby, solltest du dich besser beeilen. Heute Abend haben sie längst nicht genug Kartoffeln gekocht.« Bennett grinste. »Und über was habt ihr zwei Hübschen während meiner Abwesenheit gesprochen?«

Alice-Marie machte eine Handbewegung zu Peteys leerem Stuhl hinüber und lachte. »Ich habe mir die größte Mühe gegeben, Libby davon zu überzeugen, dass sie und Pete ein großartiges Paar abgeben würden.«

Bennett hielt sich die Serviette an den Mund und hustete. Dann ließ er die Serviette fallen, griff nach seinem Glas und nahm einen geräuschvollen Schluck daraus. Er kicherte. »Libby und Pete?« Er warf den Kopf in den Nacken und lachte so sehr, dass er sich den Bauch halten musste.

Alice-Marie zog die Brauen zusammen. »Was ist so witzig daran?«

Libbys Verärgerung war größer, als sie selbst begreifen konnte. »Ja, warum ist das so witzig?«, blaffte sie.

Bennett räusperte sich mehrmals, bis es ihm gelang, nicht mehr zu lachen. Seine Augen blitzten jedoch immer noch vor unterdrückter Heiterkeit. »Tut mir leid, meine Damen. Ich hab nicht über euch gelacht. Ich habe nur versucht, mir Lib und Pete als Paar vorzustellen.« Er legte seinen Arm auf Alice-Maries Lehne, schaute jedoch zu Libby. »Du und Pete, ihr seid großartige Freunde – das wart ihr schon immer –, aber eure Beziehung könnte niemals darüber hinausgehen.«

Alice-Marie bewegte sich dichter an Bennett heran. »Warum denn nicht?«

»Ja, warum nicht?« Libby verschränkte die Arme vor der Brust und starrte Bennett wütend an.

»Komm schon, Lib. Denk doch mal nach. Pete wird Pfarrer. Er wird eine Frau brauchen, die … sanftmütig ist. Eine, die bereit ist, zu Hause zu bleiben und Suppe für kranke Leute zu kochen und so weiter. Libby könnte das nicht. Sie kocht nicht gern. Und was die Sanftmut angeht …« Er lachte in sich hinein, hob mahnend den Zeigefinger und blickte zu Alice-Marie hinüber. »Hier bist du auf dem Holzweg. Libby und Pete zusammen, das würde niemals gut gehen.«

Libby wollte Bennett widersprechen, aber sie konnte es nicht. Sie würde nie eine gute Pfarrfrau abgeben, aus den Gründen, die er genannt hatte, und auch vielen anderen. Zu ihrer eigenen Überraschung schmerzte sie diese Erkenntnis. »Du hast recht, Bennett. Petey und ich könnten niemals etwas anderes als Freunde sein. Mehr zu erwarten, wäre lächerlich.«

Bennett richtete seinen Blick plötzlich auf einen Punkt hinter ihrer Schulter. Die Verlegenheit auf seinem Gesicht sandte Libby einen erschrockenen Schauder über den Rücken. Sie wandte sich um, doch noch bevor sie etwas erkennen konnte, wusste sie, was das sein würde. Petey stand hinter ihr. Ihr drehte sich das Herz im Leib um, als sie die Traurigkeit in seinen Augen sah.

Pete trat ungeschickt zur Seite und hielt seinen Nachtisch gut fest, als Libby von ihrem Sitz aufsprang. Sie nahm seine Hände, die um den Rand eines Tellers mit einem großen Stück Apfelkuchen lagen. Er hatte sich auf den nach Zimt duftenden Leckerbissen gefreut, doch nach Libbys Aussage war ihm der Appetit vergangen.

»Petey, ich wusste nicht …«

»… dass ich da war?« Pete zwang sich zu einem Lachen. Er schluckte den schmerzenden Kloß in seinem Hals herunter, den ihre Worte ausgelöst hatten. »Das macht nichts, Libby. Du hast doch nichts Unehrliches gesagt, oder?«

»Nein, aber …«

Er machte einen schlurfenden Schritt nach vorn und stellte den Teller mitten auf den Tisch. »Bennett, ich hoffe, du hast immer noch Hunger. Ich habe das größte Stück Kuchen mitgebracht, das es noch auf dem Blech gab.« Er spürte, dass Libbys besorgter Blick ihm folgte, aber es gelang ihm, einen leichten Ton anzuschlagen. »Der Rührkuchen sah so trocken aus, deshalb …«

»Petey, bitte.« Libby zog an seinem Arm, wie sie es schon unzählige Male im Lauf der Jahre getan hatte. Im selben Moment waren sie wieder elf Jahre alt und sie bettelte ihn an, bei einem Murmelspiel mitzumachen oder sie auf der hölzernen Schaukel anzustoßen, die vom höchsten Baum hinter dem Waisenhaus hing. Doch was immer sie dieses Mal von ihm wollte – er konnte es ihr nicht geben. Sein Herz fühlte sich so verletzt an, dass es ihn wunderte, dass es immer noch schlug.

Ganz sanft nahm Pete Libbys Hände von seinem Arm. Er schaute zu Alice-Marie, die seinen Blick nicht erwiderte. »Es hat mich gefreut, dich kennenzulernen, Alice-Marie. Bestimmt wird es wieder einmal eine Gelegenheit für uns geben, miteinander zu essen, da du Libbys Zimmergenossin bist und Libby und ich … so gute Freunde sind.« Er brachte sogar ein Lächeln zustande. »Es tut mir leid, dass ich so schnell weg muss. Aber meine erste Vorlesung ist morgen früh um acht Uhr und ich möchte gern noch ein bisschen lesen, bevor ich ins Bett gehe. Also dann …« Er bewegte sich ein paar Zentimeter rückwärts und achtete gut darauf, dass sein Holzbein nicht ins Rutschen kam.

Libby klammerte sich an die Lehne ihres Stuhls und sah im direkt ins Gesicht. »Sehe ich dich morgen?« Ihre Augen baten ihn um Vergebung.

»Natürlich. Morgen.« Er verabschiedete sich mit einem Nicken und verließ den Speisesaal. Langsam. Ihm war bewusst, dass ihn ein falscher Schritt zu Fall bringen konnte. Wenn er nur rennen könnte. Sein Körper lehnte sich gegen die Einschränkung durch das hölzerne Ersatzbein auf. Wenn er doch auf dem weitläufigen Rasen zwischen dem Speisesaal und seinem Wohnheim einen Sprint einlegen könnte, dann würde es ihm vielleicht gelingen, diese überwältigende Frustration abzuschütteln.

»Mehr zu erwarten wäre lächerlich.«

Ja, lächerlich. Wie könnte sie jemals etwas anderes in ihm sehen als Petey, ihren Kindheitsgefährten? Wie könnte irgendeine Frau – besonders eine, die so intelligent und schön und lebhaft wie Libby war – einen verkrüppelten Mann als heil und begehrenswert betrachten?

Er erreichte Haus Landry, und ohne sich darum zu kümmern, dass er andere Studenten vielleicht stören könnte, hopste er die Treppen mit seinem gesunden Bein so schnell wie möglich hinauf. Er achtete nicht auf das Geländer, sondern konzentrierte sich mit ganzer Kraft auf die Anstrengung, sich eine Stufe nach der anderen höher hinaufzubewegen, bis ins zweite Stockwerk. Mit brennenden Muskeln und pumpenden Lungen erreichte er den Treppenabsatz. Ohne Pause und unwillig, das verhasste Holzbein zu benutzen, hüpfte er weiter, bis er vor seiner Zimmertür stand. Er drehte heftig an dem Kristallknauf, schlug die Tür auf und stolperte hinein. Jetzt erst erlaubte er seinem künstlichen Bein, den Boden zu berühren.

Er ließ sich auf sein Bett sinken, krempelte sein Hosenbein hoch und zog das Bein aus seiner ledernen Verankerung. Einen Moment lang spielte er mit dem Gedanken, es aus dem Fenster zu werfen. Aber auf Krücken zu gehen, war ihm noch verhasster als das Holzbein. Er stöhnte gequält auf und schlug mit voller Kraft mit dem gedrechselten Holzstück auf die Matratze ein, immer und immer wieder.

Erschöpft ließ er sich schließlich der Länge nach auf die Matratze fallen, das Holzbein immer noch mit seiner zitternden Hand umklammert. Er starrte auf das leere Hosenbein, das über die Bettkante herunterhing. Merkwürdig, wie sein Körper immer noch glaubte, dass ein Fuß dort sei. Ein dumpfer, nie endender Schmerz gab sich alle Mühe, ihn davon zu überzeugen, er habe noch zwei Füße statt nur einen. Aber der herabhängende Stoff offenbarte die Wahrheit – er war ein Krüppel.

Er schloss die Augen und flüsterte ein stockendes Gebet. »Gott, ich weiß, dass mir kein Bein wachsen wird, aber bitte … bitte … hilf mir, mich wieder vollständig zu fühlen.«

8

Alice-Marie ließ ihre Hand in Libbys Armbeuge gleiten, als sie sich dem Frauenwohnheim näherten. »Elisabet, darf ich dich Libby nennen, so wie Bennett und Pete?«

Libby, die nur mit einem Ohr zuhörte, zuckte die Achseln.

»Fein, also dann Libby von jetzt an.« Sie zog an Libbys Arm, sodass diese anhalten musste. »Libby, bitte sei nicht traurig. Das ist eine aufregende Zeit! Überleg doch nur« – sie beugte sich dicht zu ihr und ihre blauen Augen sprühten – »morgen beginnen unsere Vorlesungen, wir können anfangen, uns bei *Kappa Kappa Gamma* zu bewerben und viele Freundschaften schließen, auf dem Campus wimmelt es nur so von gut aussehenden Männern, es gibt keine Eltern mit wachsamen Augen, die uns von unserem Vergnügen abhalten …« Die Begeisterung in Alice-Maries Stimme wuchs mit jedem Punkt, den sie ihrer Liste, was sie alles zu feiern hatten, hinzufügte.

Libby seufzte tief auf.

Alice-Marie schüttelte den Kopf. »… und trotzdem seufzt du und runzelst die Stirn.« Sie nahm Libbys Hände in ihre. »Erzähl es mir – warum bist du so niedergeschlagen?«

Mit einem leisen, ungeduldigen Schnauben zog Libby ihre Hände aus Alice-Maries leichtem Griff. »Hast du Peteys Gesicht nicht gesehen, als er den Speisesaal verlassen hat? Ich … ich habe ihn verletzt.« Sie schluckte und die Reue schmeckte bitter auf ihrer Zunge. »Er ist schon so lange mein bester Freund, dass es mir vorkommt, als wäre er es schon immer gewesen. Er ist der Einzige, der mich immer genau so akzeptiert hat, wie ich bin. Und ich habe ihn immer akzeptiert.«

»Du meinst sein Holzbein?«

War das alles, was Alice-Marie bemerkte, wenn sie Petey anschaute – ein Holzbein, wo eigentlich ein Fuß sein sollte? Libby schüttelte den Kopf. »Petey ist ein ganz besonderer Mensch. Er ist nicht wie andere Jungs.«

Sie hatte nie ihr erstes Gespräch mit Petey vergessen, das sie miteinander geführt hatten, kurz nachdem man sie im Waisenhaus abgesetzt hatte. Sie war auf einen Baum geklettert und hatte sich geweigert, herunterzukommen. Sie hatte behauptet, die Leute in dieser dummen Schule wollten sie nicht wirklich und sie wolle auch nichts mit ihnen zu tun haben! Während Aaron Rowley und ein Angestellter sie baten, beschworen und ihr schließlich drohten, hinkte Petey ruhig zur Vorratsscheune, zog eine Leiter über das struppige Gras und versetzte ihr einen Schrecken, als er auf den Sprossen zu ihr nach oben hüpfte.

Neben ihr auf einem breiten Ast hockend hatte Petey sie gefragt, warum sie meinte, dass niemand sie wolle. Selbst nach all diesen Jahren erinnerte sie sich noch an ihre wütende Antwort: »Meine Eltern sind gestorben und haben mich verlassen, mein Onkel hat mich weggeschickt und all die Menschen, die gekommen sind, um sich die Waisen im Zug anzuschauen ... von denen hat mich niemand gewollt. Alles, was sie wollten, war ein *Junge*. Also warum sollten mich die Menschen hier haben wollen? Ich werde nie ein Junge sein.«

Sie erinnerte sich auch an Peteys ruhige Erwiderung: »Aber deine Eltern *wollten* dich nicht verlassen, nicht wie meine, die mich rausgeworfen haben, weil sie es sich nicht mehr leisten konnten, mich zu ernähren. Was all die anderen angeht ...« Er kratzte sich am Kopf und danach standen ihm die dicken blonden Haare büschelweise vom Kopf ab wie kleine Weizengarben. »Mir scheint, das ist deren Problem, nicht deins, wenn sie ein feines Mädchen ablehnen, das schneller auf einen Baum klettern kann als jeder Junge, den ich kenne.« Er streckte sein Holzbein vor und fügte hinzu: »Meinst du nicht, wenn die Leute hier einen einbeinigen Jungen aufnehmen und ihm ein gutes Zuhause geben, dass sie dann auch mehr als erfreut über ein Mädchen wie dich wären?«

Libby erinnerte sich an das Gefühl der Annahme, das sie in diesen Momenten durchdrungen hatte, und Tränen stiegen ihr in die Augen. Er hatte ihr das Gefühl gegeben, gewollt zu sein, und das hatte sie so dringend gebraucht. Doch heute hatte sie ihm das Gefühl gegeben, ungewollt zu sein. Unwürdig. Ungeliebt.

Aber Petey war nicht derjenige, der unwürdig war, und irgendwie musste sie eine Möglichkeit finden, ihm das zu sagen. Vielleicht könnte sie ihm eine Nachricht schreiben. Auf Papier konnte sie ihre Gedanken immer besser ausdrücken. Ungeduldig, die Sache mit Petey in Ordnung zu bringen, wandte Libby sich dem Wohnheim zu. »Ich möchte jetzt nicht mehr reden. Gehen wir rein.« Aber bevor sie einen Schritt tun konnte, eilten drei Mädchen über den Rasen und verstellten ihr den Weg. Eine von ihnen griff nach Alice-Maries Hand.

»Alice-Marie! Habe ich richtig gesehen, dass du mit Bennett Martin gegessen hast?«

Alice-Marie hob das Kinn und ein hochmütiges Lächeln umspielte ihre Lippen. »Ja, in der Tat. Er ist ein guter Freund meiner Zimmerkameradin. Hast du Libby schon kennengelernt?«

»Elisabet«, sagte Libby schnell. Ihren Spitznamen, den Maelle ihr gegeben hatte und der von allen im Waisenhaus übernommen worden war, war zu vertraulich für jedermanns Gebrauch.

Alice-Marie warf ihr einen merkwürdigen Blick zu. »O ja, entschuldige bitte. Elisabet Conley. Sie und Bennett sind seit der Kindheit miteinander befreundet.«

Zu Libbys Erleichterung verzichtete Alice-Marie auf die Information, dass Libby in einem Waisenhaus aufgewachsen war.

Die drei Mädchen kicherten und schenkten Libby keine Beachtung. Die eine, die Alice-Maries Hand hielt, hüpfte beinahe auf der Stelle auf und ab. »Wir haben ihn beim Mittagessen kennengelernt. Ist er nicht charmant? Ich liebe seine roten Haare und die Sommersprossen. Und weißt du, was er gemacht hat? Er hat für Caroline gesungen! Direkt dort im Speisesaal!«

»Wie bitte?« Alice-Marie schlug sich die Hand aufs Herz. »So etwas hat er ganz bestimmt nicht gemacht.«

Die Art, wie dem mittleren Mädchen mit dem krausen braunen Haar und dem schlichten Aussehen das Blut ins Gesicht schoss, verriet Libby, dass sie Caroline sein musste. Sie nickte so heftig, dass der Knoten an ihrem Hinterkopf auf und ab wippte. »Doch, das hat er. Er hat für mich gesungen und dann …« Sie streckte ihre Hand aus und betrachtete sie verträumt. »Dann hat er mich geküsst.«

Die anderen jungen Frauen gerieten beinahe in Verzückung, doch Alice-Marie stampfte mit dem Fuß auf. Ruckartig drehte sie sich zu Libby. »Ist Bennett ein Weiberheld? Denn wenn er ein Mann ist, der mit den Gefühlen einer Frau spielt, hättest du mich warnen sollen.«

Libby fixierte Alice-Marie mit festem Blick. »Ich bin nicht Bennetts Hüterin. Was immer er tut, das tut er von sich aus. Wenn er Caroline beim Mittagessen küssen will« – sie ignorierte Alice-Maries Keuchen – »und dann beim Abendessen mit dir flirtet, dann ist das seine Entscheidung. Mach nicht mich dafür verantwortlich.«

Libby stürmte durch die Tür des Wohnheims und schüttelte den Kopf. Mädchen! Diese Theatralik ging ihr auf die Nerven. Caroline oder Alice-Marie oder auch Königin Mary von England – es war ihr doch egal, wer mit Bennett etwas anfing. Libby hatte Wichtigeres zu tun, als wegen eines Jungen herumzukichern. Sie musste Petey eine Nachricht schreiben, damit die Dinge zwischen ihnen wieder in Ordnung kamen.

Sie flitzte zu ihrem Schreibtisch und ließ sich so heftig auf ihren Stuhl fallen, dass er einen kleinen Satz machte. Sie schnappte sich einen Bleistift, warf den Notizblock mit Schwung auf den Schreibtisch und fing an, ihn nach einem unbenutzten Blatt durchzusuchen. Stattdessen fand sie die Geschichte, die sie am Nachmittag begonnen hatte. Die Charaktere – Arthur und Arabella – schrien danach, dass ihre Geschichte vollendet wurde.

Libby tippte sich mit dem Bleistift an die Lippen und kämpfte innerlich mit sich. Sollte sie die Geschichte fertig schreiben, damit sie sie gleich morgen früh an den Herausgeber der Zeitschrift schicken konnte? Oder sollte sie die Geschichte beiseitelegen und zuerst einen kurzen Brief an Petey verfassen? Ihr Blick verfing sich in den bereits geschriebenen Zeilen, sie ließ sich verführen, sie zu lesen. Innerhalb von Sekunden tauchte sie in eine andere Welt ein. Ihr Bleistift flog über das Papier und die Geschichte floss beinahe unbewusst aus ihr heraus.

Irgendwann im Verlauf der nächsten Stunde nahm sie beiläufig wahr, dass Alice-Marie das Zimmer betrat und ihr Nachthemd anzog. Sie ließ Libby jedoch in Ruhe.

Völlig versunken in ihrer selbst geschaffenen Fantasiewelt, in der ein wohlhabender, edler Gentleman hingebungsvoll um ein niedriges Dienstmädchen warb, ließ Libby ihren Bleistift nicht sinken, bis die Geschichte an ihr Ende kam.

»O mein geliebter Arthur, du hast alles für mich aufgegeben.« Tränen rannen über Arabellas milchweiße Wangen, als sie die Hand ihres Geliebten hob und Küsse auf seinen Handrücken drückte. Seine Haut war glatt wie Seide unter ihren Lippen.

»Nichts, was ich zurückgelassen habe, ist mir so viel wert wie du, kostbare Arabella«, versicherte er ihr.

»Aber wirst du es nicht eines Tages bereuen, in dieser Mietwohnung zu leben, statt in deinem schönen Herrenhaus, und jeden Tag wie ein einfacher Arbeiter zu schuften, statt das Erbe deiner Vorfahren in Empfang zu nehmen?«, fragte sie ihn. Angst erfüllte Arabellas Herz. Zwischen salzigen Tränen schnappte sie nach Luft. »Wirst du mich nicht eines Tages dafür hassen, dass du so viel zurücklassen musstest?«

Arthur zog sie an seine Brust. Sein Herz pochte beruhigend unter ihrem Ohr. Er versprach ihr feierlich: »Niemals, Arabella. Die vergoldeten Umstände meiner Vergangenheit sind nichts als Staub, verglichen mit meiner Liebe zu dir. Ich werde dich auf Händen tragen – dich allein – bis an mein Lebensende.«

Geborgen in der Zusicherung seiner Liebe versank Arabella in seiner Umarmung. Sie hob ihr Gesicht zu seinem und flüsterte atemlos: »Und ich dich, mein Liebster.«

Ihre Lippen trafen sich in einem Ausdruck von Freude und Verheißung, die ihnen bis ans Ende ihrer Tage bleiben würden.

– Ende –

Mit einem leisen Kichern ließ Libby den Bleistift fallen und massierte ihre schmerzenden Finger. Fertig! Morgen würde sie als Erstes einen

Umschlag am Postschalter des Colleges kaufen und ihre Geschichte an den Herausgeber von *Modern Woman's World* schicken.

Spontan nahm sie den ordentlichen Papierstapel in die Hand und drückte einen Kuss mitten auf die erste Seite. Peinlich berührt sah sie dann über ihre Schulter, um sicherzugehen, dass Alice-Marie nicht Zeugin dieses lächerlichen Vorgangs gewesen war. Zu ihrer Überraschung war es dunkel im Zimmer – es brannte nur noch die kleine Lampe auf ihrem Schreibtisch. Alice-Marie schlief tief und fest in ihrem schmalen Bett auf der anderen Seite des Zimmers. Wie viel Uhr war es wohl?

Libby schaute angestrengt auf die kleine Uhr auf Alice-Maries Schreibtisch und sprang auf. Fünf nach halb zwölf? Sie hatte die Zeit komplett vergessen! Schnell schlüpfte sie in ihr Nachthemd, machte das Licht aus und kroch in ihr Bett. Die Vorlesungen begannen am Vormittag – und sie musste morgen vollkommen ausgeruht und wach sein.

Sie kniff die Augen zu und wünschte sich einen schnellen Schlaf herbei. Dann riss sie plötzlich die Augen wieder auf. Petey! Sie musste ihm einen kurzen Entschuldigungsbrief schreiben. Sie wollte schon die Decke zurückschlagen, als sie die Sterne vor ihrem Fenster blinken sah. Nein, sie wagte es nicht, noch länger aufzubleiben, aus Angst, am nächsten Morgen zu verschlafen und ihre erste Vorlesung zu verpassen. Der Brief an Petey musste warten.

Libbys erste Tage als Collegestudentin vergingen wie im Flug und immer wieder schob sie die Nachricht an Petey auf, weil etwas dazwischenkam. Am Ende jeden Tages eilte sie zu den Postfächern und hoffte auf eine Antwort von *Modern Woman's World*. Stattdessen erwarteten sie Briefe aus Shay's Ford. Sie freute sich über die kurzen Mitteilungen, die Maelle, Mrs Rowley und einige Kinder aus der Waisenschule ihr schickten, aber die Ungeduld plagte sie, als sie keine Reaktion auf ihre Geschichte erhielt. Warum dauerte das so lang?

Sie sehnte sich danach, ihre Frustration bei Petey loszuwerden, aber ihre unterschiedlichen Studienfächer und die sich daraus ergebenden Stundenpläne verhinderten, dass sich ihre Wege tagsüber kreuzten. Erst zur Zeit des Abendessens, wenn der Unterricht vorbei war, hatten sie eine Gelegenheit, sich zu treffen. Aber selbst dann gelang es ihr zu ihrer Enttäuschung meistens nicht, Zeit mit Petey zu verbringen.

Er aß gemeinsam mit den anderen Männern, die sich für Theologie eingeschrieben hatten. Libby spürte, dass sie sich von Petey fernhalten musste, wenn er mit den Bibelschülern zusammen war. Obwohl sie zusammen mit den anderen Waisen jeden Sonntag zum Gottesdienst gegangen war, waren ihre Gedanken dort oft in Fantasiewelten abgeglitten. Aus keiner einzigen Predigt hatte sie sich das Wesentliche gemerkt. Was hätte sie also zum Gespräch beitragen können? Sie und Bennett trafen sich oft zum Essen, aber sich mit Bennett zu unterhalten, war nicht das Gleiche wie mit Petey. Bennett war zwar lustig und hatte immer eine Antwort parat, aber er nahm nichts ernst.

Als sie ihm erzählte, dass sie über ihre nachlassende Freundschaft mit Petey beunruhigt war, tat er ihre Sorgen ab, als wären sie unbegründet. Weil er ihren Kummer über diesen Verlust so gleichgültig behandelte, kam es für sie nicht infrage, mit ihm über ihren Kontakt zu der Zeitschrift zu sprechen. Wie sehr würde er darüber lachen, wenn sie ihm verriete, dass sie eine romantische Erzählung zur Veröffentlichung eingereicht hatte! Aber Petey würde nicht lachen – Libby wusste einfach, dass er sie ermutigen würde, die Hoffnung nicht zu verlieren.

Ihr Journalismusprofessor ermutigte die Studenten, sich eine Gewohnheit daraus zu machen, täglich zu schreiben. Auf diese Weise wären sie darauf vorbereitet, Termine einzuhalten, wenn sie Texte für ein Honorar und nicht nur zum Lernen verfassten. Als Reaktion auf diese Anweisung und auch, um nicht ständig daran zu denken, wie sehr sie Petey vermisste, fing Libby eine zweite Geschichte an. Es schien ihr klug, eine zweite in Arbeit zu haben, falls der Herausgeber mehr als eine Erzählung von ihr kaufen wollte.

Mit Vorlesungen, Hausaufgaben, einem Artikel für die Universitätszeitung über die Vorzüge eines Lebens im Wohnheim – was sie bis an die Grenzen ihrer Fähigkeiten brachte – und der Arbeit an der zweiten Geschichte verging der September. Verloren in einem übervollen Stundenplan hätte Libby eigentlich keine Zeit haben dürfen, an Petey zu denken. Doch in unerwarteten Momenten schlich er sich in ihre Gedanken und raubte ihr die Konzentration.

Dachte er auch an sie und vermisste sie?

Am ersten Oktober, genau drei Wochen, nachdem sie ihre Erzählung »Ungleiche Liebende« an den Herausgeber von *Modern Woman's World* geschickt hatte, öffnete sie ihr Postfach und entdeckte einen langen, schmalen Briefumschlag darin, auf dem vorn ihr Name und ihre Adresse getippt waren. Noch bevor sie auf den Absender schaute, fingen ihre Hände an zu zittern. Das war sie – die Antwort, auf die sie gewartet hatte!

Den Umschlag an die Brust gedrückt, rannte sie die Treppen hoch, betrat ihr Zimmer und schloss die Tür hinter sich. Sie überlegte einen Moment und schob dann den Riegel vor. Sie und Alice-Marie schlossen ihre Tür nie ab, aber Alice-Marie klopfte nicht vor dem Eintreten und Libby wollte nicht von ihrer Zimmerkameradin überrascht werden. Ganz besonders nicht, falls der Brief eine Absage enthielt. Libby fürchtete, sie würde gegen ihr selbst auferlegtes Verbot zu weinen verstoßen, wenn der Herausgeber ihre Geschichte ablehnte.

Bitte, bitte, mach, dass er Ja gesagt hat!

Sie setzte sich auf die Bettkante und legte den Umschlag mit der Anschrift nach unten auf ihren Schoß. Ganz vorsichtig schob sie den Finger unter die Lasche und löste den Kleberand. Dann holte sie mit den Fingern, die sich plötzlich unbeholfen anfühlten, den Brief heraus. Langsam, mit angehaltenem Atem, faltete sie ihn auf. Ein schmaler Streifen Papier fiel daraus hervor, glitt über den Boden und blieb an der Sockelleiste liegen. Libby wollte ihn aufheben, aber es schien nichts darauf zu stehen. Verwirrt wandte sie sich wieder dem Brief in ihrer Hand zu.

Die Anrede – *Liebe Miss Conley* – schien auf dem Bogen zu pulsieren. Sie drückte sich den Brief an den Bauch, setzte sich ganz aufrecht hin und nahm all ihren Mut zusammen, während die Sekunden im

Takt ihres Herzschlags verrannen. Eine ganze Minute verging und die Spannung wuchs, bis sie es schließlich nicht mehr länger aushielt. Sie hielt den Brief auf Armeslänge, atmete tief ein und zwang sich, die ersten Zeilen zu lesen.

Ihre Augen wurden größer. Ihr Puls raste. Sie sprang vom Bett, warf den Brief in die Luft und kreischte vor Freude. Sie wollten sie! Sie wollten ihre Geschichte! Sie wollten *sie*! Sie tanzte im Kreis herum, lachte laut und schlug sich dann die Hand auf den Mund, um das Geräusch zu unterdrücken, damit nicht jemand an die Tür klopfte und fragte, was bei ihr vorging. Sie nahm den Brief in die Hand, lief im Zimmer hin und her und las ihn ganz, wobei ihre Lippen die Worte tonlos nachsprachen.

Ihre Geschichte würde in der Dezemberausgabe abgedruckt werden – das war in nur zwei Monaten! Sie hatten einen Scheck als Entgelt beigelegt mit einer Rate von einem Fünftel Cent pro Wort. Libby schreckte hoch. Ein Scheck? Sie spähte in den Umschlag – wo war er? Dann erinnerte sie sich an den heruntergefallenen Zettel auf dem Boden. Mit einem leisen Aufschrei stürzte sie sich darauf, drehte ihn um und las die Summe. Fünf Dollar! Damit würde sie genug Geld für einen Monat haben! Wieder drang ein triumphierendes Lachen über ihre Lippen. Doch dann verließ sie das Lachen schlagartig und sie richtete sich auf, als ihr ein Gedanke kam.

»Oh, aber …« Einen Moment lang kaute sie auf ihrer Unterlippe herum und machte sich lautlos Vorwürfe. Sie hatte sich nicht die Mühe gemacht, die Wörter zu zählen, bevor sie den Text weggeschickt hatte. Sie würde diesmal darauf vertrauen müssen, dass die Leute von der Zeitschrift richtig gezählt hatten. Aber bevor sie ihre nächste Geschichte einschickte, würde sie nicht versäumen, die Zahl der Wörter zu ermitteln. »Eine Lektion gelernt«, sagte sie sich und schob den Scheck in ihre Schreibtischschublade, wo Alice-Marie ihn nicht sehen würde. Dann las sie den letzten Abschnitt des Briefes:

Unter welchem Namen soll die Geschichte erscheinen? Ist Ihnen »Von Elisabet Conley« recht?

Libby schlug sich die Hand an die Wange und sank auf ihr Bett. Auf der einen Seite wollte sie gern ihren echten Namen benutzen – damit andere wussten, dass die Geschichte von ihr war. Aber was wäre das Beste? Eine Auseinandersetzung spielte sich in ihrem Kopf ab, zwei widersprüchliche Meinungen lieferten sich einen Schlagabtausch wie Gegner in einem Tennismatch.

Benutze deinen Namen – willst du denn keine Anerkennung?

Möchtest du für Erzählungen anerkannt sein oder für Zeitungsartikel?

Aber Anerkennung ist Anerkennung! Und überleg mal, wie herrlich es wäre, wenn Leute auf dich zukämen und dir erzählen würden, dass sie deine Werke mit Vergnügen gelesen haben. Das kann nicht passieren, wenn du einen erfundenen Namen verwendest.

Wird dein Name noch glaubwürdig sein, wenn du anfängst, über Geschehnisse aus dem echten Leben zu berichten, wenn du ihn jetzt für Erzählungen verwendest?

Nach ein paar Minuten des Grübelns kam sie zu dem Schluss, dass der Sinn, Geschichten zu schreiben, nicht darin lag, ihren Namen fett gedruckt auf einer Zeitschriftenseite zu sehen, sondern zu beweisen, dass sie Abgabetermine einhalten konnte. »Ich werde nicht Elisabet Conley nehmen«, flüsterte sie und tippte sich mit dem Finger ans Kinn. »Stattdessen verwende ich …« Fantasienamen – mit literarischem Klang – gingen ihr durch den Kopf: Lavinia Courtland, Cordelia Tremaine, Rosalie Hart … Sie eilte zu ihrem Schreibtisch und schrieb sie auf ein Blatt Papier. Dann malte sie kleine Schnörkel darunter und überlegte, welcher ihr am besten gefiel.

Plötzlich standen andere Namen – nicht aus der Fantasie, sondern echte Namen – aus der Vergangenheit auf: Leonard und Bette Conley. *Mama und Papa.* Libby keuchte auf. Sollte sie? In ihrer schönsten Schrift verband Libby die beiden Vornamen ihrer Eltern. *Bette Leonard.* Das klang nicht so blumig wie die erfundenen Namen, aber ihr gefiel es, wie der Name auf dem Papier aussah. Und die Namen ihrer Eltern zu nutzen, wäre ein Mittel, sie unsterblich zu machen.

Mit einem Kichern, das erschreckend albern klang, riss Libby ein sauberes Blatt vom Block ab und suchte in der Schublade nach einem

Füller. Sie warf einen Blick auf den Brief des Herausgebers, kopierte den Namen der Unterschrift und verfasste eine Antwort.

Lieber Mr Price,
mit großer Freude danke ich Ihnen für den Kauf meiner Geschichte. Bitte benutzen Sie das Pseudonym Bette Leonard als Autorenname für »Ungleiche Liebende« und alle weiteren Geschichten, die Sie mir in Zukunft möglicherweise abkaufen werden.

9

Pete legte den jüngsten Brief von Aaron und Isabelle Rowley beiseite. Seit seiner Ankunft an der University of Southern Missouri hatte er alle paar Tage eine kurze Nachricht von Aaron oder einen langen Brief von Isabelle erhalten. Er hatte alle Umschläge mit einer Schnur zusammengebunden und sie oben auf seinen Schreibtischaufsatz gelegt, wo er sie sehen oder seine Hand darauflegen konnte, wenn er sich einsam fühlte und sich nach seinen Ersatzeltern sehnte.

Dieser letzte war der längste bisher – ein gemeinsamer Brief, zu dem Aaron und Isabelle abwechselnd beigetragen hatten und der Zugfahrkarten für ihn, Libby und Bennett für ihre Rückreise nach Shay's Ford in zwei Wochen enthielt. Pete überflog noch einmal die ordentlich beschriebenen Seiten, bevor er sie faltete und in den Umschlag zurücksteckte. Wärme durchströmte ihn, als sein Blick auf die Warnung fiel, die Isabelle in ihrer sauberen Schrift angefügt hatte:

Achte gut darauf, dass du die Fahrkarten nicht verlierst. Bewahre sie an einem sicheren Ort auf.

Es war eine Ermahnung in der Art, wie Eltern sie geben würden. Pete nahm an, dass sich einige junge Männer über so einen Satz ärgern würden, aber er freute sich darüber. Die mütterliche Erinnerung bewies, dass Aaron und Isabelle ihn als Teil ihrer Familie betrachteten.

Wenigstens bin ich von irgendjemandem gewollt …

Er schob den abwertenden Gedanken beiseite, während er den jüngsten Brief dem Stapel auf dem Schreibtisch hinzufügte und die Fahrkarten zur sicheren Verwahrung in die Ecke der Schreibtischschublade schob. Er musste Libby und Bennet sagen, dass er ihre Fahrkarten hatte, wenn er sie das nächste Mal sah.

Beim Gedanken, Libby zu sehen, krampfte sich sein Magen zusammen. War es wirklich schon über drei Wochen her, seit er den

Speisesaal verletzt und gekränkt verlassen hatte? Seit er zehn Jahre alt gewesen war, war kein kompletter Tag mehr vergangen, an dem er nicht mit Libby gesprochen hatte.

Er vermisste es, zu hören, wie sie alles, was sie sah, in ihrer unvergleichlichen, redegewandten Art beschrieb. Er vermisste es, das feurige Blitzen in ihren Augen zu sehen, wenn jemand ihren Zorn erregte. Er vermisste sogar die Art, wie sie die Nase kräuselte, wenn sie nachdachte. Er vermisste *sie*, und er wusste nicht, wie er es den Rest des Jahres auf dem Campus aushalten würde in dem Wissen, dass sie da war, aber unerreichbar für ihn.

Laute, männliche Stimmen drangen durch sein Fenster, das er einen Spalt geöffnet hatte, um die frische Abendluft hereinzulassen. Er hinkte ans Fenster und spähte hinaus. Einige Studenten spielten Baseball auf dem seitlich gelegenen Hof, und offenbar hatten die älteren einigen Erstsemestern die Mützen gemopst, um sie als Male zu verwenden. Anscheinend diente Bennetts Kopfbedeckung als Schlagmal, denn er war in eine lebhafte Auseinandersetzung mit dem Werfer verwickelt und sein rotes Haar glühte im Licht der untergehenden Sonne.

Einen Moment lang überlegte Pete, ob er hinausgehen und sich dem Spiel anschließen sollte. Seit seinem ersten Tag auf dem Campus, als er und Libby einen kurzen Spaziergang gemacht hatten, hatte er nichts anderes getan als zu lernen. Würden sie ihn ins Team aufnehmen, wenn er hinunterging? Im Waisenhaus hatte es keine Rolle gespielt, dass er ein Holzbein besaß. Jeder war daran gewöhnt, deshalb war es ganz normal für ihn, genau wie die anderen Jungen herumzutoben, zu klettern und zu spielen.

Aber hier fiel er mit dem hölzernen Körperteil auf. Mädchen wichen ihm aus und von Männern wurde er nie gefragt, ob er bei einem sportlichen Spiel mitmachen oder um den See am Rand des Campus wandern wollte. Im Unterrichtsraum konnte er problemlos mit den anderen Schritt halten. Aber dies galt eben *nur* für den Unterrichtsraum. Vielleicht würden die anderen Studenten über sein Holzbein hinaus auf ihn, Pete, als Person schauen, wenn er dem Ball einen tüchtigen Schlag versetzen und es einmal rund um die Male schaffen würde.

Pete steuerte auf die Tür zu, doch ein Stapel Bücher am Rand seines Schreibtisches schien nach ihm zu schreien. Er hatte keine Zeit zum Spielen. Grummelnd zog er das Fenster herunter, bis es auf den Sims traf, und schloss so die Geräusche vom Spielfeld aus. Dann hinkte er zum Schreibtisch und setzte sich, fest entschlossen, sich an die jüngste Aufgabe zu machen, die Pastor Hines ihm gestellt hatte.

Pete bewunderte diesen Mann sehr. Sein umfassendes biblisches Wissen und seine gelehrte Art unterschieden ihn von den anderen Professoren. Petes Bestreben war es, nach Abschluss der Bibelschule ebenso weise und würdevoll wie Pastor Hines zu sein. Er wollte dem Mann gefallen und er glaubte, bisher erfolgreich damit gewesen zu sein. Alle seine Aufsätze hatte er mit sehr guten Noten zurückbekommen. Sein Lehrer hatte ihn sogar zweimal im Korridor angehalten, um über eine Bibelstelle mit ihm zu diskutieren.

Die aktuelle Aufgabe war jedoch eine größere Herausforderung als alle bisherigen. Sie erforderte intensives Nachdenken und so saß Pete nun über das Arbeitsblatt gebeugt und las die Anweisungen noch einmal, während er die Worte mit dem Zeigefinger unterstrich, um sich besser konzentrieren zu können.

Als Diener des Evangeliums wird es Zeiten für Sie geben, in denen Sie Kräften widerstehen müssen, die Ihre Herde aus einem geheiligten Leben reißen wollen. Schauen Sie sich die Welt an, die Sie umgibt. Welche Kräfte sind gegenwärtig am Werk, um einen moralischen oder geistlichen Niedergang zu bewirken? Sie werden eine bekannte Kraft auswählen und dagegen in den Kampf ziehen, genau wie die Männer von Israel gegen die Philister. Allerdings werden Sie nicht mit Schwert oder Schleuder kämpfen, sondern mit dem Wort Gottes.

Pete knetete sich die Stirn. Sein Professor hatte beinahe eine Stunde darüber gesprochen, was es bedeutete, heilig zu sein – abgesondert. Er hatte mit der Faust auf den Tisch geschlagen und betont, wie wichtig es war, gottgefällig zu leben. »Die Versuchung wird Sie bedrängen«, hatte Pastor Hines gewarnt, die grünen Augen zu Schlitzen verengt und die grauen Brauen besorgt zusammengezogen, »deshalb müssen Sie der Versuchung widerstehen. Ein Ausrutscher, ein einziges Mal, in dem man unmoralischen Gedanken oder Taten Zutritt schenkt, kann genügen, um tief zu stürzen.«

Während er sich die Worte des Professors noch einmal vergegenwärtigte, überlegte Pete, welche Sache er sich für seinen Kampf aussuchen sollte. Es musste etwas sein, das die größtmögliche Zustimmung des Mannes finden und eine Menge Gutes bewirken sollte. Er dachte einige Minuten nach, aber ihm fiel nichts ein. Frustriert stand er auf und schlüpfte in seine Anzugjacke. Vielleicht würde ihn ein Spaziergang in der Abendluft auf gute Gedanken bringen.

Er eilte über den Campus, am provisorischen Baseballfeld vorbei. Bennett entdeckte ihn und winkte, und Pete verlangsamte seine Schritte. Vielleicht würde sein Freund ihn zum Mitspielen auffordern. Bennett wusste, dass Pete trotz des Holzbeins ein ordentlicher Baseballspieler war. Aber nachdem Pete grüßend die Hand gehoben hatte, drehte Bennett sich wieder um und fuhr fort, seine Mannschaftskameraden anzufeuern. Mit gesenktem Kopf setzte Pete seinen Weg fort. Er erreichte den von Bäumen gesäumten Pfad, der zu dem offenen Feld führte, und bog in diese Richtung ab, um unter dem Blätterdach hindurchzugehen. Er lächelte bei der Erinnerung daran, dass Libby ihn einen verzauberten Weg genannt hatte.

Pete blieb stehen. Die Einsamkeit verursachte einen brennenden Schmerz in seiner Brust. Bennett hatte im Moment keine Zeit für ihn, aber was war mit Libby? Er nagte an seiner Unterlippe und nahm seinen ganzen Mut zusammen, um ihr nach der langen Trennung wieder zu begegnen. Libby hatte gesagt, dass es lächerlich wäre, *mehr* als Freundschaft mit ihm zu erwarten. Aber hieß das automatisch, dass sie keine Freunde mehr sein konnten? Er sehnte sich so sehr danach, seine Freundschaft mit Libby wiederherzustellen.

Zumindest musste er ihr sagen, dass er die Zugfahrkarten hatte. Vielleicht sollte er zum Frauenwohnheim gehen und die Hausmutter um Erlaubnis bitten, mit Libby zu sprechen. Wenn sie nicht zu beschäftigt war, könnten sie vielleicht, nachdem er sie über die Fahrkarte informiert hatte, noch ein Weilchen zusammensitzen. Sich unterhalten. Oder einfach nur zusammensitzen, ohne sich zu unterhalten. So wie sie es früher gemacht hatten. Falls sie Zeit hatte.

Bitte lass sie Zeit haben ...

Nachdem er die Entscheidung getroffen hatte, eilte er zum Frauenwohnheim. Sollte die Hausmutter ihm sagen, dass Libby zu beschäftigt sei, um mit ihm zu reden, würde er einfach in sein eigenes Zimmer zurückkehren und sich in seinen Studien verlieren, so wie er es in den vergangenen Wochen getan hatte. Gut, dass sein Holzbein wenigstens seine Fähigkeit zu denken nicht beeinträchtigte.

»Elisabet?« Eine der jungen Frauen auf Libbys Stockwerk streckte den Kopf ins Zimmer. »Miss Banks hat mich zu dir geschickt – du hast unten einen Besucher.«

Libby erhob sich von ihrem Bett, wo sie mit gekreuzten Beinen gesessen und einen Artikel für die Universitätszeitung redigiert hatte. Sie hätte nichts gegen eine Unterbrechung – die Person, die den Artikel verfasst hatte, besaß erbärmlich schlechte grammatikalische Kenntnisse. Und die Rechtschreibfehler ... wirklich sehr *fählerhaft!* »Wer ist es denn?« Sie hoffte, dass es nicht Roy war. Aus irgendeinem Grund hatte er in der vergangenen Woche zweimal um ein Gespräch mit ihr gebeten, aber sie hatte sich geweigert, ihn zu treffen.

Das Mädchen zuckte die Achseln. »Ich weiß seinen Namen nicht. Es ist der neue Student mit dem Holzbein.«

Petey! Libbys Herz machte einen Freudensprung. »Sag Miss Banks, dass sie ihm sagen soll, dass ich gleich komme.« Das Mädchen verschwand und Libby schlüpfte schnell in ihre Schuhe und schnürte sie zu. Sie wäre auch auf Strümpfen hinuntergerannt, aber die Hausmutter war sehr streng. Miss Banks war nicht einverstanden, wenn jemand keine Schuhe trug oder rannte. Das hatte Libby sehr schnell gelernt. Miss Banks und Mrs Rowley würden sich zweifellos sehr gut verstehen.

Mit bekleideten Füßen eilte Libby die Treppen hinunter. Sie ließ den Blick durch den gemütlichen Gemeinschaftsraum schweifen, der an diesem Abend sehr belebt war. Vier Mädchen saßen nebeneinander auf einem Sofa vor dem Fenster und schauten gebannt auf eine Zeitschrift, die das Mädchen in der Mitte hielt. Wie auf eine Verabredung hin warfen alle vier Libby einen schnellen Blick über den Rand der Zeitschrift zu, als sie den Raum betrat, und richteten ihre Aufmerksamkeit dann wieder auf die Seite, die sie gerade lasen.

Eine kleine Welle der Erregung lief über Libbys Rücken. Würden dieselben Mädchen in zwei Monaten *ihre* Worte in der Zeitschrift lesen?

Sie wandte sich Miss Banks' Schreibtisch in der Nähe der Eingangstür zu und entdeckte Petey. Ihre Augen begegneten sich, aber er verzog keine Miene. Der eiserne Blick der Hausmutter hatte ihn offenbar eingeschüchtert. Aber wie wunderbar war es, ihn zu sehen!

Sie unterdrückte ein glückliches Lachen und vergaß die Regel, sich langsam zu bewegen. Sie hüpfte zum Schreibtisch, verschränkte die Hände hinter ihrem Rücken und lächelte in Peteys liebes, vertrautes Gesicht. »Guten Abend, Mr Leidig. Wie nett von Ihnen, zu Besuch zu kommen.« Sie streifte die Hausmutter mit einem Blick. Ihre mürrische Miene wurde kein bisschen nachgiebiger.

»Ja.« Petey räusperte sich. »Ich habe heute einen Brief von Aaron und Isabelle bekommen, und …« Mit hochgezogenen Brauen machte er eine kurze Augenbewegung, die sich auf Miss Banks bezog, dann neigte er den Kopf Richtung Tür. »Könnten wir nach draußen gehen? Es ist ein schöner Abend mit einer angenehmen Brise.«

»Das klingt herrlich.« Libby fasste ihn am Arm und führte ihn zur Tür. »Und vielleicht könnten wir einen kurzen Spaziergang über das Gelände machen?« Wochenlang hatte sich ihr Herz nicht mehr so leicht angefühlt wie jetzt, als sie einfach nur neben ihm herging. »Wir können den Pfad nehmen, der an den alten Steinfundamenten am äußeren Rand des Campus vorbeiführt – sie bedrücken mich immer ein bisschen, aber ich stehe gern dort und versuche mir vorzustellen, was für ein großes Gebäude dort stand, bevor es ein Opfer der Flammen wurde.«

Sobald sie die Treppen hinuntergegangen waren, zuckte Petey mit dem Ellbogen. Libby ließ ihn los und machte einen Schritt zur Seite. Sie sah ihn verwirrt an. »Habe ich dich zu fest gehalten?«

»Nein.« Er schaute links an ihr vorbei. »Aber du wirst von der Hausmutter und einigen Mädchen beobachtet, die am Fenster des Gemeinschaftsraums stehen. Ich dachte nicht, dass du ihnen den Eindruck vermittelst, du und ich wären …«

Hitze breitete sich auf Libbys Gesicht aus. Warum nur hatte sie ihm nie eine Erklärung geschrieben? Aber zumindest hatte sie jetzt die Gelegenheit, sich zu entschuldigen. »Petey, was ich damals gesagt habe …«

»Du musst mir nichts erklären.« Seine sanfte Stimme vergrößerte den Schmerz in ihrem Inneren. Seine Wut konnte sie ertragen, seine Freundlichkeit brachte sie beinahe um. »Ich verstehe es.«

»Dann weißt du, dass es nicht an dir liegt? Du weißt, dass … ich diejenige bin, die …?« Sie hielt den Atem an. Wenn er wirklich verstand, dass sie aufgrund ihrer Mängel nicht die passende Frau für ihn war, dann konnten sie ihre Freundschaft unverändert wieder aufnehmen.

»Ja.« Er senkte den Kopf und tippte mit der Spitze seines Holzbeins an den Gehweg, eine Angewohnheit, die noch aus seiner Kindheit stammte. »Ich verstehe es ganz und gar.«

»O Petey!« Libby kippte beinahe um, so groß war ihre Erleichterung. »Dann können wir immer noch Freunde sein? Genau wie wir es immer gewesen sind?«

Ein schiefes, irgendwie trauriges Lächeln erschien auf seinem Gesicht. »Ja, Libby. So wie wir es immer gewesen sind. Und jetzt …« Er holte tief Luft. »Ich bin hier, um dir zu sagen, dass ich unsere Zugfahrkarten für die Heimreise am Sechzehnten habe. Bennett und ich werden dich am Morgen abholen. Wir werden in die Stadt gehen und uns eine Droschke mieten, die uns zum Bahnhof bringt. Bitte vergiss nicht, mit all deinen Lehrern zu sprechen, damit sie wissen, dass du an diesem Freitag nicht da bist.«

»Das habe ich schon gemacht. Ich freue mich so sehr auf Maelle und die Rowleys.«

»Ich mich auch.«

»Und ich kann es kaum glauben, dass Matt heiratet! Er und Lorna sind so ein reizendes Paar.« Die Kinder an der Waisenschule hatten miterlebt, wie die Freundschaft zwischen der Tochter der Köchin und Matt, dem Bruder von Mrs Rowley und Maelle zu einer Liebesbeziehung aufblühte. Matt arbeitete in Teilzeit als Hausmeister in der Schule. Obwohl Libby den Eindruck hatte, dass Mrs Rowley mit der Verbindung nicht einverstanden war, fand sie, dass Matt Tucker und Lorna Jensen perfekt zueinanderpassten.

Sie gab Petey einen leichten Klaps auf den Arm und ihre Lippen zuckten, als sie schelmisch grinste. »Und was für ein Glück du hast – dass du Matts Trauzeuge sein darfst. Du wirst sehr gut aussehen in deinem Anzug und mit einer Rosenblüte am Aufschlag.«

Petey lachte leise und kratzte sich am Kopf. »Ach, da bin ich mir nicht so sicher.«

Sie standen ein paar Sekunden lang schweigend da. Es war ein angenehmes, gemütliches Schweigen, das etwas Heilung in Libbys wundes Herz brachte. In der Ferne verriet ein festes Aufklatschen, dass ein Baseballschläger mit dem Ball in Kontakt gekommen war, und Jubel erhob sich. Daraufhin erklang das Schimpfen eines Vogels aus einem Baum. Libby hob das Kinn, um den Vogel zu suchen, und sie lächelte, als zwei vertrocknete Blätter von einem Ast abfielen und zu Boden segelten. Der anmutige Fall der Blätter erinnerte sie an eine Tanzszene, die sie in ihrer jüngsten Geschichte geschrieben hatte. Eifrig drehte sie sich zu Petey um.

»Petey, ich …«, fing sie an.

»Libby, ich …«, sagte er zur selben Zeit.

Sie wedelte mit den Händen zu ihm hin und lachte. »Fang an.«

»Ich habe eine Hausaufgabe, die ich heute Abend fertig machen muss, deshalb gehe ich jetzt zum Haus Landry zurück.«

Sie ließ die Schultern sinken. »So bald schon? Aber wir hatten kaum Zeit zum Reden.«

Er verzog bedauernd den Mund. »Es tut mir leid, aber ich muss wirklich arbeiten. Ich sehe dich dann … morgen beim Abendessen?«

Sie wollte ihm von der Geschichte erzählen, die sie verkauft hatte – damit er sich für sie freute –, aber sie wollte ihn nicht von seinen Studien fernhalten. Pfarrer zu werden war so wichtig für ihn. Genauso wichtig war es ihr, Journalistin zu werden. Wenn ihre Ziele doch nur nicht so weit auseinanderliegen würden …

»Ja, das wäre wunderbar.« Sie streckte die Hand aus und berührte seinen Ärmel mit den Fingerspitzen. »Ich habe dich vermisst, Petey.«

Das seltsame Lächeln kehrte zurück – nach oben gebogene Lippen ohne das dazugehörige Lächeln in seinen blauen Augen. »Ich habe dich auch vermisst. Aber morgen beim Essen unterhalten wir uns weiter. Jetzt erst einmal gute Nacht, Libby.«

Sie sah ihm nach, als er ging. Sein hinkender Gang war ihr so vertraut wie ihr eigenes Bild im Spiegel. Aber etwas an seiner Haltung schien anders als sonst. Er hatte immer älter gewirkt, als er tatsächlich war; sicher eine Folge davon, dass er sich in so frühen Jahren allein hatte durchschlagen müssen. Doch heute Abend war etwas Altes an ihm, das über Reife hinausging … Libby suchte nach einem passenden Wort, um sein Erscheinungsbild zu beschreiben und entschied sich schließlich für *Müdigkeit*.

Ja, Petey wirkte müde. Seine Studien mussten ihn auslaugen, dachte sie mit einem Aufwallen von Mitgefühl. Vielleicht war es gut, dass sie bald wieder in Shay's Ford sein würden. Dort würde Mrs Rowley darauf achten, dass er sich Ruhe gönnte, und die Köchin Ramona würde ihn mit seinen Lieblingsgerichten verwöhnen – Petey war bei allen im Waisenhaus beliebt. Die Zeit mit Mr und Mrs Rowley und Matt, das Vergnügen bei der Hochzeit und das Gefühl, wieder zu Hause zu sein, würden Petey sicherlich guttun.

Und irgendwann in dieser Zeit, während sie von der Universität weg waren, weg von all der Geschäftigkeit und all den neugierigen Menschen – sie warf einen schnellen Blick zum Wohnheim und entdeckte einige Mädchen, die aus dem Fenster des Gemeinschaftsraums schauten –, würde sie ihm den Brief von Mr Price zeigen. Wie stolz er auf sie sein würde!

Mit einem breiten Lächeln auf dem Gesicht drehte sich Libby dort im Freien im Kreis. Und es machte ihr nicht einmal etwas aus, als die Mädchen hinter dem Fenster kicherten.

10

Bennett warf den Ball mit einer Hand in die Luft und fing ihn mit der anderen, während er vor Haus Landry wartete. Werfen, fangen. Vor und zurück. Es war eintönig, aber so hatte er wenigstens eine Beschäftigung.

Wo war Pete? Bennett würde hier nicht viel länger herumlungern können – dank der verrückten Nachtruheregelung. Er warf den Ball mit etwas mehr Kraft und katapultierte ihn in hohem Bogen über seinen Kopf. Waren sie auf diesem Campus nicht alle erwachsen? Ein Mann sollte selbst entscheiden dürfen, wann er sich zurückziehen wollte.

Er spähte übers Gelände, um irgendwo eine Spur seines alten Kameraden zu entdecken. Als Pete vorhin vorbeigekommen war, hatte Bennett ihn fragen wollen, ob er mitspielen wollte. Aber er wusste nicht, ob er schon genug Ansehen bei den anderen Studenten hatte, um Pete dazuzuholen. O ja, er hatte viel von ihm gesprochen – seinem besten Freund aus Urzeiten, schlau wie ein Fuchs, einem famosen Kerl.

Natürlich hatte er Petes Namen nicht genannt. Das würde erst kommen, wenn er alle überzeugt hatte, dass es ein absolutes Muss war, *diesen Mann* auf dem Campus zu kennen. Bennett ging davon aus, dass er nur noch kurze Zeit – vielleicht ein paar Tage – brauchte, bis er Pete ins Spiel bringen konnte.

Er schlug den Ball von einer Handfläche zur anderen. Schließlich sah er Pete den Weg entlangkommen. Er stopfte sich den abgewetzten Baseball in die Tasche und trottete ihm entgegen. »Na, Pete, machst du deinen Gesundheitsspaziergang?« Er sprach mit britischem Akzent und grinste über seinen eigenen Witz.

Pete reagierte mit einem schwachen Lächeln. »Ich war drüben bei Libby. Ich musste ihr sagen, dass die Rowleys mir die Zugfahrkarten für unsere Heimreise geschickt haben.«

Bennett unterdrückte ein ärgerliches Brummen. Natürlich schickten die Rowleys die Fahrkarten an Pete – den guten alten, zuverlässigen Pete. »Ich habe dich vorhin schon gesehen, aber ich konnte nicht mitten im Spiel nach dir rufen.« Er empfand einen leichten Gewissensbiss bei dieser Notlüge und sprach eilig weiter. »Uff … mein Team hat sich heute Abend nicht so gut geschlagen – wir haben mit sieben Runs im Rückstand verloren!« Er verzog das Gesicht. »Aber am Sonntagnachmittag planen wir eine Rückrunde und wir brauchen einen ordentlichen Werfer. Willst du mitspielen?«

Petes Augenbrauen zogen sich leicht zusammen. »Ich soll werfen?«

Bennett lachte. »Warst du nicht damals in der Schule unser Werfer? Du hast einen guten Arm.« Pete konnte nicht als Fänger eingesetzt werden – dazu musste man kauern und das war mit einem künstlichen Bein nicht so einfach. Und er war auch kein geeigneter Mal- oder Feldspieler, weil das Holzbein ihn beeinträchtigte. Aber er hatte bewiesen, dass er die Spitze seines Holzbeins in die Erde rammen und einen Ball hart und fest genau über die eingedellte Blechdose, die als Schlagmal diente, werfen konnte.

Bennett schlug Pete auf die Schulter. »Und selbst Libby könnte besser werfen als der Hohlkopf, den wir heute Abend als Werfer hatten.« Bennett würde nie verstehen, warum es Libby so schwerfiel, einen Ball zu werfen; mit einem Taschenmesser konnte sie einen Baum genau in der Mitte treffen.

Pete drückte die Lippen aufeinander. »Klar, Bennett. Ich werfe gern für euch, wenn es den anderen nichts ausmacht.«

»Es wird ihnen nichts ausmachen.« Zwischen heute und Sonntag würde er Pete so in den Himmel loben, dass sie nicht einmal zusammenzucken würden, wenn er zur Abwurfstelle hinkte. Sobald die Männer Pete in Aktion sahen, würden sie merken, dass er gar nicht so anders war. Sie wären bereit, ihn in die Studentenverbindung aufzunehmen. Bennett grinste, als er sich vorstellte, wie es Roy vor den Kopf stoßen würde, wenn Pete und er zu den Treffen auftauchten.

Pete verlagerte sein Gewicht auf das gesunde Bein und verzog leicht das Gesicht. Bennett runzelte die Stirn – Pete sollte das während des Spiels lieber nicht machen. »Wir planen, direkt nach dem Mittagessen zu spielen.« Er zog den Baseball aus der Tasche und ließ ihn auf seiner Hand hüpfen. »Um ein Uhr.«

»Ich werde da sein.«

Bennett drückte Pete den Ball in die Hand und bewegte sich ein paar Schritte zurück. Er kauerte in die Fängerposition und legte die Hände schalenförmig zusammen. »Bring ihn hier rüber, Kumpel.«

Pete begutachtete die Nähte des Balls, legte seinen Finger genau zwischen sie und feuerte den Ball zu Bennett zurück. Bennett erhob sich grinsend und schüttelte die rechte Hand. »Ein guter Wurf!« Er zischte durch die Zähne. »Der hat gesessen! Am Sonntag bist du bereit.«

Mit einem kurzen Lachen legte Pete die Entfernung zwischen ihnen zurück. »Ich gehe am Sonntagmorgen immer zu der Kirche hinüber, die um die Ecke vom Campus liegt, und besuche dort den Gottesdienst. Hast du Lust, mich zum Frühstück zu treffen und vor dem Spiel mit mir dorthin zu gehen?«

Bennett schob den Ball wieder in seine Tasche. Typisch Pete, jetzt mit der Kirche anzufangen. »Nein. Geh du ohne mich. Am Sonntagmorgen schlafe ich gern aus.«

»Bist du sicher?« Auf Petes Gesicht zeigte sich der gleiche Ausdruck wie früher bei Aaron Rowley, wenn Bennett versucht hatte, den Gottesdienst am Sonntagmorgen zu schwänzen. Bennett missfiel das bei seinem Freund noch mehr als bei Mr Rowley. »Jetzt, wenn wir uns auf dem Campus eingelebt haben, würde es uns guttun, hinzugehen – zu erleben, dass wir zu Gottes Familie gehören.«

»Geht Libby mit?«

Pete zuckte die Achseln. »Ich habe sie noch nicht gefragt, aber ich bin sicher, dass sie Ja sagen wird. Ich wüsste nicht, warum sie nicht mitkommen sollte.«

»Na ja …« Bennett reckte das Kinn und verschränkte die Arme vor der Brust. »Ich würde trotzdem lieber ausschlafen. Ich muss die ganze Woche früh aufstehen, um rechtzeitig in der Vorlesung zu sein, und am Samstag muss ich früh aufstehen, um meine Arbeit zu machen.«

Bennett war vom Hausmeister der Universität angestellt worden, um bei der Gartenpflege zu helfen. Nachdem der Mann herausgefunden hatte, dass Bennett bereits ähnliche Pflichten im Waisenhaus übernommen hatte, hatte er ihn auf der Stelle genommen. Offenbar hatten viele Studenten am College noch nie eine Schaufel in der Hand gehabt oder ein Beet gejätet, diese verwöhnten Muttersöhnchen. »Ich will an meinem einzigen freien Tag nicht früh aufstehen.«

Pete machte ein unglückliches Gesicht, aber er widersprach nicht. »Na gut, aber wenn wir zu Matts Hochzeit nach Hause fahren, werden Aaron und Isabelle von dir erwarten, dass du mit ihnen zur Kirche gehst, bevor wir am Sonntagnachmittag wieder abreisen.«

»Ja, ja, ich weiß.«

»Es wird schön sein, sie zu sehen.« Petes Gedanken schienen in eine andere Richtung abzuschweifen, er reagierte nicht auf Bennetts verächtlichen Ton. »Ich freue mich auf ein Wochenende zu Hause.«

Pete und Libby bezeichneten das Waisenhaus beide als ihr *Zuhause*, aber Bennett benutzte dieses Wort nie. Er sagte: *die Schule* oder *wo ich lebe*, aber nicht *zu Hause*. Eines Tages – wenn er sich irgendwo niederließ, heiratete und vielleicht ein oder zwei Kinder hatte – würde er den Ort, den er mit seiner Familie teilte, »zu Hause« nennen. Aber er würde ein solches Wort nicht für einen Ort vergeuden, den er sich nicht freiwillig ausgesucht hatte.

»Na ja, die Hochzeit ist erst in zwei Wochen und bis dahin haben wir noch eine Menge zu tun … zum Beispiel müssen wir diese Kerle von *Beta Theta Pi* beim Baseballspiel am Sonntag vernichtend schlagen!« Bennett sah mit einem zugekniffenen Auge zu Pete. »Die Sonne ist noch nicht ganz untergegangen. Hast du Lust, noch ein paar Würfe zu probieren? Nur um sicherzugehen, dass du gut vorbereitet bist für ein ganzes Spiel?«

»Das würde ich gern, aber ich habe noch eine Hausaufgabe, für die …«

»Schon gut.« Bennett sagte dies in knurrendem Ton, aber er grinste dabei. »Ich schätze, du wirst das in dem Spiel klasse machen. Falls wir uns vorher nicht mehr sehen, komm am Sonntag um ein Uhr genau hier auf den seitlichen Hof. Dieses Mal machen wir sie nieder. Gute Nacht, Pete!«

Bennett setzte sich trabend Richtung Männerwohnheim in Bewegung. Er hoffte, im Gemeinschaftsraum noch ein paar von den Kumpels anzutreffen. Er wollte ihnen erzählen, dass er einen erstklassigen Werfer für ihr Team gefunden hatte.

Hopsend bewegte sich Pete durch den Gang, der zu den Vorlesungsräumen führte. Zwischen einzelnen Schritten machte er einen Hüpfer auf seinem gesunden Bein. Er brauchte ein paar Minuten allein mit seinem Professor. Pastor Hines kam immer etwas früher, falls einer seiner Studenten Fragen oder Sorgen hatte, deshalb befürchtete Pete nicht, den Lehrer zu verpassen. Aber er wollte den Raum schneller erreichen als alle anderen Bibelschüler.

In Gedanken ging er die Szene noch einmal durch, die er gestern in Libbys Gemeinschaftsraum miterlebt hatte. Eine Gruppe junger Damen saß in einer Reihe vor dem Fenster und versuchte, genug Licht für die Zeitschrift in ihren Händen zu finden. Die geröteten Wangen und gelegentlichen Lachanfälle, die sie schnell unterdrückten, indem sie sich die Hand auf den Mund legten, verrieten, dass etwas in der Zeitschrift ihr Interesse geweckt hatte. Ihre Faszination schien über Neugier oder Unterhaltung hinauszugehen und glich eher einer verschämten Erregung, was ihn vermuten ließ, dass es nichts Gutes war, was sie sich anschauten. Er hatte Bennett und einige andere Kameraden im Waisenhaus in gleicher Weise mit rotem Kopf kichern sehen, als sie in einem Katalog die Werbung für Damenunterwäsche betrachtet hatten.

Als er ins Haus Landry zurückgekehrt war, hatte er den Zeitschriftenkorb durchstöbert, den der Hausvater im Gemeinschaftsraum aufbewahrte, damit sich die Studenten dort bedienen konnten. Ganz unten, unter *Harper's Magazine*, *Top-Notch-Magazine* und drei verschiedenen Ausgaben von *The Windsor* hatte er eine Zeitschrift gefunden, die Ähnlichkeit mit dem Heft besaß, das die Mädchen gelesen hatten. Er hatte sie mit in sein Zimmer genommen und auf dem Bett aufgeschlagen, um sie zu lesen. Zwischen den Umschlagseiten hatte er entdeckt, was die Mädchen offenbar so gefesselt hatte – eine ziemlich pikante Geschichte über eine junge Schauspielerin und ihren älteren, niederträchtigen Regisseur.

Die Beschreibung von pochenden Herzen, fieberhaftem Verlangen und verstohlenen Begegnungen im Dunkeln, wo der Mann und die Frau ihren Lippen erlaubten, den Mund des anderen zu erforschen, ließ Pete mit einem unguten Gefühl zurück. Während der Lektüre fühlte er zweimal den Zwang, sich im Zimmer umzusehen, ob auch wirklich niemand sah, was er da tat. Hätte er sich genauso unwohl gefühlt, wenn der Lesestoff erbaulich gewesen wäre? Geschichten wie diese konnten junge Frauen bestimmt zu unreinen Gedanken führen.

Als er die Zeitschrift in den Korb zurücklegte – wieder tief vergraben und mit dem Titelbild nach unten –, meinte er, sein Thema für seine Aufgabe in Pastor Hines' Kurs gefunden zu haben.

Natürlich musste Pastor Hines noch seine Zustimmung geben. Bevor Pete sich weiter mit dem Thema beschäftigte, wollte er also die Meinung des Professors hören.

Die Tür des Seminarraums stand offen und Pete sah, dass der weißhaarige Professor an seinem Schreibtisch saß. Seine Drahtbrille saß ihm auf der Nasenspitze und er betrachtete stirnrunzelnd einen Stapel von Papieren. Pete klopfte leicht an den Türrahmen. Der Mann hob den Kopf und sofort machte der grimmige Gesichtsausdruck einem Lächeln Platz. Er nahm die Brille mit einer Hand ab und winkte Pete mit der anderen nach vorn.

»Mr Leidig.« Pastor Hines deutete auf einen Tisch in der ersten Reihe. »Kommen Sie herein und setzen Sie sich.«

Pete hinkte vorwärts und nahm Platz. Er warf seinem Lehrer einen entschuldigenden Blick zu. »Störe ich Sie?«

Der Professor schüttelte den Kopf. »Nein, nein, es macht mir nichts aus, das hier beiseitezuschieben.« Er verzog das Gesicht und schob den Papierstapel an den Rand des Schreibtischs. »Offenbar habe ich in meiner Vorlesung über das Befolgen der Zehn Gebote etwas falsch gemacht. Diese Aufsätze …« Er schüttelte den Kopf und stieß geräuschvoll die Luft aus. »Entsetzlich.« Dann lehnte er sich auf seinem Stuhl zurück. »Aber das ist nicht Ihre Sorge. Wie kann ich Ihnen behilflich sein, Mr Leidig?«

Pete stützte die Ellbogen auf den Tisch und beschrieb kurz die Szene, deren Zeuge er im Gemeinschaftsraum des Frauenwohnheims gewesen war. »Ich habe eine ähnliche Zeitschrift ausfindig gemacht und hineingeschaut, und dort fand ich eine ziemlich geschmacklose Geschichte …« Pastor Hines Augenbrauen gingen in die Höhe, bis sie ein V zwischen seinen Augen formten. Petes Gesicht fühlte sich heiß an. Er stammelte weiter. »Ich dachte, vielleicht würde die Geschichte ein passendes Thema für unseren Aufsatz über den moralischen Verfall abgeben, denn sie enthielt …«

Der Lehrer wedelte mit der Hand. »Nicht nötig.«

Pete sank auf seinem Stuhl in sich zusammen. »Es lohnt sich nicht, die Sache weiterzuverfolgen?«

»Im Gegenteil, es besteht keine Notwendigkeit, dass Sie mir mehr erklären. Ich kenne bereits diese Art Geschichte, von der Sie sprechen, und sie ist auf jeden Fall unpassend.« Pastor Hines schürzte angewidert die Lippen. »Eine Schande ist das. Geschichten, die einzig für den Zweck geschrieben werden, einen Kitzel hervorzurufen.«

Petes erster Eindruck, als er die Mädchen beobachtet hatte, war also richtig gewesen. Diese Einsicht stärkte ihn in seinem Vertrauen, dass er ein guter geistlicher Leiter werden könnte.

Pastor Hines fuhr in missbilligendem Ton fort. »Leider sind solche Geschichten bei Frauen jeden Alters sehr beliebt, besonders aber bei der jüngeren Generation.« Er seufzte. »Ich bin davon überzeugt, dass sie leicht beeinflussbare junge Frauen zu unreinen Gedanken verführen; ganz zu schweigen davon, dass sie eine unrealistische Vorstellung über die Beziehung zwischen Mann und Frau vermitteln.«

Der Professor schüttelte den Kopf und schnalzte mit der Zunge. »Das ist genau ein solcher Kampf, der ausgefochten – und gewonnen werden muss! Junge Frauen, die sich in diese romantischen Erzählungen verstricken lassen, könnten leicht dazu neigen, eine Beziehung zu suchen, die nur auf … äh … körperlicher Anziehung beruht …« – die Wangen des Mannes überzogen sich mit roten Flecken – »statt nach einem Mann Ausschau zu halten, der nach Gottes Willen fragt, ein gutes Fundament für sein Leben hat und seiner Familie moralisch vorstehen kann.«

Pete richtete sich eifrig auf. »Würde das also den Vorgaben für die Hausarbeit entsprechen?«

»Ja, Mr Leidig, auf jeden Fall.« Pastor Hines erhob sich und ging um seinen Schreibtisch herum. »Und ich wünsche Ihnen viel Erfolg bei Ihren Bemühungen, Zeitschriftenredakteure davon abzubringen, solchen Schmutz zu drucken.« Seine Stirn kräuselte sich einen Moment lang und seine durchdringenden Augen hefteten sich auf Petes Gesicht. »Mr Leidig, abgesehen von der Kontaktaufnahme mit Herausgebern, haben Sie noch andere Pläne, wie Sie dazu beitragen könnten, solche Geschichten abzuschaffen?«

Pete stand auf und stellte sich neben den Schreibtisch, eine Hand auf dessen glatte Oberfläche gelegt. »Noch nicht, Sir. Ich wollte Ihre Zustimmung abwarten, bevor ich mir etwas überlege.«

»Das ist in Ordnung«, erwiderte der Mann. »Zu wissen, welcher Sache Sie sich annehmen wollen, reicht für heute. Aber denken Sie daran, dass es Erfolg versprechender ist, aus verschiedenen Richtungen anzugreifen, wenn man einen Krieg gewinnen will.«

Pete nickte langsam. Obwohl er viele Zeitungsberichte über den Krieg in Europa gelesen hatte, hatte er sich bisher keine Gedanken über militärische Strategien gemacht. Aber die Worte seines Lehrers waren sinnvoll. Wenn der Angriff nur aus einer Richtung kam, hatte der Feind viele Richtungen zur Verfügung, in die er fliehen konnte. Er musste sich überlegen, wie er aus verschiedenen Richtungen angreifen konnte, um möglichst viel zu bewirken.

»Ich werde darüber nachdenken und beten, wie man die Veröffentlichung solcher Geschichten am besten unterbinden kann.« Pete streckte seine Hand aus und Pastor Hines schlug ein. »Danke, Sir. Sie können sich darauf verlassen, dass ich bei dieser Aufgabe mein Bestes geben werde.«

Sein Lehrer lächelte und schüttelte Petes Hand fest. »Von Ihnen erwarte ich auch nichts Geringeres, Mr Leidig.«

11

»Ach, ist das nicht aufregend?«

Alice-Marie würde ihr noch die Blutzufuhr abschnüren, wenn sie Libbys Hand nicht losließ. Sie rückte noch dichter an Libby heran, um einem anderen Mädchen auf der grün-rot karierten Wolldecke Platz zu machen, die auf dem Gras lag. »Ich liebe es einfach, einer Sportveranstaltung zuzuschauen! Ich hoffe, die Jungen von *Beta Theta Pi* gewinnen!«

Man konnte dies kaum als offizielle Sportveranstaltung bezeichnen, wenn man bedachte, dass es auf dem grasbewachsenen Seitenhof der Bibelschule stattfand und nicht auf einem richtigen Baseballfeld. Es gab keine Tribüne, auf der man sitzen konnte, deshalb hatten ein paar Studenten, unter anderem Alice-Marie, Decken geholt und auf dem Rasen ausgebreitet. Die meisten Zuschauer bildeten jedoch eine unregelmäßige Reihe am östlichen Rand des Spielfelds. Einige von ihnen bewegten sich unruhig hin und her und hatten es wohl schon satt zu stehen. Libby fand, dass es klug von den Spielern gewesen war, sich auf ein kurzes Spiel mit drei Durchgängen zu einigen – ein Rückspiel, hatte Bennett es genannt, das seinem Team die Möglichkeit geben sollte, seine Würde zurückzugewinnen.

Libby löste Alice-Maries Finger von ihrem Arm. »*Beta Theta Pi*? Ist das die Mannschaft, in der Pete und Bennett spielen?«

Einen Moment lang verzogen sich Alice-Maries Lippen zu einem Schmollmund. »Nein. Sie spielen mit einer Gruppe von *Delta-Tau Delta*-Jungen.« Mit einem leisen Schnauben griff sie nach ihrem Sonnenschirm und spannte ihn ruckartig auf. »Und ich verstehe das einfach nicht. Warum sollte sich Bennett dazu entscheiden, gegen *Beta Theta Pi* zu spielen, wenn er doch vorhat, Mitglied bei ihnen zu werden? Damit wird er sich keine Freunde bei ihnen machen …«

Libby zuckte die Achseln. Sie hatte es schon lange aufgegeben, Bennetts Beweggründe verstehen zu wollen. Er machte, was ihm gefiel, unabhängig von der Meinung anderer. Manchmal ärgerte sie sich über seinen Eigennutz, manchmal beneidete sie ihn dafür. Bennett war der sorgloseste Mann, den sie kannte.

Alice-Marie lehnte den Schirmgriff an ihre linke Schulter, sodass sowohl ihr als auch Libbys Gesicht vor der Sonne geschützt waren. »Egal, was er sich dabei gedacht hat – ich kann es kaum erwarten, ihn spielen zu sehen. Ich *weiß* einfach, dass er der Beste ist, egal in welcher Mannschaft.«

Libby verdrehte die Augen. Alice-Maries Begeisterung ging ihr stündlich mehr auf die Nerven, aber sie wusste, dass sie nichts in der Hand hatte, um Alice-Marie davon abzubringen, Bennett als Ritter in strahlender Rüstung zu sehen. Alice-Maries Vernarrtheit versorgte Libby jedoch mit Material für die Geschichten, an denen sie zwischen den Unterrichtsstunden und spät abends arbeitete. Sie hatte herausgefunden, dass das Schreiben in der Nacht, wenn ihr Papier nur noch von einem schmalen Streifen Mondlicht beleuchtet wurde, am produktivsten war. Die Geschichten flossen so leicht aus ihr heraus, als würden sie sich fast von selbst schreiben.

Eine Gruppe von Spielern – die statt der Baseballkleidung Hosen, Hosenträger und Hemden, deren Ärmel bis über die Ellbogen hochgekrempelt waren, trug – stürmte auf den Rasen. Beifall wurde laut, als sie sich an den Malen oder auf dem Feld verteilten. Libby betrachtete ihre Gesichter. Die wenigsten waren ihr vertraut, bis auf den Werfer, der ein weißes Pflaster über dem Nasenrücken trug. Sie verzog abfällig die Lippen. Dieser abscheuliche Roy.

Auch ohne die verräterische Bandage an seiner heilenden Nase hätte sie ihn an seinem lockigen braunen Haar erkannt, das ihm schelmisch ins Gesicht fiel. Sie vermutete, dass er das Aussehen eines klassischen Helden hatte, aber sie würde ihn nie in ihren Geschichten benutzen – außer sie bräuchte einen echten Flegel.

Mit breitem Grinsen streckte Roy dem Publikum den Ball entgegen. Alice-Marie klatschte in die Hände und wippte auf und ab. Ihr Schirm rutschte zur Seite und traf Libby an der Schläfe. Brummend bewegte sich Libby an den Rand der Decke. Die Sonne traf sie voll ins

Gesicht, aber sie hielt sich schützend die Hand über die Augen und beobachtete, wie Roy drei perfekte Würfe über das Schlagmal machte. Der erste Schlagmann ging vom Platz, ohne auch nur einmal seinen Schläger geschwungen zu haben.

Der Jubel ging Libby auf die Nerven. Was fanden die Leute nur an diesem arroganten Kerl? Wenn Bennett und Petey nicht mitspielen würden, würde sie zum Wohnheim zurückgehen, wo sie in Ruhe schreiben konnte – es sah aus, als wäre die gesamte Studentenschaft herausgekommen, um sich das Spiel anzuschauen. Aber Petey hatte angedeutet, dass er werfen würde. Sie hoffte, dass Roy neben ihm wie ein unfähiger Pfuscher aussehen würde.

Dem zweiten Schlagmann gelang ein Treffer, aber der Ball flog direkt zum ersten Malspieler, der ihn aufhob und das Mal berührte, lange bevor der Läufer es erreichte. Weiterer Jubel verfolgte den geschlagenen Spieler zurück zu seinem Team. Dann trat Bennett vor, um zu schlagen. Alice-Marie stieß einen schrillen Schrei aus, der Libbys Trommelfell beinahe zum Platzen brachte.

Libby sah sie schräg an. »Ich dachte, du wärst für *Beta Theta Pi?*«

Alice-Marie zog den Kopf ein. »Ich konnte nichts dagegen tun. Schau ihn dir doch an, er ist so gut aussehend und muskulös, und sein Haar glänzt wie dunkelroter Satin.« Sie seufzte tief auf.

Mit einem leisen Schnauben richtete Libby ihre Aufmerksamkeit auf Bennett. Alice-Marie hatte recht, Bennett war muskulös. Seine Muskeln schwollen an, als er den Schläger über die Schulter hob. Er ging leicht in die Knie und wandte sich dem Werfer mit konzentriertem Gesichtsausdruck zu.

Roy verzog den Mund zu einem spöttischen Grinsen. Er legte sich den Ball zurecht und verlagerte sein Gewicht auf eine Hüfte. »Na, na, na, wen haben wir denn da? Es wird mir das größte Vergnügen bereiten, dich vom Platz zu fegen, Martin.«

»Versuch's nur.« Bennett behielt seine Position bei und seine Lippen bewegten sich kaum beim Sprechen.

Roy spuckte ins Gras und nahm den Arm übertrieben weit zurück. Die Zuschauer brachen in Gejohle und Beifall aus, als der Ball direkt und in gerader Linie Richtung Schlagmal sauste. Bennett schwang den Schläger – und traf in die Luft. Er stolperte und ging beinahe zu Boden. Gelächter erhob sich in der Menge. Roy verbeugte sich mit siegessicherem Lächeln vor seinem Publikum.

Libby wäre am liebsten aufs Spielfeld gerannt und hätte ihn kräftig vors Schienbein getreten. Sie wandte sich an Alice-Marie. »Warum feuern die Leute ihn an? Er ist der unerträglichste Typ, der mir jemals begegnet ist!«

Alice-Marie drehte ihren Sonnenschirm und summte vor sich hin, als hätte Libby nichts gesagt.

Das Mädchen auf der anderen Seite von Alice-Marie beugte sich vor und antwortete: »Roy hat das Baseballteam drei Jahre hintereinander zu einer Siegesserie geführt. Selbst als Erstsemester hat er mehr Punkte errungen als jeder andere Spieler in der Liga.«

»Und das gibt ihm das Vorrecht, sich nicht wie ein anständiger Mensch zu benehmen?«

Das Mädchen zuckte die Achseln. »Vermutlich denkt er, er habe sich das Recht verdient, sich zu benehmen, wie es ihm gefällt.« Sie schaute umher und deutete auf die Schar seiner Anhänger. »Alle anderen scheinen das auch zu denken. Oder sie wollen sich nur nicht mit ihm anlegen. Er hat die Macht, dir das Leben zu vermiesen, wenn er dich nicht mag.«

Libby schüttelte den Kopf. Kein Mensch sollte eine solche Macht haben. Sie beschloss, bei der nächsten Gelegenheit ihre Meinung zu diesem Thema in einem deutlich formulierten Artikel zum Ausdruck zu bringen.

Bennett nahm wieder seine Schlagmannhaltung ein. Schweiß glitzerte auf seiner Stirn. »Mach's nicht so theatralisch und spiel endlich richtig Baseball!«

Angeberisch stolzierte Roy zum Wurfmal und holte wieder weit aus. Dieses Mal traf Bennett den Ball, als er den Schläger schwang. Das knallende Geräusch hallte über das Feld und der Ball flog hoch über Roys Kopf. Libby schrie begeistert auf, aber niemand sonst jubelte. Ihre Stimme blieb in der Stille hängen, als sämtliche Gesichter dem Ball folgten, wie Sonnenblumen, die sich nach dem Lauf der Sonne ausrichten. Der Mittelfeldspieler hastete rückwärts, das Gesicht zum Himmel gerichtet, den Baseballhandschuh erhoben. Und gerade, als Bennett das zweite Mal umrundete, fiel der Ball genau in den Handschuh des Mittelfeldspielers. Er hob ihn über den Kopf und hüpfte auf und ab.

Die Menge geriet außer Rand und Band. Roy winkte dem Publikum zu und schlenderte dann grinsend vom Platz. Seine Mannschaftskameraden schlugen ihm auf den Rücken und sprangen in die Luft, als hätten sie ein Meisterschaftsspiel gewonnen. Als Roys Team das Spielfeld verließ, brachte sich die Mannschaft von *Delta Tau Delta* in Position. Libbys Herz setzte einen Schlag lang aus, als sie Petey entdeckte. Er bewegte sich zur Mitte des provisorischen Baseballfelds, einen Ball in der Hand.

Das laute Stimmengewirr veränderte sich zu erschrockenem Japsen, Geflüster und leisem Kichern. Libby wusste, dass die Zuschauer auf Petey sahen – und auf sein Holzbein. Und dass sie Urteile über ihn abgaben. Alice-Marie tippte Libby am Arm an. »Ist das eine Art Trick, um die Konzentration der *Beta-Theta-Pi*-Mannschaft zu stören? Er kann doch nicht … er kann doch mit diesem Holzbein nicht *werfen*!«

Libby warf ihrer Zimmergenossin einen ernsten Blick zu. »Er *wirft* mit seiner Hand.«

Jemand murmelte: »Soll das ein Witz sein?« Und eine andere Stimme erwiderte: »Muss wohl. Sie wollen, dass die *Betas* Mitleid mit ihm haben, damit sie nicht einmal versuchen, den Ball zu treffen.« Jemand weit links von Libby stieß ein leises »Buh!« aus. Einige andere stimmten in den Ruf ein. »Buh! Buh!« Die verächtlichen Rufe wurden fortgesetzt, begleitet von lautem Gelächter.

Libby wurde vom Beschützerinstinkt ergriffen und es kostete sie jeden Funken Selbstbeherrschung im Leib, um sitzen zu bleiben und nicht aufzuspringen und der ganzen Truppe ordentlich die Meinung zu sagen. Aber Petey schien nichts von der spöttischen Reaktion der Menge zu merken. Er setzte sein Holzbein hinter sich auf und drückte die Spitze in die Erde. Dann beugte er sich leicht nach vorn und verlagerte sein Gewicht auf das gesunde Bein. Er nahm seine Hände nach vorn. Sein Gesichtsausdruck zeigte volle Konzentration. Er war bereit.

Als sie ihn beobachtete, spürte Libby, wie sich ein Lächeln auf ihrem Gesicht ausbreitete. Sie wusste, was Petey konnte. Und sehr bald würde er diese Zwischenrufer zum Schweigen bringen.

Pete wandte den Blick, als sich einer der *Beta-Theta-Pi*-Männer aus der dichten Spielergruppe löste und Richtung Schlagmal schlenderte. Er schwang seinen Schläger locker, ein leichtes Grinsen im Gesicht. Seine Mannschaftskollegen lachten und riefen ihm nach: »Na los, Chester! Mach einen *Home-Run*, Kumpel, mach einen *Home-Run*! Der Schlag wird ein Kinderspiel!«

Pete kannte den Spieler von seinem ersten Abend auf dem Campus – es war einer von Roys Freunden, die herbeigerannt gekommen waren, als Roy den Finger gekrümmt und Verstärkung angefordert hatte. Er schluckte. Bennett hatte bereits gegen diese Männer gespielt; er wusste, dass die Mannschaft aus Roy und seinen Kohorten bestand. Warum hatte Bennett ihn also in ein Revanchespiel hineingezogen? Er wollte seinen Freund nicht verdächtigen, ihn zu benutzen, um Unruhe zu stiften, aber er konnte sich des Gedankens nicht erwehren.

Bennett, am dritten Mal, legte die Hände trichterförmig an den Mund und brüllte: »Du schaffst das, Pete! Schlag ihn!« Ein paar von seinen Teamkollegen nahmen den Ruf auf, aber ihren Stimmen fehlte die Überzeugung. Pete konnte ihnen das nicht übel nehmen. Nachdem sie neulich abends von Roys Team in den Boden gestampft worden waren – wie Bennett es ausgedrückt hatte –, hatten sie alle auf einen Werfer der Meisterklasse gehofft, der das Spiel retten sollte. Und was hatten sie stattdessen bekommen? Einen einbeinigen Krüppel!

Plötzlich ertönte eine durchdringende vertraute Stimme aus dem Publikum. »Schlag ihn, Petey! Eins, zwei, drei … und weg!«

Da und dort gab es hörbares Gekicher über diese Aufmunterung, aber das machte Pete nichts aus. Dass Libby ihn so anfeuerte, verschaffte ihm das nötige Selbstvertrauen. Er straffte die Schultern und hielt die Augen fest auf Chester gerichtet, der am Schlagmal in Position ging. Pete musterte den Schlagmann von oben bis unten und errechnete lautlos dessen Körpergröße. Basierend auf der Entfernung zwischen der Hüfte und den Knien des Mannes wählte er dann die Stelle, auf die er zielen wollte. Er nahm den Arm zurück und bereitete sich auf den Wurf vor.

»Hey!«, brüllte eine Stimme.

Erschrocken zuckte Pete zusammen und verlor das Gleichgewicht. Sobald er wieder sicheren Stand hatte, drehte er sich zu der Stimme um.

Roy stand an der Spitze seiner Mannschaft, die Hände auf die Hüften gestützt. »Machst du nicht erst einen Übungswurf?«

Bennett verließ seinen Platz, das Gesicht zu einer ärgerlichen Grimasse verzogen. »Das ist eine Einmischung ins Spiel. Schiedsrichter – automatischer Schlagfehler!« Er starrte den Schiedsrichter an und erwartete von ihm ein entsprechendes Urteil.

Aber der Schiedsrichter hob die mageren Schultern zu einem Achselzucken. »Eine berechtigte Frage.« Er rief zu Pete hinüber: »Willst du üben? Wir erlauben dir zwei Würfe.« Chester wippte auf den Ballen und schaute zwischen dem Schiedsrichter und Pete hin und her.

Es war eine Weile her, seit er zuletzt geworfen hatte, aber Pete wollte nicht riskieren, seinen Arm zu sehr zu strapazieren, bevor das Spiel vorbei war. Er biss die Kiefer fest aufeinander. Je weniger Würfe, desto besser. Und er sollte dafür sorgen, dass jeder zählte. Er schüttelte den Kopf. »Ich bin bereit. Fangen wir an.«

Chester ging halb in die Hocke. In der Menge erhob sich ein leises Murmeln: »Home-Run, Home-Run, Home-Run …« Pete verschloss die Ohren vor dem höhnischen Raunen und nahm den Arm zurück. Mit einer blitzschnellen Bewegung ließ er den Ball los. Er knallte in den Handschuh des Fängers. Mit offenem Mund richtete Chester sich ruckartig auf. Er hatte den Schläger nicht einmal geschwungen.

»Chester!«, kreischte Roy von der Seitenlinie. »Du Dussel, achte auf den Ball!«

Chester warf die Arme zur Seite. »Auf ihn achten? Er kam so schnell, dass ich ihn nicht einmal gesehen habe!«

Roy fuhr sich mit beiden Händen durchs Haar. »Pass dieses Mal besser auf!«

Bennett rief: »Gut gemacht, Pete! Einer ist geschafft. Jetzt sind's nur noch zwei!«

Petes Mannschaftskameraden wiederholten den Ruf mit einem überraschten Unterton. Pete verkniff sich ein Lächeln. Er wartete, bis Chester wieder bereitstand, dann feuerte er den Ball das zweite Mal. Chester schwang den Schläger, doch zu spät.

»Zweiter Strike!«, brüllte der Schiedsrichter und schaute dann zögernd zu Roy. Pete zog es vor, Roy nicht anzublicken. Er konnte den Zorn des Mannes aus zwölf Metern Entfernung spüren und zog es vor, nicht in seine Nähe zu kommen.

»Noch einen!« Bennett klang beinahe triumphierend. Er wippte neben seinem Mal auf den Fersen. »Nur noch einen, Pete – los, Kumpel, du schaffst das!«

Ein gespenstisches Schweigen senkte sich über den Platz, als Pete seinen Arm für den dritten Wurf nach hinten nahm. Er spannte den Ellbogen und der Ball schoss auf das Schlagmal zu. Er zischte direkt über die unlackierte Holztafel und in den Handschuh des Fängers.

Der Schiedsrichter deutete mit dem Daumen auf Chester. »Du bist raus!«

Chester stand sekundenlang wie benommen da. Er stierte Pete an, als könne er nicht glauben, was gerade geschehen war. Dann ließ er den Schläger fallen und kehrte zu seinem Team zurück, wobei er Roy aus dem Weg ging. Roy ballte einen Moment lang die Fäuste, starrte Pete wütend an und packte dann einen anderen Mannschaftskameraden. Er stieß den Mann vorwärts und zischte: »Du solltest lieber zusehen, dass du einen Treffer machst.«

Aber der zweite Schlagmann erzielte keinen Treffer und auch der dritte nicht. Nach dem neunten klaren Strike war Petes Mannschaft außer sich vor Erregung. Selbst die Zuschauer, die während der letzten sechs Würfe des ersten Durchgangs nervenaufreibend ruhig geblieben waren, brachen in unsicheren Applaus aus, als Pete vom Platz ging.

Roy hastete zum Wurfmal hinaus. Sein erster Wurf war stürmisch und traf den Schlagmann am Bein. »Rück zum ersten Mal vor, Jim«, sagte der Schiedsrichter und fügte einen milden Tadel an. »Das ist als freundschaftliches Spiel gedacht, Roy. Nimm's locker, ja?«

Roy gab keine Antwort.

Bennett stieß Pete an die Schulter. »Hoffen wir, dass Melvin Jim bis zum Schlagmal schickt — wir könnten einen Punkt gebrauchen.« Aber Jim blieb am ersten Mal stecken, als Roy sechs klare Strikes warf und damit sowohl Melvin als auch Ted vom Platz schickte. Die Menge jubelte Roy zu.

Pete bemerkte, dass für Roy mit mehr Begeisterung gejubelt und geklatscht wurde als vorhin für ihn, aber er wollte sich das nicht zu Herzen nehmen. Roy war allen bekannt, Pete war neu. Roy war ein Tyrann, der keine Beleidigung ungerächt ließ, Pete dagegen ein Theologiestudent, der die andere Wange hinhielt. Er verstand den Grund für die überschwängliche Reaktion. Trotzdem wünschte sich ein kleiner Teil von ihm, dass es anders wäre und einmal — nur einmal — die erregten Schreie ihm gelten würden. Auf der anderen Seite bezweifelte er, dass seine zukünftige Gemeinde jemals in den Kirchenbänken aufstehen und nach einer Predigt begeistert Beifall klatschen würde.

Bei der zweiten Hälfte des dritten und letzten Durchgangs hatte Roys Mannschaft zwei Home-Runs, das *Delta-Tau-Delta*-Team stand dagegen bei null. Bennetts Verdrossenheit wuchs; man konnte es an seinem roten Gesicht und den angespannten Kiefermuskeln erkennen. »Du hättest nie zulassen sollen, dass sie einen Treffer bei dir bekommen«, sagte er zu Pete, als die Mannschaft sich versammelte, um sich zum Schlagen aufzustellen.

Pete versuchte, sich nicht aufzuregen. Hatte Bennett von ihm erwartet, dass er bei jedem Durchgang neun klare Strikes warf? Das schafften nicht einmal Profispieler.

Bennett fuhr fort. »Wir müssen sie einholen.«

»Wer ist also als Nächstes dran?«, fragte Jim.

Ted sah in seine Liste. »Lanny, dann Stanley, dann Bennett, und dann …«, er schluckte, »Pete.«

Bennett presste die Lippen zu einem grimmigen Strich zusammen. »In Ordnung, hört zu.« Er blickte zu Lanny und Stanley. »Alles, was ihr tun müsst, ist, zum ersten Mal zu kommen. Schlagt schwach, falls es sein muss, aber seht zu, dass ihr es zum nächsten Mal schafft. Ich weiß, dass ich den Ball treffen kann. Ich habe den Rhythmus jetzt raus. Ihr zwei lauft weiter und ich bringe euch bis zum Schlagmal.«

Lanny und Stanley wechselten einen kurzen Blick. »Bist du sicher?«

»Ich bin sicher. Und jetzt los!« Er drückte Lanny den Schläger in die Hände und versetzte ihm einen Stoß. Pete beobachtete, wie der Mann zum Schlagmal schlurfte und seine Position einnahm. Genau wie Bennett ihn angewiesen hatte, zielte er beim Schlagen auf das dritte Mal und schaffte es gerade noch zum ersten Mal, bevor der Ball dort ankam. Bennetts Team jubelte und ein paar Zuschauer, darunter Libby und Alice-Marie, stimmten mit ein.

»Siehst du? Siehst du?« Bennett klopfte Stanley auf den Rücken. »Jetzt bist du dran!«

Roys Team musste jedoch Verdacht geschöpft haben, dass Stanley es wie Lanny machen würde, denn der dritte Malspieler bewegte sich nach vorn. Er fing den Ball mit Leichtigkeit und warf ihn über das Feld zum ersten Malspieler, der das Mal berührte, bevor Stanley es erreichte. Lanny, der auf dem Weg zum zweiten Mal war, hielt einen Moment lang inne, als wüsste er nicht, was er jetzt zu tun hatte. Dann schoss er auf das zweite Mal zu, während der erste Malspieler den Ball blitzschnell zum Spieler am zweiten Mal warf. Lanny versuchte, zwischen den Beinen des zweiten Malspielers hindurchzutauchen, um zu vermeiden, dass er abgeschlagen wurde, aber der Malspieler schlug ihm auf die Schulter, bevor seine Finger das kurze Brett berührten, das als Mal diente.

»Raus, und raus!«, brüllte der Schiedsrichter, wobei er zuerst auf Stanley und dann auf Lanny zeigte.

Niedergeschlagen kehrten die beiden zu ihrer Mannschaft zurück. Sie sahen Bennett traurig an. »Wir haben es versucht«, sagte Stanley.

Bennett erwiderte nichts. Er schnappte sich einen Schläger und stampfte zum Schlagmal. Pete hielt die Luft an. Er hatte Bennett schon in solcher Stimmung erlebt und wusste, dass eine Kleinigkeit genügen würde, um einen Zornausbruch auszulösen. Er hoffte, dass Roy nichts Dummes tun würde.

Grinsend spielte Roy mit dem Ball in seiner Hand. »Wirst du auch schwach schlagen, Martin?«

Bennett klopfte mit der Spitze des Schlägers auf den Boden. »Wirf einfach.«

Ohne weitere Verzögerung warf Roy einen Fastball*. Bennett spannte die Muskeln an und schwang den Schläger. Ein widerhallendes Knallen zeugte von einem direkten Aufprall. Roy sprang zur Seite, als der Ball an seinen Knien vorbeizischte, auf den Boden auftraf und zwischen den zweiten Malspieler und den Halbspieler sprang. Bennett fing an zu rennen, mit schwingenden Armen und einem entschlossenen spöttischen Lächeln auf dem Gesicht.

Der Ball setzte seinen wirren Kurs über das Spielfeld fort. Der Mittelfeldspieler stieß einen Ruf aus und rannte vorwärts. Er machte eine schnelle Bewegung mit seinem Handschuh, um den Ball aufzufangen, doch er erwischte ihn nicht. Sein überraschter Gesichtsausdruck, als er in den leeren Handschuh blickte, rief tosendes Gelächter bei den Zuschauern hervor. Von links und rechts stürmten die Außenfeldspieler auf den Ball zu, der schließlich bei einer Baumgruppe am Rand der grasbewachsenen Fläche liegen blieb. Der linke Außenfeldspieler erreichte ihn als Erster und warf ihn dem dritten Malspieler

---

* Der Fastball ist die schnellste Art, einen Baseball zu werfen.

zu, aber der bekam ihn nicht zu fassen, und Bennett überschritt das dritte Mal, bevor der Malspieler den Ball zurückholen konnte.

Die Menge tobte. Die Jubelrufe und Pfiffe brachten Roy in Rage. Er stampfte mit dem Fuß auf, wedelte mit den Fäusten in der Luft herum und stieß ordinäre Drohungen gegen seine Mannschaftskameraden aus. Schließlich brachte der Schiedsrichter alles wieder unter Kontrolle. Er blickte zur Gruppe der *Delta Tau Deltas.* »Wer ist der Nächste?«

Pete schluckte. Er war dran.

12

Bennett beugte sich nach vorn und stützte die Hände auf die Knie, bereit, loszusprinten. Einen leichten Schlag, mehr musste Pete nicht schaffen. Einen leichten Schlag. Fest genug, um Bennett die Zeit zu geben, das Schlagmal zu überschreiten. Sie hatten sich auf ein verkürztes Spiel von drei Durchgängen geeinigt, nachdem sie an einem Sonntag spielten. Jetzt hatten sie die Endphase erreicht. Bennett würde eine Niederlage ertragen können, wenn sie wenigstens einen *Home-Run* schaffen würden.

Er beobachtete, wie Pete zum Schlagmal hinkte. Immer noch nach vorn gebeugt, brüllte er: »Jetzt brauchst du einen guten Blick, Petey, alter Kumpel – du schaffst das! Schlag drauf!« *Einen leichten Schlag. Mehr brauchst du nicht.*

Roy stand betont lässig mit locker herabhängenden Armen da und hielt den Ball zwischen dem Daumen und zwei Fingern fest. »Schiedsrichter, lässt du das zu? Er kann nicht schlagen. Wie soll er zu den Malen rennen?«

Pete verzog keine Miene und Bennett lächelte. Der alte Roy konnte Pete nicht durcheinanderbringen. Der Schiedsrichter kratzte sich am Kopf und starrte auf den hölzernen Pflock, der unter Petes Hosenbein hervorschaute. »Wir haben ihm erlaubt zu werfen. Ich vermute, das heißt, dass wir ihn auch schlagen lassen müssen.«

Roy grunzte und warf einen warnenden Blick zu den Mitgliedern der *Delta-Tau-Delta*-Mannschaft hinüber. »Dass mir nachher ja niemand angerannt kommt und jammert, das Spiel wäre nicht fair gewesen. Ich habe versucht, den Krüppel zu verschonen.« Dann bewegte er den Oberkörper nach hinten, hob das Knie, nahm die Ellbogen weit nach oben und schmetterte den Ball. Er zischte auf das Schlagmal zu. Bennett hielt die Luft an und machte sich startbereit, während Pete den näher kommenden Ball finster anblickte. Im letzten Moment schwang Pete den Schläger.

Der Schläger traf den Ball und jagte ihn hoch in die Luft, wo er auf den linken Außenfeldspieler zusegelte. Bennett fürchtete, der Spieler würde den Ball fangen, doch er stürmte trotzdem auf das Schlagmal zu. Falls der Mann den Ball erwischte, würde er versuchen, zum dritten Mal zurückzukehren, bevor der Ball das Ziel erreichte.

Pete warf den Schläger weg und machte sich mit seiner seltsamen Kombination aus Hopsern und Hüpfen auf den Weg zum ersten Mal. Bennett überquerte das Schlagmal, bevor Pete den halben Weg zum ersten Mal zurückgelegt hatte. »Lauf, Pete, lauf!« Bennett winkte Pete mit beiden Händen zu, während ihre Mannschaftskameraden aufmunternde Rufe ausstießen. »Den ganzen Weg – nicht stehen bleiben!«

Roy stand in der Mitte des Spielfelds, beschirmte die Augen mit einer Hand und sah dem Ball nach. Der Außenfeldspieler tanzte vor und zurück, das Gesicht zum Himmel gerichtet. Aber jedes andere Mitglied des gegnerischen Teams beobachtete Pete. Und jedes andere Mitglied lachte unverhohlen. Einige hielten sich den Bauch, andere krümmten sich vor Lachen und schlugen sich auf die Knie. Ihre lautstarke Heiterkeit übertönte das Brüllen von Petes Teamkollegen. Ohne sich darum zu kümmern, rannte Pete weiter. Er hopste und hüpfte, hopste und hüpfte, immer schneller.

Bennett starrte mit angehaltenem Atem zum Außenfeldspieler. Wenn der Mann Petes Ball in der Luft fing, war alles vorbei. Der Ball beschrieb eine Kurve und begann seinen Weg nach unten. Er schien direkt in den wartenden Handschuh zu fallen. Doch dann zuckte der Außenfeldspieler zusammen. Der Mund blieb ihm offen stehen und er starrte zu Pete hinüber, der sich am ersten Mal um sein Holzbein drehte und das zweite Mal ansteuerte. Der Ball traf hinter dem Außenfeldspieler auf dem Boden auf und der Mann machte nicht einmal den Versuch, ihn zu holen.

Roy sprang auf und ab und kreischte: »Der Ball! Hol den Ball!«

Aber der Mann blieb mit offenem Mund stehen und beobachtete, wie Pete sich fortbewegte, nun schon auf mittlerer Höhe zwischen zweitem und drittem Mal. Roy setzte sich in Bewegung und rannte ins Außenfeld. Er stieß den Spieler beiseite und schnappte sich den Ball, doch bis er ihn in Richtung Schlagmal schleuderte, war Pete nur noch wenige Zentimeter davon entfernt. Petes Holzbein schlug wenige Sekunden vor dem Ball an der Tafel auf. Der Fänger machte sich nicht einmal die Mühe, ihn an sich zu reißen – er stand einfach nur da, grinste Pete an und schüttelte den Kopf.

»Zwei zu zwei!« Bennett warf die Arme um Petes Hüfte und hob ihn in die Luft. »Zwei zu zwei, Pete! Gleichstand! Wir haben Gleichstand! Und wir dürfen noch einmal schlagen!« Ihre Mannschaftskameraden stürmten herbei und umringten sie. Jeder klopfte Pete auf den Rücken und gratulierte ihm.

Der Schiedsrichter scheuchte sie vom Schlagmal. »Schickt euren nächsten Schlagmann her. Das Spiel ist noch nicht vorbei.«

Roy stapfte umher, schlug seine Spieler auf die Arme und sorgte für Ordnung. Dann stürmte er zum Wurfmal. Ein wütendes Funkeln ließ seine Augen aufleuchten.

Bennett deutete auf Roy und pfiff durch die Zähne. »Ich beneide den armen Kerl nicht, der als Nächstes schlägt. Roy ist auf Rache aus. Wer ist der Nächste, Ted?«

Ted zeigte auf einen mageren, pickeligen Jungen namens Parker Potts. »Er hier.«

Bennett unterdrückte ein Stöhnen. Der junge Mann wirkte nicht einmal stark genug, um einen Schläger aufzuheben, geschweige denn zu schwingen. Aber Bennett grinste und warf seinen Arm um Potts' Schulter. »Nur Mut. Es macht nichts aus, falls er dich raushaut. Das Spiel endet nach drei Durchgängen, genau wie vereinbart. Wir sind jetzt schon im Gleichstand. Sie können also nicht sagen, sie hätten haushoch gewonnen. Und nur darauf kommt es an. Also schwing drauflos, Parker, schwing drauflos!«

Parker nahm Bennett beim Wort und schwang drauflos. Er traf den Ball dreimal hintereinander nicht, und so ging das Spiel zu Ende. Bennett drehte sich um und erwartete, seine Mannschaftskollegen würden ihn dazu beglückwünschen, dass er Pete ins Spiel gebracht hatte. Aber zu seiner Überraschung drängten sich nun alle um Pete.

Die *Delta-Tau-Delta*-Männer, die Hälfte des *Beta-Theta-Pi*-Teams und mindestens ein Dutzend Zuschauer standen um Pete herum und fragten ihn, wie er es gelernt hatte, so zu werfen. Sie wollten wissen, ob es nicht wehtat, wenn er mit dem Holzbein rannte, und ob er bereit wäre, für sie zu werfen, wenn sie nächsten Sonntag wieder ein Spiel organisierten.

Bennett blieb der Mund offen stehen. Er fühlte sich in den Hintergrund gedrängt. Pete stand im Zentrum der Aufmerksamkeit, während man ihn nicht beachtete. Er drehte sich zornig um und stand plötzlich direkt vor Roy, der ihm verärgert ins Gesicht starrte.

»Du hältst dich wohl für besonders schlau, diesen Krüppel zu einem Helden zu machen, was?«, zischte Roy. Seine Stimme war gerade laut genug, damit sie ausschließlich Bennetts Ohren erreichte. »Na gut, ich habe die Anträge gesehen. Ich habe deinen Namen auf der Liste gesehen – und seinen.« Roy warf einen verächtlichen Blick an Bennett vorbei in Petes Richtung. »Als Präsident von *Beta Theta Pi* entscheide *ich*, wer aufgenommen wird und wer nicht. Und wenn du glaubst, du kannst dich in meine Verbindung einschleichen, dann hast du dich getäuscht.«

Roy stolzierte davon und befahl seinen Teamkollegen mit einer schweigenden Handbewegung, ihm zu folgen. Die meisten eilten ihm nach, aber drei blieben zurück und drängten sich zwischen die *Delta-Tau-Delta*-Männer. Sie beugten sich zu Pete vor und gestikulierten und redeten aufgeregt.

Bennett stemmte eine Faust in die Hüfte und schüttelte entrüstet den Kopf. Er hatte sorgfältig geplant, Pete in die Gruppe zu bringen, aber er hatte nicht damit gerechnet, von ihm ausgestochen zu werden! Wie war es eigentlich gekommen, dass das Blatt sich so gewendet hatte? Er zog sich die Mütze vom Kopf und schlug sich damit ans Bein.

»Bennett?«

Die verwirrte weibliche Stimme kam von einer Stelle hinter Bennett. Er drehte sich um und sah, dass Alice-Marie ihn mit zur Seite geneigtem Kopf beobachtete. Sie hielt sich einen rosa Sonnenschirm über den Kopf und der gerüschte Rand warf einen Schatten über ihr Gesicht. Trotzdem glitzerte ihre Nase vor Schweiß und Locken klebten ihr an der Stirn und den Wangen. Er brummte. »Ja?«

Ihre rosigen Lippen verzogen sich zu einem Schmollmund. »Du liebe Güte, bist du grantig. Und das nach so einer unglaublichen sportlichen Darbietung. Ist dir eigentlich klar, dass du es mit einigen der besten Sportler der ganzen Schule aufgenommen hast? Und du hast Home-Run für Home-Run mitgehalten.« Sie stach mit dem Zeigefinger in Bennetts Richtung. »Ich hätte dich niemals für einen schlechten Gewinner gehalten.«

Bennett seufzte auf. »Ich bin nicht sicher, ob ich heute etwas gewonnen habe, Alice-Marie.«

Sie glitt zwei Schritte vorwärts, bis ihr Rock sein Hosenbein berührte. Lächelnd ließ sie den kleinen Sonnenschirm kreisen. »Der Tag ist noch nicht vorbei …«

Nur ein Narr hätte die Andeutung überhört, und Bennett war kein Narr. Aber ausnahmsweise war er nicht in der Stimmung für einen Flirt. Es gab größere Kämpfe zu gewinnen – ganz besonders den, wie er einen Weg in die angesehenste Verbindung auf dem Campus finden könnte. Er rückte von Alice-Marie ab. »Ich bin erhitzt und erschöpft. Ich gehe jetzt in mein Zimmer und ruhe mich etwas aus.«

Sie versetzte dem Gras einen Tritt. »Bennett Martin, ich hätte nie gedacht, dass du so übellaunig sein könntest wie mein närrischer Cousin. Meine Mutter meint sogar, wir sollten diesen Teil der Familie überhaupt nicht anerkennen – sie verhalten sich alle so unpassend.«

Wie ertrug Libby das sinnlose Geplapper dieses Mädchens? »Von was sprichst du?«

»Er war schon immer unerträglich. Er kann es einfach nicht ertragen, in irgendeiner Sache übertroffen zu werden – nicht mal bei einem Damespiel! Deshalb hat es mich nicht gewundert, dass er wie ein verzogener kleiner Junge abgedampft ist. Aber von dir hätte ich gedacht …«

Bennett fasste nach Alice-Maries Hand. »Roy ist dein Cousin?«

Sie schnaubte. »Habe ich das nicht gerade gesagt? Von der Seite meines Vaters, ein Großcousin zweiten Grades oder etwas ähnlich Lächerliches. Aber das spielt keine Rolle. Ich habe nichts übrig für sein flegelhaftes Verhalten. Doch gerade jetzt geht mir das mit deinem Verhalten nicht anders! Also ...«

»Es tut mir leid.«

Sie blieb stehen und warf ihm einen skeptischen Blick zu.

Er senkte den Kopf, sah sie von unten her an und versuchte, verlegen zu wirken. »Ich bin erhitzt und erschöpft und du hast recht, ich war schlecht gelaunt. Es wird nicht wieder vorkommen.«

»Na gut ...« Alice-Marie schwankte leicht hin und her und ließ ihren Rock tanzen. »Ich glaube, das verstehe ich. Ich habe ja gesehen, wie angestrengt du in der heißen Sonne gespielt hast. Aber« – wieder zeigte sie mit dem Finger auf ihn – »erwarte nicht von mir, dass ich immer so nachgiebig bin. Es gefällt mir nicht, wenn man mich anbellt.«

Bennett streckte die Hand nach oben wie zu einem Schwur. »Ich werde nicht mehr bellen.« Er grinste schelmisch und Alice-Marie kicherte. »Und nun ... ich muss mich wirklich ein bisschen abkühlen. Wie wäre es also, wenn wir zusammen auf ein Eis oder eine Limonade in die Stadt gehen würden?«

Alice-Marie riss die Augen weit auf. »Am Sonntag? Der Laden wird sicher nicht offen haben.«

Bennett stöhnte. Seine trockene Kehle sehnte sich nach etwas Kaltem. »Na gut, dann gehen wir in den Speisesaal. Dort gibt es immer einen Krug Limonade.« Sie wirkte noch unentschlossen, deshalb fügte er hinzu: »Und danach könnten wir vielleicht einen Spaziergang machen ... und uns besser kennenlernen?« Er neigte den Kopf zur Seite und grinste wieder.

Schließlich lachte sie und willigte mit einer Handbewegung ein. »Limonade klingt wirklich herrlich nach dem langen Sitzen in der Sonne.«

Er bot ihr seinen Arm und sie hängte sich bei ihm ein. Er legte seine Hand über ihre und führte sie Richtung Speisesaal. »Und jetzt, Miss Alice-Marie, möchte ich alles über deine Familie hören. Fangen wir mit der Seite deines Vaters an – mit dem Großcousin zweiten Grades ...«

In der Woche nach dem Baseballspiel gab es Momente, da hätte Bennett seinem besten Freund am liebsten die Faust ins Gesicht geschlagen. Aber er tat es nicht. Insgeheim war ihm bewusst, dass Petes plötzliche Beliebtheit nicht Petes Fehler war. Trotzdem kam er nicht gegen die Eifersucht an. Sein Plan, sich selbst als wichtigen Mann auf dem Campus zu etablieren, indem er Roy und seine Kameraden schlug, hatte nur dazu geführt, dass Pete jetzt der Held des Campus war. »Holzbein Pete« nannten sie ihn – und das ohne eine Spur von Feindseligkeit oder Sarkasmus.

Egal, wohin Bennett ging – ob in den Speisesaal, die Seminarräume oder aufs Gelände –, hörte er, wie Petes Name genannt wurde. Vermutlich dachten die anderen, die ihn als Petes Freund kannten, es würde ihn freuen, wenn sie Pete vor ihm lobten. Aber sie irrten sich. Nach Unterrichtsende am Donnerstag fühlte Bennett das Bedürfnis zu fliehen. Als er aus dem Gebäude für Ingenieurwesen stürmte und Alice-Marie mit ein paar anderen Mädchen auf dem Rasen sah, trabte er zu ihr und legte ihr den Arm um die Taille.

»Hey, Süße. Bist du für heute mit dem Unterricht fertig?«

Die anderen beiden Mädchen lachten und senkten die Köpfe. Unter ihren Wimpern hervor warfen sie Bennett schwärmerische Blicke zu. Zumindest die Damen schienen ihn immer noch attraktiv zu finden. Das war schmeichelhaft, konnte am Ende aber Abneigung bei einigen Männern hervorrufen. Er musste vorsichtig sein. Außer bei Alice-Marie. Sie konnte ihm möglicherweise dabei nützlich sein, einen Zugang zur Gruppe von *Beta Theta Pi* zu finden.

Alice-Marie schenkte ihren Freundinnen ein stolzes Lächeln. »Aber ja, ich bin für heute fertig.« Sie ließ die Wimpern flattern.

»Gut.« Er klopfte sich auf die Tasche. Dort klingelten leise ein paar Münzen, die er neulich am Abend bei einem Würfelspiel hinter dem

Wohnheim gewonnen hatte. »Aus der Limonade am Sonntag ist ja nichts geworden – komm, wir holen uns jetzt eine.«

Sie kräuselte die Nase. »Aber es ist fast Zeit zum Abendessen. Wird dir eine Limonade nicht den Appetit verderben? Vielleicht sollten wir warten, bis wir im Speisesaal waren.«

Bennett verspürte nicht den Wunsch, den Speisesaal zu betreten und sich eine weitere Runde Lob über Pete anzuhören. Außerdem gefiel es ihm nicht, wenn Alice-Marie sich verhielt, als wäre sie seine Mutter. Fast hätte er ihr gesagt, sie solle es vergessen und er würde allein gehen. Doch dann erinnerte er sich rechtzeitig daran, dass er die Beziehung zu ihr vielleicht noch brauchen würde, um einen Platz auf der Mitgliedsliste der *Betas* zu ergattern. Von Chester wusste er, dass Roy seinen Namen noch nicht von den Anträgen gestrichen hatte, aber das konnte sich ändern.

Er zwang sich zu einem Grinsen. »Ach, komm schon, Süße. Das Geschäft verkauft auch andere Sachen. Ich kaufe dir sogar ein Frankfurter Würstchen – zwei, wenn du wirklich Hunger hast. Das ist dann das Abendessen.«

Die anderen Mädchen kicherten wieder. Bennett war überzeugt davon, dass sie sofort zusagen würden, wenn er eine von ihnen fragte, ob sie ein Frankfurter Würstchen mit ihm essen wolle. Alice-Marie verzog zuerst das Gesicht, aber als sie die Reaktion ihrer Freundinnen sah, legte sie den Kopf zur Seite und lächelte kokett. »Na gut, Bennett, heute werden wir fettige Frankfurter mit Senf und Zwiebeln schmausen.«

Der sarkastische Unterton entging ihm nicht, aber er beschloss, keine Notiz davon zu nehmen. »Gut.« Er fasste sie an der Hand und zog sie mit sich. »Gehen wir.«

»Meine Bücher!«, rief sie und riss sich los.

Mit einem Stöhnen wandte er sich an die anderen Mädchen. »Würde eine von euch Alice-Maries Bücher für sie in ihr Zimmer bringen?«

Beide Mädchen griffen sofort nach den Büchern. Alice-Marie drückte den Stapel in das nächste Paar Hände und drehte sich dann lachend zu Bennett um. »Du liebe Güte, du kannst es ja kaum erwarten!«

Er verzichtete auf eine Antwort, packte wieder ihre Hand und schlug einen schnellen Schritt an. Sie fasste mit der freien Hand nach ihrem Rock und trabte neben ihm her. Als sie die Straße erreichten, schnappte Alice-Marie nach Luft. »Bitte, Bennett! Können wir nicht *gehen*?«

Bennett gehorchte, doch er gab sich keine Mühe, seine langen Schritte zu verkürzen. Alice-Marie war gezwungen, für jeden seiner Schritte zwei zu machen. Sie keuchte neben ihm, eine Haarsträhne fiel ihr ins Gesicht. Zumindest verhinderte das Tempo, dass sie etwas sagte. Bennett kannte keine andere Frau, die so viel quasselte.

Als sie das Geschäft erreichten, erinnerte er sich rechtzeitig an seine Manieren und hielt ihr die Tür auf. Sie fiel beinahe durch die Öffnung. Sie fächelte sich mit beiden Händen Luft zu, sank in die nächste Nische und starrte mit leicht geöffnetem Mund zu ihm hoch. »Um Gottes Willen, Bennett, nach diesem Gewaltmarsch werde ich eine lange Ruhepause brauchen.«

»Ist mir recht.« Bennett zeigte zur Theke, an der zwei Geschäftsleute und ein Junge auf Hockern saßen. »Also, was soll es sein … eine Frankfurter oder zwei?«

Müde hob sie einen Finger. »Und eine Kirschlimonade, bitte.«

Als er an die Theke trat, um die Bestellung aufzugeben, klingelte die Kuhglocke über der Ladentür und zwei junge Männer schlenderten in den Laden. Bennett kannte sie vom Campus. Er grüßte sie mit einem Nicken, was beide erwiderten. Dann nahmen sie in der Nische direkt hinter Alice-Marie Platz. Gedankenverloren zählte Bennett sein Geld, während er darauf wartete, dass der Mann hinter der Theke seine Bestellung aufnahm. Da konnte er die Stimmen der beiden Männer hören.

»Meinst du, sie organisieren diesen Sonntag wieder ein Spiel? Ich hätte nichts dagegen, dieses Mal mitzuspielen.«

»Ich auch nicht, vorausgesetzt, ich muss nicht gegen Roy oder diesen anderen Typen antreten – du weißt schon, Holzbein Pete.«

Der erste Mann lachte. »O ja, ich habe noch nie einen direkteren oder schnelleren Wurf gesehen! Man hat den Ball ja fast nicht gesehen, so schnell war der! Ich denke, der ist sogar noch besser als Roy …«

Nicht einmal hier konnte Bennett einer Aufzählung von Petes erstaunlichen Fähigkeiten entrinnen. Mit einem Schlag auf die Theke drehte er sich zu Alice-Marie um. Er packte sie am Arm und zog sie von der Bank. »Gehen wir.«

»Bennett!« Sie riss sich los und machte ein böses Gesicht. »Sei bitte nicht so grob!« Sie rieb sich den Arm. »Ich dachte, du wolltest eine Frankfurter Wurst.«

»Ich habe meine Meinung geändert, das ist alles. Warum sollen wir für ein Essen bezahlen, wenn wir es im Speisesaal umsonst bekommen?«

Sie schnaubte. »Habe ich das nicht vorhin schon gesagt?«

Die beiden jungen Männer schauten um die Ecke der hohen Holzwand ihrer Nische und grinsten Bennett und Alice-Marie an. Einer von ihnen murmelte: »Muss wohl ein Streit unter Liebenden sein.«

Bennett wollte wieder nach Alice-Maries Arm greifen, aber sie wich vor ihm zurück. Reue stieg in ihm auf. Er beugte sich dicht zu ihr und flüsterte: »Habe ich dir wirklich wehgetan?«

Tränen glitzerten in ihren blauen Augen. Ihr Kinn zitterte.

»Es tut mir leid, Alice-Marie. Ich wollte das nicht – ehrlich. Ich war nur …« Aber er konnte den Satz nicht zu Ende sprechen. Es gab keine Entschuldigung dafür, dass er seinen Frust an ihr ausgelassen hatte. Er seufzte und wiederholte sich. »Es tut mir wirklich leid. Komm, ich bringe dich zum Speisesaal zurück. Und ich verspreche dir, diesmal gehe ich langsam.«

Nach einem kurzen Zögern nickte sie. Er legte seine Hand an ihren Rücken und führte sie aus dem Geschäft. Schweigend gingen sie zum Campus zurück und nachdem er sie zum Speisesaal gebracht hatte, rannte er zum Haus Franklin und warf sich auf sein Bett. Er konnte sich nicht daran erinnern, jemals freiwillig eine Mahlzeit ausgelassen zu haben, aber heute Abend hatte er keinen Appetit.

Wer hätte gedacht, dass er sich darauf freuen würde, nach Shay's Ford zurückzukehren? Wenigstens hatte niemand von dort das blöde Baseballspiel gesehen. Es konnte gar nicht schnell genug morgen werden.

13

»Petey, Bennett, schaut nur!« Libby zeigte aus dem Fenster, als der Zug langsam in die kleine Bahnstation am Rand von Shay's Ford einfuhr. »Sie sind alle da, um uns abzuholen. Da sind Maelle und Jackson, Matt und Lorna, Mr und Mrs Rowley und ihre Kinder … sogar die Köchin Ramona!« Mit einem Quieken klatschte sie in die Hände. »Ach, was für eine herrliche Überraschung, dass sie alle auf uns warten!«

Petey drückte das Gesicht an die Scheibe und winkte, aber Bennett hing weiterhin mit säuerlicher Miene in seinem Sitz. Libby stieß ihn an der Schulter an. »Setz dich gerade hin, Bennett. Willst du unserem Empfangskomitee nicht zuwinken?«

Er brummte und wandte das Gesicht ab. »Sie stehen nicht da draußen, um *mich* willkommen zu heißen.« Er murmelte noch etwas, aber Libby konnte es nicht verstehen.

Sie schnalzte mit der Zunge. »Bennett, du bist unerträglicher als ein unausgeschlafener Bär. Kannst du dich nicht ein bisschen zusammenreißen? Wir sind hier, um eine Hochzeit zu feiern.«

Bennett wandte ihr nicht einmal das Gesicht zu.

Der Zug kam kreischend zum Stehen und Libby stürmte davon. Über die Schulter rief sie Petey zu: »Wärst du so freundlich und würdest meine Tasche mitnehmen, Petey? Danke!« Ohne auf eine Antwort zu warten, sprang sie vom Wagen herunter und rannte auf Maelle zu. Sie warf sich in Maelles ausgestreckte Arme und lachte. »Ach, es ist so gut, wieder zu Hause zu sein!«

Nachdem Maelle sie fest an sich gedrückt hatte, umarmte sie alle nacheinander. Als sie wieder bei Maelle war, um sie noch einmal zu umarmen, waren Bennett und Petey mit dem Gepäck aus dem Zug ausgestiegen. Mr und Mrs Rowley hatten Petey zwischen sich genommen. Er hielt den einjährigen Sohn der Rowleys, Reggie, auf dem Arm, während die fünfjährige Constance und die achtjährige

Rebecca ihre Arme um seine Hüfte schlangen. Die Köchin Ramona hielt Bennett im Arm. Libby kicherte beim Anblick der grauhaarigen Köchin, die Bennett hin- und herschaukelte, wie eine Mutter es mit ihrem Kind machte. Bennett, der so gern aß, war immer ein Liebling der Köchin gewesen.

»Ich kann es nicht glauben, dass ihr alle gekommen seid!« Libbys Blick glitt an der Reihe lächelnder Gesichter entlang. »Wer ist zu Hause bei den Schulkindern?«

Mr Rowley lachte leise und nahm Reggie aus Peteys Armen. »Clancy.« Er meinte den grauhaarigen Rancharbeiter, der sich um die Schafe auf Jacksons Familienranch kümmerte. »Wer sonst könnte allein zweiundzwanzig Kinder hüten?«

»Er ist überaus zuverlässig. Aber trotzdem«, sagte Mrs Rowley, »sollten wir ihn nicht zu lange beanspruchen. Jetzt, wo unsere Studenten zu Hause sind« – ihre grünen Augen leuchteten voller Stolz auf – »sollten wir zurückfahren.« Sie nahm Rebecca an der Hand und führte die Gruppe zum alten vertrauten Wagen der Waisenschule, der im Schatten neben dem Bahnhof wartete.

Wie oft war Libby hinten auf diesem Wagen auf einem Haufen piksendem Heu gefahren, auf dem Weg zu einer Einkaufstour am Samstag oder zum Gottesdienst am Sonntag. Ein Gefühl der Geborgenheit umhüllte sie, als sie den abgenutzten Wagen mit den hohen Seitenwänden sah, und ihre Füße beschleunigten automatisch auf den letzten Metern. Sie drehte sich um, legte die Hände auf den Rand des Wagenbetts und wollte hineinklettern. Maelle fasste sie jedoch am Arm und hielt sie auf.

»Jackson und ich haben uns gefragt, ob du das Wochenende vielleicht gern mit uns verbringen würdest.« Maelle warf ihrer Schwester einen lächelnden Blick zu. »Isabelle hat schon ihr Einverständnis gegeben, aber wenn du lieber zur Schule fahren möchtest, würde uns das nicht kränken. Wir sehen dich ja auf jeden Fall morgen bei Matties Hochzeit und am Sonntag noch einmal in der Kirche.«

Libby kräuselte die Nase und überlegte, was das Beste wäre. Sie hatte beabsichtigt, Mrs Rowley bei den letzten Vorbereitungen für die Hochzeit zu helfen, aber wie konnte sie sich die Gelegenheit entgehen lassen, zusätzliche Zeit mit Maelle zu verbringen? Sie blickte zu Mrs Rowley. »Macht es Ihnen auch wirklich nichts aus? Brauchen Sie meine Hilfe heute Abend nicht?«

Mrs Rowley lächelte. »Es gibt eine große Zahl von Helfern zu Hause, und jetzt wo Bennett und Pete hier sind, können sie auch mit anpacken. Geh du nur mit Maelle, wenn du möchtest. Ich weiß, dass ihr beide es genießt, wenn ihr zusammen sein könnt.«

»Danke!« Libby ließ sich ihre Tasche von Petey geben und sofort nahm Jackson sie ihr aus der Hand. Sie grinste ihn an und wandte sich den anderen zu. »Tschüss, ihr alle! Wir sehen uns morgen bei der Hochzeit!« Eine Vielzahl von Stimmen verabschiedete sich von ihr, und Libby hängte sich bei Maelle ein. »Ich gehöre ganz dir.«

Als sie durch die Straßen zu Maelles und Jacksons schönem Haus mitten im Wohngebiet der Stadt gingen, bestürmte Maelle Libby mit Fragen über die Universität. Libby erzählte ihr vom Unterricht, von Alice-Marie und den anderen Mädchen im Frauenwohnheim, von den Artikeln, die sie für die Universitätszeitung geschrieben hatte, und sogar von Roy. Aber sie erwähnte die Liebesgeschichten nicht, die sie verfasst hatte – die zweite hatte sie gerade in dieser Woche verkauft –, obwohl sie sich danach sehnte. Diese Neuigkeit war zu besonders, um einfach so zwischen anderen Dingen damit herauszuplatzen. Sobald sie und Maelle einen Moment lang allein waren, würde sie ihr von ihren zukünftigen publizistischen Verdiensten erzählen.

Als sie den weiß gestrichenen Lattenzaun erreichten, der Maelles und Jacksons Haus umgab, blieb Libby am Tor stehen. Sie legte die Fingerspitzen auf die spitz zulaufenden Enden der Latten und ließ den Blick über die Rundumveranda schweifen, die mit grün-weiß gestrichenen Ornamenten verziert war. Die Eingangstür mit dem ovalen Bleiglasfenster stand leicht offen, als wolle sie Libby auffordern einzutreten.

Sie hatte zwar nie in diesem Haus gelebt, jedoch viele Wochenenden mit Maelle hier verbracht, bevor Jackson von seiner Amtszeit im Repräsentantenhaus von Missouri zurückgekehrt war. Nach der Hochzeit von Maelle und Jackson war sie immer noch oft hier gewesen, aber nicht mehr ganz so häufig. In ihren Tagträumen hatte sie sich vorgestellt, wie sie genau zu diesem Haus kam und Maelle auf der Terrasse wartete und so lächelte, wie Mütter es taten, wenn ihre Kinder zurückkehrten. Sie schloss die Augen und erlaubte der kindischen Fantasie, kurz an die Oberfläche zu kommen.

Sie wandte sich zu Maelle und verschränkte die Hände unter dem Kinn. »Können wir uns mit Zitronenlimonade und Keksen auf die Hollywoodschaukel setzen wie an meinem elften Geburtstag? Erinnerst du dich noch daran?«

Maelle gluckste. »Wie könnte ich das vergessen? Am Ende war dein ganzes Gesicht mit Krümeln verschmiert und auf der neuen Schürze, die Isabelle für dich genäht hatte, waren Limonadenflecken … und ich habe dich trotzdem fotografiert. Es ist immer noch eins von meinen Lieblingsbildern.«

Jackson schwenkte das Tor auf. »Ich bringe Libbys Tasche ins Gästezimmer. Wir haben keine Kekse im Haus, aber dafür ein paar Zitronen. Ich mache euch einen Krug Limonade und bringe sie nach draußen. Ihr Damen dürft ein Weilchen das Nichtstun genießen.«

»Danke«, antworteten Libby und Maelle im Chor.

Arm in Arm schlenderten sie den mit Steinen gepflasterten Weg entlang und setzten sich auf die Hollywoodschaukel am hinteren Ende der Veranda. Libby machte es sich auf der Sitzfläche bequem und lächelte, als die Ketten quietschten, genau wie sie es immer getan hatten. Sie seufzte zufrieden auf. Sie liebte diese Veranda und die weiße Schaukel aus geflochtener Weide. Im Schutz eines mächtigen Spierstrauchs war diese Ecke immer schattig und damit der perfekte Platz an einem heißen Sommernachmittag.

Als Kind hatte sie immer gespielt, dieser Teil der Veranda wäre ein Geheimversteck. Zu diesem Haus zu kommen war in gewisser Weise ihre Art gewesen, sich vor der Realität, Waise zu sein, zu verstecken. Unzählige Male hatte sie sich über das Verandageländer gebeugt, wenn es Abend wurde, und den Himmel nach dem ersten glitzernden

Stern abgesucht. Sobald einer erschien, schickte sie ihm ihren dringlichsten Wunsch: *Lass Maelle meine Mutter sein.*

Libbys Gedankengang wurde unterbrochen, als Maelle ihr leicht aufs Knie klopfte. »Nach allem, was du mir auf dem Weg hierher erzählt hast, gehe ich davon aus, dass du inzwischen froh über die Entscheidung bist, in Chambers zu bleiben und am College zu studieren.«

Libby nickte. »Ja. Du und Jackson, ihr hattet recht. Es gefällt mir sehr gut – sogar noch besser, als ich es mir vorgestellt habe.« Ein leichter Windzug kam um die Ecke und wehte ihr ein paar Locken über die Schulter. Sie fuhr mit den Fingern durch die wirren Strähnen. »Manchmal bin ich aber auch frustriert. Ich möchte die Kunst des Schreibens schneller lernen, damit ich mehr machen kann. Schon jetzt habe ich keine Lust mehr, wenn ich den Auftrag bekomme, alberne Artikel über Stundenplanprobleme zu schreiben oder darüber, ob es im Speisesaal drei statt zwei verschiedene Sorten Fleisch zu essen geben sollte.« Sie kräuselte die Nase, als sie sich an ein paar ungeliebte Themen aus dem Unterricht erinnerte. »Das ist alles so unwichtig!«

»Ganz und gar nicht«, widersprach Maelle. »In jedem Lebensbereich müssen wir am Anfang beginnen. Du würdest auch kein Neugeborenes auf die Füße stellen und ihm sagen, es solle losrennen, nicht wahr?«

Libby lachte bei dieser Vorstellung.

Maelle grinste. »Zuerst drehen Babys sich, dann rutschen sie herum, dann krabbeln sie. Schließlich machen sie die ersten wackligen Schritte und dann – erst wenn sie das Gehen beherrschen – lernen sie zu rennen. Aber all diese vorhergehenden Bewegungen, die dem flüchtigen Beobachter vielleicht unwichtig erscheinen, dienen dem Zweck, Kräfte und das Gleichgewicht für das eigentliche Rennen zu erwerben.«

Sie nahm eine Strähne von Libbys Haar und kitzelte ihr das Kinn damit. »Diese ›unwichtigen Artikel‹, wie du sie nennst, werden dich lehren, sinnvolle Sätze zu verfassen und auf bedeutsame Art mit deinen zukünftigen Lesern in Verbindung zu treten. Betrachte diese Artikel als deine Art, dich umzudrehen oder zu krabbeln. Es dauert nicht mehr lang, bis du auf deinen Füßen stehst. Dann wirst du eine viel kräftigere, fähigere Läuferin sein, weil du dir die Zeit genommen hast, die ›unwichtigen‹ Dinge zuerst zu machen.«

Libby dachte an die Geschichten, die sie an Zeitschriften verkaufte. Sie hatte sie verfasst, um sich dadurch auf ernst zu nehmenden Journalismus vorzubereiten, verdiente jedoch Geld damit. Würde Maelle sie als »Umdrehen« oder als »Laufen« betrachten? Sie öffnete den Mund, um die Frage zu stellen, aber das Klappen der Fliegengittertür unterbrach sie.

Jackson kam mit einem Tablett in der Hand um die Ecke. »Ich war mir nicht sicher, wie viel Zucker man braucht. Ich hoffe, es ist okay.« Er reichte jeder von ihnen ein Glas und nahm das letzte für sich. Er stellte das Tablett auf den Boden, ließ sich auf dem Geländer der Veranda nieder und nippte vorsichtig an seinem Glas. »Hmm.« Er machte ein schmatzendes Geräusch mit den Lippen und nahm einen größeren Schluck. »Nicht schlecht für einen ersten Versuch. Was meint ihr?«

Libby trank einen kleinen Schluck. Die Limonade war sauer und am liebsten hätte sie den Mund verzogen. Es gelang ihr, stattdessen zu lächeln. »Sie ist gut, Jackson. Aber …«, sie grinste Maelle an, »ich glaube, ihr Reifegrad könnte als *Krabbeln* bezeichnet werden.«

Maelle hatte ihr Glas gerade zum Mund gehoben. Bei Libbys Bemerkung schnaubte sie laut und die Limonade spritzte ihr ans Kinn. Sie wischte sich die Feuchtigkeit mit der Hand ab und beide Frauen kicherten.

Jackson machte ein schiefes Gesicht. »Ich vermute, ich sollte besser nicht fragen, was das bedeutet.«

Das Kichern verwandelte sich in lautes Gelächter.

Jackson warf ihnen einen so grimmigen Blick zu, dass Libby wusste, dass er nur gespielt war, und das steigerte ihre Heiterkeit noch mehr. Bald stimmte Jackson in ihr Lachen ein, obwohl er nicht wissen konnte, was so lustig war.

Als das Lachen verebbte, schloss Libby die Augen und stellte sich vor – wie so oft in der Vergangenheit –, dass sie eine Familie wären.

Pete saß in der Ecke des Wagens und beobachtete, wie Aaron Rowley und Bennett jeweils eine Hand auf die Seitenwand des Wagens legten und über den Rand sprangen. Ihre Füße trafen mit einem dumpfen Schlag auf und Staub erhob sich. Aaron schwang die Kinder eins nach dem anderen auf den Boden und streckte dann seiner Frau die Hände entgegen, während Bennett zum hinteren Teil des Wagens schlenderte und die Klappe öffnete. »Bitte sehr, Leute«, sagte er mit einem frechen Grinsen. Die Köchin Ramona und ihre Tochter Lorna kletterten vom Wagen. Dann fasste Bennett über den Rand und schnappte sich seine Tasche. Er winkte Pete kurz zu und ging mit stolzem Schritt auf die Waisenschule zu, ohne etwas von dem Neid zu ahnen, den Pete für ihn empfand.

Pete kletterte mühsam vom Wagen, wobei er sein gesundes Bein und seine Hände benutzte, um sich vom Wagenbett herunterzulassen. Wie ein alter Mann es tun würde. Er wünschte, er könnte über die Seitenwand springen und auf beiden Füßen landen. Das letzte Mal, als er das getan hatte, war er sieben Jahre alt gewesen. Mit Zeitungen im Arm war er von einer Straßenbahn gesprungen. Er klopfte mit dem Holzbein auf den harten Boden. Er wollte unbedingt, dass das ständige Kribbeln verschwand, das sich anfühlte, als wenn ein Körperteil eingeschlafen war. Aber sein Fuß war nicht eingeschlafen. Er war weg. Für immer.

Matt schaute von seinem Sitz herunter und grinste Pete an. »Willst du deine Tasche jetzt gleich rausnehmen oder soll ich sie dir holen, wenn ich das Pferd versorgt habe?«

»Ich nehme sie raus.« Es war nicht Petes Absicht gewesen, Matt anzuschnauzen, aber seine Worte kamen in so schroffem Ton heraus, dass Matt verwundert die Augenbrauen in die Höhe zog. Pete entschuldigte sich.

Matt zuckte die Achseln. »Kein Problem. Ich dachte mir nur, dass du nach eurer Zugfahrt müde sein würdest, und mir würde es nichts ausmachen, die Tasche für dich ins Haus zu tragen.«

»Ich mache es selbst, aber trotzdem danke.« Pete streckte die Hand aus, aber sein Arm war nicht lang genug, um an die Tasche zu kommen. Er versuchte, auf die Zehenspitzen zu stehen, aber dabei verlor er das Gleichgewicht. Er schlug gegen die Seitenwand des Wagens und knurrte frustriert.

»Pete, mir scheint, du hast etwas auf dem Herzen.« Matt hielt die Zügel locker in den Händen und drehte den Kopf, um Pete anzuschauen. »Willst du es loswerden?«

Pete rieb sich die Oberlippe mit dem Finger und dachte über Matts Gesprächsangebot nach. Pete bewunderte diesen Mann, der so freundlich gewesen war, ihn vor fast zwölf Jahren nach Shay's Ford zu bringen. Ihm verdankte er es, dass er seine Kindheit nicht in Diensten eines lieblosen Arbeitgebers hatte verschwenden müssen. Wenn er jemandem seinen Groll wegen des fehlenden Beins – und seine Wut auf die Menschen, die dafür verantwortlich waren – anvertrauen konnte, dann war das Matt. Pete liebte Aaron Rowley, der ihn aufgezogen hatte. Aber Aaron konnte nicht verstehen, wie es sich anfühlte, elternlos und unerwünscht aufzuwachsen. Matt war in jungen Jahren zum Waisen geworden und hatte als Kind ein hartes Leben gehabt. Er würde genau wissen, wie Pete sich fühlte.

Pete legte die Hände auf die Seitenwand des Wagens und nickte. »Ich muss es loswerden, Matt. Und ich weiß, was dafür nötig ist. Ich weiß das schon sehr lange. Ich weiß nur nicht, wie ich es anstellen kann.«

Matt neigte den Kopf zur Seite und die Krempe seines allgegenwärtigen Cowboyhuts warf einen Schatten über sein Gesicht. »Und was ist dafür nötig?«

Pete sog den Atem tief ein. »Ich muss meine Eltern finden.«

»Hmm.« Matt kratzte sich am Kopf, wodurch der Hut verrutschte. Er zog die Krempe wieder an die richtige Stelle. »Nun, mir scheint, dass du genau die richtigen Menschen an der Hand hast, die dir dabei helfen könnten. Aaron und Isabelle, Jackson und Maelle. Hast du einen von ihnen schon um Hilfe gebeten?«

Pete schüttelte den Kopf.

»Sprich mit ihnen, während du dieses Wochenende zu Hause bist. Ihnen allen ist die Familie wichtig, deshalb wären sie sicher mehr als bereit, dir zu helfen, dass du deine Eltern wiedersehen kannst.«

Offenbar missverstand Matt Petes Gründe, warum er seine Eltern finden wollte. Aber Pete beschloss, seine Absichten nicht offenzulegen. Matt war liebenswert und schätzte die Familie, nachdem er den Großteil seiner jungen Jahre von seinen Schwestern getrennt gewesen war. Er war ein ausgeglichener, herzensguter Mann, aber sicherlich würde er Pete Vorhaltungen machen, wenn er wüsste, dass Pete an seinem Groll festhielt. Und er hätte recht damit. Pete wollte die hässlichen Gefühle loswerden – und sicher würde es ihm Befreiung schenken, wenn er seinen Zorn vor den Verursachern dieser Emotionen ausspucken würde. Er nickte. »Du hast wahrscheinlich recht.«

Matt langte hinter sich in den Wagen und versetzte Petes Tasche einen Stoß, sodass sie bis zur Klappe rutschte. »Da haben wir sie doch!«

Mit Leichtigkeit schwang Pete seine Tasche vom Wagen und schloss die Klappe. »Danke, Matt.«

»Immer gern, mein Freund.« Matt schlug die ledernen Riemen nach unten. Das Pferd setzte sich mit einem Ruck in Bewegung und Matt rief über die Schulter zurück: »Viel Glück, Pete! Ich werde dafür beten, dass du sie bald findest!«

Ich auch.

14

»Wach auf, Libby. Es gibt noch jede Menge zu tun, wenn wir rechtzeitig zur Hochzeitsfeier meines Bruders um sechs Uhr heute Abend fertig werden wollen.«

Libby sprang aus dem Bett und rieb sich die Augen. Obwohl es dunkel im Raum war, konnte sie erkennen, dass Maelle Hosen und keinen Rock trug. Sie zeigte darauf. »Kann ich mir eine Hose von dir leihen?«

Maelle gab Libby einen kleinen Schubs Richtung Diele. »Isabelle würde mir das Fell abziehen! Beeil dich jetzt.«

Dreißig Minuten später zwängten sich Libby und Maelle zu Jackson in seinen Zweisitzer, um zum Waisenhaus zu fahren. Auf dem schmalen Sitz hatten sie zu dritt nebeneinander kaum Platz, aber Libby beklagte sich nicht. Sie beobachteten, wie die Sonne aus ihrem Versteck hinter dem Horizont hervorkroch, das Grau und Rosa der Dämmerung vertrieb und einen klaren, blauen Oktoberhimmel schuf – die perfekte Kulisse für Matts und Lornas großen Tag. Sie unterhielten sich. Zuerst über den ständigen Widerstand der Fährenbetreiber der Stadt gegen den Anschluss von Shay's Ford an die Bahnlinie, dann über die Möglichkeit, dass Libby nach ihrem Collegeabschluss zurückkehren und bei der städtischen Zeitung arbeiten könnte.

Der Gedanke, den Rest ihres Lebens in Shay's Ford zu verbringen, hätte eigentlich Freude bei ihr auslösen müssen – immerhin hätte sie die Chance, in Maelles Nähe zu bleiben, falls sie sich auf Dauer in Shay's Ford niederließ. Doch aus irgendeinem Grund blieb die freudige Erregung aus. Wie sollte sie weltbekannt werden, wenn sie in einer unbekannten Stadt wie Shay's Ford lebte?

Als sie das Waisenhaus erreichten, trafen sie auf Mrs Rowley, die im Hof auf und ab ging und auf sie wartete. Noch bevor sie vom Wagen gestiegen waren, fing sie an, Anordnungen zu geben. »Jackson, geh zur Scheune und hilf Pete, Bennett und Clancy, Bänke zu errichten.« Das Klopfen und Hämmern, das zu ihnen drang, verriet, dass die anderen bereits an der Arbeit waren. »Könntest du bitte darauf achten, dass wir genügend Sitzplätze für zweihundert Gäste haben? Ich verlasse mich darauf, dass du das richtig abschätzen kannst.« Jackson salutierte grinsend. »Jawohl, Madam.« Er band seinen Rotfuchs an den Pfosten vor dem großen Schulgebäude und trabte zur Scheune.

»Maelle, du –« Mrs Rowley unterbrach sich und machte ein böses Gesicht, als ihre Schwester um den Wagen herumkam. »Oh, du trägst diese abscheulichen Hosen! Du wirst dich auf jeden Fall vor der Hochzeit umziehen.«

Maelle zwinkerte Libby zu. »Natürlich werde ich das. Das hier sind meine Arbeitskleider.«

Mrs Rowley schüttelte den Kopf, als wolle sie einen klaren Gedanken fassen, dann fuhr sie fort: »Die Köchin Ramona braucht deine Hilfe bei den Vorbereitungen für das Hochzeitsessen.«

Ein unsicherer Ausdruck erschien auf Maelles Gesicht. »Du willst, dass ich ihr beim Kochen helfe? Isabelle, du weißt doch, dass ich keine gute Köchin bin.«

»Nein, das bist du nicht«, stimmte Mrs Rowley zu, »aber Ramona ist es und sie wird dir alles sagen, was du wissen musst. Beeil dich jetzt – sie hat Berge von Kartoffeln, die geschält werden müssen.«

Brummend eilte Maelle davon.

»Und Libby, du kommst mit mir.« Mrs Rowley fasste Libby am Ellbogen und schob sie über die staubige Erde zur Scheune. Der Lärm der aufprallenden Hämmer war beinahe ohrenbetäubend, als sie im Gebäude standen. »Ich weiß, dass es schrecklich laut ist, aber wenn Matties Hochzeit hier stattfinden soll, müssen wir hier auch das Spalier schmücken.«

Libby wusste, dass Mrs Rowley sich gewünscht hätte, dass ihr Bruder sich die Kirche, in der sie und ihr Mann vor zehn Jahren geheiratet hatten, für seine Trauung ausgesucht hätte. In derselben Kirche hatten auch Maelle und Jackson den Bund der Ehe geschlossen. Aber Matt bestand darauf, dass die Trauung dort stattfand, wo er und Lorna sich kennengelernt hatten. Das Waisenhaus bestand aus verschiedenen Gebäuden, aber nur die Scheune war groß genug, um einer größeren Versammlung Platz zu bieten.

Mrs Rowley zeigte auf ein hölzernes bogenförmiges Spalier an der Vorderseite der Scheune. Sie fuhr mit den Fingern über die abgeblätterte weiße Farbe und verzog das Gesicht. »In diesem Zustand ist es ein armseliger Baldachin für Braut und Bräutigam, aber ich habe Krepppapier in verschiedenen sanften Farbtönen gekauft, aus dem wir Rosetten basteln können. Eine habe ich bereits gemacht …«, sie fasste in eine Kiste und zog eine blassrosa Rosette von der Größe einer Grapefruit hervor und legte sie in Libbys Hände, »und ich hätte gern das ganze Gestell voller Blüten und drapiert mit weißem Tüll. Meinst du, du schaffst es, das Papier zu Rosetten zu drehen und sie mit Draht am Gestell zu befestigen?«

Libby begutachtete die Rose aus Papier. Das unregelmäßige Schlagzeug-Konzert, veranstaltet durch Hämmer, Nägel und eifrige Handwerker, löste zunehmend Kopfschmerzen bei ihr aus. Aber die Rosette schien nicht sehr kompliziert zu sein. Sie würde diese Aufgabe schaffen. »Ja, Madam.«

»Sehr gut. Ich verlasse mich darauf, dass deine kreativen Fähigkeiten dieses altersschwache Holzgestell in etwas Schönes verwandeln. Es wird uns kaum gelingen, die Tatsache zu verbergen, dass Mattie und Lorna in einem Stall heiraten, aber zumindest sollte der Platz, an dem sie stehen, schön sein.« Mrs Rowleys Stimme klang traurig.

Mitgefühl wallte in Libby auf. Sie berührte Mrs Rowley am Arm. »Madam?«

»Ja, Libby?«

»Ich wollte nur sagen … Jesus wurde in einem Stall geboren. Ich denke, wenn eine Scheune gut genug für seine Geburt war, ist sie sicher auch ein geeigneter Ort für die Trauung von Matt und Lorna.«

Mrs Rowley blickte Libby überrascht an. Dann hoben sich ihre Mundwinkel zu einem sanften Lächeln. »Du hast ganz recht, Liebes. Danke, dass du mich daran erinnert hast.« Sie drückte Libbys Hand einen Moment lang und trat dann einen Schritt zurück. »Ich werde schauen, wer dir helfen kann. Wir müssen das rechtzeitig fertig haben.« Sie drehte sich um und eilte aus der Scheune.

Kurze Zeit später betraten zwei Mädchen die Scheune. Eine von ihnen trug einen dicken Ballen mit weißem Netzgewebe. Sie schauten sich mit verwirrter Miene um. Libby winkte sie zu sich. Als sie näher kamen, fiel ihr auf, dass sie die beiden noch nie gesehen hatte. »Seid ihr neu hier?«

Die beiden nickten gleichzeitig und eine sagte: »Wir sind vor zwei Wochen mit dem Zug angekommen. Ich bin Hannah. Das ist Hester. Wir sind Zwillinge.«

Das hätte Libby auch ohne diese Erklärung bemerkt. Wären sie nicht verschiedenfarbig gekleidet gewesen, hätte sie eine nicht von der anderen unterscheiden können − ihre ernsten Gesichter glichen sich vollständig. Sie erinnerte sich daran, wie fremd sie sich in ihrer ersten Zeit im Waisenhaus gefühlt hatte, und lächelte die Mädchen freundlich an. »Na, da bin ich aber erleichtert, dass ihr hier seid, Hannah und Hester. Ich brauche eure Hilfe.« Schnell erklärte sie ihnen, wie die Rosetten gemacht werden sollten, und gab ihnen das Material. Obwohl sie noch jung waren − wahrscheinlich nicht älter als zwölf −, erwiesen sie sich als erstaunlich geschickt. Sie lobte ihre Fähigkeiten und Hester zuckte die Achseln.

»Das ist nichts gegen das Blumenbinden. Das konnten wir schon mit vier.«

»Mit vier?« Libby wollte gerade eine lavendelfarbene Blüte ans Spalier heften. Sie hielt inne und starrte das Mädchen an. »Du meinst, mit vier Jahren?«

»Ja, Madam.« Hannah saß im Schneidersitz auf dem Boden und ließ blitzschnell eine perfekt geformte Rosette aus gelbem Krepppapier entstehen. »Ich und Hester haben Mama geholfen, kleine Mohnblumen zu machen, die wir an der Ecke verkauft haben. Wir bekamen zwei Penny für ein Dutzend. Das hat geholfen, die Miete zu zahlen.«

Libby schüttelte verwundert den Kopf. »Bestimmt war eure Mutter sehr dankbar für eure Hilfe.«

Hester arbeitete weiter, ohne auch nur den Kopf zu heben. »Ach, nein, nicht besonders, aber sie war auch krank. Es ist schwer, dankbar zu sein, wenn man sich nicht gut fühlt. Jetzt ist sie tot.«

Bei diesen unbekümmerten Worten des Mädchens wurde es Libby ganz eng um die Brust und sie strich über Hesters verstrubbeltes Haar, bevor sie nach der nächsten Blüte griff. Zumindest war sie nicht von klein auf gezwungen gewesen zu arbeiten. In mancher Hinsicht hatte sie vielleicht Glück gehabt.

Zur Mittagszeit war das Spalier dank der Hilfe der Zwillinge mit einer hübschen Tüllgirlande umgeben, die sich um eine Schar von pastellfarbenen Rosetten wand. Der Bogen erinnerte kaum mehr an das schäbige Spalier, an dem einmal Weinreben im Schulgarten hochgerankt waren. Libby seufzte zufrieden. Der Baldachin würde sicher Mrs Rowleys Zustimmung finden. Sie dankte den Mädchen für ihre Unterstützung und die beiden trotteten davon, ohne auch nur einmal zu lächeln.

Als Libby ihnen nachsah, stieg ein seltenes Gebet in ihrem Herzen auf: *Gott, bitte schick jemanden, der Hannah und Hester adoptiert und ihnen beibringt, glückliche kleine Mädchen zu sein, bevor sie ganz erwachsen sind.*

Sie sammelte die Papierreste ein, legte sie in die Schachtel und stellte sie in die Sattelkammer am hinteren Ende der Scheune. Dann eilte sie zum Haus, um Mrs Rowley zu fragen, was sie als Nächstes tun sollte. Auf halbem Weg über den Hof hörte sie, wie jemand ihren Namen rief. Sie drehte sich um und sah Lorna, Matties Verlobte, auf sich zustürmen.

Keuchend hielt Lorna vor Libby an, nahm ihre Hände und japste: »O Libby, etwas Scheußliches ist passiert. Ich brauche deine Hilfe.«

15

Libby hielt ein Büschel wilden roten Fingerhuts in der Hand und sah zu Pfarrer Shankle. Obwohl sie nur in letzter Minute für Lornas gewählte Brautjungfer eingesprungen war – das arme Mädchen hatte sich einen fieberhaften Infekt zugezogen und der Arzt hatte ihr Bettruhe verordnet –, konnte sie einen gewissen Stolz darüber, eine so wichtige Rolle bei der Trauung zu spielen, nicht verleugnen.

Auf der vordersten Bank vergoss die Köchin Ramona heftige Tränen in ein besticktes Taschentuch, während der Pfarrer die Braut und den Bräutigam ernst über die Heiligkeit der Ehe belehrte. Libby ließ den Blick über die Reihe der Gesichter im vorderen Teil der Scheune gleiten. Maelle und Isabelle, die ebenfalls Brautjungfern waren, wirkten beide nachdenklich. Libby fragte sich, ob sie in Gedanken bei ihren eigenen Trauungen waren.

Auf der anderen Seite von Lorna und Matt stand Clancy. Der wettergegerbte Schafhirte räusperte sich mehrmals und trat von einem Fuß auf den anderen, als könne er das Ende der Zeremonie nicht abwarten. Neben ihm befand sich Aaron Rowley. Er schien seine Frau zu betrachten und die Zärtlichkeit in seinen Augen berührte Libby zutiefst. Sie versuchte, sich seinen Gesichtsausdruck einzuprägen – es wäre der perfekte Blick, mit dem einer der Helden in ihren Geschichten seine Geliebte anschauen könnte.

Rechts außen fiel ihr Blick auf Petey. Und ihr ging das Herz auf. Wie gut er heute in seinem besten Anzug aussah! Sein dichtes blondes Haar war glatt nach hinten gekämmt und glänzte vom Makassaröl. Er hielt den Kopf aufrecht und die Schultern gerade. Der feierliche Zug um seinen Mund verriet ihr, wie ernst er das Vorrecht nahm, Trauzeuge für den Mann zu sein, der ihn nach Shay's Ford gebracht hatte.

Unzählige Male hatte Petey über den Tag gesprochen, an dem Matt Tucker ihn aus den Händen eines grausamen Arbeitgebers gerettet hatte. Er hielt sehr viel von Matt, und Libbys Bewunderung für

Matt wuchs in diesen Momenten, in denen sie miterlebte, wie stolz Petey auf seine Beteiligung an der Trauung war. Matt hätte sich stattdessen auch Jackson Harders aussuchen können – es hätte sein Ansehen in der Gemeinde sicher gesteigert, wenn er einen Anwalt als Trauzeugen gehabt hätte. Aber stattdessen hatte er sich für Petey entschieden, einen ausgestoßenen, ungewollten Jungen.

Plötzlich wurde Libby bewusst, dass Petey kaum mehr Ähnlichkeit mit dem Jungen besaß, den sie vor zehn Jahren kennengelernt hatte. Sie fragte sich, wann er die jugendliche Unbeholfenheit abgeschüttelt hatte und zu diesem gut aussehenden, selbstbewussten Mann geworden war. Während sie ihn anstarrte, staunend über die Verwandlung, die sich anscheinend vor ihren Augen vollzogen hatte, drehte er den Kopf. Ihre Blicke trafen sich und hielten einander fest. Sekundenlang starrten sie einander über den sauber gefegten Erdboden an, während die Stimme des Pfarrers weitersprach, Papierfächer die Luft bewegten und die Köchin Ramona leise schluchzte.

Libby stockte der Atem, als Petey die Mundwinkel zu einem leichten Lächeln nach oben zog und seine blauen Augen voll Zärtlichkeit aufleuchteten. Sie sah in seinem Gesicht den gleichen hingerissenen Ausdruck, mit dem Aaron Rowley seine Frau betrachtet hatte – den gleichen Blick, der oft zwischen Jackson und Maelle hin- und herging. Ein angenehmer Schauder lief ihr über den Rücken und breitete sich durch ihre Arme bis zu den Händen aus. Ihre Finger zitterten und versetzten den Strauß Wildblumen leicht in Bewegung. Unsicher und überwältigt wandte sie die Augen ab und schaute stattdessen zu Matt. Sie schnappte nach Luft.

Peteys Miene, als er sie eben angesehen hatte, war ein Spiegelbild des Ausdrucks, mit dem Matt – genau in diesem Moment – den Blick auf seine Braut richtete.

Unwillkürlich wanderten ihre Augen wieder zu Petey und sie ließ enttäuscht die Schultern hängen. Seine Aufmerksamkeit galt jetzt dem Pfarrer, der seine Hände hob und verkündete: »Hiermit erkläre ich Sie zu Mann und Frau.« Die Fältchen um seine Augen vertieften sich, als er lächelte. »Matt, Sie dürfen jetzt die Braut küssen.«

In der Scheune brach tosender Jubel aus, als Matt sich vorbeugte und seine Lippen auf Lornas trafen. Tränen strömten Lorna über das Gesicht und sie rannte in die Arme ihrer Mutter, bevor sie mit einem freudigen Kichern, das von den Balken widerhallte, zu Matt zurückkehrte. Begleitet von Beifall und Glückwünschen verließen Matt und Lorna die Scheune. Clancy bot Maelle seinen knochigen Arm an und sie folgten dem neuvermählten Paar hinaus. Mr und Mrs Rowley schlossen sich an und nur Libby und Petey blieben zurück.

Mit einem schiefen Grinsen streckte Petey Libby den Arm entgegen. Seltsame Gefühle machten sich in ihrem Inneren breit und sie zögerte, ihre Hand in seine Armbeuge zu legen. Aber warum? Hatte sie im Lauf der Jahre nicht Hunderte Male an seinem Arm gehangen? Doch plötzlich hatte sich alles verändert und sie wusste nicht, warum.

Pastor Shankle räusperte sich und nickte ihnen mit dem Kinn zu. Libby verstand seinen stillen Wink, dass sie hinausgehen sollten. Sie holte bebend Luft und schob ihre Hand vorsichtig durch Peteys angewinkelten Arm. Die gleiche Erregung, die sie vorhin bei der Trauung gespürt hatte, kehrte zurück und sie spannte die Finger an. Sie gingen nebeneinander her. Peteys Hinken führte dazu, dass sein Arm leicht gegen ihre Rippen schlug, während sie sich auf die Tür zubewegten. Jedes Mal, wenn sein Ärmel sie streifte, wuchs die Spannung, die sie in seiner Nähe empfand.

Sie traten in den sonnigen Hof hinaus und Petey bewegte sich ein Stück von ihr weg. Er lächelte sie noch einmal an, bevor er sich den Tischen zuwandte, auf denen das Essen hergerichtet war. Er traf auf Bennett, der ihm auf den Rücken klopfte. Die Hochzeitsgäste strömten aus der Scheune und zwangen Libby, zur Seite zu gehen. Doch selbst dann konnte sie die Augen nicht von Petey abwenden. Sie war verwirrt und gleichzeitig völlig gefangen genommen. Aus Gründen, die sie nicht verstand, hatte sie das Bedürfnis, Petey im Blick zu behalten. Aber vielleicht war es auch mehr die Sehnsucht, ihn fest im Herzen zu halten.

Pete ließ sich von dem kleinen Mädchen am Serviertisch eine Tasse Punsch geben und hinkte auf den Zaun zu, der das Gehege umgab. Er bewegte sich langsam, um zu vermeiden, dass die hellrosa Flüssigkeit über den Rand tropfte. Sein Bein schmerzte vom langen Stillstehen. Zu stehen war immer schlimmer, als sich zu bewegen, obwohl er nicht wusste, woran das lag. In seinem Stumpf pochte der Schmerz, aber die Beschwerden ließen langsam nach, als er über die festgestampfte Erde ging.

Er erreichte den Zaun und legte den Ellbogen auf den oberen Rand. Er benutzte die stabile Holzleiste als Hilfe, um die Balance zu halten, während er mit der Spitze seines Holzbeins auf den Boden klopfte, um sich von dem hartnäckigen, unterschwelligen Schmerz abzulenken. Er hob die Tasse und leerte den fruchtigen Inhalt mit einem Zug. Die kühle Flüssigkeit tat seiner trockenen Kehle gut. Er lockerte seine Krawatte und holte erleichtert Luft. Wenn er Pfarrer war, würde man von ihm erwarten, dass er jeden Tag einen Anzug trug, also würde er sich an den engen Kragen und die Krawatte gewöhnen müssen. Aber jetzt war es ein gutes Gefühl, etwas mehr Platz zum Atmen zu haben.

Sein Herz klopfte immer noch so wild wie die Hufe eines durchgegangenen Pferdes. Es hatte begonnen, als er Libby dabei ertappt hatte, wie sie ihn während der Trauung anblickte. Er sog die Luft tief in die Lungen und ließ sie langsam wieder ausströmen, um seinen Puls zu beruhigen. Aber dieser Atemzug verlangsamte seinen Herzschlag genauso wenig, wie sich der Schmerz in seinem fehlenden Fuß durch Klopfen mit dem Holzbein auslöschen ließ. Wenn sie aufhören würde, ihn von ihrem Platz neben der Scheune aus anzustarren, würde sich vielleicht zumindest sein Puls wieder normalisieren. Er drehte ihr den Rücken zu und zwang sich, woanders hinzuschauen.

Der Hof war überfüllt von Menschen. Sie lachten, redeten und bedienten sich an den Servierplatten, die dicht an dicht auf den mit Stoff überzogenen einfachen Holztischen standen. Die Tische waren der Länge nach mitten auf dem Schulhof aufgereiht. Bei der Zubereitung des Essens für die Hochzeit ihrer Tochter hatte die Köchin

Ramona sich selbst übertroffen. Gebratene Hähnchen, geräucherter Schinken und Rinderbraten konkurrierten mit einer Vielzahl von Gemüsen, Salaten und Desserts. Heute sollte niemand hungrig weggehen. Pete lachte in sich hinein, als er beobachtete, wie Bennett sich den Teller übervoll häufte. Zum ersten Mal in den letzten Tagen war auf dem Gesicht seines Freundes ein Grinsen zu sehen. Pete freute sich über diese Veränderung.

Aber die Veränderung, die er während der Trauung bei Libby bemerkt hatte ... Er schluckte schwer. Langsam, fast gegen seinen eigenen Willen, drehte er den Körper, um zur Scheune zu schauen, wo er sie zuletzt gesehen hatte. Sie stand immer noch am selben Platz, die Hände hinter dem Rücken, einen wehmütigen Ausdruck auf dem Gesicht. Schnell wandte er sich wieder ab. Vom Hals her breitete sich eine Hitzewelle über seine Wangen aus. Er stöhnte auf.

Er wünschte, er würde genug Mut aufbringen, um zu ihr hinüberzugehen, seine Hände links und rechts von ihr an die Scheune zu stützen und sie zu fragen, warum sie ihn während der Trauung so nachdenklich angestarrt hatte. Ahnte sie nicht, dass sie mit diesem Blick seine ganze Welt auf den Kopf gestellt hatte? Er wusste, dass in diesen Momenten etwas in ihr erwacht war. Er wusste das, weil er vor zwei Jahren die gleiche Veränderung ihr gegenüber erlebt hatte.

Er hatte viele Bitten zum Himmel geschickt und Gott angefleht, in Libby die gleiche Art von Liebe zu erwecken, die er für sie empfand, wenn dies Gottes Wille für ihn war. Jetzt hatte er den Verdacht, dass Libbys Gefühle sich von Freundschaft zu etwas Tieferem entwickelten. Aber wie könnte dies Gottes Wille sein? Ihre Lebensziele unterschieden sich so stark voneinander ...

»Hey, Kumpel, willst du nichts essen?« Bennett stieß Pete mit dem Ellbogen an. Er hob eine Hühnerkeule vom Teller und biss kräftig hinein.

»Doch. Bald«, antwortete Pete geistesabwesend, immer noch gefangen in Libbys steter Beobachtung.

Bennett nahm einen zweiten Bissen. Er ließ den Blick übers Gelände schweifen und gluckste. »Warum ist Lib immer noch dort drüben?« Er wedelte mit dem Hühnerknochen in der Luft herum. »Hey, Lib! Hol dir was zu essen!«

Pete wandte sich mit einem Ruck zu Bennett um. »Was soll das?«

Bennett starrte ihn überrascht an. »Was soll was? Dass ich Libby auffordere, etwas zu essen? Warum sollte sie nicht …« Dann fiel ihm das Kinn nach unten. Er schaute von Pete zu Libby und von Libby wieder zu Pete. Er brach in Gelächter aus.

Pete boxte Bennett gegen die Schulter. Ein paar grüne Bohnen flogen über den Rand seines übervollen Tellers. »Hör auf damit.«

Bennett verstärkte den Griff um seinen Teller und trat von Pete weg. »*Ich* soll damit aufhören?« Belustigung klang aus seinen Worten heraus. »Und was ist damit, dass ihr, du und Lib, euch plötzlich verliebte Blicke zuwerft? Wenn irgendjemand mit etwas aufhören sollte …« Er verstummte, aber die Andeutung war nicht zu überhören.

Pete stieß geräuschvoll die Luft aus. »Ich weiß. Wie Libby es so schön bemerkt hat, ist das lächerlich.« Er schluckte den bitteren Geschmack hinunter, den er im Mund hatte. Er versuchte unbeteiligt zu klingen. »Ich denke, das liegt einfach nur an der Hochzeit. Matt und Lorna zusammen zu sehen … das hat ihr Flausen in den Kopf gesetzt.«

»O ja.« Bennett kaute auf einem Brötchen. »Schließlich ist sie ein Mädchen. Und Mädchen haben seltsame romantische Vorstellungen. Sie wollen immer, dass ein Kerl um sie herumscharwenzelt.« Er zog eine Augenbraue nach oben. »Und, wirst du ihr geben, was sie will?«

»Ich kann das nicht. Du weißt, warum.«

»Mm-mm. Weil du Pfarrer werden willst.« Bennett kaute nachdenklich und schaute wieder zu Libby. »Und Libby will keine Pfarrfrau werden. Es wäre vielleicht besser, du würdest zu ihr hinübergehen und sie daran erinnern. Bevor sie zulässt, dass ihre wilden Fantasien außer Kontrolle geraten.«

Pete nickte. Es war selten, dass er einen Rat von Bennett befolgte. Er mochte seinen Freund, doch dieser handelte meist, ohne vorher groß nachzudenken. Dieses Mal klang es jedoch sinnvoll, was Bennett sagte. Libbys Verhalten war nur auf die momentane romantische

Stimmung zurückzuführen. Es war das Beste, wenn sie sich beide darüber klar wurden.

Sein Magen zog sich schmerzhaft zusammen, als er sich zwischen den anderen Gästen hindurchschob und sich in einer Zickzacklinie der Stelle an der Scheune näherte, wo Libby offenbar Wurzeln geschlagen hatte. *Herr, gib mir Kraft.* Sie sagen zu hören, dass alles, was über Freundschaft hinausging, lächerlich sei, hatte sehr wehgetan. Doch das Gleiche jetzt selbst sagen zu müssen, würde um ein Vielfaches schmerzhafter sein. Das wusste er.

Er blieb ein paar Schritte vor ihr stehen. Je näher er gekommen war, desto größer waren ihre Augen geworden. Sie starrte ihn unverwandt an, die Lippen leicht geöffnet. Das Oberteil ihres rosenfarbenen Kleides bewegte sich mit ihren hastigen Atemzügen sichtbar auf und ab. Sie erinnerte ihn an ein ängstliches Kaninchen. Aber hatte sie Angst vor ihm oder vor ihren eigenen Gefühlen?

Er atmete tief durch, um sich zu stärken. »Libby, ich ...« Bevor er weiterreden konnte, packte sie seine Hand und zog ihn durch die offene Tür in die Scheune. Er stolperte hinter ihr her und konzentrierte sich darauf, nicht hinzufallen. Sie zerrte ihn bis an die Stelle, wo sie nach der Trauung seinen Arm genommen hatte. Schließlich ließ sie seine Hand los und wandte ihm ihr Gesicht zu.

Der Wechsel von der prallen Sonne zu dem schattigen Innenraum zwang ihn, die Augen zusammenzukneifen, um ihren Gesichtsausdruck auszumachen, aber er erkannte die gleiche liebevolle Wärme darin wie vorhin. Er schüttelte den Kopf. »Libby, hör auf.«

Sie neigte den Kopf zur Seite und die ahnungslose Verwirrung in ihren Augen brach ihm fast das Herz.

»Schau mich nicht so an.«

Sie trat einen Schritt vor und legte ihre Hände auf seine Brust. Ein weiches Lächeln erhellte ihr Gesicht und er vermutete, dass sie seinen pochenden Herzschlag unter ihren Händen spürte. »Warum denn nicht?«

»Darum nicht.« Er griff nach ihren Handgelenken und schob ihre Hände weg.

Er konnte es ihren Augen ansehen, dass sie verletzt war. »Petey?«

»Weißt du nicht mehr, was du im Speisesaal gesagt hast? Lächerlich – das hast du gesagt. Und du hattest recht.« Seine Kehle fühlte sich eng und wund an, als er die Worte hervorstieß. Sein Ton wurde hart. »Du und ich, wir sind Freunde, und du wirst alles kaputt machen, wenn du anfängst ...«

»Wenn ich anfange, dich zu lieben?« Auch ihre Stimme klang hart, aber ihr Kinn zitterte. »Ich fürchte, es ist schon zu spät, darüber nachzudenken.« Sie holte ein paarmal tief Luft und verschränkte ihre Hände vor ihrem Bauch. Ihr ernster Blick war fest auf sein Gesicht gerichtet. »Petey, als ich dich heute ansah ... war es mir, als sähe ich dich das erste Mal. Ich sah nicht den Jungen, der immer mein Freund und Spielkamerad gewesen ist, sondern jemand Neues. Jemand ... äußerst Begehrenswertes.« Ihre Hände bewegten sich nach oben und sie legte sie auf ihr Herz. »In mir drin hat sich etwas verändert. Es ist eine *gute* Veränderung, Petey. Und ich ...«

»Und bist du bereit, deine Reisepläne aufzugeben? Und deine Pläne, über die Vorgänge auf der Welt zu berichten?« Er betrachtete forschend ihr Gesicht und betete insgeheim, sie würde Ja sagen. Doch zu seinem Kummer zuckte sie zusammen. Er seufzte. »Verstehst du, Libby? Es ist wirklich lächerlich. Ich kann nicht mit dir in der Welt herumreisen – nicht mit diesem ...«, er starrte wütend auf sein permanent schmerzendes Bein, »mit diesem Stück Holz, das mich so einschränkt.« Er hob das Kinn und fügte hinzu: »Und ich würde es selbst dann nicht tun, wenn ich zwei gesunde Beine hätte. Denn es ist nicht das, wozu Gott mich berufen hat. Ich muss Pfarrer werden, Libby, verstehst du das nicht? Und du musst das werden, wozu du berufen bist.«

Tränen schimmerten in ihren Augen. Sie weinte nie. Dass sie es jetzt tat, verriet, wie tief seine Worte sie trafen. Aber sie mussten sich der Wahrheit stellen. Er legte seine Hände auf ihre Schultern und senkte seine Stimme zu einem Flüstern. »Ich liebe dich, Libby. Schon seit Langem. Und ich werde dich wahrscheinlich immer lieben.« Er schluckte und kämpfte gegen den Drang an, sie an seine Brust zu ziehen. Sein Griff verstärkte sich zu einem leichten Drücken. »Aber ich kann dich nicht bitten, meine Liebe zu erwidern. Nicht, wenn das bedeutet, dich von der Aufgabe abzubringen, die Gott dir zugedacht hat.«

»Aber …« Sie verstummte und ließ den Kopf hängen.

Pete nahm seine Hände weg und trat unbeholfen einen Schritt zurück. Er deutete matt auf die offene Scheunentür. Geräusche von der Feier drangen zu ihnen herein, und der glückliche Klang in den Stimmen der Gäste stand in krassem Gegensatz zu der Traurigkeit, die sich wie eine dunkle Wolke über Libby und Pete gelegt hatte. »Wir sollten gehen. Du brauchst etwas zu essen und bestimmt beginnt bald der Tanz. Die Leute werden sich wundern, wo wir geblieben sind.«

Sie nickte. Die Bewegung war so gering, dass er fast dachte, er hätte sie sich nur eingebildet. »G-geh du vor. Ich muss noch ein bisschen hier sitzen und …« Ihre Kehle zog sich zusammen, aber dann hob sie das Kinn und nahm Haltung an. »Ich brauche ein paar Minuten für mich.«

»In Ordnung.« Pete drehte sich um und ging mit langsamen Schritten auf die Tür zu. Dann hielt er inne und blickte zurück. »Libby?«

Sie sah starr vor sich hin. »Ja?«

»Bekomme ich den ersten Tanz mit dir?«

Sekundenlang stand sie wie versteinert da. Dann drehte sie den Kopf leicht, um seinen Blick zu erwidern. Sie schenkte ihm das traurigste Lächeln, das er je gesehen hatte. »Natürlich. Den allerersten.«

»Dann halte ich nach dir Ausschau.«

Sie wandte den Blick ab, ohne eine Antwort zu geben. Pete schlurfte mit schweren Schritten aus der Scheune. Er hatte das Richtige getan. Es wäre nicht fair gewesen, Libby an sich zu binden. Ein stürmischer Geist wie ihrer brauchte freien Auslauf. Sie gehen zu lassen war das Beste. Für sie beide.

Aber warum fühlte er sich dann so niedergedrückt, als läge die Last der ganzen Welt auf seinen Schultern?

16

Als Pete aus der Scheune trat, stieß er beinahe mit Jackson Harders zusammen. Jackson fasste Pete am Arm und lachte. »Hui, du hast es aber eilig. Kannst es nicht erwarten, zum Tanz zu kommen, was?«

Die einzige Person, die Pete als Tanzpartner haben wollte, war Libby. Doch obwohl sie ihm den ersten Tanz versprochen hatte, nahm er an, dass sie ihm ausweichen würde. »Nicht wirklich. Aber ich bin froh, dass ich dich getroffen habe. Ich möchte dich etwas Wichtiges fragen.«

Jackson schob die Hände in die Hosentaschen und wippte auf den Fersen. Sein Blick war erwartungsvoll. »Aber gern, Pete.«

»Meinst du, du könntest mir helfen, meine Eltern zu finden?«

Jackson schien Petes Gesicht aufmerksam zu mustern. Pete bewegte sich unruhig hin und her und war froh über den tiefen Schatten, den die Scheune warf. Vielleicht würde der Anwalt den lauernden Groll unter der Oberfläche nicht bemerken.

Jacksons Augenbrauen gingen nach oben. »Ich vermute, du meinst deine leiblichen Eltern, denn Aaron und Isabelle sind hier.«

»Ja.« Pete nickte. »Gunter und Berta Leidig. Ich … ich will sie treffen.« *Ich will mich von dieser Wut befreien, die keinen Platz in meinem Leben hat.*

»Ich kann es auf jeden Fall versuchen.« Jacksons ruhige Stimme stand im Gegensatz zu den stürmischen Emotionen, die in Petes Innerem tobten. »Aber bist du dir auch sicher? Der Versuch, wieder mit den Eltern zusammenzukommen, ist ein großer Schritt. Zwei Dinge können geschehen.« Er hob die Hand und streckte die Finger zum Zählen nach oben. »Sie könnten dich wieder in den Schoß der Familie aufnehmen. Oder sie könnten sich weigern, dir zu begegnen.« Seine Hand wurde zur Faust und er nahm sie nach unten. »Egal, wie es kommt, beides wird dich unwiderruflich verändern. Also … bist du dir sicher, dass ich dir diese Tür öffnen soll?«

Pete biss entschlossen die Zähne aufeinander. Er wusste, dass er diesen bitteren Groll mit sich herumtragen würde, bis er ihn seinen Eltern vor die Füße geworfen hatte. Er musste sie treffen, egal, welche Konsequenzen damit verbunden waren. »Ja, ich bin mir sicher.«
»Also gut.« Jackson klopfte Pete auf die Schulter. »Ich werde am Montag mit meinen Nachforschungen anfangen. Jetzt feiern wir erst einmal.«

Libby saß da und starrte auf das blütenbedeckte Spalier, unter dem Matt und Lorna gestanden und sich gegenseitig versprochen hatten, sich für den Rest ihres Lebens zu lieben und zu ehren. Sie starrte so lange, ohne zu blinzeln, bis ihre Augen schmerzten. Schließlich ließ sie sie zufallen, und hinter ihren Lidern stieg das Bild von Petey auf, wie er aufrecht, groß und stolz neben Matt stand. Dann knickte ihr steifer Rücken ein. Sie beugte sich nach vorn und vergrub das Gesicht in den Händen.

Wie dumm es von ihr gewesen war, sich Petey so an den Hals zu werfen. War ihr nicht vorher schon klar geworden, dass sie die nötigen Eigenschaften für eine Pfarrfrau nicht besaß? Petey hatte recht – sie mussten das sein, wozu sie berufen waren.

Libby richtete sich wieder auf und hielt den Atem an. Petey hatte gesagt, Gott habe ihn zum Prediger berufen, und er hatte angedeutet, sie habe eine ähnliche Berufung zur Schriftstellerin. Aber sie konnte nicht wirklich sagen, dass Gott ihr eingegeben habe, zu Papier und Stift zu greifen. Das war etwas, das sie selbst gewählt hatte. Eigentlich konnte sie sich nicht erinnern, jemals den Eindruck gehabt zu haben, dass Gott ihr etwas vermittelt habe. Sie hatte zu Gott gebetet – die Rowleys kümmerten sich darum, dass die Kinder im Waisenhaus sonntags am Gottesdienst teilnahmen und vor dem Essen und dem Schlafengehen beteten, und sie ermutigten jedes Kind, eine Beziehung zu Gott zu entwickeln, indem sie seinen Sohn Jesus als Erlöser annahmen. Ja, Libby hatte im Lauf der Jahre oft zu Gott gesprochen, aber sie hatte kein einziges Mal eine Antwort gehört, nicht einmal ein Flüstern.

Einmal, ziemlich bald, nachdem sie ins Waisenhaus gekommen war, hatte Libby Maelle gefragt, wie man eine Antwort auf Gebete erhielt. Doch Maelles Erklärung war sehr unbefriedigend gewesen. *»Gott spricht nicht immer mit einer hörbaren Stimme zu uns, Libby. Manchmal spricht er direkt in unser Herz hinein. Wir müssen nur lernen, darauf zu hören.«* Selbst jetzt, Jahre später, konnte Libby nicht viel mit dem Gedanken anfangen, Gott spreche in ihr Herz hinein.

Sie zog die Brauen zusammen und fragte sich, was der Unterschied zwischen einem Wunsch und einer ausdrücklichen Berufung war. Könnte Gott dieses überwältigende Verlangen zu schreiben in sie hineingelegt und sie auf diese Weise berufen haben? Berufungen sollten dazu dienen, etwas zu verbessern, so viel war ihr klar. Und Artikel zu schreiben, die Menschen über Dinge informierten, die sie persönlich betrafen, würde sicher einen Beitrag zum Guten leisten. Aber …

Sie biss sich auf die Unterlippe und sah der Wahrheit ins Gesicht. Ihr Wunsch, weltbewegende Artikel zu verfassen, gründete sich auf die Anerkennung, die sie dadurch bekommen würde, und nicht darauf, Gutes für andere bewirken zu wollen.

Frustriert sprang sie auf und ging im vorderen Bereich der Scheune auf und ab. Ein schwacher Sonnenstrahl, der durch eins der Fenster an der Westseite fiel, kreuzte ihren Weg. Sie blieb stehen und ihr Blick verfolgte das sanfte Leuchten von seinem Anfang bis zum Ende. Staubkörnchen tanzten im gelben Licht und erinnerten sie an die glitzernden Sterne am Himmel. Eine Sehnsucht erwachte in ihr – sie wollte mit Gott sprechen und ihn fragen, was sie tun sollte. Mit klopfendem Herzen fuhr sie sich mit der Zunge über die Lippen und flüsterte: »Gott?«

»Libby?«

Sie stieß einen kurzen Schrei aus.

Ein vertrautes Glucksen drang an ihr Ohr – es war Maelle. Libby drehte sich zur Scheunentür um, wo Maelle und Jackson standen. Sie betraten die Scheune und Jackson fragte: »Habe ich dich erschreckt?«

»Ja. Einen Moment lang dachte ich – ach, es ist egal, was ich dachte.« Die Enttäuschung brannte in ihrem Inneren. Als würde sich der allmächtige Gott Zeit nehmen, mit so jemandem Unwichtigen, wie sie es war, zu sprechen!

Maelle strich Libby eine Haarsträhne aus dem Gesicht. »Was machst du hier ganz allein?«

Sie zuckte die Achseln und wusste nicht, was sie ihnen antworten sollte.

Maelle lächelte. »Ach, es spielt keine Rolle. Ich bin froh, dass wir dich gefunden haben. Es gibt etwas Wichtiges, was wir dir erzählen wollen.« Sie und Jackson tauschten einen verschwörerischen Blick aus.

Ein Schauder der Erregung durchzuckte Libby. »E-etwas Wichtiges?«

»Etwas Lebensveränderndes«, ergänzte Jackson mit einem ernsten Nicken.

Libby fiel es schwer zu atmen. Könnte es sein, dass Gott schließlich beschlossen hatte, ihr innigstes Gebet zu erhören? Ihre Beine begannen zu zittern. »A-also, setzen wir uns doch, dann k-könnt ihr es mir erzählen.«

Sie ließ sich auf eine Bank sinken und Maelle und Jackson setzten sich auf je eine Seite neben sie. Maelle nahm ihre Hand. »Libby, bevor wir unsere wichtige Neuigkeit loswerden, möchte ich dir sagen, wie sehr ich dich immer geliebt habe.«

»Das weiß ich«, sagte Libby schnell. »Ich habe dich auch immer geliebt.«

Maelle drückte ihre Hand. »Und du weißt auch, warum ich dich nicht adoptiert habe, als du ein kleines Mädchen warst.«

Libby nickte und das Haar fiel ihr ins Gesicht. Mit einer ungeduldigen Handbewegung warf sie sich die losen Strähnen über die Schultern. »Ja. Du meintest, es wäre nicht fair, weil du unverheiratet warst. Du wolltest, dass ich eine Mutter *und* einen Vater habe.« Sie warf Jackson ein schüchternes Lächeln zu, bevor sie sich wieder zu Maelle wandte.

»Das stimmt.« Maelle beugte sich ein kleines Stück nach vorn und schaute Jackson an.

Er räusperte sich und Libby drehte ihm den Kopf zu. »Maelle und ich waren gezwungen zu warten, bis ich meine Arbeit im Repräsentantenhaus beendet hatte, bevor wir heiraten konnten.« Er stieß einen betrübten Seufzer aus und rieb sich mit dem Finger über die Oberlippe. »Es wurde eine längere Wartezeit, als wir uns das vorgestellt hatten. Während wir uns dann über die gemeinsamen Jahre freuten, sehnten wir uns aber auch danach, eine Familie zu gründen.«

»Natürlich hofften wir auf eigene Kinder …« Ein trauriger Funken leuchtete in Maelles Augen. »Aber aus welchem Grund auch immer, hat Gott uns das nicht gewährt.«

Jackson beugte sich an Libby vorbei, um Maelles Hand kurz zu drücken. »Und nun hat Gott unsere Herzen dafür geöffnet, auf weniger traditionelle Weise eine Familie zu gründen.«

Libbys Herz schlug so schnell, dass sie fürchtete, es würde ihr in den Hals springen und sie ersticken. Keuchend stieß sie ein einziges Wort aus. »J-ja?« Endlich würde sie Maelle Mama nennen können! Es würde sicher eine Weile dauern, bis es ihr leichtfallen würde, Jackson als Papa anzureden, aber …

»Und deshalb«, sagte Maelle mit einem heiteren Lächeln, »haben Jackson und ich Isabelle um Erlaubnis gebeten, Hannah und Hester zu adoptieren.«

Einen Moment lang hatte Libby das Gefühl, sie hätte einen Schlag erhalten, weil sie keine Luft mehr bekam. Sie konnte kaum Atem holen. »Hannah und … und H-Hester?«

»Genau. Sie sind so süße Mädchen, aber so traurig.« Maelle schüttelte den Kopf. »Als wir sie das erste Mal getroffen haben, haben wir sie sofort ins Herz geschlossen. Wir wissen, dass sie uns genauso sehr brauchen wie wir sie.« Maelle griff an Libby vorbei nach Jacksons Hand. »Wir sind so glücklich, Eltern zu werden. Und wir wollten, dass du unsere Freude teilst, Libby. Du bist der erste Mensch, dem wir davon erzählen. Na gut …«, sie lachte leise, »nach Isabelle und Aaron natürlich. Freust du dich für uns?«

Verbitterung und Ärger wallten so heftig in Libby auf, dass sie nicht sitzen bleiben konnte. Sie sprang auf und stieß dabei Maelles Arm beiseite. Sie stapfte ein paar Schritte vorwärts, ballte die Fäuste und kniff die Augen zu. *Wie kannst du es wagen, Gott? Wie kannst du es wagen, die Mutter, die ich immer wollte, jemand anderem zu geben?* Dann schoss ihr ein sarkastischer Gedanke durch den Kopf. Am Vormittag, als Hannah und Hester ihr mit den Krepppapierblumen geholfen hatten, hatte Libby Gott gebeten, ihnen liebevolle Eltern zu schenken. Gott hatte dieses Gebet auf jeden Fall erhört ...

Sie bedeckte ihr Gesicht mit den Händen und stöhnte. »Aber ich habe doch nicht Maelle gemeint.«

»Libby?« Warme Hände legten sich auf ihre Schultern und versuchten sie umzudrehen. Aber Libby konnte Maelle nicht ins Gesicht sehen. Nicht jetzt. Sie riss sich los und rannte aus der Scheune. Gerade in dem Moment, als sie auf den Hof hinausstürmte, erhob sich eine fröhliche Geigenmelodie. Der Tanz begann.

Wie sehr hatte sie sich auf dieses Wochenende zu Hause gefreut. Darauf, mit Matt und Lorna zu feiern, mit Petey und Bennett zu tanzen und Zeit mit Maelle zu verbringen. Die ganze Vorfreude brannte nun wie Salz in einer Wunde. Sie hatte Petey den ersten Tanz versprochen, aber sie wollte ihn jetzt nicht sehen.

Maelle und Jackson traten aus der Scheune. Maelle rief: »Libby?«

Libby hielt beide Hände wie einen Schild vor sich. »Lasst mich in Ruhe!«, stieß sie zwischen den Zähnen hervor. Dann drehte sie sich um und rannte davon.

Bennett schlüpfte zwischen der Menge hindurch, immer dichter an Mr und Mrs Rowley heran. Kurz zuvor hatte Maelle Harders das Ehepaar beiseite genommen. Den beunruhigten Mienen nach zu schließen war etwas Schlimmes passiert. Und Bennett wollte wissen, was das war. Er schob sich seitlich weiter und hielt den dreien den Rücken zugewandt, während er vorgab, zum Takt der Musik mit dem Fuß zu tippen. Dabei konzentrierte er sich jedoch auf ihre Unterhaltung.

»… ist einfach davongerannt. Ich habe sie nicht mehr so aufgebracht gesehen, seit sie ein kleines Mädchen war.« Maelle klang verwirrt.

»Na ja, du kennst Libby doch …« Mrs Rowley schnalzte mit der Zunge. »Ich liebe das Mädchen, aber sie hat einen leichten Hang zu dramatischen Auftritten.«

Bennett unterdrückte ein Kichern. Mrs Rowley kannte Libby ziemlich gut.

»Ich glaube, es steckt mehr dahinter als ein kindischer Wutanfall«, beharrte Maelles Stimme. »Ihr habt das nicht miterlebt. Aaron, ich werde mir eine Laterne aus der Scheune holen und …«

»Lass sie in Ruhe, Maelle.« Mr Rowley klang freundlich, aber bestimmt.

»Ich kann sie doch nicht einfach …«

Mr Rowley schnitt Maelles Widerspruch ab. »Das hier ist das Hochzeitsfest deines Bruders. Es ist deine Aufgabe, hier zu sein, mit Matt und Lorna zu feiern, und nicht, Libby hinterherzujagen. Wenn sie sich beruhigt hat, kommt sie zurück. In der Zwischenzeit …«

Bennett hatte genug gehört. Offenbar hatte das Gespräch mit Pete sie vollkommen aufgewühlt. Er kämpfte sich auf die andere Seite der Tanzfläche durch und hielt nach Petes dichtem blondem Haar Ausschau. Wenn Pete sich in der Menge befand, wusste er wahrscheinlich nicht, dass Libby vor lauter Ärger davongelaufen war. Nach ein paar Minuten Suche hatte Bennett Pete entdeckt. Er lehnte an der Pferdestange vor dem Waisenhaus. Das bedeutete, dass Libby irgendwo allein dort draußen war.

Bennett kratzte sich am Kopf und wägte seine Möglichkeiten ab. Er könnte das tun, was Mr Rowley Maelle geraten hatte – sie einfach in Ruhe lassen. Oder er könnte es Pete erzählen. Pete würde sicherlich eine gute Ahnung haben, wohin sich Libby zurückgezogen hatte. Und er würde ihr nachgehen, egal, was die Rowleys dachten. Und die Rowleys würden es für eine gute Idee halten, einfach nur, weil er Pete war.

Nein, er würde Pete nicht ins Vertrauen ziehen. Aber er würde Libby auch nicht aufgelöst und allein dort draußen lassen. Er würde selbst nach ihr suchen. Er hatte eine Idee, wo er sie finden könnte. Als sie Kinder waren, ging Libby, wenn sie beleidigt war, immer zum Fluss hinunter und kletterte auf einen Baum. Obwohl er sich nicht vorstellen konnte, wie sie mit ihrem besten Kleid auf einen Baum kletterte, war es gut möglich, dass sie am Fluss war. Er würde dort anfangen.

Die Hände in die Hosentaschen gesteckt, gab er sich ein ungezwungenes Aussehen. Er schlenderte hinter der Menge, die die Tänzer umgab, vorbei und verschwand hinter der Scheune. Sobald er außer Sichtweite war, fing er an zu laufen. Lagerfeuer und Laternen erhellten den Platz, an dem das Hochzeitsfest gefeiert wurde, und täuschten darüber hinweg, dass die Dämmerung hereingebrochen war. Die Umgebung war in tiefe Schatten gehüllt und Bennett stolperte über einen kleinen Erdhaufen. Beinahe wäre er hingefallen. Warum hatte er nicht daran gedacht, sich eine Laterne mitzunehmen? Wenn Libby nicht am Fluss war, hatte er Pech gehabt. Es würde bald zu dunkel sein, um noch woanders zu suchen.

Er verlangsamte seine Schritte, setzte seinen Weg durch die graue Landschaft jedoch unbeirrt fort. Seine Ohren lauschten auf die Geräusche kleiner Tiere im Gestrüpp. Er hörte den Fluss, bevor er ihn sah. Das Plätschern des Wassers versetzte ihn zurück in seine Kindheit, als er mit Pete und Aaron Rowley oder Matt fischen gegangen war. Gute Erinnerungen …

Er erklomm die Anhöhe, die zum Fluss führte, und suchte das Ufer mit den Augen ab. Dort saß Libby, die Arme um die Knie geschlungen, und schaute auf das Wasser. Er achtete darauf, so fest aufzutreten, dass sie ihn hörte, als er näher kam. Nach seinem dritten Schritt ließ sie die Hände zu Boden sinken und drehte sich mit einem Ruck zu ihm um. Ihr Gesicht wirkte blass in dem schwachen Licht. »Wer ist da?«

»Ich bin es – Bennett.« Bennett machte zwei große Schritte und ließ sich neben sie fallen. »Gut, dass du hier bist. Ich hätte keine Lust, weiterzusuchen, so dunkel, wie es inzwischen ist. Die Sonne ist heute schnell untergegangen.«

Sie umschlang wieder ihre Knie und starrte vor sich hin. »Warum bist du überhaupt gekommen?«

Er zuckte die Achseln, riss einen trockenen Grashalm aus und zwirbelte ihn. »Ich weiß nicht«, log er. Er wusste es sehr wohl. Er hatte sie gesucht, weil er wusste, dass Mrs Rowley nicht damit einverstanden wäre. »Aber wenn ich lieber wieder gehen soll …« Er tat, als wolle er aufstehen.

»Du kannst dableiben.« Sie klang eher gereizt als erfreut. »Aber sag einfach nichts. Ich habe mir heute Abend *mehr als genug* anhören müssen.«

Bennett zerbrach den Grashalm in kleine Stücke und ließ sie eins nach dem anderen in den sanft fließenden Fluss fallen. Wie viele von diesen Stücken, fragte er sich, würden es den ganzen Weg bis zum Mississippi schaffen? Eins davon könnte sogar bis zum Golf und dann auf den Ozean hinausgetragen werden. Das wäre etwas …

»Ich frage mich, wie es ist, den Ozean zu überqueren.« Er hatte gar nicht die Absicht gehabt, diesen Gedanken laut auszusprechen.

Libbys Kopf schoss nach oben und sie warf ihm einen wütenden Blick zu. »Ich habe dir doch gesagt, dass du nicht reden sollst.«

»Ich rede gar nicht. Ich denke nur laut, mehr nicht.«

»Das ist das Gleiche.«

»Nein, ist es nicht. Reden ist ein Austausch, der hin- und hergeht. Laut denken ist nichts anderes als etwas laut aussprechen, das nur für einen selbst gedacht ist.« Er sah sie an und zog eine Augenbraue hoch. »Du hättest keine Antwort geben müssen.«

Sie schnaubte und beugte sich wieder nach vorn. Die Sekunden vergingen, während sie schweigend nebeneinandersaßen. Von einem Baum in der Nähe schrie eine Eule und ein Kojote antwortete. Libby schüttelte sich und Bennett war drauf und dran, ihr vorzuschlagen, zur Schule zurückzukehren. Aber dann sagte sie: »Ich werde es herausfinden.«

Verwirrt schüttelte er den Kopf. »Was willst du herausfinden?«

160

»Wie es auf der anderen Seite des Ozeans ist.« Sie klang entschlossen.

Er biss sich von innen in die Wange, um nicht aufzulachen. Sie hatte keinen Witz gemacht, aber aus irgendeinem Grund reizte ihr Ton ihn zum Lachen. »Ach ja? Und wie?«

»Ich werde über den Krieg berichten. Und ich werde auch nicht damit warten, bis ich meinen Abschluss habe. Ich habe vor, nächstes Jahr um diese Zeit eine Stelle bei einer Zeitung zu haben. Jeder weiß, dass Kriege lang dauern. Also nehme ich an, dass er bis dahin noch nicht vorbei sein wird.« Ihre Stimme nahm einen leidenschaftlichen Klang an. Sie setzte sich aufrechter hin und reckte trotzig das Kinn. »Ich besteige ein Schiff und fahre nach Europa und berichte vor Ort über die Ereignisse, die dort geschehen. Jeder Artikel wird mit ›von Elisabet Conley‹ gekennzeichnet sein, und dann anerkennen mich die Leute, einschließlich Maelle und Petey, endlich als …« Sie presste die Lippen aufeinander.

Bennett fragte nicht, was sie hatte sagen wollen. Das ging nur sie allein etwas an. Je weniger er über Frauen und ihre Schwierigkeiten wusste, desto lieber war es ihm. Er hatte gern mal ein hübsches Mädchen im Arm, aber in eine tiefere Beziehung wollte er sich nicht verstricken lassen. Dann machte die Sache keinen Spaß mehr. Er nickte kurz. »Ich werde nach dir Ausschau halten, denn ich werde auch dorthingehen. Mit einem Gewehr in der Hand.«

Erstaunt wandte sie sich ihm zu. »Du willst kämpfen?«

Bennett stellte sich vor, wie er in Uniform aussehen würde, Seite an Seite mit anderen Männern in Uniform. Er würde gut dazupassen – und er würde härter kämpfen als alle anderen und den Befehlshabern zeigen, was in ihm steckte. Er streckte die Brust nach vorn. »Natürlich will ich kämpfen.«

»Aber die Vereinigten Staaten bleiben neutral. Wir schicken keine Soldaten.«

Er schnaubte. »Wie lange noch? Glaubst du, wir können die Auseinandersetzung dort ignorieren? Und du meinst, ich könnte mich da raushalten? Ich werde der Erste sein, der sich meldet, sobald Amerika das Signal gibt.« Es war unmöglich, dass Pete kommen und ihn als Soldat ersetzen würde. Ein Mann mit einem Holzbein auf dem Schlachtfeld? Lächerlich!

»Wenn es nach mir ginge, könnte das Schiff überhaupt nicht bald genug ablegen.« Libbys Tonfall war nachdenklich, als hätte sie vergessen, wo sie war. »Es gibt hier nichts mehr, was mich zurückhalten könnte.«

»Oder mich.« Er gluckste. »Mir scheint, Lib, du und ich haben mehr gemeinsam, als du dachtest, hm?«

Sie gab keine Antwort, aber das störte ihn nicht. Ihr Gesichtsausdruck verriet ihm, dass er ihr einen Denkanstoß gegeben hatte. Vielleicht, nur vielleicht würde Pete am Ende doch nicht alles gewinnen.

17

»Sitzt du *immer noch* am Schreibtisch?«

Libby zuckte zusammen, als sie Alice-Maries ungehaltene Stimme hörte, und drückte die Bleistiftspitze fest aufs Papier. Die frisch gespitzte Mine brach ab. Libby schnaubte ärgerlich und hob den Kopf. Ihre Zimmergenossin stand auf der Türschwelle, die Hände in die Hüften gestützt, und machte ein böses Gesicht. »Ich muss das hier zu Ende bringen, Alice-Marie.« Noch eine Seite – vielleicht auch zwei –, dann war ihre neuste Geschichte fertig. In den drei Wochen seit Matts und Lornas Hochzeit hatte sie drei romantische Erzählungen verfasst und weggeschickt. Ein paar ihrer Hausaufgaben waren liegen geblieben, aber das kümmerte sie nicht. Die Hausaufgaben würden nicht auf der Liste ihrer verfassten Werke stehen. Die Hausaufgaben würden sie nicht bei Tausenden von Lesern bekannt machen.

»Man könnte meinen, dass du an diesem Stuhl festgekettet bist.« Alice-Marie kam näher und richtete den Blick neugierig auf den Schreibblock. Libby bedeckte die beschriebenen Zeilen mit den Händen, als Alice-Marie sich auf die Schreibtischkante setzte. »Ich habe noch nie jemanden gesehen, der so fleißig ist wie du. Das ist wirklich bewundernswert. Aber du musst mehr tun, als Aufgaben erfüllen, Libby.«

Alice-Marie legte ihre Hand auf Libbys Arm. »Du hast dich keiner Verbindung angeschlossen, du meidest jeden Klub auf dem Campus. Du machst nichts anderes, als schreiben, schreiben, schreiben. Ich habe mit meiner Mutter über dich gesprochen, als ich gestern mit ihr telefoniert habe. Sie hat gesagt, ich soll dich daran erinnern, dass Arbeit allein nicht glücklich macht.«

Die Erwähnung von Alice-Maries Mutter versetzte Libby einen Stich. Ermutigte Maelle vielleicht in diesem Augenblick Hannah und Hester, weniger ernste Mienen zu machen und stattdessen mit ihr zu spielen und zu lachen? Sie schüttelte Alice-Maries Hand ab und versetzte ihr mit dem Ellbogen einen festen Schubs gegen die Hüfte. Kreischend sprang Alice-Marie auf.

»Arbeit macht sehr wohl glücklich«, stieß Libby zwischen den Zähnen hervor, »und womit ich meine Zeit verbringe, geht deine Mutter überhaupt nichts an.« Sie griff nach dem kleinen Federmesser, das sie benutzte, um den Bleistift zu spitzen, und schnippte kleine Holzsplitter auf den Boden.

Alice-Maries Unterkiefer begann zu zittern. »Warum bist du so gemein?«

Libby schloss die Augen und ließ ihre Hände ruhen. Ihre Zimmergenossin konnte nichts dafür, dass sowohl Maelle als auch Petey sie zurückgewiesen hatten. Sie holte tief Luft und neigte den Kopf, um Alice-Maries Blick zu begegnen. »Es tut mir leid. Ich stehe nur gerade unter Druck, weil ich versuchen will, diese … Aufgabe fertig zu bekommen. Könntest du mich bitte in Ruhe lassen? Wenn ich es geschafft habe, stehe ich auf und tue etwas zum Vergnügen.« Sie fing wieder an, den Bleistift zu spitzen.

»Versprichst du es?«

Libby widerstand dem Drang, die Augen zu verdrehen. »Ich verspreche es.«

Sofort leuchtete Alice-Maries Gesicht wieder auf. »Ach, ich habe gehofft, du würdest das sagen. Denn ich würde dich gern dieses Wochenende zu mir nach Hause mitnehmen. Meine Mutter hat einige von ihren Gesellschaftsdamen eingeladen. Es wäre so ein Vergnügen, sie zu treffen.«

Ein Wochenende mit Alice-Maries Mutter und ihren Gesellschaftsfreundinnen zu verbringen klang ungefähr so vergnüglich wie Zahnschmerzen. Libby ließ das Federmesser in die Schreibtischschublade fallen und spielte mit dem Schubladengriff herum. »Ich weiß nicht, Alice-Marie …«

»Bitte, komm mit. Ein Gast meiner Mutter wird eine Autorin aus dem Osten sein und die Dame wird der Gruppe meiner Mutter von ihren Erfahrungen mit dem Veröffentlichen berichten.« Alice-Marie zog eine Schnute. »Ich dachte, du würdest ihr sicher gern zuhören, da du doch den Journalismus-Studiengang machst.«

Libbys Herz machte einen Satz. Sie warf die Schublade zu und wandte ihr Gesicht Alice-Marie zu. »Daran hätte ich wirklich großes Interesse.«

»Kommst du also mit?«

Libby nickte. »Ja, sehr gern. Danke, dass du mich eingeladen hast.«

»Gern geschehen. Und jetzt ...« Alice-Marie ging rückwärts zur Tür. »Jetzt lasse ich dich in Ruhe zu Ende arbeiten. Treffen wir uns zum Abendessen?«

Obwohl Libby es vorzog, allein zu essen, damit sie schnell fertig wurde und an ihre Geschichte zurückkehren konnte, nickte sie. »Ja. Um sechs.« Sie kaute auf ihrem Bleistift herum, während sie über die einzigartige Gelegenheit nachdachte, die Alice-Marie ihr gerade angeboten hatte. Mit einer echten Autorin, die bereits veröffentlichte, zu sprechen! Vielleicht wäre diese Frau sogar bereit, ein paar der Geschichten anzuschauen, die Libby verfasst hatte, und ihr einen Rat dazu zu geben?

Die anderen Erzählungen hatte sie schon verschickt, aber diese besaß sie noch. Libby hatte beabsichtigt, sie gleich nach der Fertigstellung einer Zeitschrift anzubieten, aber nun änderte sie ihre Meinung. Sie würde diese Geschichte mit zu Alice-Maries Elternhaus nehmen. Und irgendwie würde sie eine Möglichkeit finden, ein paar Minuten Zeit mit der Autorin, die dort zu Besuch war, zu ergattern.

Pete ließ seinen Bleistift fallen und lehnte sich mit einem Seufzer zurück. Er massierte sich den Handrücken. Die Muskeln waren so hart wie Knoten in einem nassen Seil, aber das hätte ihn nicht überraschen dürfen. Schließlich hatte er sehr lange an seinem Schreibtisch gesessen.

Er blickte auf den ansehnlichen Stapel von Briefen, die bereit zum Verschicken waren. Obwohl er noch nie an einen Zeitungsherausgeber geschrieben hatte, war ihm nicht bange deswegen. Er war bereit, seine Strategie, die den moralischen Verfall durch das Drucken und Lesen sexuell anregender Geschichten stoppen sollte, in die Tat umzusetzen. Diese Briefe an alle Zeitungen der Gegend waren Teil seines groß angelegten Schlachtplans.

Pastor Hines selbst hatte für Pete die Adressen aller Zeitungen im Umkreis von hundertfünfzig Kilometern ausfindig gemacht. Pflichtbewusst nahm Pete seinen Stift wieder zur Hand, um weitere Umschläge zu adressieren. Sein Puls beschleunigte sich, als er daran dachte, dass sein Brief in den Zeitungen erscheinen würde. Die Menschen würden seine Meinung lesen. Vielleicht würde sich ihre Einstellung verändern, nachdem sie seinen sorgfältig formulierten Brief gelesen hatten. Sein Lehrer hatte ihn seiner rückhaltlosen Zustimmung versichert. Es hatte Pete mit Stolz erfüllt, als Pastor Hines ihn für den Gebrauch von Bibelstellen gelobt hatte: »Hervorragend, Mr Leidig. Es ist immer besser, Gottes Wort zu zitieren, als auf die eigenen zu vertrauen. Sein Wort ist voller Kraft.«

Pete hatte sich auf die Apostelgeschichte berufen, in der Lukas die Christen ermahnte, alles zu meiden, was durch sexuelle Unmoral verunreinigt war. Beim Schreiben dieser Worte war ihm die Hitze ins Gesicht gestiegen, aber angesichts des Schadens, der durch das Lesen unangemessener Texte verursacht wurde, hatte er kein Blatt vor den Mund genommen.

Er adressierte die letzten Umschläge, schob in jeden einen der säuberlich geschriebenen Briefe und klebte sie zu. Dann warf er einen Blick auf seine Uhr. Er hatte genug Zeit, um vor dem Essen Briefmarken zu kaufen und die Briefe in den Briefkasten zu werfen. Bis Montag würden seine Briefe auf den Schreibtischen der Herausgeber liegen.

Nachdem er in seine Jacke geschlüpft war, verließ er Haus Landry und steuerte auf das Hauptgebäude zu, in dem sich das Postamt des Campus befand. Eine kühle Brise, die nach Regen roch, wehte ihm ins Gesicht. Er schob die Briefe in seine Jackentasche, als er über den Gehweg am Wohnheim der Frauen vorbeiging und sein Herz setzte einen Schlag lang aus, als er sah, wie Libby zur Tür herausstürmte.

Seit ihrer Rückkehr nach Matts Hochzeit waren sie sich mehrmals über den Weg gelaufen, hatten aber kein Wort miteinander gewechselt. Pete spürte, dass Libby ihr Geständnis nach der Trauung peinlich war und dass sie ihm absichtlich auswich.

Er hatte immer wieder dafür gebetet, dass sich ein Weg finden ließe, um die Fremdheit zwischen ihnen auszuräumen, damit sie wieder so gute Freunde sein könnten wie in ihrer Kindheit. Seine Finger legten sich um die Briefe in seiner Tasche. Libby war eine Autorin. Vielleicht würde sein Bemühen, diese Briefe in den Zeitungen zu veröffentlichen, ihnen Gesprächsstoff geben. Er winkte mit den Umschlägen über seinem Kopf und rief: »Libby!«

Sie hielt in ihrem wilden Lauf über den Rasen inne und wandte ihm das Gesicht zu. Sie befeuchtete sich die Lippen mit der Zungenspitze und beobachtete mit ernster Miene, wie er auf sie zukam. »Ja?«

Sie klang förmlich. So anders als die Libby, die er bisher gekannt hatte. Es tat ihm in der Seele weh. Er und Libby veränderten sich. Sie wurden erwachsen. Doch musste das zugleich bedeuten, dass sie sich voneinander entfernten? »Ich ... ich wollte nur Hallo sagen. Gehst du gerade zum Essen?«

Sie nickte. »Alice-Marie wartet auf mich.«

Er verstand die Andeutung, beschloss aber, sie zu ignorieren. »Ich gehe auch in ein paar Minuten zum Speisesaal. Nachdem ich meine Briefe an die Zeitungsherausgeber hier in der Gegend eingeworfen habe.« Er wartete auf einen Funken Interesse in ihren Augen und wurde nicht enttäuscht.

»Du schreibst an die Herausgeber?« Ihr Blick fiel auf die Umschläge in seiner Hand. »Weswegen?«

Ermutigt durch ihr Interesse, trat er einen Schritt näher. »Ich habe einen besonderen Auftrag von einem meiner Professoren.« Er erläuterte kurz das Projekt. »Ich habe mir Zeitschriftengeschichten herausgesucht, die eine unangemessene Sicht von der Beziehung zwischen Mann und Frau vertreten. Ich hoffe, ich kann junge Frauen – wie du eine bist – davor bewahren, durch moralisch fragwürdige Geschichten beeinflusst zu werden, die in ...«

»Warum?«

Bei ihrer wütenden und abwehrenden Frage zuckte er zusammen. »Warum ... was?«

»Warum hast du Geschichten in Zeitschriften ausgesucht?« Libby verschränkte die Arme vor der Brust und starrte ihn ärgerlich an.

Pete zögerte. Sie erinnerte ihn an eine von Hunden umzingelte Katze, die sich aufplusterte. »Weil ... weil ich glaube, dass das etwas ist, was verändert werden muss. Die Bibel spricht ganz deutlich davon, dass wir uns mit Dingen beschäftigen sollen, die rein, erhaben und gut sind. Wie können Geschichten, deren Ziel es ist ...«, er schluckte und sein Gesicht lief rot an, »körperliche Erregung zu erzeugen, als rein und gut betrachtet werden?«

Libby lachte, aber es klang gekünstelt. »Was hat das mit dir zu tun, wenn jemand Unterhaltung sucht, indem er eine Geschichte in einer Zeitschrift liest? Meines Wissens gilt in unserem Land immer noch die Pressefreiheit. Warum solltest du darüber entscheiden, welche Art von Lesestoff für mich oder für sie oder für ihn geeignet ist?« Sie deutete auf andere Studenten, die vorbeikamen.

Pete wurde unruhig, als ihre Stimme vor Eifer lauter wurde und einige Leute neugierig in ihre Richtung schauten. »Ich wollte dich nicht aufregen. Ich wollte dir nur erzählen ...«

»Ich rege mich nicht auf!« Ihr gerötetes Gesicht und ihre laute Stimme straften sie Lügen.

Er gluckste leise. »Dann muss ich mich in dem Eindruck geirrt haben, du hättest mich angeschrien. Entschuldigung.«

Zum ersten Mal, seit er sich erinnern konnte, ließ sie sich durch sein leichtes Necken nicht besänftigen. Sie starrte ihn weiterhin wütend an, die Lippen zu einer schmalen Linie aufeinandergepresst. Er bemühte sich um einen ruhigen, vernünftigen Tonfall. »Libby, ich glaube, als Diener des Evangeliums liegt es in meiner Verantwortung, Menschen vor Fehlern zu bewahren, die ihr geistliches Leben beeinträchtigen könnten. Darum möchte ich erreichen, dass die Leute darüber nachdenken, wie das Lesen von eher unschicklichen Geschichten zu unmoralischen Gedanken führen kann.«

Er hielt erwartungsvoll die Luft an und hoffte, dass sich ihr Gesichtsausdruck mildern würde. Er hoffte, sie würde lachen und ihm bestätigen, dass er diesen Kampf fortsetzen solle. Er brauchte Unterstützung und Ermutigung von dieser jungen Frau, die er als seine beste Freundin betrachtete.

Aber Libby warf den Kopf zurück, sodass ihre Haare wild durcheinanderflogen. »Ich verstehe das nicht, Petey. Wenn du keine leidenschaftlichen Geschichten lesen willst, ist das prima – das ist deine Entscheidung. Aber der Versuch, andere zu ermutigen, dass sie sie meiden, schadet denen, die diese Geschichten schreiben, und ich ...« Sie biss sich auf die Unterlippe. »Ich muss gehen. Alice-Marie wartet auf mich.« Sie drehte sich um und rannte über den Rasen davon.

Pete sah ihr verwirrt und verletzt nach. Er hatte vorgehabt, seine Beziehung zu Libby zu kitten, doch irgendwie hatte er alles nur noch schlimmer gemacht. Ihre Weigerung, seinen Standpunkt zu verstehen, erinnerte ihn an Bennetts Weigerung, sich irgendetwas anzuhören, das auch nur entfernt mit Gott zu tun haben könnte. Wie konnte er erwarten, als Pfarrer einer Gemeinde erfolgreich vorzustehen, wenn er nicht einmal seine zwei besten Freunde davon überzeugen konnte, was gemäß Gottes Wort richtig war?

Mit gesenktem Kopf setzte er seinen Weg zum Briefkasten fort. Der kalte Wind fuhr unter seine Jacke und er schüttelte sich. Sein verräterisches Bein, stets kälteempfindlich, fing heftig an zu schmerzen. Er klopfte mit dem Holzbein auf den Boden, während er Zwei-Cent-Briefmarken kaufte, sie auf die Umschläge klebte und die Briefe in den Kasten warf. Er wollte schon Richtung Speisesaal gehen, als er noch einmal stehen blieb. Er hatte ein paar Tage lang seine Post nicht mehr abgeholt. Nachdem er schon hier war, könnte er gleich in sein Fach schauen.

Zu seiner Freude warteten zwei Briefe auf ihn, einer von Aaron und Isabelle und einer von Jackson Harders. Pete runzelte verwirrt die Stirn. Jackson hatte ihm noch nie geschrieben. Dann durchzuckte ihn ein flammender Stich, als wäre er vom Blitz getroffen worden. Wäre es möglich ...?

Mit zitternden Händen steckte er den Brief von Aaron und Isabelle ein und riss den Umschlag von Jackson auf. Er zog einen einzelnen Bogen Papier heraus und faltete ihn auf. Die kurze Nachricht löste ein Pochen in seinen Schläfen aus. Jackson hatte Gunter und Berta Leidig ausfindig gemacht.

18

Libby hielt die zarte Porzellanuntertasse in der Hand, hob die Teetasse an ihre Lippen und nippte elegant. Obwohl sie sich gegen Mrs Rowleys Benimmunterricht an der Waisenschule gewehrt hatte, war sie jetzt froh, dass die Frau darauf bestanden hatte, ihr gute Manieren beizubringen. Libby wusste, wie sie sich im Salon von Alice-Maries Familie zu benehmen hatte. Nachdem sie Alice-Maries Mutter kennengelernt hatte, war sie davon überzeugt, dass man sie in die Küche zu den Dienern gesteckt hätte, wenn sie nicht in der Lage gewesen wäre, die Regeln der feinen Gesellschaft zu befolgen.

Überall in dem pompös eingerichteten Salon saßen Frauen mit stocksteifem Rücken auf der Kante von Stühlen und Sesseln. Sie trugen aufwändig mit überdimensionalen Federn, Blumen oder Bändern verzierte Hüte. Sie tranken Tee, den kleinen Finger weit abgespreizt, und unterhielten sich leise. Alice-Marie hatte die Aufgabe, mit einer silbernen Teekanne umherzugehen und die Tassen nachzufüllen. Libby saß deshalb allein in der Ecke und wartete auf den Vortrag der Autorin. Rechts von ihr diskutierten zwei Frauen über das Brunnendenkmal, das am Hafenbüro in New York errichtet wurde. Libby hörte den Frauen zu und versuchte, nicht zu kichern, als das Gespräch hitziger wurde.

»Ich meine einfach, man hätte das Geld besser verwenden können. Vielleicht als Bildungsfonds für die Kinder der Funker«, sagte die Frau, deren Hut mit einer Straußenfeder verziert war. Die Feder neigte sich nach vorn, bis sie beinahe mit dem Inhalt der Teetasse in Berührung kam.

»Ich bin davon überzeugt, dass die Eigner der *Titanic* sich um die Angehörigen der Menschen kümmern, die auf See geblieben sind«, gab die Zweite zurück. Sie spitzte die Lippen so sehr, dass Libby sich wunderte, wie sie überhaupt einen Ton hervorbringen konnte. »Aber das Geld für den Brunnen wurde von den Funkern zur Verfügung gestellt, um einem der Ihren zu gedenken. Ich betrachte das als äußerst freundliche Geste.«

»Als *Geste*? Du liebe Güte, Myrtle, sie bauen einen Brunnen aus zwölf Tonnen weißem Granit!« Die Straußenfeder wippte empört auf und ab, als die Frau ein verächtliches Zischen ausstieß. »Ist das nicht ein bisschen … sagen wir mal, übertrieben?«

»Ich wüsste nicht, dass dich das irgendwie etwas angeht. Hast du etwas zur Finanzierung beigetragen?« Der Tonfall der zweiten Frau wurde streng und die Frau mit der Straußenfeder wand sich unbehaglich. »Ich persönlich finde es wunderbar, dass ein Denkmal errichtet wird. Der Untergang der *Titanic* war solch eine Tragödie.« Plötzlich beugte sie sich vor und fixierte Libby mit durchdringendem Blick. »Was meinen Sie, junge Frau? Ich bin sicher, Sie haben jedes Wort unseres Gesprächs gehört.«

Hitze stieg in Libbys Gesicht auf. War es so offensichtlich, dass sie gelauscht hatte? »Ich … hm …«

Die Frau mit der Straußenfeder legte ihre behandschuhte Hand auf Libbys Knie. »Ach, beachten Sie Myrtle nicht. Sie ist eine Unruhestifterin. Das war sie schon immer.« Sie machte eine nickende Bewegung mit dem Kopf und die Spitze ihrer Feder kitzelte Libbys Wange.

Auch die Frau mit den spitzen Lippen beugte sich vor. Ihre Augen funkelten. »Und achten Sie auch nicht auf Stella. Jeder weiß, wie geizig die Familie ist. Außerdem würde sie sich auch mit einem Tischbein streiten.«

Libby war es lieber, keiner von ihnen eine Antwort zu geben. »Entschuldigen Sie mich, bitte.« Sie erhob sich und bewegte sich im Raum hin und her, auf der Suche nach einem anderen freien Platz. Der einzige freie Sitzplatz war neben einer großen, dünnen Frau mit einer sehr langen, dünnen Nase. Ihr Gesicht hätte weniger streng gewirkt, wäre ihr Haar nicht in der Mitte gescheitelt, glatt über die Ohren in den Nacken gekämmt und dort zu einem festen Knoten, der wie ein Türknauf hervorstand, zusammengesteckt gewesen. Der strenge Eindruck hörte jedoch an ihrem Hals auf, wo der hohe Rüschenkragen ihres Kleides die Unterseite ihres spitzen Kinns berührte.

Unwillkürlich starrte Libby die Bekleidung der Frau an. Sie hatte noch nie so viele Rüschen auf einmal gesehen. Mehrere Schichten Rüschen zogen sich vom Kinn der Frau an ihren schmalen Schultern vorbei zu den Hüften hinunter. Das Oberteil endete in einem Stück glatten Stoffs, der an den Hüften eng anlag und sich dann zu einer zweiten Rüschenfülle von den Knien bis zu den Knöcheln weitete. Als zögen die Rüschen noch nicht genug Aufmerksamkeit auf sich, schien die Farbe – grelles Türkis – zu schillern. Ein Pfau wäre weniger auffällig gewesen.

Obwohl es Libby lieber gewesen wäre, in dieser Gruppe zu sitzen, als zu stehen, zögerte sie, ob sie sich neben die schreiend bunt gekleidete Frau mit dem mürrischen Gesichtsausdruck setzen sollte. Während sie dastand und überlegte, was sie tun sollte, hob die Frau im pfauenbunten Kleid die Hand und winkte Libby zu sich.

Libby legte sich die Hand auf die Brust und hob ihre Augenbrauen zu einer schweigenden Frage. Die Frau lächelte und nickte und klopfte dann auf den leeren Sitz neben sich. Die Einladung jetzt abzulehnen, wäre unhöflich und würde der Gastgeberin sicher missfallen. Libby durchquerte den Raum und setzte sich vorsichtig auf den Rand des bestickten Sofas.

»Ich glaube, wir haben uns noch nicht kennengelernt.« Die Frau streckte ihr eine erstaunlich schlanke Hand hin. Libby wagte es kaum, sie zu drücken; die Finger wirkten so zerbrechlich. »Ich bin Catherine Whitford. Und Sie sind …?«

Libby schnappte nach Luft und machte eine ruckartige Bewegung. Beinahe hätte sie ihre Teetasse umgeworfen. Vorsichtig stellte sie Tasse und Untertasse auf den nächsten Tisch und starrte in das unattraktive, ausdruckslose Gesicht der Frau. »Sie sind die Autorin!«

Catherine Whitford lachte und zeigte dabei kleine, gerade Zähne. »Ja, das bin ich. Und ich muss auch eine Ausgestoßene sein.« Sie ließ ihren Blick durch den Raum schweifen und stieß ein leises, kehliges Lachen aus. »Sie sind die Erste, die genug Mut hat, auf mich zuzukommen, seit ich hier bin und Mrs Daley mich in diese unscheinbare Ecke gesetzt hat.«

Libby schluckte. Hätte sie gewusst, dass diese Frau die Autorin war, die man eingeladen hatte, damit sie den Gesellschaftsfreundinnen von Mrs Daley über ihre Erfahrungen berichtete, hätte sie gewartet, bis Mrs Daley sie vorgestellt hätte. Sie erforschte ihr Gedächtnis nach einer Regel, wie man sich einer prominenten Person vorstellte, aber sie konnte sich nicht daran erinnern, dass Mrs Rowley etwas zu diesem Thema gesagt hatte. Sie schluckte noch einmal und bemühte sich, selbstbewusst zu wirken. »Sehr erfreut, Sie kennenzulernen, Mrs Whitford.«

»Miss.« Die Frau hob das Kinn. »Ich hatte nie das Vergnügen zu heiraten und in meinem Alter ist es unwahrscheinlich, dass das noch kommt.«

Libby musterte das Gesicht der Frau und versuchte, ihr Alter zu bestimmen. In dem ansonsten braunen Haar gab es ein paar silberne Fäden und um die Augen herum zeigten sich feine Fältchen. Nach Libbys Schätzung lag Miss Whitford irgendwo zwischen vierzig und sechzig. Sie wirkte beinahe alterslos mit ihrer einfachen Frisur und der skurrilen Bekleidung.

Unsicher, wie sie reagieren sollte, antwortete Libby: »Vielleicht heiraten Sie doch noch eines Tages.«

Miss Whitford zog eine Schulter zu einem gleichgültigen Zucken hoch. »Ach, das spielt kaum eine Rolle. Ich habe meinen Beruf und finde ihn sehr befriedigend.«

Libby fuhr sich mit der Zunge über die Lippen und erlaubte der Aufregung, Besitz von ihr zu ergreifen. »Wirklich?«

»Wirklich.« Miss Whitfords Fältchen in den Augenwinkeln vertieften sich. »Aber Sie haben mir Ihren Namen noch nicht verraten, junge Frau.«

»Oh!« Libby wischte sich die Handfläche an ihrem Rock ab und streckte ihre Hand aus. »Ich bin Lib – Elisabet Conley. Und …«, ihr Atem stockte, »ich bin auch Autorin.«

Miss Whitford neigte den Kopf. Ihr Blick war durchdringend. »Was schreiben Sie, Miss Conley.«

»Geschichten. Für Zeitschriften. Ich habe schon zwei verkauft.«

»Wirklich? Das ist eine erstaunliche Leistung für jemanden, der so jung ist.«

Libby freute sich über das Kompliment. »Danke.«

»Ich vermute, dass Sie von fiktiven Geschichten über Liebesaffären zwischen ungleichen Partnern sprechen?«

Libby dachte an den Titel ihrer ersten Geschichte und zuckte beinahe überrascht zusammen, weil die Frau so scharfsinnig war. Sie nickte.

Miss Whitford musterte Libby eindringlich. Ihre tief liegenden braunen Augen wanderten von Libbys Haar den gesamten Weg bis zu ihren Zehen hinunter und wieder zurück. »Und haben Sie beim Verfassen dieser Geschichten aus eigenen Erfahrungen geschöpft?«

»W-wie meinen Sie das?«

Die Frau lachte. »Ach, kommen Sie, Miss Conley. Eine so schöne junge Frau wie Sie muss die Aufmerksamkeit der Männer doch nur so auf sich ziehen. Man sagt, man soll über das schreiben, was man selbst kennt. Haben Sie Erfahrung mit Liebesaffären … persönliche Erfahrung?«

Libbys Gesicht brannte so sehr, dass sie fürchtete, gleich würde ihre Nase in Flammen aufgehen. »Nein, Madam! Ich habe nur meine Fantasie benutzt … ehrlich.«

Wieder erklang ein Lachen. »Sie dürfen nicht gekränkt sein. Schriftsteller sind ein unverfrorener Haufen, wie Sie feststellen werden, wenn Sie bei diesem lächerlichen Beruf bleiben.« Sie strich die Rüschen glatt, die um ihr Oberteil herumflatterten, und zog eine Augenbraue in die Höhe. »Also, erzählen Sie mir doch, Miss Conley, haben Sie die Absicht, weiterhin Liebesgeschichten für Zeitschriften zu schreiben, oder möchten Sie sich eines Tages an Romanen versuchen?«

»Eigentlich …« Libby stockte. Sie hatte etwas Angst davor, was Miss Whitford sagen würde. »Eigentlich möchte ich Journalistin werden. Ich würde gern über das berichten, was in der Welt geschieht, anstatt mir Geschichten auszudenken. Ich benutze die Zeitschriftenerzählungen, um mir als Autorin einen Namen zu machen.«

Miss Whitford warf die Hände nach oben und stieß ein zischendes Geräusch aus. »Journalismus … eine völlige Zeitverschwendung.«

Libby zuckte zusammen. »Wie bitte?«

»Miss Conley, können Sie mir bitte einen beliebten Autor nennen?«

Obwohl Libby fürchtete, in eine Falle zu laufen, schluckte sie und nannte eine kurze Liste von Autoren: »Frances Hodgson Burnett, Edgar Rice Burroughs, Zane Grey …« Petey mochte Zane Grey besonders gern. Sie schob diesen unpassenden Gedanken beiseite.

Ein Lächeln umspielte Miss Whitfords dünne Lippen. »Hervorragende Wahl. Und ich bin ziemlich sicher, dass diese Namen in zwanzig, dreißig oder sogar fünfzig Jahren bei den Lesern immer noch Bedeutung haben.« Das Lächeln wurde hinterhältig. »Und jetzt nennen Sie mir bitte den Namen des Autors, der die Titelstory der heutigen Ausgabe des *Missouri Courier* verfasst hat.«

Libby starrte die Frau schweigend an.

Miss Whitford nickte selbstzufrieden. »Genau das habe ich angenommen.«

Zu ihrer eigenen Überraschung widersprach Libby der Autorin. »Ich kenne den Mann vielleicht nicht, von dem die heutige Schlagzeile stammt, aber ich weiß die Namen einiger berühmter Journalisten. William Stead zum Beispiel.«

»Ja, und überlegen Sie einmal, was ihm zugestoßen ist«, gab Miss Whitford ruhig zurück. »Ich bestreite nicht, dass er ein wirklich guter Journalist war, aber zum Teil ist er vor allem wegen seines frühen Todes unter so ungewöhnlichen Umständen bekannt. Wie viele Schiffe sinken auf ihrer Jungfernfahrt? Ein solcher Skandal musste ja für Wirbel sorgen.«

Libby fing an, sich wie ein Passagier auf der *Titanic* zu fühlen, der ohne Hoffnung auf Überleben ins Sinken geriet. »Aber …«

»Miss Conley, wenn Sie sich einen Namen machen wollen, müssen Sie Romanschriftstellerin werden. Ausgehend von dem Erfolg, den Sie bisher schon hatten, würde ich sagen, dass Sie ganz gute Chancen haben.«

Libby streckte flehend die Hände aus. »Aber ich möchte ernsthafte Geschichten schreiben. *Wahre* Geschichten.« Sie hatte bereits ihren Traum aufgegeben, die Tochter von Maelle Watt Harders zu werden. Den Traum, Journalistin zu werden, würde sie nicht kampflos sterben lassen. »Ich möchte die Welt verändern!«

Libby war ihr emotionaler Ausbruch peinlich, aber es sprach für Miss Whitford, dass sie nicht einmal mit der Wimper zuckte. Stattdessen beugte sie sich leicht nach vorn und nahm Libbys Hand. »Meine Liebe, wenn Sie Ihren Platz in der schreibenden Welt finden wollen, dann müssen Sie sich ausprobieren. Sie sind Studentin?«

Libby nickte. »An der University of Southern Missouri.«

»Vermutlich im Journalismus-Studiengang?«

Libby nickte wieder.

»Und es gefällt Ihnen?«

Libby hielt die Luft an. Ganz langsam schüttelte sie den Kopf.

Miss Whitfords Lippen zuckten. »Und warum gefällt es Ihnen nicht?«

»Weil ich mich drehe und krabble, statt zu rennen.« Die Autorin zog die Stirn kraus und Libby beeilte sich, ihre geheimnisvolle Antwort zu erklären. »Bis jetzt sind die Artikel, die ich geschrieben habe, im Großen und Ganzen nicht wichtig. Ich möchte etwas Größeres machen, etwas Wichtiges. Aber ich habe noch nicht die Gelegenheit dazu gehabt.«

»Dann schaffen Sie sich die Gelegenheit!« Miss Whitfords Augen funkelten und ihr reizloses Gesicht zeigte plötzlich eine Lebhaftigkeit, die sie viel attraktiver machte. »Sie schreiben von sich aus Liebesgeschichten. Genauso sollten Sie von sich aus einen Artikel schreiben. Setzen Sie Ihr Studium fort – Sie haben dafür bezahlt und die Lehrer werden Ihnen wertvolle Hilfestellung geben. Aber beschränken Sie sich nicht auf ihre Anweisungen. Tun Sie mehr. Wählen Sie ein Thema, das Sie interessiert, oder nehmen Sie sich einer Sache an, die Ihnen zu Herzen geht. Schreiben Sie etwas von *Bedeutung*. Das ist die einzige Möglichkeit, um herauszufinden, ob es sich lohnt, diesen Traum, den Sie hegen, weiterzuverfolgen.«

Sie beugte sich so dicht heran, dass Libby ihren Atem auf ihrer Wange spüren konnte. »Schriftsteller müssen schreiben. Sie haben das entdeckt, als Sie die Grenzen des Journalismus überschritten haben, um fiktive Geschichten zu verfassen. Aber wo verbirgt sich Ihre wahre Leidenschaft? Forschen Sie nach, Elisabet Conley. Entdecken Sie Ihre Leidenschaft – sind es fiktive Geschichten oder Ereignisse aus dem echten Leben?« Sie richtete sich auf und ihr Gesicht nahm wieder den unbeirrten, fast gelangweilten Ausdruck an, wie anfangs, bevor Libby sich neben sie setzte. »Manche Träume sind nichts weiter als genau das – schlicht Träume, die sich im Morgenlicht auflösen. Aber Sie werden es erst sicher wissen, wenn Sie sie gelebt haben.«

Libby nickte nachdenklich. Sie wollte Miss Whitford für ihren Rat danken, doch Mrs Daley eilte geschäftig herbei und griff nach Libbys Hand. »Elisabet, setzen Sie sich jetzt zu Alice-Marie. Das Programm fängt gleich an.«

Libby verzog sich zur anderen Seite des Zimmers, wo Alice-Marie in der Nähe der Salontür zwei Stühle nebeneinandergeschoben hatte. Sie hörte dem Vortrag der Autorin zu, doch nichts, was die Frau in ihrem vorbereiteten Referat über die Welt der Veröffentlichungen sagte, war so faszinierend wie die Anregungen, die sie ihr im privaten Gespräch gegeben hatte.

Sobald Miss Whitford fertig war, schlüpfte Libby aus dem Salon und machte sich auf den Weg zum Studierzimmer. Sie hatte gesehen, dass das Dienstmädchen der Daleys dort die Morgenausgabe der Zeitung für Alice-Maries Vater bereitlegte. Der Eifer, den Rat der Autorin in die Tat umzusetzen, beschleunigte ihre Schritte durch den Flur.

Sie zog die getäfelte Schiebetür hinter sich zu und bewegte sich eilig auf die andere Seite des Raums. Dort stand der mit Schnitzereien verzierte Eichenschreibtisch vor dem Fenster, an dem schwere Gardinen hingen. Libby kam sich wie ein Eindringling vor, als sie sich an den Schreibtisch setzte und die Zeitung öffnete. Sie überflog die Überschriften und beobachtete sich selbst dabei, wie Miss Whitford es geraten hatte. Sie wartete darauf, dass etwas ihre Aufmerksamkeit fesselte und sie mitten ins Herz traf.

Und auf der siebten Seite – beinahe am Ende der Zeitung – beschleunigte eine kleine Spalte rechts unten ihren Puls.

Sechzehnjähriger des Raubs und Mordes an Drugstore-Verkäufer für schuldig befunden. Die Verurteilung fand am 16. Oktober 1914 durch den ehrwürdigen Richter Merlin Simmons statt. Der junge Mann wird am 18. Dezember im Untergeschoss des Gerichts erhängt. Der Richter sagte: »Vielleicht wird sein Tod anderen Straßenraufbolden eine Warnung sein, damit sie sich von ihrem kriminellen Leben abwenden.«

Libby ließ die Zeitung fallen und blickte starr vor sich hin. Ihr Herz schlug so fest und so schnell, dass es ihr in den Ohren dröhnte. Zum Hängen verurteilt – und erst sechzehn Jahre alt! Was für ein Junge beging einen Mord? Plötzlich wollte sie mehr erfahren. Diese wenigen Zeilen konnten unmöglich die ganze Geschichte wiedergeben.

Auf Zehenspitzen verließ sie das Studierzimmer und stürmte die Treppen zu Alice-Maries Zimmer hinauf. Sie holte sich ihren Mantel und schlich wieder nach unten. Als sie die Tür zum Salon passierte, hielt sie die Luft an. Aber sie hätte sich keine Sorgen zu machen brauchen. Eine Frage-und-Antwort-Runde mit Miss Whitford im Mittelpunkt beanspruchte sämtliche Aufmerksamkeit. Niemand hob auch nur den Kopf, als sie die Haustür öffnete und hindurchschlüpfte.

Sie wollte das Büro der Zeitung besuchen, die diesen kurzen Artikel gedruckt hatte, um herauszufinden, wo der Junge gefangen gehalten wurde. Dann würde sie sich etwas überlegen, wie sie ihn besuchen könnte. Sie würde seine Geschichte aufdecken und in ihrer vollen Länge erzählen. Sobald sie einmal eine wahre Geschichte geschrieben hatte, würde sie wissen, wo ihre Leidenschaft lag – beim Erzählen von fiktiven Geschichten oder beim Berichten von Ereignissen aus dem echten Leben.

19

Bennett ging in seinem kleinen Zimmer auf und ab, die Hände zu Fäusten geballt und die Schultern angespannt. Würde dieser Regen niemals aufhören? Er hatte früh am Morgen begonnen, gleich nachdem sich Alice-Marie und Libby auf die Reise zu Alice-Maries Familie gemacht hatten, und hatte den ganzen Tag angehalten. Bennett hatte vorgehabt, am Morgen auf dem Gelände zu arbeiten – um sich ein Taschengeld zu verdienen – und dann ein paar Männer für ein Baseballspiel am Nachmittag zusammenzutrommeln, bevor es zu kalt zum Spielen wurde. Aber jetzt wurde es bald Abend und er war den ganzen Tag hier eingesperrt gewesen, zusammen mit einem Zimmergenossen, dessen Nase ständig in einem Buch steckte.

Bennett schlug mit der Faust gegen den Fensterrahmen und knurrte. »Mach dich davon, ja?«

Sein Zimmerkamerad – ein kleiner bebrillter Junge namens Winston – schaute stirnrunzelnd von seinem Buch auf. »Sprichst du mit mir?«

»Nein, mit dem Regen.«

Winston schwieg einen Moment lang nachdenklich. Dann sagte er: »Ich meine, das ist ein außerordentlich unbefriedigender Zeitvertreib, wenn man bedenkt, dass der Regen nicht die Fähigkeit besitzt, eine Antwort zu geben.«

Zu diesem Kommentar fiel Bennett nichts ein, also drehte er sich wieder zum Fenster um und versuchte, die Regentropfen zu zählen, die an den rechteckigen Scheiben herunterrannen. Wenn Alice-Marie da wäre, würde er zum Haus Rhodes hinübergehen und sich dort mit ihr in den Gemeinschaftsraum setzen. Die Hausmutter war immer an Ort und Stelle und behielt alles im Auge, was sie taten, aber wenn sie eine Zeitschrift hoch genug hielten, konnte er sich einen Kuss stehlen, bevor die neugierige alte Frau sich räusperte und sie gezwungen waren, ihre Deckung sinken zu lassen. Bisher hatte Alice-Marie ihm drei Mal erlaubt, sie zu küssen. Und diese Küsse hatten einen Hunger nach mehr in ihm geweckt.

Alice-Marie hatte ihn eingeladen, sie und Libby dieses Wochenende zu ihren Eltern zu begleiten. Er war versucht gewesen, aber er fürchtete, dass eine Einwilligung falsche Erwartungen bei Alice-Marie wecken würde. Er wollte sie nicht sein Leben lang um sich haben. Er wollte jetzt einfach nur ein bisschen Spaß mit ihr haben.

Fernes Donnergrollen verriet Bennett, dass der Regen die Absicht hatte, noch eine Weile zu bleiben. Er schnaubte. Vielleicht hätte er doch mit Alice-Marie in den Bezirk St. Louis fahren sollen. Falsche Erwartungen in ihr zu wecken und später den Rückzug anzutreten, wäre immer noch besser gewesen, als in diesem Zimmer mit Winston herumzuhängen.

Bennett stampfte zur Tür und riss seine Jacke vom Haken. Winston legte sein Buch beiseite und blickte missbilligend auf. »Gehst du raus?«

Bennett zwängte die Arme in die Jackenärmel. »Ja, klar.«

»Aber es regnet.«

»Dir entgeht aber auch wirklich gar nichts, was, Winnie?«

Winstons Miene wurde noch finsterer. »Hättest du gern einen Schirm zur Verfügung?«

Bennett hielt inne, die Hand am Türknauf. »Hast du einen?«

»Ja, das habe ich.«

»Ich würde ihn gern benutzen, wenn du nichts dagegen hast.«

Winston legte sein Buch sorgfältig zur Seite und kniete sich dann auf den Boden. Den Hintern in die Höhe gestreckt, tastete er unter dem Bett umher und zog einige Bücher, zwei Paar Socken und schließlich einen schwarzen Regenschirm darunter hervor. Er hielt ihn Bennett hin. »Mein Vater hat ihn mir zum siebzehnten Geburtstag geschenkt.«

Bennett nahm ihn aus Winstons Hand und ließ ihn an seinem gebogenen Holzgriff schwingen. »Tolles Geschenk.«

Winston duckte sich, um nicht getroffen zu werden. »Bitte pass gut darauf auf. Er hat ihn bei einem seiner Besuche in England gekauft.«

Warum hatte man ihn nur mit diesem langweiligen Jungen zusammengesteckt? Er und Winston hatten nichts gemeinsam. Nächstes Jahr wollte Bennett gern in einem Verbindungshaus wohnen, statt im Wohnheim. Falls er überhaupt zurückkam.

»Ich bin vorsichtig. Bis später.« Er eilte die Treppe hinunter, doch sobald er das Erdgeschoss erreicht hatte, konnte er sich nicht entscheiden, wohin er gehen sollte. Er konnte weder Alice-Marie noch Libby besuchen, da beide verreist waren. Pete lernte wahrscheinlich gerade – er wurde bald so langweilig wie Winston.

Bennett tippte mit der Spitze des Schirms auf den Boden und das Pochen erinnerte ihn an Petes Angewohnheit, mit dem Holzbein zu klopfen. Obwohl er annahm, dass Pete mit seinen Studien beschäftigt war, würde er ihn trotzdem besuchen. Es würde Pete guttun, seine Bücher zuzuklappen und sich zur Abwechslung mal ein bisschen zu vergnügen. Vielleicht könnten sie eine Runde Gin Rommé spielen. Er hatte immer noch den Kartenstapel in der Jackentasche, vom letzten Mal, als sie gespielt hatten. Pete würde natürlich kein Geld setzen, aber sie könnten einfach zum Spaß spielen.

Nachdem er eine Weile herumprobiert hatte, fand Bennett heraus, wie man den Schirm aufspannte, und er eilte über das glitschige Gras zum Haus Landry. Er schüttelte die Regentropfen vom Schirm, bevor er ihn in der Eingangshalle in die Ecke stellte und die Treppe hinaufstapfte. Seine nassen Schuhe hinterließen Abdrücke, aber der Boden würde schnell wieder trocknen. Er verzichtete aufs Anklopfen, drehte den Knauf an Petes Tür und stieß sie weit auf. Wie er vermutet hatte, saß Pete an seinem Schreibtisch, den Kopf über ein Blatt Papier gebeugt und einen Bleistift in der Hand.

»Hey, Kumpel, arbeitest du an etwas Wichtigem?«

Petes Kopf schoss in die Höhe. »Bennett … du hast mich vielleicht erschreckt!«

»Tut mir leid.« Bennett kickte die nassen Schuhe von den Füßen und ließ sich auf Petes Bett fallen. Die Federn protestierten mit lautem Quietschen. »Ich komme vorbei, um zu sehen, ob du Karten oder etwas anderes mit mir spielen willst. Ein paar von den Männern haben mir ein Spiel namens Gin Rommé beigebracht – es macht Spaß.« Er klopfte auf seine Tasche, wo der Kartensatz den Stoff ausbeulte. »Hast du Lust?«

Pete seufzte und rieb sich die Schläfen. »Ich hätte schon Lust, Bennett, aber ich muss …«

»… arbeiten«, beendete Bennett den Satz für ihn. Er sprang vom Bett auf und ging zum Fenster. Er legte eine Hand an den Fensterrahmen und sah seinen Freund stirnrunzelnd an. »Ehrlich, Pete, du wirst so langsam ein echter Miesepeter. Wann hast du das letzte Mal etwas zum Vergnügen gemacht?«

»Als ich Werfer in deinem Baseballspiel war.«

Bennett drehte sich schnell um und schaute aus dem Fenster, damit Pete seine zornige Grimasse nicht sehen konnte. Das Gerede auf dem Campus über Petes erstaunliche Leistung hatte nachgelassen, aber die halbe Studentenschaft nannte ihn noch immer Holzbein Pete. Bennett hatte man keinen besonderen Spitznamen gegeben, um ihn damit auszuzeichnen.

»Das ist Wochen her, Kumpel.« Es kostete ihn einige Mühe, aber Bennett behielt einen ruhigen Tonfall bei. »Ich würde sagen, dass es Zeit wird, dass du mal wieder etwas unternimmst.«

»Es ist zu nass für Baseball«, gab Pete nachdenklich zurück. Er wandte seine Aufmerksamkeit wieder dem Blatt Papier auf seinem Schreibtisch zu.

»Und wer sagt, dass Baseball das Einzige ist, was man tun kann, um Spaß zu haben?« Mit zwei großen Schritten stand Bennett neben Petes Schreibtisch. »Ach, komm schon, Pete. Mach mal Pause und spiel eine Runde Gin Rommé mit mir. Ich komme fast um vor Langeweile.«

Petes Bleistift kratzte weiter übers Papier. »Lies ein gutes Buch. Arbeite an den Hausaufgaben für nächste Woche. Sicher gibt es etwas, womit du dich beschäftigen kannst.«

»Ich habe keine Lust zu lesen und ich hebe mir den Sonntagnachmittag für die Hausaufgaben auf. Heute ist Samstag. Am Samstag sollte man sich amüsieren.«

Pete rieb sich gähnend den Nacken. »Ich sag dir was. Lass mich das hier fertig machen und dann versuche ich mein Glück mit … wie heißt das Spiel?«

»Gin Rommé.«

Pete verzog das Gesicht. »Das klingt wie ein alkoholisches Getränk.«

Petes Ton löste eine Welle der Gereiztheit bei Bennet aus. »Hör auf, so unerträglich zu sein.« Er setzte sich wieder aufs Bett und warf die Arme zur Seite. »Nur weil du Theologie studierst, heißt das doch nicht, dass du dich die ganze Zeit wie ein Pfarrer benehmen musst, oder? Kannst du nicht ab und zu einfach normal sein?«

Pete legte seinen Bleistift zur Seite und drehte sich auf seinem Stuhl zu Bennett um. »Willst du eine ehrliche Antwort? Nein, Bennett, ich kann nicht einfach normal sein. Ich bin nicht mehr normal, seit mir eine Straßenbahn vor elf Jahren übers Bein gefahren ist.«

Unwillkürlich streifte Bennetts Blick das leere Hosenbein, das vom Rand des Stuhls hing. Pete hatte sich das Holzbein heute nicht angeschnallt – er musste den ganzen Tag in seinem Zimmer verbracht haben. Bennett hob den Kopf und schaute Pete ins Gesicht. »Ein Holzbein zu haben heißt aber nicht, dass du die ganze Zeit so … *korrekt* sein musst. Ehrlich, Pete, es würde dir guttun, gelegentlich zu entspannen. Selbst im Waisenhaus warst du immer der perfekte kleine Engel – hast nie etwas Unrechtes getan.«

Und Bennett hatte es nie mit Pete aufnehmen können, wenn es darum ging, ein guter Junge zu sein. Vielleicht war das teilweise der Grund, warum er so ein Teufelsbraten geworden war. Zumindest erregte er mit dieser Bezeichnung Aufmerksamkeit. »Du bist noch kein Pfarrer. Hör auf, dich wie einer zu benehmen.«

Petes Gesicht nahm den eifrigen, altklugen Ausdruck an, den Bennett inzwischen so verabscheute. »Egal was ich tue – ob ich einen Baseball werfe, an meinen Hausaufgaben arbeite oder hier sitze und mit dir rede –, ist Gottes Geist in mir. Ich repräsentiere ihn. Und ich will ihn gut repräsentieren. Wenn Menschen mich anschauen, sollen sie Gottes Liebe vor Augen haben.«

Bennett machte ein verächtliches Gesicht. »Das ist alles schön und gut. Aber willst du wissen, was ich denke, Pete? Ich denke, dass du alles für Gott tust und er nichts für dich tut.«

Pete starrte Bennett an, als wäre dieser verrückt geworden. Und vielleicht war das wirklich so, denn nachdem er einmal angefangen hatte zu reden, konnte er sich nicht mehr bremsen. »Wenn er so gut ist und dich so liebt, warum hat er dann überhaupt zugelassen, dass du so verwundet worden bist?« *Warum hat er zugelassen, dass ich mutterseelenallein dastand?* »Wo war er an dem Tag, als du beim Sprung von der Straßenbahn ausgerutscht bist?« *Oder in den Jahren, als ich darum gekämpft habe, auf der Straße zu überleben?*

Petes Gesicht lief rot an. »Gott hat nicht dafür gesorgt, dass ich falle. Es war ein Unfall.«

»O ja.« Bennett lächelte böse. »Ein Unfall, der dich zum Krüppel gemacht hat.«

»Er hat mir das Leben gerettet! Ich hätte sterben können, aber Gott hat mich bewahrt.«

»Und deshalb verbringst du jetzt den Rest deines Lebens damit, die Bibel zu predigen, um ihm zu danken?«

Pete starrte Bennett ungläubig an. »Ich stehe in seiner Schuld.«

»Du stehst in seiner Schuld.« Bennett schnaubte. »Mir scheint, du hast ihn schon gut bezahlt. Er hat einen Fuß und ein Stück von einem Bein aus diesem Handel bekommen.«

»Bennett!«

Pete klang wütender, als Bennett ihn je erlebt hatte, aber statt sich davon bremsen zu lassen, fand er es anregend. Wenigstens saßen sie nicht da und zählten Regentropfen. Bennett stützte den Ellbogen aufs Knie und warf Pete einen zynischen Blick zu. »Gott hat vielleicht nicht dafür gesorgt, dass du fällst, aber er hat es auch nicht verhindert, oder?« Genau wie er nicht verhindert hatte, dass Bennett auf der Straße leben und um jedes Stück Brot kämpfen musste.

»Es war nicht Gottes Schuld!« Pete schlug mit der Faust auf den Tisch. »Es war …« Seine Stimme verstummte abrupt, als hätte jemand die Tür zugeschlagen und das Geräusch abgeschnitten. Er spielte mit dem Papier auf seinem Schreibtisch und machte Falten in die Ecken. Schließlich sagte er so leise, dass Bennett es fast nicht verstehen konnte: »Es war die Schuld meiner Eltern. Wenn sie mich nicht hinausgeworfen hätten, wäre das alles nicht passiert. Gott hat mich nicht verletzt, Bennett. Es waren mein eigener Vater und meine eigene Mutter.«

Beim besten Willen konnte Bennett kein Mitgefühl aufbringen. »Wenigstens weißt du, wer deine Familie ist.« Er krümmte den Rücken und starrte auf seine eigenen Füße. »Ich weiß gar nichts über meine Eltern, außer, dass sie mich nicht wollten – sie haben mich einfach auf der Türschwelle des Kinderheims abgestellt. Nicht mal eine Notiz gab es, damit man wusste, wer ich war oder woher ich kam. Die Schwestern mussten mir einen Namen geben. Wenigstens haben deine Eltern dich behalten. Eine Weile zumindest. Andere haben es nicht so gut.«

Regen trommelte gegen das Fenster und Donner rumpelte leise. Sein Echo wurde von den Steinmauern des Hauses zurückgeworfen. Als Bennett losgegangen war, um Pete zu besuchen, hatte er keineswegs die Absicht gehabt, über seine Vergangenheit nachzudenken. Bennett lebte nicht in der Vergangenheit, sondern in der Gegenwart. Das war das Einzige, was zählte: sich jetzt zu vergnügen.

Er schlug sich aufs Knie und stand auf. »Räumst du den Schreibtisch jetzt frei, damit wir spielen können, oder nicht?« Er klang angriffslustig, aber das war ihm egal. Pete musste mit dem frommen Gerede aufhören. Gott hatte nie etwas für Bennett Martin – oder wer er auch war – getan, und er hatte nicht die Absicht, ihm jetzt zu vertrauen.

»Ja, wir können spielen, sobald ich hiermit fertig bin.« Pete beugte sich über das Blatt.

Bennett setzte sich auf den Boden und schlüpfte in seine Schuhe. Dann stampfte er zur Tür. »Vergiss es, Pete. Immer ist irgendetwas wichtiger als ich. Gott zu gefallen. Deinen Professoren zu gefallen. Na schön, tu, was du tun musst. Ich werde dich nicht mehr belästigen.«

Er hörte, wie Pete seinen Namen rief, aber er achtete nicht darauf und nahm immer zwei Stufen auf einmal. Für Pete wäre es unmöglich, ihm so schnell hinterherzuhopsen, dass er ihn einholen könnte. Er packte Winstons Schirm, ließ ihn aufspringen und trat in den Regen hinaus.

20

Wenn er doch nur zwei gesunde Beine hätte! Pete schlug gegen das Geländer am oberen Treppenabsatz. Er wollte Bennett nachlaufen und ihm versichern, dass er seine Freundschaft nicht verlieren wollte. Warum schienen ihm gerade die Menschen zu entgleiten, die ihm am meisten bedeuteten? Zuerst Libby und jetzt auch Bennett.

Er stieß laut die Luft aus und hüpfte in sein Zimmer zurück. Dort lag seine Aufgabe auf dem Schreibtisch und wartete, dass er sie fertigstellte. Er hatte sich alle Aufgaben der Woche im Voraus geben lassen, und seine Lehrer waren alle damit einverstanden gewesen, als er ihnen erklärt hatte, warum er vorausarbeiten wollte.

Wenn er bis Mittwoch alles fertig hatte, so wie er es plante, würde er am Donnerstagmorgen in den Zug steigen und an seinen Geburtsort reisen. Er konnte kaum glauben, dass seine Eltern immer noch in Clayton lebten, wenn auch nicht mehr in der Wohnung, die sie gemietet hatten, als Pete ein kleiner Junge gewesen war. Aber sein Vater arbeitete noch in der Brauerei, in der Schicht von Mittag bis acht Uhr abends, jedenfalls laut der Informationen, die Jackson herausgefunden hatte. Pete erinnerte sich noch an den Hefegeruch an den Kleidern seines Vaters, wenn der von der Arbeit gekommen war. Und an den üblen Mundgeruch, wenn er zu viel von seinem Lohn dafür verwendet hatte, das Produkt seines Arbeitgebers zu konsumieren. Hätte sein Vater ihn auch von zu Hause weggeschickt, wenn er den Lohn für Lebensmittel statt für Alkohol ausgegeben hätte?

Pete nahm den Bleistift in die Hand, um an seinem Essay weiterzuschreiben, aber seine Hand zitterte und machte die Schrift unleserlich. Er legte den Bleistift weg und schloss die Augen. Wie sehr sehnte er sich nach dem Moment, wenn er die Gelegenheit haben würde, seinen Eltern direkt in die Augen zu sehen und ihnen zu sagen, wie sehr er sie für den Schmerz hasste, den sie ihm zugefügt hatten.

Ein Bibelvers, den sie in Pastor Hines' Unterricht genauer betrachtet hatten, schoss ihm durch den Kopf: *Gott ist die Liebe; und wer in der Liebe bleibt, der bleibt in Gott und Gott in ihm.* Dieser Vers versetzte ihm einen kleinen Stich. Er hatte Bennett eben gesagt, er wolle Gott gut dienen und für die Menschen, die ihm begegnen, ein Instrument der Liebe Gottes sein. Wie passte es zu dem Wunsch, Gottes Liebe widerzuspiegeln, wenn er seine Eltern einzig und allein zu dem Zweck treffen wollte, sie zu beschimpfen?

Aber seine Eltern verdienten seine Liebe nicht. Sie hatten ihn abgelehnt – sie hatten ihn aus dem Weg geschafft, so wie andere Menschen ihren Müll wegwarfen. Gott konnte sie lieben, wenn er das wollte, aber Pete hatte nichts für Gunter und Berta Leidig übrig. Sobald er seine Vorwürfe losgeworden war, wollte er etwas anderes mit Jackson besprechen.

Pete hatte kein Verlangen, von seiner zukünftigen Gemeinde als Pastor Leidig angesprochen zu werden. Diese Bezeichnung würde ihn ständig an seine lieblosen Eltern erinnern. Er hatte viel darüber nachgedacht und der beste Weg, um sein wertloses Geburtsrecht loszuwerden, war, das ganze Äußere seines früheren Lebens abzulegen. Er wollte Pastor Rowley werden. Aaron und Isabelle würden nichts dagegen haben und Aarons Eltern – seine Ersatzgroßeltern – wären erfreut, ihren Namen mit Pete zu teilen.

Nur noch ein paar wenige Tage, dann war er nicht mehr Pete Leidig. Er konnte es kaum abwarten, den Wechsel zu vollziehen. Aber zuerst musste er seine Arbeit fertig schreiben. Der Gedanke an die Auseinandersetzung mit Bennett geriet in den Hintergrund, als er sich wieder auf seine Aufgabe konzentrierte.

Alice-Maries Vater brachte einen Hebel in Position und der Motor des Model T wechselte von einem stetigen Tuckern zu einem stotternden Husten. »Hier sind wir, meine Damen. Wieder zurück.«

Libby kämpfte gegen das Vibrieren des Fahrzeugs an und drückte die hintere Tür auf. Sie konnte es kaum erwarten auszusteigen. Obwohl sie zuerst gedacht hatte, dass es Spaß machen würde, in einem Auto zu fahren, hatte die holprige Bewegung ihren Magen in Aufruhr gebracht. Oder vielleicht lag es an dem Geheimnis, das sie nun mit sich herumtrug. Sie seufzte auf jeden Fall erleichtert auf, als ihre Füße wieder auf festem Boden standen.

Alice-Marie saß auf dem Vordersitz, schweigend und kerzengerade, bis ihr Vater das Fahrzeug umrundet hatte und ihr die Tür aufhielt. Selbst nachdem sie vom Trittbrett gestiegen war, blieben ihre Lippen fest aufeinandergepresst. Libby hatte nicht gewusst, dass Alice-Marie so lange schweigen konnte. Das Mädchen sprach sogar im Traum. Aber während der ganzen dreistündigen Fahrt von ihrem Haus bis zum College hatte Alice-Marie mit geschlossenem Mund dagesessen, die Arme vor der Brust verschränkt. Der kalte Wind, der durch das Auto zog, hatte Libby nicht so sehr zum Frieren gebracht wie Alice-Maries Missbilligung.

Mr Daley ging zum Heck des Fords und öffnete den kleinen Kofferraum. Er hob Alice-Maries Tasche heraus. »Hier, mein Spatz. Soll ich sie für dich ins Haus tragen?«

»Nein, danke.« Alice-Maries Worte klangen steif, als müsse ihre Zunge erst wieder in Fahrt kommen. »Ich schaffe das gut.« Sie beugte sich vor und gab ihrem Vater ein Küsschen auf die backenbärtige Wange. »Holst du mich am Thanksgiving-Wochenende wieder ab?«

»Ja, das mache ich.« Mr Daley hob Libbys Tasche heraus und hielt sie ihr hin. »Elisabet, fahren Sie an Thanksgiving auch nach Hause?«

Seine harmlose Frage drückte ihr die Luft aus den Lungen. Sie hielt sich mit beiden Händen am Griff der Tasche fest und ließ sie gegen ihre Knie fallen. »N-nein, Sir, ich glaube nicht.« Wie könnte sie nach Shay's Ford gehen und zuschauen, wie Maelle und Jackson ein Aufheben um ihre neuen Töchter machten? »Ich werde wahrscheinlich hierbleiben und an einem Artikel arbeiten.«

Ein lautes Schnauben war von Alice-Marie zu hören und sie streckte die Nase in die Luft.

Mr Daley kratzte sich am Kinn. »Na gut, ich mache mich besser wieder auf den Weg. Es ist eine lange Fahrt und wenn ich nicht aufpasse, holt die Dunkelheit mich ein. Auf Wiedersehen, Elisabet. Es war ... nett ... Sie kennenzulernen.« Er lächelte Libby kurz und unpersönlich an, bevor er sich Alice-Marie zuwandte. Vater und Tochter wechselten einige geflüsterte Worte miteinander, die Libbys Ohren nicht erreichten, aber ihr Gesicht brannte unter den verstohlenen Blicken, die sie streiften.

Alice-Marie küsste ihren Vater noch einmal auf die Wange. »Bis bald, Daddy.« Mr Daley nahm auf dem Fahrersitz Platz, und Alice-Marie und Libby blieben an der Straße stehen, bis der Model T knatternd hinter der Kurve verschwand. Dann drehte sich Alice-Marie wortlos auf dem Absatz um und marschierte schnurstracks auf das Wohnheim zu, wobei ihr die Tasche gegen das Bein schlug. Libby trottete hinter ihr her.

Alice-Marie warf ihr über die Schulter einen aufgebrachten Blick zu. »Du brauchst nicht einmal daran zu denken, dich bei mir zu entschuldigen. Ich nehme keine Entschuldigung an.«

Libby fühlte sich durch Alice-Maries überlegenen Ton gereizt. »Ich hatte nicht die Absicht, mich zu entschuldigen.«

Alice-Marie blieb stehen und drehte sich zu Libby um. Feuer blitzte aus ihren Augen. »Du solltest dich schämen, dass du dich so aus dem Haus geschlichen hast. Und dann weigerst du dich auch noch, meinen Eltern zu sagen, wo du warst. Du hast dich wirklich abscheulich verhalten! Aber was sollte man von einer *Waise* auch anderes erwarten? Ich hätte auf meine Mutter hören sollen. Sie hat mir gesagt, dass ich meine Mühe nicht an ein Mädchen verschwenden soll, das ohne elterlichen Einfluss aufgewachsen ist. Aber ich habe dummerweise geglaubt, ich könnte positiv auf dich einwirken. Jetzt ist mir klar, dass deine Verhaltensmuster bereits tief verwurzelt sind, und ich werde niemals ...«

Ärger durchpulste Libby, getragen von einer Welle peinlicher Kränkung. »Du hast versucht, positiv auf mich *einzuwirken*? Nichts, was du mir beibringen könntest, hat irgendeinen Wert!«

»Ach nein?« Alice-Marie warf ihre Tasche auf den Boden und hob das Kinn. Ihre Augen waren vor Wut weit aufgerissen. »Und wie ist es damit, kein Sonderling zu sein? Wenn ich dich nicht mit einbeziehen würde, würde kein Mädchen auf dem Campus auch nur einen Moment Zeit mit dir verbringen.«

Libby sank der Unterkiefer herab. »Das ist nicht wahr!«

»Um Himmels Willen, Elisabet, wie kannst du so begriffsstutzig sein? Als würde sich irgendein anständiges Mädchen mit dir anfreunden, nachdem du an deinem allerersten Tag hier mitten auf dem Campus in eine Schlägerei verwickelt warst! Hätte ich mir nicht eine Entschuldigung für dich ausgedacht, wärst du von Anfang an gemieden worden.«

Libby wollte sich verteidigen, doch Alice-Marie fuhr ohne Unterbrechung fort zu schimpfen.

»Und dann vergräbst du dich in deinem Zimmer und weigerst dich, einem der Klubs und Gruppen auf dem Campus beizutreten.« Sie musterte Libby mit einem verächtlichen Blick von Kopf bis Fuß. »Du lässt dein Haar über dem Rücken herunterhängen wie einen Vorhang, anstatt es hochzustecken, wie es jede Frau mit Selbstachtung tun würde. Deine Schuhe, wenn du dir überhaupt die Mühe machst, sie anzuziehen, sind immer nur zur Hälfte geschlossen. Deine Fingerspitzen sind voller Tintenflecke, deine Nägel abgebrochen … Mir ist noch nie ein Mädchen begegnet, das so wenig auf sein Äußeres achtet.« Sie machte ein böses Gesicht. »Du bist vielleicht ungewöhnlich hübsch, wie mein Cousin Roy gern behauptet, aber du passt nicht hierher, Elisabet Conley. Und es ist mir unzweifelhaft klar geworden, dass du nie dazupassen wirst, weil du dir nicht die Mühe machst, es zu versuchen. Sich einzufügen würde bedeuten, dass man sich um andere kümmert. Aber offensichtlich bist du zu egozentrisch, um das zu tun.«

Alice-Marie ballte die Hände zu Fäusten und tippte wütend mit einem Fuß auf den Boden. »Ich habe dich mit zu mir nach Hause genommen, um dir einen Gefallen zu tun. Ich wollte dir die Möglichkeit geben zu sehen, wie zivilisierte Menschen leben und Gemeinschaft miteinander haben. Um dir zu zeigen, wie dein Leben aussehen könnte, wenn du deine unkultivierte Art ablegen und dich wie ein gebildeter Mensch verhalten würdest. Und wie vergiltst du es mir? Indem du dich mitten in einem wichtigen Treffen davonschleichst!«

»Aber ich wollte doch nur …«

»Meine Mutter war zutiefst gekränkt, mein Vater schockiert.« Alice-Maries schrille Stimme übertönte Libbys Erklärungsversuch. »Und wegen deines schlechten Benehmens musste ich mir eine lange Strafpredigt anhören, weil ich unsere Familie und die Freundinnen meiner Mutter einem solch befremdlichen Verhalten ausgesetzt hatte. Na gut!« Sie warf den Kopf zurück und hielt die Handflächen in die Luft. »Ich habe mich von dir und deinem seltsamen Benehmen losgesagt. Ich entschuldige dich *nicht* mehr. Ich bin *nicht* mehr deine Freundin. Du bist jetzt völlig auf dich gestellt – genau so, wie es dir gefällt.«

Sie schnappte sich ihre Tasche und marschierte weiter zum Wohnheim, den Kopf hoch erhoben.

Libby starrte ihr hinterher. Sie war zu überwältigt, um etwas zu sagen. Sie wollte es nicht wahrhaben, aber das Bild, das sie in den Augen ihrer Zimmerkameradin abgab, war alles andere als schmeichelhaft. Das Wort *Sonderling* hatte wehgetan, aber die anderen Beschreibungen lösten einen tieferen Schmerz aus. Alice-Marie hatte angedeutet, dass sie anderen gegenüber gleichgültig war, jemand, der sich über Konventionen hinwegsetzte und Gemeinschaft mied. Libby hatte immer wie Maelle sein wollen: ein Mensch, der sich selbst bejahte. Aber während Maelle sich ganz bestimmt über Konventionen hinwegsetzte, war sie eine sehr liebevolle Person, die sich um andere kümmerte.

In ihrem Innersten nahm Libby Anteil. In diesem Moment trug sie eine Last mit sich herum, die so schwer war, dass sie nicht wusste, wie sie es ertragen sollte. Aber sie war nicht in der Lage gewesen, den Daleys zu erklären, wo sie gewesen war und was sie erfahren hatte. Sie konnte keine angemessenen Worte finden, um die Unruhe, den Abscheu und das Grauen zu beschreiben, die durch ihre Nachforschungen geweckt worden waren.

Deshalb hatte sie zu allen Fragen geschwiegen. Dadurch hatte sie einen riesigen Graben zwischen sich und Alice-Marie ausgehoben.

Bis zu diesem Moment war Libby nicht bewusst gewesen, wie viel ihr die Kameradschaft ihrer Zimmergenossin bedeutete.

Der Wind wurde stärker, als die Sonne langsam über die Baumwipfel sank, und Libby erschauerte. Sie griff nach ihrer Tasche und drückte sie sich an die schmerzende Brust. Ach, wenn sie doch nur Alice-Maries Haus nie verlassen hätte. Wenn sie doch nur Miss Whitfords Rat ignoriert hätte. Wenn sie doch nur den Zeitungsartikel nie gesehen hätte …

Finden Sie heraus, worin Ihre wahre Leidenschaft liegt, hatte die Autorin Libby geraten. Jahrelang hatte Libby davon geträumt, Reporterin zu werden. Aber zum ersten Mal wurde ihr bewusst, dass es schwierig werden könnte, die Wahrheit zu berichten – die ganze Geschichte zu erzählen. Herzzerreißend. Für sie und für die Menschen, die diese Wahrheit lasen.

Spontan hob Libby das Gesicht zum Himmel. Würde sie vielleicht einen frühen Abendstern entdecken, sodass sie sich wünschen könnte, dieses neu entdeckte Wissen nicht mehr zu besitzen? Sie seufzte und vertrieb den kindischen Gedanken. Wünsche veränderten überhaupt nichts. Sie hatte die Wahrheit hinter den kurzen gedruckten Zeilen in Mr Daleys Zeitung herausgefunden. Und irgendwie musste sie eine Möglichkeit finden, Petey von diesem Jugendlichen zu erzählen, der im Untergeschoss des Gerichts im Bezirk St. Louis gehängt werden sollte. Denn dieser Junge war Peteys Bruder.

21

»Woher weißt du, dass er Petes Bruder ist?«

Libby spielte mit dem Strohhalm in ihrem Limonadenglas und warf Bennett nur einen kurzen, ungeduldigen Blick zu. Sie drückte sich noch tiefer in die Nische in der Ecke des Drugstores und zischte: »Hast du mir überhaupt nicht zugehört? Der Mann im Zeitungsbüro hat mir gesagt, dass der Name des Jungen Oscar Leidig ist.«

»Und?« Bennett nahm sich ein bisschen Eiscreme.

Libby wünschte, sie könnte ihm das Schälchen und den Löffel wegreißen. Sie hatte nur wenig von ihrer Limonade mit Vanillegeschmack getrunken; sie war zu angespannt, um das Getränk zu genießen, das Bennett ihr spendiert hatte. Sein Appetit dagegen schien einwandfrei zu sein. Er hatte bereits einen Eisbecher verdrückt und stürzte sich gerade auf den zweiten. »Und was? Sein Nachname ist Leidig!«

Bennett lachte. »Lib, du lässt immer zu, dass die Fantasie mit dir durchgeht. Du hörst einen Namen und denkst gleich ...«

»Was soll ich denn sonst denken? Der Mann, der über den Gerichtsprozess geschrieben hat, sagte, der Junge ist groß und hat blondes Haar – er hat mir Zeichnungen gezeigt, die während der Verhandlung gemacht wurden. Er sieht genau wie Petey aus.« Libby hatte die letzten drei Tage damit verbracht, über die wenigen Fakten nachzugrübeln, die sie von dem Reporter erhalten hatte, als sie von Alice-Maries Haus weggeschlichen war. Das Wissen hatte sie innerlich verzehrt, bis sie es nicht mehr ausgehalten hatte. Deshalb hatte sie Bennett gebeten, sie zum Drugstore zu begleiten, damit sie dort ungestört miteinander reden konnten. Libby kreuzte die Arme über ihrer Brust und dachte daran, wie der Prozesszeichner die Anwälte, den Richter und den Angeklagten wiedergegeben hatte. Die Leere in den Augen des Angeklagten – Augen, die Peteys so sehr ähnelten – verfolgte sie immer noch.

»Es gibt Massen von großen, blonden Männern auf der Welt. Sie gehören nicht alle zu Petes Familie.« Bennett drehte seinen Löffel in der verzierten Glasschale und verwandelte die Schokoladensoße und das schmelzende Eis zu einer cremig braunen Masse. »Wahrscheinlich gibt es in einer Stadt, die so groß ist wie Clayton, mehr als eine Familie Leidig. Es kann schon sein, dass der Junge mit Pete verwandt ist – vielleicht ist er ein Cousin oder so –, aber er muss nicht zwangsläufig Petes Bruder sein. Hat Pete jemals einen Bruder namens Oscar erwähnt?«

Libby schüttelte den Kopf. »Aber das muss gar nichts heißen. Er könnte einen Bruder haben, der Oscar heißt, ohne dass wir es wissen, denn Petey spricht nie über seine Familie. Für ihn sind Mr und Mrs Rowley seine Eltern.«

Bennett nahm einen letzten Löffel voll Eis, schob die Schale beiseite und warf den Löffel auf den Tisch. »Ja gut. Sie haben *ihn* immer wie einen Sohn behandelt, aber …«

Libby wartete einen Moment, dass er den Satz beendete, aber er presste die Lippen fest aufeinander und schaute zur Seite. Sie fragte: »Und was soll ich jetzt machen, Bennett? Wie kann ich es ihm sagen?« Normalerweise würde Libby Bennett nicht um Rat fragen. Mit seiner lässigen Haltung reagierte er für gewöhnlich eher flapsig als ernsthaft. Doch sie hoffte, dass er in dieser ernsten Lage Mitgefühl und Hilfsbereitschaft zeigen würde.

Bennett stützte die Ellbogen auf die Tischkante. »Na gut, Lib, nehmen wir mal für eine Minute an, dass dieser Junge – dieser Oscar Leidig – tatsächlich Petes Bruder ist. Er hat ein Verbrechen begangen …«

Libby verzog das Gesicht und erinnerte sich, was der Zeitungsreporter ihr erzählt hatte. »Ein schreckliches Verbrechen.«

»Ein schreckliches Verbrechen«, wiederholte er. »Und er wird dafür mit seinem Leben bezahlen.«

Die Fantasie, die Bennett vorher erwähnt hatte, malte hässliche Bilder in Libbys Kopf. Sie erschauerte. »Das stimmt.«

»Das bedeutet also, dass er bald tot sein wird.«

Libby wünschte sich, Bennett würde nicht so nüchtern über etwas sprechen, das so entsetzlich war. »Das ist dir alles viel zu gleichgültig, Bennett!«

Er warf die Hände nach oben. »Ich stelle nur die Fakten fest. Wolltest du nicht genau das tun – die Wahrheit aufdecken? Da hast du sie also. Was macht es für einen Unterschied, wenn dieser Junge bereits zum Tode verurteilt ist, dass er Petes Bruder ist? Der Richter hat das Urteil schon gesprochen. Was wird sich daran ändern, wenn du Pete davon erzählst?«

Libby starrte Bennett schweigend an und verdaute sein Argument. Obwohl ihr sein desinteressierter Ton nicht gefiel, war es sinnvoll, was er sagte. Wäre es vielleicht besser, die Information für sich zu behalten? Es Pete zu erzählen, würde ihm nur wehtun – vor allem, da es keine Hoffnung gab, seinen Bruder zu retten.

»Aber wenn du unbedingt meinst, dass er es wissen sollte«, fuhr Bennett fort, »solltest du herausfinden, ob dieser Junge wirklich Petes Bruder ist. Besorg dir erst einmal alle Informationen, bevor du zu Pete rennst und ihm erzählst, dass sein kleiner Bruder als Mörder überführt ist. Hat dieser Zeitungsmann dir gesagt, wer die Eltern des Jungen sind?«

»Er hat mir nur das erzählt, was er im Laufe der Verhandlung erfahren hat – den Namen des Jungen, welches Verbrechen er begangen hat und das Urteil.« Libby ließ die Schultern hängen. »Ich habe den Eindruck gewonnen, dass niemandem viel an dem Jungen liegt. Er ist nur einer aus einer Gruppe junger Unruhestifter, die frei herumlaufen und Unheil anrichten. Der Zeitungsmann schien sogar erleichtert zu sein, dass sich jetzt ein Raufbold weniger auf der Straße herumtreibt.« Sie seufzte. »Vielleicht sollte ich es Petey einfach nur deshalb sagen, damit sich noch jemand anderes Gedanken über den Jungen macht. Allen anderen scheint er völlig gleichgültig zu sein.«

Bennett griff in seine Hosentasche und zog ein paar Münzen hervor. Er warf eine Fünf-Cent-Münze neben seinem Eisschälchen auf den Tisch und schlüpfte aus der Nische. Ein humorloses Lachen drang aus seiner Kehle. »Ob es nun sein Bruder ist oder nicht – Prediger Pete würde sofort ins Gefängnis eilen und mit dem Jungen sprechen.«

Libby nickte ernsthaft. Ja, Petey würde Anteil nehmen. Selbst wenn der Junge in der Zelle im Untergeschoss in keiner Weise mit ihm verwandt wäre, würde Petey sich um ihn kümmern, denn er hatte ein gutes Herz. Obwohl er so viele Schwierigkeiten hatte ertragen müssen – obwohl er von seinen Eltern ausgestoßen und von Menschen misshandelt worden war und sein Bein verloren hatte –, zog er es vor, sich um andere zu kümmern, anstatt sich selbst zu bemitleiden. Er würde ein wunderbarer Pfarrer sein. Es versetzte Libby einen Stich, als sie sich wieder einmal bewusst machte, dass sie genau deshalb, weil er Pfarrer wurde, eines Tages voneinander getrennt sein würden.

Libby stand auf und Bennett legte seinen Arm um ihre Schultern, als er sie zur Tür führte. Sie gingen schweigend zum Campus zurück und ihr Atem verwandelte sich in der kalten Abendluft zu kleinen weißen Dampfwölkchen. Als sie Haus Rhodes erreichten, drehte sich Bennett zu Libby. »Ich kann dir nicht sagen, was du tun sollst, Lib. Aber ich würde Pete nichts erzählen, solange du nicht alle Fakten hast. Wenn du wirklich denkst, dass er es wissen sollte, dann finde heraus, ob dieser Oscar Leidig tatsächlich sein Bruder ist oder nicht.«

»Aber wie kann ich das herausfinden?«

Bennett lachte leise und fuhr mit dem Handrücken an ihrem Kinn entlang. »Das scheint mir recht einfach zu sein. Frag Pete.«

»Wenn ich Pete frage, wird er wissen wollen, warum ich das frage. Dann komme ich nicht mehr darum herum, ihm zu erzählen, was sein Bruder getan hat.«

Bennett zuckte die Achseln und schlug den Weg zu seinem Wohnheim ein. Über die Schulter rief er ihr zu: »Dann geh und frag den Jungen!«

Am Donnerstagmorgen ließ Pete seinen Koffer auf dem Bett aufschnappen. Er starrte in den leeren Kasten und nagte unentschlossen auf seiner Unterlippe. Was trug eine Person, wenn sie ihre Eltern das erste Mal nach fast einem Dutzend Jahren wiedersah?

Er entschied sich für Arbeitshosen und ein weiches Leinenhemd für unterwegs; wenn er dann zur Wohnung seiner Eltern ging, würde er den Anzug tragen, den Aaron und Isabelle ihm zum Schulabschluss geschenkt hatten. Sein Vater und seine Mutter würden nicht erwarten, dass er wie ein Gentleman aussah.

Er lächelte und freute sich auf die Überraschung, die sicher in ihren Augen stehen würde. Er hoffte, auch einen Funken Stolz darin zu entdecken – irregeleiteter Stolz, da es nicht ihr Verdienst war, dass er zu dem Mann geworden war, der vor ihnen stehen würde. Würde dieser Stolz der Scham weichen, wenn er ihnen alles gesagt hatte, was ihm auf dem Herzen brannte?

Pete hüpfte auf seinem gesunden Bein zum Schrank und holte den Anzug heraus. Er drehte sich ungeschickt um und kehrte zum Bett zurück. Jeder holprige Schritt vertiefte seinen Hass und seine Wut auf Gunter und Berta. *Sobald ich gesagt habe, was zu sagen ist, wird der Groll weg sein.* Er betete, dass sich das bewahrheiten würde.

Seine Hände zitterten, als er Hose, Jacke und Hemd fein säuberlich faltete. Schweißperlen bildeten sich auf seiner Oberlippe und an seinem Rücken und gaben ihm ein klebriges Gefühl. Übelkeit stieg in ihm auf und er ließ sich auf die Bettkante sinken. Er hielt sich den Bauch und konzentrierte sich mit aller Kraft darauf, dieses Gefühl verschwinden zu lassen. Es waren die Nerven … einfach nur die Nerven. Aber er musste diesen Anfall überwinden, bevor er in den Zug stieg, sonst würde ihm ernsthaft übel werden. Er biss die Zähne zusammen, packte seinen Koffer fertig und schnallte sich das Holzbein an. Er warf einen Blick auf seine Taschenuhr.

Der Zug sollte um zehn Uhr abfahren. Er würde frühstücken, warten, bis sein Magen sich beruhigt hatte, und sich dann auf den Weg zum Bahnhof machen. *Und morgen werde ich ein für alle Mal von Gunter und Berta – und ihrer Macht über mich – befreit sein.*

Mit diesem Gedanken im Hinterkopf überquerte er das Gelände Richtung Speisesaal. Auf halbem Weg hörte er schnelle Schritte hinter sich und wappnete sich innerlich, falls der Läufer ihn im Vorbeigehen versehentlich streifte. Zu seiner Überraschung wurden die Schritte jedoch langsamer und jemand warf ihm einen Arm um die Schultern. Er war noch überraschter, als er in das grinsende Gesicht von Roy Daley blickte.

»Morgen, Holzbein.«

Roys fester Griff an Petes Schulter und sein stolzierender Gang gaben Pete das Gefühl, aus dem Gleichgewicht zu kommen. Er spannte die Muskeln an, als er versuchte, festen Stand zu behalten. »Guten Morgen.«

»Macht's dir was aus, wenn ich mit dir frühstücke? Ich möchte gerne etwas mit dir besprechen.«

Verdutzt zuckte Pete die Achseln. Was konnte Roy wollen? Zu Petes Erleichterung hatte er nach dem Baseballspiel an jenem Sonntag aufgehört, Pete und Bennett zu belästigen. Es war sogar so, dass Roy Abstand zu ihnen hielt und sie so komplett ignorierte, dass Pete dachte, er hätte ihre Existenz vergessen. Roys plötzliche Freundlichkeit weckte seinen Argwohn.

Sie betraten den Speisesaal Seite an Seite. Roy hielt Petes Schulter weiterhin umklammert, als fürchte er, Pete könne flüchten. Roy winkte einem Tisch mit seinen Freunden zu, grinste und hob eine Augenbraue, als wolle er eine geheime Botschaft vermitteln. Petes Misstrauen wuchs mit jeder Minute. Roy zeigte auf einen leeren Tisch und gab Pete einen kleinen Schubs.

»Setz dich, Holzbein, alter Kumpel. Ich hole uns beiden etwas zu essen und bin sofort wieder da.«

Pete fühlte sich unsicher, wollte aber keinen Streit verursachen. Er zog einen Stuhl hervor und setzte sich. Er beobachtete, wie Roy zum Anfang der Schlange schlenderte. Zwei Studenten protestierten schwach, als er sich vordrängelte, aber Roy lachte und stellte zwei Teller auf sein Tablett. Pete blickte zu dem Tisch hinüber, an dem Roys Freunde saßen. Mit einem dicken Grinsen auf dem Gesicht blickten alle zwischen Roy und Pete hin und her. Ein kalter Schauder überkam ihn und seine Nackenhaare sträubten sich. Was hatte Roy vor?

Roy kehrte an den Tisch zurück und stellte einen Teller voll Essen vor Pete ab. »Bitte schön. Heut gibt's Waffeln, die sehen gut aus. Hau rein.« Roy riss sich ein großes Stück Waffel ab.

Pete ließ seine Hände im Schoß liegen. »Macht es dir etwas aus, wenn ich bete?«

Roy hielt mitten in der Bewegung inne und ließ seine Faust auf den Tisch fallen, sodass der Teller klapperte. »Tu dir keinen Zwang an.«

Pete beugte den Kopf und sprach ein kurzes Segensgebet. Als er fertig war, räusperte Roy sich und griff nach seiner Gabel. Er nahm den ersten Bissen, ohne ein einziges Wort zu sagen. Sobald Pete seine Gabel zum Mund führte, sagte er affektiert: »Also, erzähl mir etwas über Elisabet Conley.«

Pete verschluckte sich fast. Er kaute, schluckte und trank etwas Milch. »Was soll ich dir … erzählen?«

Roy kicherte. »Alles.« Er schob sich einen weiteren Bissen in den Mund und sprach beim Kauen. »Ich weiß schon von ihrer Zimmerkameradin, dass sie eine Waise ist – das stört mich nicht. Ich weiß, dass sie Journalistin werden will – das wird vermutlich irgendwann nachlassen. Frauen und das Berufsleben …« Er schnaubte leise und grinste dann. »Was ich aber nicht weiß, ist, in welcher Verbindung sie zu dir und Martin steht. Am Anfang des Jahres wart ihr noch ganz dicke Freunde, aber jetzt seid ihr irgendwie … ich weiß nicht recht … zersplittert, glaube ich.« Er pikste ein weiteres Stück Waffel auf. »Also … ist sie deine Freundin?«

Ein scharfer Schmerz durchschoss Pete. Wie sehr wünschte er sich, er könnte Ja sagen. Doch er schüttelte den Kopf.

»Oder Martins?«

»Nein.« Pete schob das restliche Waffelstück mit der Gabel auf dem Teller hin und her. »Wir sind alle zusammen zur Schule gegangen. Wir sind … einfach Freunde.« Oder *waren* Freunde. Nach allem, was seit ihrer Ankunft am College passiert war, wusste Pete nicht, ob er seine Beziehung zu Libby und Bennett noch definieren konnte. Der Gedanke machte ihn traurig.

»Dann ist sie also zu haben?«

Der Eifer in Roys Stimme weckte Petes Missbehagen. Er ließ seine Gabel fallen. Der Appetit war ihm vergangen. »Warum fragst du mich das?«

Roy schob sein Tablett zur Seite. Er legte beide Arme auf den Tisch und beugte sich dicht zu Pete vor. »Weil ich finde, dass sie das hübscheste Mädchen auf dem Campus ist. Ich möchte sie gerne besser kennenlernen. Ich habe es auch versucht. Aber sie widersteht mir. Und ich bin nicht der Typ, der vor einer Herausforderung zurückschreckt.«

Ratlos schüttelte Pete den Kopf. »Ich weiß immer noch nicht, warum du mich das fragst.«

»Weil ich denke, dass du mir das beschaffen kannst, was ich will.«

Pete lachte. Es war keine Absicht, das Lachen stieg ganz unwillkürlich in ihm auf. »Wie soll das gehen?«

»Du hast gerade gesagt, dass ihr zusammen in der Schule wart. Dass ihr Freunde seid.«

»Ja, aber …«

»Und ich habe etwas, das du willst. Du hilfst mir und ich helfe dir.«

»Was hast du, das ich will?«

Roys Grinsen wurde berechnend. »Einen Platz bei *Beta Theta Pi*.«

Pete lachte in sich hinein. »Ich fürchte, du irrst dich, Roy. Ich habe mich nicht bei *Beta Theta Pi* beworben.«

»O ja, das hast du. Dein Name steht auf der Liste. Direkt unter dem von deinem Kumpel, Bennett Martin.«

Pete runzelte die Stirn. »Ich habe nicht darum gebeten, in eine Verbindung aufgenommen zu werden.«

»Aber dein Kumpel hat darum gebeten. Und so, wie es aussieht, möchte er, dass ihr beide aufgenommen werdet. Also, die Sache ist so:« – Roy neigte den Kopf zur Seite und kniff die Augen zusammen – »Im Moment betrachte ich euch beide als zusammengehöriges Paket.

Was einer bekommt, bekommen beide; was einer verliert, verlieren beide. Wenn du nicht mitmachst, nehme ich Martin auch nicht.« Er fuchtelte mit seiner Hand in der Luft herum. »Leuchtet dir das irgendwie ein, Kumpel?«

Roys Aussage war eindeutig. Und Pete gefiel die Sache ganz und gar nicht. »Hör mal, Roy, wenn du denkst, dass du mich erpressen kannst ...«

»Na, na, wir wollen doch keine hässlichen Worte verwenden.« Roy lehnte sich zurück. Sein Gesichtsausdruck war so freundlich, dass jeder, der sie zusammen sah, annehmen würde, sie wären die besten Freunde, die miteinander plauderten. »Nennen wir es einfach einen Handel. Du weißt, was Martin will – Mitglied von *Beta Theta Pi* sein. Der arme Trottel – musste im Waisenheim aufwachsen, hatte nie eine Familie.« Roy schnalzte mit der Zunge und zog die Brauen zusammen. »Es ist verständlich, warum es ihm so wichtig ist, ein Mitglied der Bruderschaft zu werden. Aber das wird nur passieren, wenn auch du beitrittst. Und ich werde dich nur dazu einladen, wenn du mir hilfst, das zu bekommen, was ich haben will: Miss Elisabet Conley an meinem Arm.«

Roys Grinsen wurde selbstgefällig. »Du wirfst einen gemeinen Baseball, Holzbein. Bist du genauso geschickt, wenn es darum geht, eine Frau zu umwerben?«

22

Warum war er nur nicht direkt zum Bahnhof gegangen und hatte das Frühstück ausgelassen? Pete hätte es vermeiden – oder zumindest verschieben – können, von Roy in eine so unmögliche Situation gebracht zu werden. Er war ohnehin schon nervös, wenn er daran dachte, dass er bald seine Eltern sehen würde. Da konnte er eine zusätzliche Beunruhigung nicht brauchen. »Roy, ich …«

Roy machte eine abwehrende Handbewegung. »Antworte jetzt nicht. Ich will, dass du darüber nachdenkst. Nimm dir einen Tag Zeit. Oder das Wochenende.« Sein Blick blieb hinter Petes Schulter hängen und sein Lächeln wurde breiter. »Oder wenn du es lieber nicht aufschieben willst, dann kommt hier gleich deine Gelegenheit …« Während er noch sprach, stieß er sich vom Tisch ab und sprang auf. »Miss Conley, guten Morgen!«

Pete warf den Kopf herum und entdeckte, dass Libby am Ende des Tisches stand. Roys Körper versperrte ihr den Durchgang. Ihre Augen huschten zwischen Pete und Roy hin und her und in ihren samtigen Tiefen stand Verwirrung.

»Guten Morgen«, erwiderte sie ohne ein Lächeln.

»Holzbein und ich haben gerade über dich gesprochen.« Roy warf Pete ein Grinsen zu und beugte sich dann wieder über Libby. »Aber ich denke, wir sind fertig. Ich lasse euch beide allein, um zu …« Er beschrieb mit dem Zeigefinger einen Kreis in der Luft, der Pete galt, dann schlenderte er davon, die Hände in den Hosentaschen.

Libby blickte ihm nach, das Gesicht missmutig verzogen. Dann drehte sie sich wieder zu Pete um. »Was soll das, warum redest du mit ihm über *mich*?«

Sie klang verletzt. Verraten. Hitze stieg in Petes Innerem auf und strömte in sein Gesicht. »Libby, ich …« Er schluckte. Wie konnte er ihr das erklären?

Sie sank auf den Stuhl ihm gegenüber und sah ihm forschend ins

Gesicht. »Er hat nur versucht, mich zu verunsichern, oder? Ihr habt nicht wirklich über mich gesprochen.« Sie stieß laut die Luft aus und nickte, als wolle sie sich selbst bestätigen. Sie warf einen giftigen Blick hinter Roy her und schürzte die Lippen. »Das sieht Roy ähnlich, dass er versucht, ein Problem zu schaffen, wo keins ist.« Dann fuhr sie sich mit der Zunge über die Lippen und ein schmerzlicher Ausdruck kräuselte ihre Stirn. »Zumindest ... wünschte ich mir, es gäbe keine Probleme zwischen uns, Petey.«

Ohne nachzudenken fasste Pete über den Tisch und nahm ihre Hand. Er drückte sie. »Es gibt keine, die man nicht beheben könnte.«

Erleichterung machte sich auf ihrem Gesicht breit. Die Schönheit ihres unschuldigen Lächelns brach ihm fast das Herz. Wie sehr wünschte er, dass er die Freiheit hätte, ihr offen seine Liebe zu gestehen. Aber das konnte er nicht – nicht, ohne ihr etwas Wertvolles zu rauben. Schnell ließ er ihre Hand los und kam stolpernd auf die Füße. »Ich ... ich muss gehen. Ich darf meinen Zug nicht verpassen.«

Auch sie stand auf. »Deinen Zug? Wohin fährst du?«

Aus dem Augenwinkel nahm er wahr, dass Roy auf der anderen Seite des Speisesaals stand und sie beobachtete. Zweifellos dachte er, Pete würde Libby überreden, ihn als potenziellen Verehrer zu betrachten, also sollte er das Gespräch schnell beenden. Andererseits wollte er gern noch eine Weile mit Libby zusammen sein. »Nach Clayton.«

Sie riss die Augen weit auf. »Nach Clayton? Warum das?«

»Um meine ... um die Leidigs zu besuchen.«

Libby stockte der Atem. Wusste Petey bereits, dass Oscar Leidig in einer Gefängniszelle saß und auf seine Hinrichtung wartete? »Besuchst du deinen Bruder?«

Petey war offenbar verwirrt. »Meine Eltern. Ich ... habe nicht darüber nachgedacht, ob ich auch meine Brüder oder Schwestern treffe.«

Er wusste es also nicht. Aber vielleicht hatten seine Eltern die Absicht, es ihm zu erzählen. »Haben sie dich zu sich gerufen?«

»Es ist meine Idee. Ich spüre schon seit Langem, dass ich das tun muss.« Petey seufzte und sein Blick glitt in die Ferne.

Sie eilte um den Tisch herum und berührte ihn am Arm. Er zuckte zusammen und schaute auf sie herunter. Als sie in seine traurigen, gejagten Augen blickte, hatte Libby das Gefühl, als hätte sie das Bild des Gerichtszeichners mit der Szene im Gericht wieder vor sich. Sie konnte ihn unmöglich allein dorthinfahren lassen. Wenn Oscar Leidig Peteys Bruder war, würden seine Eltern ihm sicher erzählen, was passiert war. Sie durfte nicht zulassen, dass er diese Nachricht von Leuten erhielt, denen er so wenig bedeutete, dass sie ihn als Kind weggeschickt hatten.

»Ich komme mit.«

Petey schüttelte den Kopf. »Das kannst du nicht machen, Libby.«

»Warum nicht?«

»Aus verschiedenen Gründen.« Er streckte einen Finger aus. »Ich habe nur eine Fahrkarte.«

»Ich kann mir meine eigene kaufen.«

Er richtete den zweiten Finger auf. »Du hast Aufgaben, um die du dich kümmern musst.«

»Ich muss nicht auf dem Campus sein, um daran zu arbeiten.«

Er schüttelte den Kopf und deutete auf den dritten Finger. »Es wäre unschicklich, wenn wir beide ohne Begleitung zusammen verreisen würden. Ich werde deinen Ruf nicht beschmutzen.«

Nach Alice-Maries vernichtender Tirade vor ein paar Tagen hatte Libby den Verdacht, dass ihr Ruf bei einigen Leuten auf dem Campus ohnehin schon zweifelhaft war. Aber sie wollte Peteys Ansehen nicht beschädigen. Vor allem, da er Pfarrer werden wollte. Sie biss sich auf die Unterlippe.

Er legte ihr die Hand auf die Schulter. »Ich weiß deine Bereitschaft, mich zu begleiten, zu schätzen, aber ...«

Sie hatte eine Idee. »Was wäre, wenn Alice-Marie auch mitkäme? Könnte sie als Begleitperson dienen? Schließlich sind du, Bennett und ich auch zusammen gereist und niemand hat das infrage gestellt. Wenn eine dritte Person dabei wäre, würde das böse Vermutungen zum Schweigen bringen, oder nicht?«

Petey kratzte sich am Kopf. »Libby, ich …«

»Ihre Familie lebt auch in Clayton, und letztes Wochenende habe ich sie … habe ich sie beleidigt.« Die Idee hatte immer mehr Vorteile, je länger sie darüber nachdachte. Sie würde nicht nur dort sein, wo Petey sie brauchte, sondern sie konnte auch die Sache mit Alice-Maries Familie in Ordnung bringen und auf diese Weise das unangenehme Schweigen zwischen den Mädchen beenden. »Wenn ich mit Alice-Marie zurückkommen würde, könnte ich mich bei ihnen entschuldigen und die Verstimmung zwischen uns ausräumen. Bitte, Petey? Wartest du lang genug, damit ich sie fragen kann? Wenn sie Nein sagt, werde ich …« Sie brach ab, unwillig, den Satz zu beenden. Sie würde ihn nicht allein gehen lassen. Sie würde ihm mit einem späteren Zug folgen, wenn es sein müsste, aber sie würde ihn nicht allein gehen lassen.

Pete stieß einen Seufzer aus. »Dann beeil dich und frag sie. Mein Zug geht um zehn und es ist schon nach acht.«

Freude erfüllte Libbys Herz. »Ich bin gleich wieder da.« Sie hetzte quer durch den Speisesaal zu dem Tisch, an dem Alice-Marie mit einigen Mädchen aus *Kappa Kappa Gamma* saß. Sie schauten alle unfreundlich in ihre Richtung, aber sie achtete nicht auf sie und wandte sich direkt an Alice-Marie. »Alice-Marie, ich möchte dich um einen Gefallen bitten.«

Das Mädchen rümpfte die Nase. »Ich bin ziemlich sicher, dass die Antwort Nein sein wird, aber bitte, frag mich.«

Ein Teil von ihr wollte Alice-Marie für ihr selbstgefälliges Verhalten verfluchen, aber Petey brauchte sie. Ihm zuliebe schluckte sie ihren Stolz herunter. »Würdest du mir erlauben, dass ich für uns beide Zugfahrkarten nach Clayton kaufe, damit ich mich … persönlich … bei deinen Eltern entschuldigen kann?«

Alice-Maries hochmütige Miene verlor etwas von ihrer Strenge. »Du willst dich entschuldigen?«

Libby nickte. »Es war falsch von mir, mich wegzuschleichen und nicht zu verraten, was ich gemacht habe.« Aufgeregtes Flüstern breitete sich am Tisch aus. Libby konzentrierte sich weiterhin auf Alice-Marie und ließ sich von den tuschelnden Mädchen nicht ablenken. »Es wäre mir viel wohler, wenn ich die Sache in Ordnung bringen könnte.«

Alice-Marie zog eine Schulter zu einem leichten Zucken hoch. »Ich ... denke, wir könnten das machen. Ich habe dieses Wochenende noch nichts vor.«

»Ich möchte heute fahren.«

Alice-Marie starrte Libby an. »Heute? Aber es ist Donnerstag. Ich habe Unterricht.«

»Wir könnten den Stoff nachholen. Die Sache ist wichtig, Alice-Marie. Sie kann nicht warten.« Sie hielt die Luft an und wartete mit klopfendem Herzen auf Alice-Maries Entscheidung. Wenn sie erst am Samstag fuhren, könnte es zu spät sein. Pete würde die Information auf anderem Weg erhalten.

»Na gut, du schuldest meinen Eltern *wirklich* eine Entschuldigung. Ich vermute, dass ich den Stoff aus dem Unterricht nachholen könnte, wenn ich wieder da bin ...«

Libby ließ die Luft zischend entweichen. »Danke!« Sie packte ihre Zimmergenossin am Arm. »Beeil dich jetzt. Wir müssen packen. Der Zug geht um zehn!«

Während Libby die nötigen Sachen in einen Koffer warf, glich Alice-Marie die Tage des Schweigens wieder aus. Libbys Ohren dröhnten von ihrem ununterbrochenen Kommentar über alles, was Libby seit dem allerersten Tag am College falsch gemacht hatte. Libby tat so, als würde sie zuhören. Sie nickte und machte zustimmende Geräusche, während sie Alice-Marie über den Campus trieb, um Petey zu treffen. Alice-Maries Zunge stand während der gesamten Fahrt mit der Droschke keinen Moment still, aber sie verstummte abrupt, als sie den Bahnhof erreichten und Bennett dort auf den Stufen mit einem Koffer in der Hand stehen sahen.

Libby stürmte zu ihm. »Was machst du hier?«

»Ich fahre natürlich nach Clayton. Du hast doch nicht gedacht, dass ihr mir den Spaß vorenthalten könntet, oder?«

Alice-Marie ließ die Wimpern flattern. »Nanu, Bennett Martin, du Schlingel. Libby hat mir gar nicht gesagt, dass du uns begleitest.«

»Weil ich es nicht wusste«, sagte Libby. Sie vermutete, dass wenn sie es erwähnt hätte, Alice-Marie nicht gezögert hätte, ihren Unterricht zu schwänzen.

Petey hinkte vorwärts. »Woher wusstest du, dass wir nach Clayton fahren? Ich habe dir nichts darüber gesagt.«

Bennett zuckte die Achseln. »Ich war heute Morgen in deinem Zimmer, um den Füller zurückzubringen, den ich mir geliehen hatte, und ...«

»Ach, deshalb habe ich vergeblich danach gesucht!« Petey stieß ein leises Knurren aus. »Ich wusste nicht, dass du ihn geliehen hattest.«

»Jetzt weißt du es.« Bennett lachte und klopfte Petey auf den Arm. »Ich sah deinen Koffer auf dem Bett, habe hineingespickt und die Fahrkarte gesehen.«

»Bennett!« Alice-Marie wirkte schockiert. »Du bist ein gewöhnlicher Schnüffler!«

»Nein, ich bin ein außergewöhnlicher Schnüffler«, erwiderte Bennett ohne einen Funken Reue. »Ich dachte mir, warum soll Pete allein den ganzen Spaß haben. Wenn er im Unterricht fehlen kann, kann ich das auch. Also hab ich meine Tasche gepackt und mir eine Fahrkarte gekauft.« Er wedelte mit einem rechteckigen, steifen Stück Papier hin und her. »Von mir aus kann's losgehen.«

Libby schrie auf: »Fahrkarten! Ich muss noch welche für Alice-Marie und mich kaufen!«

»Dann solltest du dich beeilen.« Bennett gab Libby einen kleinen Schubs Richtung Fahrkartenschalter. »Dort steht eine lange Schlange und der Zug fährt in weniger als einer halben Stunde.«

Libby rannte zum Schalter. Wie Bennett angedeutet hatte, warteten dort einige andere Reisende. Sie kaute an den Fingernägeln und tänzelte auf der Stelle, behielt die Uhr im Auge und betete, dass der Zug nicht ohne sie abfahren würde. Endlich war sie an der Reihe und schob dem müde wirkenden Mann hinter dem Schalter das Geld zu. Alice-Marie hing an ihrer Schulter und beobachtete den Vorgang. Sobald Libby die Fahrkarten in der Hand hatte, schnappte sich Alice-Marie eine davon und eilte in die Wartehalle.

Alice-Marie ließ sich neben Bennett auf eine lange Holzbank sinken und rutschte dicht an ihn heran. Sie wedelte sich mit der Fahrkarte Luft zu und grinste Bennett an. Libby konnte kaum glauben, dass dies dieselbe Frau war, die ihr tagelang die kalte Schulter gezeigt hatte. Im Zusammensein mit Bennett schmolz ihre ganze Frostigkeit dahin.

Alice-Marie zog die Schultern hoch und kicherte. »Ist das nicht aufregend? Es ist wie ein Abenteuer.«

Libby setzte sich neben Alice-Marie und dachte, dass sie die Reise nicht als aufregend bezeichnet hätte. Eher als nervenaufreibend. Oder sogar herzzerreißend. Aber Alice-Marie kannte den wahren Zweck dieses Ausflugs nicht.

»Du musst auf jeden Fall zu mir nach Hause kommen«, schnurrte Alice-Marie geradezu und zog Bennetts Jackenumschlag gerade. »Was für eine wunderbare Gelegenheit, dich meiner Mutter und meinem Vater vorzustellen.«

»Alice-Marie«, sagte Libby, als ihr plötzlich ein beunruhigender Gedanke kam, »deine Eltern werden doch nicht ärgerlich darüber sein, dass wir unangekündigt auftauchen, oder?« Wenn Alice-Maries Eltern den Mädchen nicht erlaubten, bei ihnen zu übernachten, würde diese Reise sich zu einem größeren Abenteuer entwickeln als gedacht.

Alice-Marie legte sich die Hand auf den Bauch und starrte Libby mit großen Augen und offenem Mund an. »Meine Mutter und mein Vater würden mich *niemals* wegschicken, ganz egal, ob sie mich erwarten oder nicht. Und natürlich darfst du auch gern dortbleiben, sobald sie deine Entschuldigung angenommen haben.« Sie spitzte die Lippen. »Aber die Jungs werden eine andere Unterkunft finden müssen. Meine Eltern sind gastfreundlich, aber sehr förmlich. Sie würden niemals einen Mann unter ihrem Dach aufnehmen, während ich dort bin.«

210

Bennett warf Libby einen amüsierten Blick zu, doch sie ignorierte ihn und wandte sich an Petey. »Was meinst du, wie lange du in Clayton bleiben wirst?«

Petey verzog das Gesicht. »Ich weiß es nicht. Vielleicht einen Tag. Es … es hängt davon ab.«

»Von was?« Alice-Marie stellte die Frage mit zwitschernder Stimme, offenbar ohne Peteys blasse, nervöse Miene wahrzunehmen.

»Davon, wie sich alles entwickelt«, antwortete er so leise, dass Libby ihn neben den Unterhaltungen der anderen wartenden Passagiere und dem Zischen der Dampflokomotiven draußen auf dem Gleis kaum verstand. Aber es tat ihr in der Seele weh, den Schmerz in seiner Stimme zu hören.

Sie wollte aufstehen und sich neben ihn setzen, um ihm Mut zuzusprechen, aber bevor sie etwas sagen konnte, trat ein Zugführer in blauer Uniform in den Wartesaal und schwang eine Messingglocke. Im Raum wurde es still, als der Mann seine Hände trichterförmig an den Mund legte und rief: »Der Zehn-Uhr-Zug nach Clayton steht zur Abfahrt bereit! Los geht's, Leute – Zeit zum Einsteigen!«

23

Pete stand am Straßenrand und blickte noch einmal auf den Brief, den Jackson ihm geschickt hatte. Die Schrift war verwischt, weil er das Blatt Papier in der Jackentasche bei sich getragen hatte, aber er konnte sie noch lesen. Die Adresse auf dem Briefbogen stimmte mit der überein, die in einen flachen Stein vor dem hohen Ziegelgebäude auf der anderen Straßenseite eingeritzt war.

Obwohl er am liebsten sofort nach seiner gestrigen Ankunft in Clayton zum Wohnhaus seiner Eltern geeilt wäre, hatte er sein Eintreffen an diesem Vormittag sorgfältig gewählt. Da sein Vater von mittags bis acht Uhr abends arbeitete, würde er am Morgen zu Hause sein. Außerdem würde Pete seine jüngeren Geschwister davor bewahren, Zeugen eines heftigen Wortwechsels zu werden, wenn er während der Schulstunden auftauchte. Es hatte keinen Sinn, unschuldige Kinder in seine Auseinandersetzung mit ihren Eltern zu verwickeln.

Nachdem sie Alice-Marie und Libby gestern Nachmittag am vornehmen Haus von Alice-Maries Eltern abgeliefert hatten, hatten er und Bennett sich ein Zimmer in einem billigen, heruntergekommenen Hotel am Fluss gemietet. Bennett hatte fest geschlafen und sein Schnarchen hatte die Fensterläden vibrieren lassen, doch Pete hatte bis spät in die Nacht wach gelegen, zu nervös und unruhig, um Schlaf zu finden.

Die gespannte Erwartung des Moments, in dem er seine Eltern konfrontieren würde, hatte ihm den Schlaf geraubt, aber seltsamerweise war er heute Morgen nicht müde. Er war bereit.

Petes Herzschlag beschleunigte sich, als er sich vorstellte, wie sein Vater in einem Sessel hing und noch ein paar Stunden döste, bevor er zur Arbeit aufbrach, ahnungslos, dass sein ältestes Kind plante, wieder in sein Leben zu treten – wenn auch nur für kurze Zeit. Diese letzten Stunden des Wartens waren am schwersten gewesen.

Er holte tief Luft, um sich zu stärken, trat vom Bordstein herunter und überquerte die Straße. Seine Augen wanderten vom flachen Dach des Gebäudes bis zum rissigen Fundament. Eine Steinplatte aus angeschlagenem Beton diente als Vorbau. Zwei kleine Jungen mit dem gleichen blonden Wuschelkopf saßen auf der Kante der Platte und stupften einen toten Käfer mit einem Stock. Stirnrunzelnd warf Pete einen Blick auf seine Taschenuhr. Halb zehn. Warum waren sie nicht in der Schule?

Unsicherheit ließ ihn am Rand des Gehwegs innehalten. Er hatte fest damit gerechnet, dass seine Eltern allein sein und keine jüngeren Geschwister ihn in Versuchung bringen würden, seine Worte zu mildern. Er verhärtete sein Herz und war entschlossen, mit seinem Plan fortzufahren. Er hatte zu viel auf sich genommen, um jetzt einen Rückzieher zu machen. Er würde seine Eltern bitten, die Kinder für eine Weile nach draußen zu schicken. Sollten sie sich weigern, würde er Gunter und Berta eben vor ihren anderen Kindern an den Pranger stellen müssen.

Pete schob den Brief wieder in seine Tasche, strich die Vorderseite seiner Anzugjacke glatt und näherte sich der Betonplatte. Beide Jungen sahen auf und fixierten ihn mit misstrauischem Blick. Pete lächelte sie an. »Hallo. Ist hier heute ein schulfreier Tag?«

Eine Weile antwortete keiner der Jungen. Dann hob der ältere, der neun oder zehn Jahre alt sein mochte, herausfordernd das Kinn und sah Pete durch einen Vorhang dichter, ungleichmäßig geschnittener Haarsträhnen an. »Sind Sie ein Polizist?«

Pete gluckste. »Ich? Nein. Nur ein Universitätsstudent.«

»Dachte ich auch nicht. Habe noch nie einen einbeinigen Polizisten gesehen.«

Der jüngere der beiden leckte seine aufgesprungenen Lippen, die Augen fest auf Petes Holzbein gerichtet. Mit seinem blonden Wuschelkopf und dem schmutzigen Gesicht erinnerte er Pete an sich selbst in diesem Alter. Der Junge zeigte auf Petes Bein. »Hat das wehgetan?«

Der Phantomschmerz, der nie völlig verschwand, erinnerte Pete stechend an seine Gegenwart, doch er zwang sich zu einem Lächeln. »Jetzt tut es nicht mehr weh.« Die Schultern des kleinen Jungen entspannten sich in offensichtlicher Erleichterung und Pete spürte eine Zuneigung für das Kind. Er wiederholte seine Frage von zuvor. »Hat eure Schule heute geschlossen?«

Der ältere Junge verzog den Mund, als überlege er noch, ob er antworten solle oder nicht. Schließlich schüttelte er den zerzausten Kopf. »Nein. Wir sind einfach nicht hingegangen.«

»Warum nicht?«

Mit der Spitze des Stocks drehte der Junge den Käfer auf den Rücken. »Keine Lust.«

»Schicken euch eure Eltern nicht hin?«

Der jüngere starrte Pete weiterhin mit großen runden Augen an. Er schlang sich die dürren Arme um die Knie. Obwohl es längst Herbst war, war das Kind barfuß und trug keine Jacke. Pete schluckte. Die schmerzhafte Erinnerung an die Vergangenheit – wie er ohne den Schutz warmer Kleidung, ohne gefüllten Magen und sogar ohne tränenreiche Abschiedsworte in die Kälte hinausgeschickt worden war – holte ihn ein. Er legte die Hand auf sein gesundes Knie und lächelte den kleinen Jungen an. »Ist dir kalt?«

Der Junge nickte stumm.

»Warum gehst du nicht nach drinnen und wärmst dich auf?«

Die Augen des Jungen huschten zu seinem Bruder. Der ältere antwortete: »Mama hat uns gesagt, dass wir rausgehen sollen. Papa ist heute schlecht gelaunt. Hat letzte Nacht zu viel getrunken. Sie ruft uns, wenn es sicher ist, reinzukommen.« Die unbeteiligte Erklärung tat Pete in der Seele weh. Kinder sollten nicht so leben.

Pete richtete sich mit einem Ruck auf. »Gut, aber dein Bruder braucht eine Jacke und etwas an den Füßen. Meinst du nicht, du könntest reingehen und …«

»Und Sie sind auch ganz bestimmt kein Polizist?« Der ältere Junge starrte Pete ärgerlich an.

Pete sah dem Jungen direkt in das feindselige Gesicht. »Ich bin kein Polizist. Mein Name ist Pete Leidig.«

Beide Jungen zuckten zusammen und der jüngere riss die Augen weit auf. Er packte seinen Bruder am Arm und warf den Stock davon. »Dennis! Hast du das gehört? Er hat denselben Namen wie wir. Marta hat immer gesagt, wir hätten einen Bruder, der Pete heißt, aber ich hab ihr nie geglaubt.« Das Kind sprang auf die Füße und krallte sich mit der Hand an der Schulter des Bruders fest. Ehrfürchtig starrte er Pete an. »Mister, sind Sie wirklich Pete Leidig?«

Der ältere Junge – Dennis – wischte sich die Hand des jüngeren von der Schulter und stand auf. Er stellte sich beschützend vor den kleineren und straffte die mageren Schultern. »Bleib hinter mir, Lorenzo.« Er knurrte diese Warnung. Lorenzo gehorchte, aber er neigte sich zur Seite und schaute mit neugierigen blauen Augen hinter seinem Bruder hervor. Dennis verschränkte die Arme vor der Brust. »Wenn Sie wirklich Pete Leidig sind, wie heißen dann Ihre Eltern?«

»Sie heißen Gunter und Berta. Und deine Eltern?«

Lorenzo tänzelte hin und her und zog an Dennis' Hemd. »Das sind auch unsere Eltern! Siehst du? Er ist unser Bruder, Dennis! Ja, das ist er!«

»Halt den Mund, Lorenzo.« Dennis stieß Lorenzo den Ellbogen in die Rippen. Der kleinere Junge keuchte auf und verstummte. Dennis verengte die Augen zu schmalen Schlitzen. »Warum bist du hier? Du bist noch nie gekommen – unser ganzes Leben lang nicht.«

Pete schmerzte die Brust. Wut, Ablehnung und eine unterschwellige Angst zeigten sich in Dennis' Augen – Emotionen, die Pete nur zu gut verstand. Ein mühseliges Dasein hatte dem Jungen diese Gefühle in den Kern seines Wesens eingebrannt, aber sie gehörten alle nicht in das Leben eines Kindes. Warum hatte er nicht früher nach seinen Geschwistern gesucht? Er hätte vielleicht helfen können … irgendwie.

Er schluckte die bittere Reue hinunter und sagte: »Ich bin nicht gekommen, weil ich nicht in Clayton gewohnt habe. Ich habe in einer Stadt gelebt, die Shay's Ford heißt.«

Lorenzo stellte sich auf die Zehenspitzen, um über Dennis' Schulter zu spähen. »Warum hast du nicht bei uns gewohnt?«

Dennis brachte seinen Bruder dieses Mal nicht zum Schweigen, sondern schaute Pete erwartungsvoll an.

Sollte Pete diesen Jungen erzählen, dass ihr Vater ihn weggeschickt hatte, weil er für sich selbst sorgen sollte? Das zu wissen würde ihre Unsicherheit nur verstärken. Er wollte nicht lügen, aber er konnte die Wahrheit nicht sagen. Stattdessen fragte er: »Sind eure anderen Geschwister auch hier?«

Lorenzo antwortete: »Marta nicht – sie ist verheiratet. Und Oscar ist auch weg. Mama weiß nicht, wo er ist. Aber Wendell und Orel und Elma wohnen hier. Sie sind aber zur Schule gegangen.«

Pete schätzte, dass Marta jetzt siebzehn sein musste. Er hatte nur vage Erinnerungen an Oscar, Wendell und Orel als Kleinkinder mit tropfender Nase. Elma war gerade auf die Welt gekommen, als er weggegangen war. Er versuchte, sich vorzustellen, wie sie jetzt wohl aussahen, aber es entstanden keine Bilder in seinem Kopf. Der Gedanke machte ihn traurig. Er hatte Geschwister – sieben an der Zahl – aber sie waren ihm alle fremd. Und das nur wegen Gunter und Berta Leidigs Hartherzigkeit.

Herr, gib mir Kraft. Trotz der Wut, die in ihm aufwallte, gelang Pete ein freundlicher Tonfall. »Ich muss mit euren Eltern sprechen. Könnt ihr mich zu eurer Wohnung bringen?«

Lorenzo drehte sich um und stürmte zur Tür, aber Dennis streckte die Hand aus und bekam Lorenzo am Hemd zu fassen. »Wir müssen draußen bleiben!«

Ein leises Reißen war zu hören. Lorenzo schrie auf: »O nein!« Er untersuchte sein Hemd und seine Augen füllten sich mit Tränen. »Schau, was du gemacht hast, Dennis! Papa wird so wütend sein – er wird mich schlagen!«

»Hör auf zu heulen«, befahl Dennis, aber er biss sich auf die Lippe und in seinen Augen stand Angst.

Pete bewegte sich auf das jüngere Kind zu. »Lass mich mal sehen, Lorenzo.« Pete begutachtete das Hemd und lächelte. »Es ist nur ein Riss an der Naht. Das kann man leicht flicken. Mach dir keine Sorgen.«

Aber keiner der Jungen wirkte beruhigt. Eine Träne kullerte über Lorenzos Gesicht und hinterließ eine helle Spur auf seiner schmutzigen Wange. »Papa wird mich ganz bestimmt verdreschen.«

Pete blickte auf das Gebäude. Er musste seine Eltern heute besuchen, denn morgen musste er nach Chambers zurückkehren.

Aber wie könnte er die Jungen dem Zorn ihres Vaters überlassen? Er fühlte sich mitverantwortlich für den Schaden, den Lorenzos Hemd erlitten hatte. Seufzend legte er die Hand auf Lorenzos Schulter. »Ich sage dir mal was, mein Freund. Ich weiß, wie man das Hemd flicken kann.«

Dennis kniff ein Auge zu und sah ihn misstrauisch an. »Männer nähen nicht.«

Pete lachte. »Habt ihr noch nie einen Schneider gesehen?«

Die Jungs starrten ihn an, ohne eine Miene zu verziehen. Ihre Kleider waren wahrscheinlich abgelegte Stücke, die von den älteren Brüdern weitergereicht wurden. Warum hätten sie jemals eine Schneiderei aufsuchen sollen? Pete erzählte ihnen: »Die Dame, bei der ich gewohnt habe, hat mir das Nähen beigebracht, damit ich als meine Knöpfe selbst annähen und kleine Risse flicken konnte.« Zum ersten Mal wusste er Isabelles Hartnäckigkeit zu schätzen, mit der sie darauf bestanden hatte, dass er mit Nadel und Faden umzugehen lernte. »Kommt mit mir zu meinem Hotel und wir flicken dein Hemd. Dann gehen wir hierher zurück und ich besuche eure Eltern, ja?«

Ohne auch nur eine Sekunde zu zögern, schob Lorenzo seine schmutzige Hand in Petes. Das Vertrauen des Jungen freute Pete mehr, als er sich selbst erklären konnte. Er wandte sich Dennis zu. Er spürte, dass dieser nicht so leicht gewonnen werden konnte. »Kommst du mit?«

Dennis sog die Lippen nach innen und blieb eine Weile regungslos stehen. Dann trat er gegen einen Stein am Boden. »Ich lasse nicht zu, dass du mit Lorenzo weggehst, ohne sicher zu sein, dass du ihn wieder zurückbringst. Ja, ich komme mit.«

Pete streckte ihm die freie Hand hin, aber Dennis ignorierte sie und drängte sich neben Lorenzo. Mit seinen kleinen Brüdern, die neben ihm herschlurften, steuerte Pete die nächste Ecke an, um eine Droschke zu rufen.

»Wenn Sie nicht die vom Gericht ernannte Vertretung des Jungen oder ein Familienmitglied sind, dürfen Sie ihn nicht besuchen.« Der Wachmann blickte finster und verschränkte die Arme über seinem stattlichen Bauch. Seine Kinnbacken bebten, als er hinzufügte: »Und jetzt hauen Sie hier ab, kleine Miss, bevor ich Sie wegen Störung der öffentlichen Ordnung verhafte.«

Libby verzog den Mund. Sie wusste, dass so eine Anklage unbesehen abgewiesen werden würde. Das Untergeschoss des Gerichtsgebäudes war nicht gerade ein Ort, an dem sich die Öffentlichkeit aufhielt. Außerdem hatte sie einen weiten Weg auf sich genommen, um Oscar Leidig zu treffen, und an einem übergewichtigen Gefängnisaufseher würde sie nicht scheitern. Sie hob ihren Block und den Bleistift und lächelte süßlich darüber hinweg. »Na gut. Wie heißen Sie, bitte?«

Der Mann zog seine Stirn in Falten. »Wozu wollen Sie das wissen?«

»Ich brauche es für den Artikel.«

»Für einen Artikel?«

»Ja, Sir.« Libby richtete die Bleistiftspitze aufs Papier. »Ich bin sicher, dass meine Leser sehr gerne erfahren werden, wie der Mann heißt, der für die Bewachung eines so bösartigen Verbrechers wie Oscar Leidig verantwortlich ist.«

Der Wachmann kratzte sich an der fülligen Wange. »Und Sie sagen, dass Sie Leser haben?«

Sie nickte. »Ja, Ich bin Journalistin.« *Zumindest werde ich das eines Tages sein.* »Und ich bin hier, um über den Fall zu berichten. Natürlich wird der Artikel furchtbar kurz und zweifellos auf die letzte Seite der Zeitung abgeschoben, wenn ich keine Gelegenheit habe, den Gefangenen zu befragen, aber …« Sie hatte ihren Köder ausgeworfen und wartete nun, ob sich der Mann daraufstürzen würde.

Der Wachmann musterte sie von oben bis unten, die Lippen skeptisch gekräuselt. »Sie sind schrecklich jung für eine Journalistin.«

Libby richtete sich zu voller Größe auf und fixierte den Mann mit einem majestätischen Blick. »Ich kann Ihnen versichern, dass ich sehr gut qualifiziert bin. Als Studentin der University of Southern Missouri habe ich schon eine Menge veröffentlicht.« Sie dehnte die Wahrheit etwas, aber wie sonst sollte sie diesen knollennasigen Schwachkopf überreden, sie mit Oscar Leidig sprechen zu lassen. »Also ... wie heißen Sie?«

Ihr Herz pochte. Würde er sich von seiner Eitelkeit leiten lassen oder würde er sie wegschicken? *Bitte, bitte. Ich muss mit diesem Jungen sprechen.* Sie dachte, ihre Lungen würden explodieren, während sie mit angehaltener Luft auf die Entscheidung des Mannes wartete.

»Holloway. Wallace Holloway.«

Libby verkniff sich ein Lächeln und notierte sich pflichtschuldig seinen Namen. »Wallace Holloway. Und wie lange sind Sie schon im Rechtswesen von Clayton angestellt?«

Seine Brust dehnte sich. »Sieben Jahre.« Er beugte sich vor und fügte flüsternd hinzu: »Aber das ist der jüngste Mörder, den ich jemals hier gesehen habe. Er ist ein übler Bursche, das sag ich Ihnen. Ein wirklich übler Bursche.«

Bei dieser Aussage des Mannes wurde Libbys Mund trocken. Wagte sie wirklich weiterzumachen? Ja, sie musste so viele Tatsachen wie möglich sammeln.

Sie gab sich einen freundlichen, jedoch professionellen Ton. »Ich weiß, dass meine Leser sehr an Ihrem Mut, mit dem Sie die Gesellschaft vor diesem gefährlichen Kriminellen beschützen, interessiert sein werden.« Sie tippte sich mit dem Bleistift ans Kinn. »Natürlich würde es den Artikel noch viel interessanter machen, wenn wir herausfinden könnten, wie dieser Mann schon in jungen Jahren so abgebrüht werden konnte. Vielleicht könnten die Informationen, die ich heute aufdecke, den Menschen helfen, die mit unserer Jugend arbeiten, vielleicht sogar für Ideen sorgen, wie man weitere junge Männer davor bewahren kann, einen ähnlichen Fehler zu machen.«

Libby ging in dem feuchten Betongang auf und ab, drückte sich den Block gegen die Brust und kräuselte die Stirn, als wäre sie tief in Gedanken. »Überlegen Sie nur, Mr Holloway … eines Tages könnte es ein Programm zur Kriminalitätsverhütung geben, das nach dem Mann benannt wird, der Oscar Leidig bewachte. Der Holloway-Plan.« Sie schrieb den Namen mit dem Bleistift in die Luft und wandte sich dann mit einem strahlenden Lächeln dem Mann zu. »Meine Güte, Sie könnten sogar berühmt werden!«

»Der Holloway-Plan?« Der Mann bekam einen glasigen Blick. Dann schüttelte er den Kopf. »Aber ich habe keine Ahnung, wie man diese jungen Idioten davon abhalten kann, Verbrechen zu begehen.«

»Und damit sind wir wieder bei Oscar Leidig.« Libby eilte neben den Mann. »Er weiß ganz bestimmt, warum er mit einer Waffe in dem Drugstore war. Er weiß, was ihn an diesen Punkt geführt hat. Er kann mir … äh, uns … alles sagen, was wir wissen wollen.« Sie deutete mit dem Bleistift auf den Wachmann. »Aber wir können den Plan zur Kriminalitätsverhütung nicht nach *ihm* benennen. Es wäre unangebracht, ihm diese Ehre zu geben – schließlich ist er ein Verbrecher. Sie dagegen sind ein ehrbarer Hüter des Gesetzes …«

Einen Gefängniswärter als Hüter des Gesetzes zu bezeichnen war nicht ganz korrekt, aber ihre Worte trafen ins Schwarze. Der Mann drückte die Schultern durch und klopfte auf die Pistole an seiner Hüfte. »Darauf können Sie wetten, Miss.«

»Also werden wir den Plan natürlich nach Ihnen benennen«, schloss Libby. »Und jetzt« – sie bewegte sich auf die verschlossene Zellentür zu – »müssen wir nur noch Mr Leidig befragen.«

Mr Holloway stellte sich ihr in den Weg. »Sie betreten diese Zelle nicht.«

»Aber Mr Holloway, wie kann ich dann …«

»Sie betreten Sie nicht allein.« Er zog einen Schlüsselbund aus der Tasche. »Ein Bursche wie der … wer weiß, was er tun würde, wenn er Sie da drin ganz für sich allein hätte. Nein, ich gehe mit ihnen rein!«

24

Bennett schrak zusammen und richtete sich auf dem durchgelegenen Bett auf, als der Türknauf quietschte und Petes Rückkehr ankündigte. Gähnend grüßte er ihn: »Hey, Pete, das hat ja nicht lang gedauert. Ich dachte …« Stirnrunzelnd zeigte er auf Petes schmuddelige junge Begleiter. »Wer sind die denn?«

Pete legte seine Hand auf den Kopf des kleineren Jungen und gab dem anderen einen leichten Schubs ins Zimmer. »Dennis und Lorenzo. Jungs, das ist mein Freund Bennett.«

Die Jungen starrten ihn mit großen Augen an.

»Was machen sie hier?«

Pete betrachtete das Paar mit einem seltsamen Lächeln. »Die beiden sind … meine Brüder.«

Blitzartig schoss Bennett vom Bett herunter. »Brüder?« Warum hatte Pete sie ins Hotelzimmer gebracht? Er wollte sie doch hoffentlich nicht *behalten*!

Pete führte den kleineren Jungen zu Tisch und Stuhl in der Ecke, setzte sich und nahm den Jungen zwischen die Knie. »Lorenzos Hemd hat einen Riss. Wir werden es flicken.« Er wandte sich an den anderen Jungen, der mit missmutiger Miene neben der Tür stand. »Dennis, bring mir bitte die Tüte. Ich brauche den Faden und die Nadel, die wir gekauft haben.«

Dennis setzte sich schlurfend in Bewegung, ließ die kleine Papiertüte in Petes Reichweite auf den Tisch fallen und lehnte sich wieder gegen die Tür. Der Junge sah aus, als wollte er jeden Moment die Flucht ergreifen. Bennett würde ihn nicht daran hindern.

Bennett näherte sich dem Tisch. »Du hast ihn hergebracht, um sein Hemd zu flicken?« War Pete jetzt vollkommen durchgedreht?

»Genau.« Pete riss ein Stück Faden ab und hielt sich die Nadel vors Auge. Er stieß den Faden durch das Öhr und machte einen Knoten am losen Ende des Fadens. »Also, Lorenzo, runter mit dem Hemd.«

Lorenzo wich zurück und schüttelte wild den Kopf.

Pete gluckste leise. »Ich kann es nicht flicken, solange du es anhast.« Er streckte die Hand aus. »Komm her.«

Aber wieder schüttelte der kleine Junge den Kopf. »Nein.«

Bennett verdrehte die Augen. »Pete zuliebe …« Je schneller die Sache mit dem Hemd erledigt war, desto schneller würde Pete die Jungen von hier wegbringen. Ein paar Schmuddelkinder mit dreckigen Gesichtern war das Letzte, was sie jetzt brauchen konnten. Er streckte die Hand nach dem Jungen aus. »Gib mir dein Hemd, damit Pete …«

»Nein!« Der Junge flitzte zu seinem Bruder.

Dennis warf Bennett einen mörderischen Blick zu. »Lassen Sie ihn in Ruhe.«

Pete erhob sich unbeholfen und trat vor Bennett, kam den Jungen jedoch nicht näher. »Lorenzo, ich will dir nicht wehtun. Wenn du dein Hemd nicht ausziehst, steche ich dich vielleicht aus Versehen mit der Nadel.«

»Er zieht es nicht aus.« Dennis Augen funkelten herausfordernd, als wolle er es mit Pete aufnehmen.

Bennett hatte noch nie so ein dickköpfiges Kind gesehen. Es erinnerte ihn an sich selbst in diesem Alter.

Der Junge reckte das Kinn. »Es ist das einzige Hemd, das er hat. Wenn du es ihm nicht zurückgibst, was soll er dann machen? Ohne Hemd herumlaufen?«

»Er rennt ohne Schuhe herum«, murmelte Bennett, »was macht das also für einen Unterschied?« Die Füße des Jungen waren rissig und unter den Zehennägeln sammelte sich der Dreck. Er war schon eine ganze Weile ohne Schuhe unterwegs.

»Ohne Schuhe kann er zur Schule gehen. Aber nicht ohne Hemd.« Dennis stützte die Fäuste auf die Hüften. »Also, entweder flickst du es, solange er drinsteckt, oder wir gehen nach Hause.«

Lorenzo stieß einen Jammerschrei aus. »Ich kann nicht nach Hause gehen, Dennis! Pa zieht mir das Fell ab, weil ich mein Hemd zerrissen habe.«

Pete hinkte ein paar Schritte vorwärts, ließ jedoch einen Abstand zwischen sich und den Jungen. Bennett wünschte, er würde den Jungen einfach packen und ihm das Hemd wegnehmen, aber stattdessen sprach Pete mit sanfter Stimme, so wie er es vielleicht mit einem verängstigten Pferd machen würde. »Lorenzo, ich will nichts weiter als dein Hemd für dich flicken. Ich verspreche dir, dass ich es nicht behalten werde. Was sollte ich auch damit machen?« Er breitete die Arme aus. »Es würde mir nicht passen.«

Lorenzos Mund zuckte, als er zu grinsen begann. »Du bist zu groß dafür.«

Pete lachte, als hätte der Junge etwas Kluges gesagt. »Genau.« Er kehrte an den Tisch zurück. »Also, komm hierher. Du kannst mir zuschauen. Das nächste Mal, wenn dein Hemd einen Riss bekommt, weißt du dann, wie du ihn selbst flicken kannst.«

»Aber ich hab keine Nadel und keinen Faden.« Der Junge schlurfte langsam zu Pete hinüber und fing an, sein lumpiges Hemd aufzuknöpfen.

»Wenn ich fertig bin, schenke ich dir die Nadel und den Faden.«

Dem kleinen Jungen blieb der Mund offen stehen. »Echt? Für mich zum Behalten?«

»Zum Behalten.« Pete nahm das Hemd und drehte es auf die linke Seite.

»Meine eigene Nadel …«

Bennett konnte ein Schnauben nicht unterdrücken. Pete bot dem Jungen nichts Wertvolles an wie einen Baukasten oder ein Paar Rollschuhe. Warum geriet er wegen einer Nadel und einem Faden so aus dem Häuschen?

Lorenzo stützte die Hände auf den Tisch und beugte sich dicht heran, um zu beobachten, wie Pete die Nadel durch den Stoff führte, hinein und hinaus, hinein und hinaus. Man konnte die Rippen des Jungen sehen, und einige merkwürdige helle Spuren – verblasste Striemen? – zogen Bennetts Aufmerksamkeit auf sich. Ein Schauder lief ihm über den Rücken, als der kleine Junge sagte: »Mir hat noch nie jemand was geschenkt … nicht zum Behalten.«

Bennetts Blick streifte Dennis, der mit regloser Miene in Petes Richtung starrte und mit den Augen über seinen kleinen Bruder zu wachen schien. Als er sich auf seine Matratze sinken ließ, kam Bennett zum ersten Mal der Gedanke, dass es Schlimmeres geben könnte, als in Unwissenheit über die eigenen Eltern aufzuwachsen.

Eine Stunde, nachdem sie die Gefängniszelle betreten hatte, dankte Libby Mr Holloway für seine Zeit und huschte über die schwach beleuchtete Treppe aus dem Untergeschoss nach oben. Im Gefängnisbereich des Steingebäudes war es kalt und feucht gewesen und es hatte muffig gerochen, nach Schimmel und etwas, das Libby an ein Klohäuschen an einem heißen Sommertag erinnerte. Sie eilte ins Freie und sog die frische, kühle Luft in tiefen Zügen ein, um den unangenehmen Geruch aus ihrer Nase loszuwerden.

Es war ihr schwer ums Herz. Sie konnte der Trostlosigkeit dieser unterirdischen Zelle entkommen, aber Oscar nicht. »Ach, dieser arme Junge ...« Am liebsten hätte sie geweint, als sie an sein hoffnungsloses Gesicht dachte. Sie wusste nicht, was ihr mehr zu schaffen machte – Oscars Verzweiflung oder Mr Holloways Gleichgültigkeit gegenüber diesem jungen Mann. Während sie Oscars Version der Ereignisse bis zum Tod des Verkäufers im Drugstore sorgfältig notiert hatte, hatte der Wachmann nur dagesessen, die Hände vor dem Bauch verschränkt, und hatte mit gelassener oder – noch schlimmer – gelangweilter Miene gewartet, bis sie fertig war. Die einzige Sorge dieses Mannes war, dass sie seinen Namen richtig schrieb.

»Niemand interessiert sich dafür.« Sie flüsterte die Worte den passierenden Fußgängern zu, deren gedankenlose Geschäftigkeit ihr recht zu geben schien. Nun gut, jetzt, wo sie im Besitz der Fakten war, *würde* sich jemand dafür interessieren. Sie würde nicht zulassen, dass Peteys Bruder einfach so starb.

Sie hielt eine vorbeifahrende Droschke an und nannte dem Fahrer die Adresse von Alice-Marie. Sie musste Petey finden und ihm erzählen, was sie herausgefunden hatte – aber Petey hatte nicht die Macht, seinen Bruder zu retten. Alice-Maries Vater könnte da vielleicht eher helfen. Er war ein angesehener Geschäftsmann und eine Säule seiner Gemeinde. Seine Stimme würde ins Gewicht fallen, wenn er sie gegen diese Ungerechtigkeit erhob. Libby drückte sich ihren Notizblock gegen die Brust und wünschte sich, der Vormittag würde schnell vergehen. Sie würde mit Mr Daley sprechen, wenn er nach Hause kam. Sie hatten keine Zeit zu verlieren – Oscar sollte am 18. Dezember gehängt werden; bis dahin war es nur noch ein Monat.

Die Droschke kam vor Alice-Maries vornehmem Haus zum Stehen. Libby drückte dem Fahrer einen Vierteldollar in die Hand und sprang aus dem Wagen. Sie nahm immer zwei Treppenstufen auf einmal. Gerade, als sie die Hand nach dem Messingtürgriff ausstreckte, hörte sie Alice-Maries Stimme.

»Elisabet Conley, du rennst schon wieder. Wirst du es jemals lernen, dich wie eine Dame zu benehmen?«

Libby drehte sich zu der Stimme um und entdeckte Alice-Marie in einem Korbstuhl in der Gartenlaube neben der Terrasse. Sie eilte zu ihr hinüber und warf sich in einen zweiten Korbstuhl. Ein Holztablett mit einer halb leeren Teetasse, die mit zierlichen Vergissmeinnicht bemalt war, stand auf einem Korbtisch zwischen den beiden Stühlen. Angesichts des himmelweiten Unterschieds zwischen Oscars entsetzlicher Gefängniszelle und Alice-Maries makelloser Welt wurde es Libby beinahe schwindelig.

»Hast du die Informationen bekommen, die du brauchst, um deinen Artikel zu vollenden?«

Libby spürte, wie ihr Gewissen sich meldete. Sie hatte Alice-Marie und ihren Eltern den Eindruck vermittelt, sie hätte ihr Haus verlassen, um Informationen für eine Hausaufgabe zu sammeln. Mrs Daley hatte fälschlicherweise angenommen, Libbys Schweigen, als sie nach ihrem Aufenthaltsort gefragt worden war, wäre auf ihre Verlegenheit über den gesellschaftlichen Fauxpas zurückzuführen gewesen. Schließlich würde doch keine gut erzogene junge Frau eine Veranstaltung verlassen, ohne sich höflich vom Ehrengast zu verabschieden.

Maelle wäre enttäuscht, wenn sie wüsste, dass Libby sich auf Unwahrheiten eingelassen hatte, aber die Daleys in ihrem Glauben zu lassen, hatte es ihr leichter gemacht, das falsche Spiel fortzusetzen, als sie das Haus am Morgen verließ. Auf Alice-Maries Frage antwortete sie: »Ich habe die Informationen, aber es wird immer noch viel Arbeit nötig sein.«

»Schreibst du also heute Nachmittag wieder?«

»Das hängt davon ab.«

»Von was?«

Libby holte tief Luft. »Ob ich die Unterstützung deines Vaters gewinnen kann oder nicht.«

Alice-Marie nahm einen Schluck Tee und hob die Augenbrauen. »Wie kann mein Vater dir helfen?«

Statt darauf einzugehen, stellte Libby eine Gegenfrage: »Kommt er bald nach Hause?«

»Gegen halb eins, hat meine Mutter gesagt. Wir essen um ein Uhr zu Mittag.«

Libby stöhnte. Sie hatte das Gefühl, jeden Moment zu platzen, wenn sie noch so lange warten sollte.

Alice-Marie knabberte an einem runden, knusprigen Keks. Sie schob die kleine Platte, auf der drei weitere Kekse lagen, näher zu Libby. »Nimm dir einen – sie sind wunderbar. Zitronenbutterkekse, die letzten in dieser Saison, denn die Köchin wird erst im nächsten Frühling wieder an Zitronen kommen.«

Libby schüttelte den Kopf. Sie konnte jetzt nichts essen. Nicht, bevor sie etwas von ihrer Last losgeworden war. »Alice-Marie, liest du die Zeitung?«

Sie kräuselte die Nase. »Warum sollte ich das?« Sie nahm einen weiteren zierlichen Bissen und wischte sich ein paar Krümel vom Rock.

»Um zu erfahren, was in der Welt passiert.« Libby beugte sich vor. »Wusstest du, dass direkt hier in Clayton ein Sechzehnjähriger – beinahe noch ein Kind! – im Gefängnis sitzt und darauf wartet, für einen Mord hingerichtet zu werden, den er nicht begangen hat?«

Alice-Marie blieb der Mund offen stehen. »Tatsächlich? Das ist ja abscheulich!«

Libby nickte voller Überzeugung. »Finde ich auch. Der Artikel, an dem ich gearbeitet habe, als ich letztes Wochenende euer Haus verließ, betrifft ihn.« Sie brachte es nicht über sich zu erwähnen, dass der Junge Peteys Bruder war. »Ich habe die Hoffnung, dass dein Vater mir helfen kann, einen Weg zu finden, wie ich die Unschuld des Jungen beweisen kann.«

»Libby, meine Liebe, mein Vater ist kein Anwalt.«

Ihr überheblicher Ton ärgerte Libby, aber sie schluckte eine scharfe Antwort hinunter. Im Moment brauchte sie Alice-Maries Unterstützung. »Aber er ist Geschäftsmann, also ist er doch sicher mit Anwälten bekannt.«

»Natürlich.« Alice-Marie brach ein kleines Stück von ihrem Keks ab und schob es in den Mund. »Mein Vater besitzt vier verschiedene Geschäfte in der Stadt. Er hat zwei Anwälte angestellt, die sich darum kümmern, dass alles angemessen abgewickelt wird.« Sie kicherte. »Ehrlich gesagt, weiß ich sehr wenig über das, was er tut. Mein Vater spricht zu Hause nie über Geschäftliches. Er sagt, dass das unangebracht ist. Und das ist mir recht. Ich muss nichts von seinen Geschäften wissen … solange ich weiterhin mein Taschengeld erhalte.« Sie verzehrte das letzte Stück ihres Kekses.

Alice-Maries Oberflächlichkeit trat von Tag zu Tag deutlicher hervor. Warum waren manche Menschen so unwissend und desinteressiert? Libby hoffte, dass Alice-Maries Vater etwas mehr Einfühlungsvermögen zeigen würde.

In diesem Moment drang ein durchdringendes Knattern an ihre Ohren. Erwartungsvoll richtete sie sich auf und schaute zur Straße. Alice-Marie warf ihr ein Lächeln zu. »Da kommt mein Vater. Ich vermute, dass er sich entschieden hat, heute schon früher zu Hause zu sein.«

Libby stellte sich neben Alice-Marie ans obere Ende der Treppe, während Mr Daley seinen Model T am Straßenrand parkte. Er kam pfeifend den Weg entlang und fing an zu lächeln, als er die Mädchen sah. »Hallo Alice-Marie … hallo Elisabet. Genießt ihr die frische Luft?«

Alice-Marie schob ihre Hand durch die Armbeuge ihres Vaters, als er die Terrasse erreichte. »Daddy, Libby hat gehofft, dass du bald heimkommen würdest. Sie möchte etwas Wichtiges mit dir besprechen.«

»Ach ja?« Er blickte Libby aufmerksam an.

»Ja, Sir. Wissen Sie …« Libby unterbrach sich, als die Erinnerung an ihre Zeit mit Oscar Leidig wieder lebendig wurde. Wo sollte sie anfangen? Sie öffnete ihren Mund und platzte heraus: »Heute habe ich mit einem Jungen namens Oscar Leidig gesprochen, und …«

Mr Daleys Gesicht verzog sich zu einer wütenden Grimasse. Er hob abwehrend die Hand und bremste Libby mitten im Satz. »Seien Sie so gut und erwähnen Sie diesen Namen nicht.«

»S-Sir?« Libby drückte sich die Hand auf die Brust. Ihr Herz pochte unter ihrer Handfläche.

Das Gesicht des Mannes lief rot an und knurrend stieß er zwischen den Zähnen hervor: »Er ist nichts weiter als eine abscheuliche, wertlose Karikatur eines menschlichen Wesens.«

Alice-Marie schnappte nach Luft. »Daddy!«

Mr Daley wischte sich mit der Hand übers Gesicht. »Entschuldigt meinen harten Tonfall. Aber die Taten dieses jungen Mannes sind allen Geschäftsleuten in Clayton ein Graus. Stellt euch nur vor, wenn er stattdessen einen meiner Läden überfallen hätte! Es könnte einer meiner Angestellten sein, der von seiner Waffe getötet wurde.«

Er holte schaudernd Luft und seine Gesichtsfarbe kehrte langsam in ihren Normalzustand zurück. Er tätschelte Alice-Maries Hand. »Mach dir keine Sorgen, Alice-Marie. Der Junge wird teuer dafür bezahlen, dass er dem Verkäufer im Drugstore das Leben genommen hat.« Murmelnd fügte er hinzu: »Für mein Empfinden ist der Galgen noch zu gut für Oscar Leidig.«

25

Als er im Gang vor der Wohnung seiner Eltern stand, bekleidet mit seinem guten Anzug, das Haar ordentlich gekämmt, den einen Schuh auf Hochglanz poliert, fühlte sich Pete um Jahre zurückversetzt. Er war wieder sieben Jahre alt, hielt eine Mathematikarbeit mit den höchsten Auszeichnungen in der Hand und hoffte, dass sein Vater vor Stolz strahlen würde. Pete schüttelte den Kopf und vertrieb das Bild aus früheren Zeiten. Er war nicht hier, um seine Eltern stolz zu machen, sondern um sie zu beschämen.

»Pete? Gehen wir rein?« Lorenzo zog an Petes Jacke. Seine Finger – am Hotelwaschbecken frisch gereinigt – umklammerten die braune Papiertüte, in der sich die Nadel und eine Rolle grauer Faden befanden.

Pete gelang es, den kleinen Jungen unsicher anzulächeln. »Vielleicht solltet ihr ohne mich hineingehen, Lorenzo. Es wird bald Zeit zum Essen und deine … unsere Mutter erwartet mich nicht. Sie könnte sich verpflichtet fühlen, mich zum Essen einzuladen, und dann reicht es nicht für alle.«

Dennis schnaubte. »Es reicht *nie*.«

Pete schlug das Gewissen bei dieser Bemerkung seines Bruders. Er hatte die Jungen zum Mittagessen in ein kleines Lokal mitgenommen, wo sie Rührei-Sandwiches und eine dicke Gemüsesuppe hinuntergeschlungen hatten. Dann hatten sie begehrlich einen hohen Schokoladenkuchen unter einer Glasglocke betrachtet, aber Pete hatte Sorge gehabt, dass seine begrenzten Mittel nicht für den Kuchen und eine weitere Fahrkarte reichen würden, und hatte ihre flehenden Blicke ignoriert. Jetzt wünschte er sich, er hätte ihnen den Kuchen gekauft, selbst wenn das bedeutet hätte, dass er die ganze Strecke nach Chambers hinkend auf seinem Holzbein hätte zurücklegen müssen.

»Geht ihr beiden hinein«, forderte Pete die Jungen auf und gab Lorenzo einen sanften Schubs in Richtung Tür.

229

»Aber ich dachte, du wolltest zu Besuch kommen.« Verwirrt verzog Lorenzo das kleine Jungengesicht.

»Ja, das möchte ich auch, aber ich muss beide treffen, Mama *und* Papa.« Diese Bezeichnung kam ihm ganz leicht über die Lippen, was ihn selbst überraschte. »Und Papa ist im Moment nicht zu Hause, oder?«

Die beiden schüttelten einmütig den Kopf. »Bestimmt arbeitet er in der Brauerei«, erklärte Lorenzo.

»Dann muss ich also später wiederkommen.«

Dennis warf Pete einen lauernden Blick zu. »Aber … du kommst wieder … ja?«

Pete wünschte sich, er könnte Dennis so fest in die Arme nehmen, dass all die Verunsicherung und die Verletzungen in seinem jungen Leben geheilt wären. Aber er spürte, dass der Junge zurückweichen würde, wenn er die Hand nach ihm ausstreckte. Stattdessen beugte er sich herunter, um seinem Bruder in die Augen zu sehen. »Ich verspreche es, Dennis. Ich werde wiederkommen.« Er würde dieses Versprechen halten, komme, was wolle.

Sekundenlang starrte Dennis reglos in Petes Augen. Dann packte er Lorenzos Arm, ohne ein Wort zu sagen, und zog ihn in die Wohnung. Pete wartete, bis sich die Tür hinter seinen Brüdern schloss, bevor er auf die Straße hinauseilte. Er blieb an der Stelle stehen, wo er die Jungen an diesem Vormittag getroffen hatte, und überlegte, was er tun sollte. Er könnte ins Hotel gehen und sich dort entspannen, bis sein Vater von der Arbeit kam, und dann hierher zurückkommen. Oder er könnte sich auf die Bank vor dem kleinen Laden gegenüber setzen und warten. Wenn er hierblieb, sparte er das Geld für die Droschke. Er entschied sich zu warten. Nur noch drei Stunden, bis die Schicht seines Vaters zu Ende war.

Die Sonne war herabgesunken und Pete knöpfte sich die Jacke zu, um sich vor dem kühlen Wind zu schützen, der nach der Stadt roch. Er machte es sich auf der Bank aus Holzlatten bequem und beobachtete die vorbeigehenden Menschen. Manche hatten es eilig, andere schleppten sich dahin. Die meisten warfen neugierige Blicke in seine

Richtung, aber wenige lächelten und niemand blieb stehen, um ihn anzusprechen. Als die Abendbrotzeit kam und ging, weckte der Geruch reifer Früchte in den Kisten vor dem Laden ein Knurren in seinem Magen. Er kaufte bei der freundlich wirkenden alten Dame, die im Drugstore hinter der Theke stand, einen hellroten Apfel und ein kleines Stück Käse und kehrte zu seiner Bank zurück, um sein einfaches Mahl zu verzehren.

Die Geschäftigkeit auf der Straße ließ nach, als es Abend wurde. Pete sah auf seine Uhr – halb acht. Nur noch eine halbe Stunde, bis sein Vater von der Arbeit kam. Würde er direkt nach Hause gehen oder vorher eine Kneipe aufsuchen? Es war Freitag. Möglicherweise war heute also Zahltag. Pete nahm die spitz gebügelte Falte seines Hosenbeins zwischen die Finger. Verschwendete er womöglich seine Zeit, indem er hier saß und nach seinem Vater Ausschau hielt?

Ein großer, spindeldürrer Mann in einer fleckigen weißen Latzschürze trat mit dem Besen in der Hand auf den schattigen Gehweg und fing eifrig an, Staub und trockenes Laub zur Straßenkante zu fegen. Die Strohborsten waren nur Zentimeter von Petes Fuß entfernt. Er schob die Beine zurück, um keinen Dreck auf seinen Schuh zu bekommen. Sein Holzbein scharrte auf dem rissigen Gehweg und sein Stumpf vibrierte. Automatisch beugte er sich vor und massierte sein Bein.

Der Besen hörte auf, sich zu bewegen, und Petes Blick glitt am Besen entlang nach oben bis zum Gesicht des Mannes. Dieser verzog mitfühlend das Gesicht. »Habe ich Sie verletzt? Das wollte ich nicht.«

»Nein, Sie haben mich nicht verletzt.« Pete legte die Hand aufs Knie und achtete nicht auf den hartnäckigen Schmerz in seinem Beinstumpf. »Ich kann zur Seite gehen, wenn ich Ihnen im Weg bin.«

Der Mann machte eine abwehrende Bewegung mit seiner schwieligen Hand. »Nein. Ich fege sowieso nie unter der Bank, egal, wie sehr meine Frau deshalb schimpft. Was macht das schon? Dort unten setzt sich ja niemand hin.« Er gluckste leise und dann wurden seine Augen schmal. »Sind Sie neu in der Gegend?«

Pete nickte.

»Dachte ich mir schon. In diesen Teil der Stadt kommen nicht besonders viele Gentlemen wie Sie.« Er musterte Petes Anzug. »Die meisten gehören zur Arbeiterklasse. Ein paar Saufbrüder.« Er schnaubte. »Zu viele Saufbrüder.« Er neigte den Kopf zur Seite und zog die Brauen zusammen. »Wenn nicht die feinen Klamotten wären, könnte man Sie fast mit einem von denen verwechseln. Der Heruntergekommenste von allen wohnt direkt dort drüben mit seiner Frau und einem ganzen Rudel Kinder.« Er deutete auf das Wohnhaus, wo Petes Familie lebte. »Sie sehen ihm ziemlich ähnlich.«

Pete hatte plötzlich ein trockenes Gefühl im Mund. »Ach ja, tatsächlich?«

»Jawohl. Aber Sie würden nicht mit dem Haufen in Verbindung gebracht werden wollen. Der schickt seine Kinder hier rüber, damit sie von den Ständen etwas stehlen.« Er schüttelte den Kopf und fing wieder an zu kehren. »Natürlich melde ich sie nicht der Polizei. Wie meine Norma immer sagt: Das sind nur Kinder, die das tun, was ihr Vater ihnen befiehlt. Außerdem finden wir es nicht richtig, ein Kind hungern zu lassen …«

Pete schluckte. Sein Magen verkrampfte sich bei dem Gedanken, wie der kleine Lorenzo sich über die Straße schlich, um einen Apfel oder einen Pfirsich zu erbeuten, vor lauter Hunger − oder aus Angst vor seinem Vater. »Das ist freundlich von Ihnen.«

Der Mann zuckte die Achseln und legte beide Hände auf das abgerundete Ende des Besenstiels. »Das ist das Wenigste, was ich tun kann.« Er wischte sich die Hand an seiner schmutzigen Schürze ab und hielt sie Pete hin. »Übrigens, ich bin Keith − Keith Branson.«

Pete stand auf und schüttelte die Hand des Mannes. »Peter … Rowley.« Er hatte Gewissensbisse, aber er sagte sich, nach diesem Wochenende *würde* er Pete Rowley sein. Es würde doch sicher nicht schaden, seinen neuen Namen auszuprobieren. »Freut mich, Sie kennenzulernen, Mr Branson.«

»Danke, Peter. Und nennen Sie mich Keith − das machen alle. Also, was bringt Sie hierher?« Er sah zu Boden und fegte ein paar einzelne Blätter zur Seite..

Pete fuhr sich mit der Zunge über die Lippen. Die Unterhaltung sorgte dafür, dass die Zeit schneller verging, aber er wollte diesem Fremden nicht den Grund seines Besuches verraten. Er entschied sich für eine unbestimmte Antwort. »Ich kümmere mich um eine Angelegenheit, die schon lange fällig ist.«

»Hat das irgendetwas mit den Leidig-Jungen zu tun?«

Pete zog sein Taschentuch hervor und hustete hinein. »Warum fragen Sie?«

Keith unterbrach seine Arbeit wieder und lachte Pete an. »Ich habe vorhin gesehen, wie Sie mit den beiden jüngsten weggegangen sind. Sie sind schwer zu übersehen mit dem feinen Anzug und allem.« Er fasste sich ans bärtige Kinn. »Darf man hoffen, dass endlich jemand etwas unternimmt, um den Kindern zu helfen?«

Pete trat neben den Mann und senkte die Stimme zu einem Flüstern. Obwohl der Gehweg menschenleer war, hatte er das Gefühl, diskret sein zu müssen. »Was für eine Art Hilfe brauchen sie?«

»Was für eine Art?« Keith stieß ein humorloses Lachen aus. »Jede Art! Sie tragen immer Lumpen, sie sehen immer hungrig aus … Fast die ganze Zeit spielen die Kleinen draußen auf der Straße, statt zur Schule zu gehen. Meine Norma macht sich ständig Sorgen um sie. Es ist nur eine Frage der Zeit, dann werden sie *alle* in große Schwierigkeiten mit dem Gesetz geraten.«

Er fuchtelte mit dem Zeigefinger vor Pete herum. »Ich habe dunkelrote Blutergüsse an den Kindern gesehen. Mehr als einmal. Ich habe Norma nichts davon erzählt. Sie würde wahrscheinlich hinübermarschieren und dem Mann eine Bratpfanne über den Kopf ziehen und dann hätte sie ein Problem.« Er fuhr mit der abgewetzten Stiefelspitze über den Gehweg. »Außerdem hat ein Mann das Recht, seine Kinder so zu bestrafen, wie er es für richtig hält. Selbst die Bibel sagt, wer die Rute schont, hasst seinen Sohn. Die Leute würden sagen, dass wir uns nicht einmischen sollen, und in den meisten Fällen würde ich ihnen recht geben.«

Kopfschüttelnd umklammerte er den Besenstiel. Pete hatte den Eindruck, dass der Mann stattdessen lieber Gunter Leidigs Hals zwischen den Fingern hätte. »Aber ehrlich gesagt, Peter Rowley, ich glaube nicht, dass diese blauen Flecken etwas mit Erziehung zu tun haben. Sie stammen von einem miesen Betrunkenen, der seinen Zorn über die Welt an seinen Kindern auslässt. Und egal, was die anderen sagen: Ich finde das nicht richtig. Deshalb frage ich Sie«, Keith zog die Schultern zurück und sah Pete direkt ins Gesicht, »ob Sie etwas unternehmen werden.«

Petes Knie wurden weich, als eine Welle der Hilflosigkeit über ihn hinwegflutete. »Keith, ich würde gern helfen, aber ich bin nicht das, was Sie denken. Ich bin nur ein Student von der Universität, kein Beamter von der Fürsorge und auch kein Polizist. Ich weiß nicht, was ich tun kann.«

»Ach so.« Die Enttäuschung stand Keith ins Gesicht geschrieben. »Na gut …« Er drehte sich um und schwang den Besen ein letztes Mal halbherzig über den Gehsteig. »Dann tut's mir leid, dass ich Sie damit belästigt habe. Ich dachte nur, weil ich Sie heute Vormittag mit den Jungen gesehen habe, Sie wüssten vielleicht …« Seine Stimme verstummte, als er sich auf etwas in der Ferne zu konzentrieren schien. Er trat an die Straßenkante und kniff die Augen zusammen.

Pete hinkte zu ihm hin. »Was ist los?«

Keith verzog den Mund, als hätte er in etwas Saures gebissen. »Wenn man vom Teufel spricht – da kommt er.« Er stützte sich eine Faust in die Hüfte. »Gunter Leidig in eigener Person. Aber Gott sei Dank wankt er nicht, was bedeutet, dass er nüchtern ist. Vielleicht haben die Kinder heute Abend etwas Ruhe.« Er legte sich den Besen über die Schulter, wünschte Pete eine Gute Nacht und trat in seinen Laden.

Petes Herzschlag dröhnte in seinen Ohren. Sein Vater kam den Gehweg entlang, den Kopf und die Schultern gebeugt. Im Licht der Straßenlampe wurden das strähnige, schütter werdende Haar und die teigige Gesichtsfarbe eines müden alten Mannes sichtbar. Die Zeit hatte es mit Gunter Leidig nicht gut gemeint.

Während Pete ihn beobachtete, packte sein Vater das klapprige Geländer und zog sich auf den Betonvorbau hoch. Nach elf langen

Jahren konnte Pete schließlich seinem Vater entgegentreten. Von Angesicht zu Angesicht. Von Mann zu Mann.

Aber er rührte sich nicht.

Geh! Hol ihn ein! Die Aufforderung aus seinem Inneren setzte ihn in Bewegung. Pete stolperte auf die gepflasterte Straße und öffnete den Mund zu einem Ruf. Doch bevor ein Ton über seine Lippen kam, rumpelte eine Droschke um die Ecke, hielt vor dem Haus und blockierte seinen Weg. Mit einem verärgerten Brummen umrundete er die Droschke und sah, wie eine junge Frau ausstieg. Sie drückte dem Fahrer eine Münze in die Hand und drehte sich um. Die Straßenlampe beleuchtete ihr Gesicht. Pete fiel das Kinn herunter.

»Libby! Was machst du hier?«

»Petey!« Libby stürmte auf ihn zu und griff nach seinen Jackenaufschlägen. »Ich habe dich gefunden, Gott sei Dank! Bennett sagte, dass du hier wärst, und er gab mir die Adresse. Aber er war nicht sicher, ob er sie noch richtig im Kopf hatte.«

Pete hob den Kopf. Sein Vater war im Haus verschwunden. Er stöhnte frustriert auf. Er nahm Libby an den Schultern und führte sie zur Ecke des Gebäudes, außer Sichtweite von Personen, die vielleicht aus einem der oberen Fenster schauten. »Warum bist du nicht bei Alice-Marie?«

Selbst in der Dunkelheit sah er, wie sie errötete. »Ich ... ich habe mich davongeschlichen.«

»Libby!«

»Ich musste unbedingt mit dir reden. Als Alice-Marie und ich nach dem Essen in unsere Zimmer gegangen sind, habe ich Alice-Marie gesagt, ich würde ein ausgiebiges Bad nehmen, und dann bin ich die Dienstbotentreppe hinunter und zur Hintertür hinausgeschlichen.«

Pete schlug sich an die Stirn. »Libby, du bist wohl fest entschlossen, dir Ärger einzuhandeln.« Er nahm ihre Hand und zog sie zur Straßenkante. »Wir gehen sofort wieder zurück.«

»Nein!« Sie befreite sich aus seinem Griff. »Petey, du musst mir zuhören. Es gibt etwas, das du wissen musst, bevor du deine Eltern triffst.«

Er tippte mit dem Holzbein auf den Boden und versuchte, geduldig zu bleiben. »Na gut, aber beeil dich. Du musst wieder da sein, bevor dich jemand vermisst. Was ist los?«

»Es geht um deinen Bruder Oscar.«

Sofort hatte Pete das verschwommene Bild eines Jungen mit dicken Backen und lockigem, sonnengelbem Haar vor sich.

»Er ist im Gefängnis, Petey, verurteilt wegen Mordes.«

Das süße Bild der Unschuld zersplitterte. Er packte Libby wieder an den Schultern, aber dieses Mal, um einen Halt zu haben. Sicher hatte er sie missverstanden. »Wegen Mordes?«

Das tiefe Mitgefühl in Libbys Augen bestätigte ihm, dass er sich nicht verhört hatte. »Ich habe in der Zeitung davon gelesen und bin losgezogen, um zu ermitteln. Unter dem Vorwand, einen Zeitungsartikel zu schreiben, habe ich heute eine Stunde mit ihm verbracht. Petey, er ist so jung und so verängstigt. Und er sagt, dass er es nicht gewesen ist – er sagt, es war jemand anderes, aber das Gericht hat ihn für schuldig befunden, deshalb … deshalb wurde er zum Hängen verurteilt.« Sie holte schaudernd Luft und umfasste Petes Handgelenke. »Petey, es tut mir so leid.« Die letzten Worte stieß sie hervor, als sei sie den Tränen nahe.

Pete merkte, dass er Libbys Schultern so fest drückte, dass sie zusammenzuckte, doch er schien sie nicht loslassen zu können und sie machte keine Anstalten, von ihm abzurücken. Der Besitzer des Ladens – Keith Branson – hatte angedeutet, dass seine Familie Hilfe brauchte, aber ihre Not ging weit über das hinaus, was Pete tun konnte.

»Wir müssen deinem Bruder helfen, Petey. Wenn er unschuldig ist, können wir nicht zulassen, dass er gehängt wird.« Libby drückte seine Handgelenke. »Ich habe Mr Daley um Hilfe gebeten, aber da er selbst ein Geschäftsmann ist, liegen seine Sympathien bei dem toten Verkäufer. Er wollte mich nicht anhören. Wenn ich von Mr Daleys Reaktion ausgehe, weiß ich nicht, ob es hier jemand anderen gibt, der sich für Oscar einsetzen könnte. Also liegt es an uns.«

Die gleiche Hilflosigkeit, die er vorhin im Gespräch mit Keith gespürt hatte, überfiel ihn wieder, diesmal noch heftiger. Seine Knie bebten. Mit wankenden Schritten stolperte er zum Vorbau hinüber und setzte sich. Die Kälte des Betons drang durch seinen Körper und er zitterte. Libby hockte sich neben ihn und nahm seine Hände.

Seine Gedanken gingen hin und her, bis ein einziges Durcheinander in seinem Kopf herrschte: Oscar im Gefängnis wegen eines furchtbaren Verbrechens; seine jüngeren Brüder begingen Diebstahl, um ihren Hunger zu bekämpfen; alle von ihnen trugen die Spuren von Gunter Leidigs betrunkenen Wutanfällen ... So vieles lag im Argen. Wie sollte es ihm möglich sein, etwas daran zu ändern?

Mit geschlossenen Augen klammerte er sich an Libbys Hände und versuchte, Kraft zu sammeln.

Schließlich sah er in ihr blasses, erwartungsvolles Gesicht. Tränen verzerrten ihr süßes Bild. »Als Pfarrer wird von mir erwartet, dass ich den Menschen diene – dass ich mich um ihre Nöte kümmere. Aber vor solchen Problemen bin ich hilflos. Ich kann sie nicht in Ordnung bringen. ... Libby, ich weiß nicht, was ich tun soll.«

Ihre Finger schlüpften zwischen seine, und die feste Berührung von Hand zu Hand war warm und ermutigend. Ihr Atem streifte seine Wange, als sie flüsterte: »Doch, das weißt du, Petey. Bete.«

26

Als Peteys Augen sich schlossen, machte Libby ihre auch zu. Sie lauschte auf sein Gebet und wiederholte es Stück für Stück in ihrem Herzen. Er bat um Kraft für Oscar, Weisheit für sich selbst und Gerechtigkeit durch das Rechtssystem. Sie stolperte über seine letzte Bitte. Gerechtigkeit – bedeutete das, dass eine Strafe verhängt wurde? Manchmal war die Strafe härter als angebracht. Mit zugekniffenen Augen, die Hände fest mit Peteys verschränkt, ergänzte sie: *Noch mehr als Gerechtigkeit lass bitte Barmherzigkeit walten, Gott.*

Petey beendete das Gebet mit einem schwachen Dank und Libby öffnete die Augen. Er lächelte sie zaghaft an. »Du musst jetzt zum Haus von Alice-Marie zurückkehren. Komm, wir rufen dir eine Droschke.«

Sie stand gleichzeitig mit ihm auf, weigerte sich aber, wieder zum Straßenrand zu gehen. »Kann ich nicht bei dir bleiben?« Er würde jetzt sicher zu seinen Eltern hinaufgehen und sie wollte bei ihm sein.

»Nein, Libby, das muss ich allein machen.«

»Bitte! Ich verspreche, dass ich auch kein Wort sage. Ich mische mich in keiner Weise ein, egal, was geschieht.« Sie würde dieses Versprechen halten, und wenn sie sich dabei auf die Zunge beißen und die ganze Zeit auf ihren Händen sitzen müsste. »Nachdem ich mit Oscar gesprochen habe ... und alles gehört habe, was er über deinen Vater gesagt hat ...« Sie schluckte und die Angst trieb ihr am Rücken den Schweiß aus den Poren. Könnte sie diesem Mann entgegentreten, den sie sich als gefühlloses Monster vorstellte? »Es wäre mir wohler, wenn ich mit dir hinaufginge. Ich glaube nicht, dass du ihm allein begegnen solltest.«

»Und was willst du Alice-Marie sagen? Sie wird dir nicht abnehmen, dass du zwei Stunden lang in der Badewanne gesessen hast.«

Libby ließ den Kopf hängen. »Damit kann ich wahrscheinlich jede Hoffnung begraben, dass sie mir vergeben oder mir wieder vertrauen,

aber ich werde ihnen die Wahrheit sagen. Dass ich mich hierher-
geschlichen habe, um dir von deinem Bruder zu erzählen.«

Petey schreckte zurück. »Von meinem Bruder … dem verurteil-
ten Mörder.« Er legte den Kopf in den Nacken und seufzte tief auf.
»Alice-Marie wird wahrscheinlich allen auf dem Campus davon erzählen – du weißt, wie gern sie redet. Jeder wird das mit Oscar erfahren. Womöglich verhindert das sogar, dass ich Pfarrer werden kann.«

»Das wird nicht geschehen.«

»Wie kannst du dir da so sicher sein?«

»Weil … weil …« Libby suchte verzweifelt nach einem Grund. Ihr
Gespräch mit Petey in der Scheune an Matts und Lornas Hochzeitstag ging ihr durch den Kopf. Obwohl er sie damals mit seinen Worten
niedergeschmettert hatte, erinnerte sie ihn jetzt daran: »Weil du dazu
berufen bist und Gott wird dafür sorgen, dass diese Berufung sich
erfüllt.«

Er belohnte sie mit einem Lächeln. »Danke, Libby.«

»Gern geschehen. Also …«, sie verschränkte die Hände und drückte
sich die Knöchel ans Kinn. »Erlaubst du mir, dich zu begleiten, wenn
du deine Eltern triffst?«

Zu ihrer Überraschung lachte er. »Ich glaube, es ist einfacher, nachzugeben, als dir das auszureden.« Er nahm ihre Hand und wandte sich
dem Gebäude zu. »Wenn wir hier fertig sind, bringe ich dich zum
Haus von Alice-Marie und versuche, die Wogen zu glätten.«

Hand in Hand stiegen sie ein enges, dunkles Treppenhaus hoch, in
dem überall Müll lag. Libby wappnete sich gegen die Gerüche-
mischung aus Schweiß, zerkochtem Kohl und Kloake. Obwohl sie
Mrs Rowley oft für pingelig gehalten hatte, wenn es ums Putzen
und Aufräumen ging, wusste sie es jetzt zu schätzen, dass sie immer
für ein sauberes, wohlriechendes Heim gesorgt hatte. Sie schwor sich,
dass ihr eigenes Zuhause – wenn sie einmal eins haben würde – für
jeden, der es betrat, ein angenehmer Ort sein würde.

»Hier ist es.« Petey deutete im zweiten Stock auf eine Tür rechts
vom Treppenansatz. Stimmengemurmel drang hinter der Tür hervor.
Eine Stimme klang tief und barsch, die andere war hoch und fast

weinerlich. Petey sog tief Luft ein, hob die Hand und schlug drei Mal mit der Faust gegen das zerkratzte Holz.

»Wer ist da?«, dröhnte eine Stimme.

Petey räusperte sich und lehnte sich dicht an die Tür. Der Griff seiner Hand verstärkte sich. »Ich bin es, Pete, Vater. Dein Sohn.«

Es blieb lange still. Dann bellte jemand: »Ich habe keinen Sohn, der Pete heißt. Gehen Sie weg.«

Eine Frauenstimme erhob sich jammernd, eine Männerstimme befahl ihr zu schweigen, und ein leises Schluchzen drang bis ins Treppenhaus.

Petey drückte die Hand gegen die Tür. »Ich gehe nirgendwohin, bis du mit mir redest.« Seine Stimme klang sicher und stark, aber seine Hand, die in Libbys Hand lag, zitterte. Libby drückte sie aufmunternd. Er warf ihr einen kurzen, dankbaren Blick zu und fügte hinzu: »Ich kann die ganze Nacht hier stehen bleiben, wenn es sein muss. Spätestens morgen musst du an mir vorbeigehen, da kannst du also genauso gut jetzt aufmachen.«

Eine Kinderstimme rief: »Lass ihn rein, Papa! Er hat gesagt, er würde wiederkommen. Er hat's versprochen!«

»Halt den Mund, Junge.«

Pete und Libby zuckten beide zusammen, als sie das knallende Geräusch durch die Tür hörten, bei dem Fleisch auf Fleisch traf. Ein Kind schrie vor Schmerz auf. Es folgte das Poltern von Schritten durch den Flur, und dann wurde die Tür aufgerissen. Libby hätte sich am liebsten vor Petey geworfen, als ein großer finsterer Mann mit einem dreckigen Unterhemd und verblichener brauner Hose ins Treppenhaus geschossen kam. Aber sie hatte versprochen, sich nicht einzumischen, deshalb hielt sie Peteys Hand ganz fest und blieb, wo sie war.

Das ergraute Haar des Mannes hing ihm in dünnen Strähnen in die Stirn. Dunkle Ränder umrahmten seine rot unterlaufenen Augen und um seinen Mund herum hatten sich tiefe Falten eingegraben. Er stützte sich mit einer Hand am Türrahmen ab und verbrachte einige Sekunden damit, Petey von Kopf bis Fuß zu mustern. Er zuckte kaum merklich zusammen, als sein Blick den Boden erreichte und er Peteys Holzbein entdeckte, aber dann wanderten seine Augen ganz langsam wieder nach oben, bis er seinem Sohn ins Gesicht sah. Ein spöttisches Grinsen umspielte seine Lippen.

»Sieh mal einer an! Ganz vornehm steht der Mann hier!« Mr Leidig lachte – es war ein knurrender, bedrohlicher Laut. »Junge, Sie können kein Sohn von mir sein. Nicht in Klamotten wie diesen und nicht mit einem Stück Holz, wo ein Fuß sein sollte. Laufen Sie, äh, hinken Sie davon.«

Die Abgebrühtheit dieses Mannes verschlug Libby den Atem, aber Petey zuckte nicht einmal mit der Wimper. Als Mr Leidig zurücktrat und der Tür einen Stoß versetzte, um sie zu schließen, stürmte Petey vor und stoppte sie mit seinem gesunden Fuß. Die Tür schlug gegen seinen Schuh und öffnete sich wieder. Auf halbem Weg durch den Flur drehte sich der Mann ruckartig um und starrte Petey überrascht an.

Petey trat über die Schwelle in den kleinen schmuddeligen Raum und zog Libby hinter sich her. »Ich bin hier, um dich zu sehen, Vater. Und ich werde sagen, was ich zu sagen habe.«

Mr Leidig ballte die Fäuste. »Verziehen Sie sich.«

»Das werde ich nicht tun.«

Auf der linken Seite öffnete sich eine Tür einen Spalt weit und zwei kleine Jungen spähten hervor. Mr Leidig wedelte mit der Faust in ihre Richtung. »Verschwindet sofort wieder da drin!« Die Tür wurde schnell geschlossen. Er wandte sich Petey zu. »Ich habe Ihnen gesagt, dass Sie nicht mein Sohn sind, also ...«

»Er ist unser Sohn.« Aus dem Schatten in der Ecke eilte eine Frau herbei. Sie war dünn, ihre Schultern hingen herab und sie besaß den gleichen gejagten Blick, der Libby an Oscar aufgefallen war. Die Frau hastete an dem wütenden Mann vorbei und blieb einen halben Meter vor Petey stehen.

»Geh weg von ihm, Berta«, befahl der Mann, aber sie tat, als hätte sie ihn nicht gehört. Ihre dünnen Hände schwebten vor Peteys Brust, als wolle sie ihn gern berühren und hätte doch Angst, geschlagen zu werden. Sie schaute Petey direkt ins Gesicht, während ihr Tränen in die Augen schossen. »Schau ihn dir nur an. Er *ist* unser Petey, Gunter.« Ihre müde Stimme klang verwundert.

Die Muskeln in Petes Unterkiefer zuckten, als er seiner Mutter ins Gesicht sah. »Hallo, Mutter.«

Blitzschnell streckte sie die Hände aus und legte sie an Peteys Wangen. Beim Anblick der roten, rissigen Hände auf Peteys gebräunten, gesunden, glatt rasierten Wangen blutete Libby das Herz. Sie musste sich abwenden, als die Frau mit zärtlicher Stimme sagte: »Petey, mein Junge ... mein Erstgeborener ... nun ist er ganz erwachsen und sieht wie ein feiner Herr aus ...«

Petey blieb aufrecht und reglos stehen, bis die Frau sich nach vorn beugte, als wolle sie ihn umarmen. Dann wich er vor ihrer Berührung zurück. In den tief liegenden Augen seiner Mutter flackerte Schmerz auf, aber sie rückte mit einem Ausdruck trauriger Hinnahme von ihm ab. Sie schien mit Ablehnung zu rechnen.

Gunter stampfte vorwärts, stellte sich neben seine Frau, die ihm ängstlich auswich, und starrte Petey wütend an. »Warum bist du hier? Was willst du von uns, Junge?«

»Ich will nichts weiter, als dass ihr mich anhört.«

Gunter und Berta wechselten einen Blick. Nach einem Moment überraschten Schweigens stieß Gunter ein weiteres bellendes Lachen aus. Er machte eine einladende Handbewegung. »Reden ist billig und Hören kostet nichts. Also los, Junge – rede.« Er ließ sich in einen durchhängenden Sessel fallen und grinste Petey an. Berta schien mitten auf dem abgewetzten Teppich Wurzeln geschlagen zu haben. Keiner von ihnen bot Petey einen Platz an.

Libby blickte in Peteys Gesicht und hielt die Luft an, während sie darauf wartete, was er diesen beiden gebrochenen, bitteren, kaputten Menschen sagen würde. Sie verdienten seinen Zorn, aber sie glaubte, Mitgefühl hinter dem Schmerz und der Wut in seinen Augen zu sehen. Ihr Herz setzte einen Schlag lang aus. Sie hatte dafür gebetet, dass Barmherzigkeit regieren würde. Hatte ihr Gebet seinen Weg zu Gott gefunden und war zurückgekehrt, um Peteys Herz zu berühren?

Petey fuhr sich mit der Zunge über die Lippen. »Ich gestehe, dass ich schon seit Jahren hierherkommen wollte. Die ganze Zeit, seit …« Sein Blick ging kurz nach unten und er klopfte mit der Spitze seines Holzbeins auf den verblichenen, mit Rosen verzierten Teppich, der den Holzboden bedeckte. Er richtete die Augen wieder auf seine Eltern. »Ich wollte euch von Angesicht zu Angesicht sagen, dass ich immer noch alle Gliedmaßen hätte, wenn ihr mich nicht weggeschickt hättet. Diese Straßenbahn wäre mir niemals über den Fuß gerollt, wenn ich nicht allein dort draußen gewesen wäre.«

Berta schien in sich zusammenzusinken, aber Gunter saß reglos da, einen trotzigen Ausdruck auf dem Gesicht.

»Ich habe mir die Worte so oft zurechtgelegt, dass ich eine auswendig gelernte Rede im Kopf habe. Und ich habe mir eure Gesichter vorgestellt, wenn ich sie euch halte. Ich wollte, dass Reue und Scham euch die Tränen ins Gesicht treiben.« Petey hielt inne und schluckte zwei Mal. Sein Adamsapfel bewegte sich im Hals auf und ab. Er hielt immer noch Libbys Hand fest und ihr wurde plötzlich bewusst, dass das Zittern weg war. »Aber das spielt keine Rolle mehr. Das brauche ich nicht mehr.«

Petey straffte die Schultern. Frieden und Stärke schienen in ihm aufzublühen. »Ich erkenne jetzt, dass mein Leben nicht durch euch bestimmt war. Ihr wart nur Werkzeuge in Gottes Händen. Er hat euch erlaubt, mich wegzuschicken, damit ich Menschen finden konnte, die mich liebten und mir Gutes gaben. Menschen, die mich lehrten, Gott zu lieben und ihm zu dienen. Wer weiß, was für eine Beschäftigung ich mir gesucht hätte, wenn ich zwei gesunde Beine gehabt hätte, die mich in die Zukunft tragen. Vielleicht hätte ich nur mich selbst im Blick gehabt und nicht Gott.« Er senkte den Kopf zu einem Nicken, als wäre er zu einem Einverständnis gelangt. »Deshalb danke ich euch, Gunter und Berta, dafür, dass ihr mich zur Tür hinausgestoßen habt. Ich habe ein besseres Leben gehabt, als ihr es mir hättet geben können.«

Bertas Kinn fing an zu zittern und sie presste sich die Faust an den Mund. Tränen strömten über ihre eingefallenen Wangen. Aber Gunters Gesicht wurde hart vor Zorn. Er sprang vom Sessel auf und stieß mit dem Zeigefinger in Peteys Richtung. »Du hast deinen Text gesagt. Wir haben zugehört. Jetzt verschwinde. Und wage es nicht, noch einmal herzukommen.«

Petey blieb reglos stehen. »Eins noch, bevor ich gehe: Ich möchte meine Geschwister sehen.«

»Nein!«

»Dann gehe ich nicht.«

»Du wirst verschwinden, wenn ich dich rauswerfe«, stieß Gunter zwischen den Zähnen hervor.

»Und ich werde wiederkommen. Wieder und wieder und wieder, bis du mir endlich erlaubst, sie zu sehen. Wenn du mich loswerden willst, dann ruf meine Geschwister her.«

Libby war hin- und hergerissen zwischen Bewunderung für die Hartnäckigkeit ihres Freundes und der Angst, dass Gunter Leidig ihn die Treppe hinunterwerfen würde. Die zwei Männer standen sich Auge in Auge gegenüber. Keiner von ihnen blinzelte. Schließlich drehte sich Gunter mit einem Ruck um und warf sich wieder in den Sessel.

Er winkte seiner Frau, die ihn schweigend anblickte. »Hol die Kinder her, damit er sie anschauen kann.«

Berta huschte zur Tür, hinter der die Jungen hervorgeschaut hatten. Sie drehte den Knauf und die Türangeln quietschten unglaublich, als die Tür sich öffnete. »Ihr Kleinen? Kommt her und schaut euch euren großen Bruder Petey an.« Ein Anflug von Stolz lag in der Stimme der Frau.

Eine Traube von barfüßigen Kindern in verschlissenen Nachthemden schob sich aus dem kleinen Zimmer. Sie stellten sich der Größe nach auf. Alle hatten Peteys blonde Haare und blaue Augen, aber niemand besaß sein ungezwungenes Grinsen. Libby tat es in der Seele weh, in die leeren, ernsten Gesichter zu schauen.

Berta ging an der Reihe entlang und berührte ein Kind nach dem anderen. »Das hier ist Wendell, Petey. Schau ihn dir an – ein schöner, großer Junge. Schlau ist er auch – das sagen alle seine Lehrer.« Sie

244

bewegte sich zum nächsten Jungen, der einen halben Kopf kürzer als Wendell war. »Und das ist Orel. Er ist schon zwölf. Das hier ist Elma ... sie ist nicht sehr groß, aber ist sie nicht ein hübsches Mädchen? Sie war gerade erst ein winziges Baby, als du ...« Bertas Lippen zitterten und sie presste sie einen Moment lang fest aufeinander, bis sie ihre Beherrschung wiederhatte.

Sie trat zwischen die letzten beiden und zog sie dicht an sich. Der Kleinste legte seinen Kopf an ihre Brust, aber der andere blieb steif und reagierte nicht auf die Umarmung. »Die Kleinsten sind Dennis und Lorenzo – aber die hast du ja schon getroffen. Sie sind mit Geschichten nach Hause gekommen, dass sie dich heute gesehen haben, aber wir haben ihnen nicht geglaubt.« Sie streifte Gunter mit einem Blick und eine beinahe feindselige Regung funkelte in ihren Augen auf. »Jetzt wissen wir, dass es wahr ist.«

Petey stand da und betrachtete seine Geschwister. Er schien sich eins nach dem anderen einzuprägen. Libby wünschte, sie könnte ihn vorwärtsschubsen und ihn ermutigen, sich mit allen von ihnen anzufreunden, sie vielleicht sogar zu umarmen. Aber das Versprechen, das sie gegeben hatte, machte sie stumm und reglos. Ohne den Blick von seinen Brüdern und seiner Schwester abzuwenden, fragte er: »Wo sind Marta und Oscar?«

»Marta hat vor knapp einem Jahr geheiratet – sie lebt unten am Fluss mit ihrem Mann. Wir ... wir sehen sie nicht mehr oft. Und Oscar ...« Bertas Gesicht wurde blass. Sie schaute Hilfe suchend zu Gunter, aber er starrte zur Seite, den Mund fest verschlossen. »Oscar ist ... verschwunden.«

Nachdem sie die Wahrheit kannte, musste Libby sich zwingen, still zu bleiben. Sie biss sich auf die Zungenspitze und wartete darauf, dass Petey seinen Eltern sagte, dass er sehr gut wusste, wo Oscar war und warum. Aber er tat es nicht.

»Ihr Kleinen geht jetzt wieder ins Bett.« Berta scheuchte die Kinder ins Schlafzimmer und schloss die Tür hinter ihnen. Sie lehnte sich mit dem Rücken dagegen und richtete einen bittenden Blick auf Petey.

245

Er räusperte sich. »Danke, dass ich meine Geschwister sehen durfte. Ich werde jetzt gehen.« Er zog Libby an der Hand mit sich, stapfte zur Tür und griff nach dem Knauf. »Sobald ich von hier weg bin, werde ich mich mit einem Anwalt in Verbindung setzen, um meinen Namen zu ändern. Ich werde kein Leidig mehr sein. Ihr braucht euch also keine Sorgen zu machen, dass ich euch noch einmal belästigen werde.«

Eine glänzende Träne rollte über Bertas blasse Wange. Gunter sah seinen Sohn nicht einmal an.

»Macht's gut, Vater ... Mutter.«

Bertas Antwort war ein stockendes Flüstern. »M-mach's g-gut, Sohn.«

Mit einem gewaltigen Schritt stürmte Petey zur Tür hinaus und schlug sie hinter sich zu. Im Treppenhaus lehnte er sich an die kalte, schmutzige Wand und stieß einen langen Atem aus. »Das war das Schwierigste, was ich je getan habe.«

Libby berührte ihn sanft am Arm. »Deinen Eltern gegenüberzutreten?«

»Meine Geschwister dort zu lassen.« Er schüttelte den Kopf und schloss die Augen. »Jahrelang habe ich den Groll auf meine Eltern gehegt, weil ich ihnen die Schuld für meinen verlorenen Fuß gab. Ich dachte, sie hätten ihn mir genommen, indem sie mich von zu Hause wegschickten.« Er machte die Augen auf und sah Libby direkt ins Gesicht. »Aber wenn ich meine Geschwister anschaue, wird mir bewusst, dass mein Verlust im Vergleich zu dem, was ihnen geraubt wurde, nichts wiegt. Mein Vater hat ihre Seelen gestohlen, Libby.« Tränen schimmerten in seinen blauen Augen, aber feste Entschlossenheit machte seinen Unterkiefer hart. »Ich lasse sie nicht hier. Und wenn ich meinen Vater mit den Fäusten bekämpfen müsste, würde ich es tun. Aber ich lasse diese Kinder nicht an diesem schrecklichen Ort.«

27

»Aber was ist mit deinem Unterricht?« Bennett schaute zu, wie Pete seinen guten Anzug faltete und sorgfältig in seinem Koffer verstaute.

»Ich hole den Stoff nach, wenn ich aus Shay's Ford zurück bin.« Pete drückte die Schlösser seines Koffers zu und sah quer durch das kleine Hotelzimmer zu Bennett hinüber.

Bennett schüttelte den Kopf und setzte sich an den Rand seines quietschenden Bettes. »Warum glaubst du, dass du dich allein um fünf Kinder kümmern kannst?«

»Sechs.« Er stieß das Wort bellend aus, es klang barsch und nachdrücklich. »Ich habe Oscar noch nicht aufgegeben.« Petes Schultern sanken herab. Er sah müder – und viel besorgter – aus, als Bennett es je erlebt hatte. »Marta ist verheiratet. Was sie betrifft, kann ich nur beten und hoffen, dass ihr Mann ein anständiger Kerl ist und sie gut behandelt. Ich kann im Moment nichts für sie tun. Aber was die anderen angeht ...«

Bennett dachte an die beiden Jungen, die bei ihnen im Hotelzimmer gewesen waren, und verstand Petes Sorge. Die Kinder sahen aus, als könnten sie eine helfende Hand gut gebrauchen. Aber Pete schien sich nicht im Klaren darüber zu sein, dass seine Hände bereits voll waren.

Bennett warf sich auf das magere Kissen und stützte den Knöchel auf das gegenüberliegende Knie. »Ich bewundere deinen Mut, aber wie willst du es schaffen, zu studieren und gleichzeitig den Vater für eine Horde Kinder zu spielen? Wie willst du für sie sorgen? Du hast nicht genug Geld, um fünf ...«

Pete starrte ihn wütend an.

»Um für sechs Kinder aufzukommen. Wenn du diese Aufgabe übernimmst, kannst du es vergessen, Pfarrer zu werden. Hast du plötzlich entschieden, dass das doch nicht so wichtig ist?«

Pete zuckte zusammen.

Bennett hasste es, seinem Freund einen Dämpfer zu verpassen, aber irgendjemand musste die Stimme der Vernunft sein. Kein Achtzehnjähriger sollte eine solche Verantwortung an Elternstelle übernehmen. Er setzte sich auf und trommelte mit seinen bestrumpften Füßen auf die rauen Bodenbretter. »Denk doch mal nach, Pete. Du kannst entweder Student oder Vater sein, aber nicht beides. Was wird den meisten Menschen am meisten nützen? Nimm diese Kinder zu dir und du erreichst fünf … sechs Leben, aber wenn du Pfarrer wirst …«

Pete nagte an seiner Lippe und Bennett wusste, dass er einen wunden Punkt getroffen hatte. Pete hatte schon so lange Geistlicher werden wollen. Wie könnte er das jetzt aufgeben? Und wie kam er zu der Überzeugung, dass er fünf Kinder aufziehen könnte? Fünf, nicht sechs. Der älteste Knabe war verloren, egal, was Pete sich einredete.

»Deine Familie ist all die Jahre ohne dich zurechtgekommen. Lass sie los, Pete. Das sind Fremde für dich. Fremde. Das bedeutet, sie sind *nichts*.«

Statt bestätigend zu nicken, schob Pete das Kinn vor. Entschlossenheit loderte in seinen Augen. »Du irrst dich. Diese Kinder – sie sind alles, Bennett. Sie sind meine Geschwister – mein Fleisch und Blut. Wie könnte ich auf einer Kanzel stehen und über Gottes Liebe predigen, wenn ich wüsste, dass ich meine eigenen Geschwister in der Gosse gelassen habe, leidend und zerstört? Ich wäre der furchtbarste Heuchler. Nein«, er schnappte sich seinen Koffer und bewegte sich zur Tür, »ich nehme den ersten Zug nach Shay's Ford. Ich brauche Jacksons Hilfe, wenn ich gegen die Verurteilung von Oscar vorgehen und das Sorgerecht für Wendell, Orel, Elma, Dennis und Lorenzo bekommen will.«

Bennett sprang auf und griff nach seinen Schuhen, während er auf Pete zuging. »Dann lass mich mitkommen.«

Pete verdrehte die Augen. »Erst Libby, dann du. Warum glaubt jeder, dass ich so hilflos wäre, dass man mich begleiten muss?«

Trotz der ernsten Situation konnte sich Bennett ein Grinsen nicht verkneifen. »Die gute Lib wollte auch mit?«

»Sie hat darauf bestanden. Sie sagte, sie wäre diejenige, die darauf gekommen sei, dass Oscar mein Bruder ist, und sie sei bei mir gewesen, als ich meine Eltern getroffen und meine Geschwister gesehen habe. Also sollte sie auch dabei sein, wenn ich mit Jackson rede.« Er schüttelte den Kopf, holte tief Luft und stieß sie wieder aus. »Ich habe zu ihr Nein gesagt und ich sage zu dir Nein. Das ist mein Kampf und ich fechte ihn allein aus.«

Es überraschte Bennett nicht, dass Libby mitten im Geschehen sein wollte. Er lachte in sich hinein, als er daran dachte, wie sie am frühen Abend in ihr Hotelzimmer gestürmt war, als wäre ihr alle Welt auf den Fersen, und hervorgesprudelt hatte, sie müsse Petey finden und das möglichst schnell. Libby regte sich oft auf, aber er hatte sie noch nie so unter Hochspannung erlebt.

Pete langte nach dem Türgriff und sein Ausdruck milderte sich. »Glaub nicht, dass ich nicht dankbar wäre, Bennett. Du und Libby, ihr seid wahre Freunde, die mir zur Seite stehen, wenn es Schwierigkeiten gibt. Ich werde immer dankbar sein für deine Bereitschaft, mir zu helfen.«

Bennett wand sich etwas und hatte Gewissensbisse. Er wollte eigentlich nicht mit, um zu helfen, sondern um an der ganzen Aufregung teilzuhaben.

Pete fuhr fort: »Aber ich muss das allein machen.« Er hielt inne, einen seltsamen Ausdruck auf dem Gesicht. »Es gibt aber etwas, womit du mir helfen kannst.«

Mit einem Satz war Bennett bei Pete. Er wollte gern an dieser Sache beteiligt sein. »Klar.«

»Du kennst doch Roy Daley … Alice-Maries Cousin?«

Beim Namen seines Erzgegners ging Bennett in Abwehrhaltung. »Was ist mit ihm?«

»Er möchte mit Libby zusammen sein und hat mich gebeten, ihm dabei zu helfen.«

Bennett fiel das Kinn nach unten. »Er hat was?«

Pete nickte mit flammend rotem Gesicht. »Er hat mir versprochen, dass er uns beiden einen Platz auf der *Beta-Theta-Pi*-Liste geben würde, wenn ich ihm helfen würde. Aber keiner von uns wird angenommen, wenn ich es nicht tue.«

»Er hat dir *gedroht*?«

»Er hat sich sehr freundlich gegeben, aber es ist schon eine Art Drohung. Mehr gegen dich als gegen mich.« Pete schüttelte den Kopf. »Ich mache mir nichts aus Studentenverbindungen. Vor allem jetzt nicht, wenn es gar nicht sicher ist, ob ich ans College zurückkehre.« Ein schmerzlicher Ausdruck kräuselte seine Stirn, aber er wischte sich mit der Hand übers Gesicht und löschte ihn aus. »Ich weiß aber, wie viel dir das bedeutet, und ich möchte dir nicht dabei im Weg stehen, das zu bekommen, was du willst. Aber ich kann mir nicht vorstellen, ihm Libby zu opfern, nur um einen Platz in der Bruderschaft zu bekommen … oder?«

Die Studentenverbindung war Bennett wichtig – das würde er nicht leugnen. Ein *Beta Theta Pi* zu sein, würde ihm erlauben, zu der elitärsten Gruppe am College zu gehören – ein großer Aufstieg für einen heimatlosen, namenlosen Waisen. Aber könnte er Libby dafür opfern?

Pete musste sein Schweigen offenbar als Unwillen verstanden haben. »Wenn du lieber nicht mit ihm reden möchtest, ist das in Ordnung. Ich werde mich darum kümmern, wenn …«

Bennett klopfte Pete auf die Schulter. »Du hast schon genug Stoff zum Nachdenken, also mach dir keine Sorgen um Roy und seine olle Verbindung. Ich erledige das.«

Pete schien vor Erleichterung in sich zusammenzusinken. »Danke, Bennett. Ich wünsche dir und den Mädchen eine gute Heimreise nach Chambers morgen. Wir sehen uns … bald wieder, hoffe ich.« Er eilte zur Tür hinaus.

Bennett verschloss die Tür und ging zum Fenster. Er schob den Vorhang zur Seite und starrte in die Nacht hinaus. Er hatte Pete gesagt, dass er die Sache mit Roy erledigen würde. Und das würde er in der Tat. Ein Grinsen machte sich auf seinem Gesicht breit. O ja, er würde sich ganz gewiss um Roy kümmern. Aber er würde es auf seine Weise tun.

Pete nahm das Glas Milch, das Maelle ihm anbot und trank einen großen Schluck, während Jackson es sich in seinem Ledersessel hinter dem Schreibtisch bequem machte. Nach ihrem anfänglichen Erstaunen, ihn am Samstagmorgen unerwartet – zerzaust und hohläugig von seiner Reise durch die Nacht – auf ihrer Türschwelle zu finden, hatten Jackson und Maelle ihn in ihrem Haus willkommen geheißen und sich so verhalten, als wäre ein Wochenendbesuch von ihm nichts Ungewöhnliches.

Maelle beugte sich vor und küsste Jackson auf die Wange. »Unterhaltet euch gut, ihr beiden. Die Mädchen und ich wollen heute Brot backen.« Sie lachte leise, als sie zur Tür ging. »Hoffentlich gehen die Brotlaibe diesmal auf!« Die Tür fiel hinter ihr ins Schloss.

Jackson schaukelte in seinem Sessel hin und her und gluckste. »Maelle fühlt sich als Mutter wie der Fisch im Wasser. Sie ist entschlossen, mit Hannah und Hester all das zu machen, was sie mit ihrer eigenen Mutter gemacht hätte, wenn die Umstände anders gewesen wären.« Sein Gesicht verdüsterte sich einen Moment lang. »Da bedauere ich es fast, dass sie all die Jahre warten musste, während ich im Repräsentantenhaus war. Aber …« Er verschränkte die Hände hinter dem Kopf und grinste. »Wir können nicht in der Zeit zurückreisen und etwas verändern, was gewesen ist, nicht wahr? Wir können nur das Beste aus dem Heute machen.«

»Da stimme ich dir zu.« Pete stellte das leere Glas an den Rand von Jacksons Schreibtisch und legte sich die Hände auf die Knie. »Und deshalb bin ich heute hier. Ich möchte das Beste aus dem Heute machen.«

Jackson hörte aufmerksam zu, als Pete die Einzelheiten über die Begegnung mit seinen Eltern und den jüngeren Geschwistern erzählte. Pete wiederholte Keiths Beobachtungen und beschrieb dann das traurige Schicksal, das Oscar erwartete – das gleiche Schicksal, das auch seine anderen Brüder eines Tages ereilen könnte, wenn sich nicht etwas änderte. Sein Magen verkrampfte sich und seine Stimme bebte, aber er breitete jedes hässliche Detail vor Jackson aus. Schließlich sagte er erschöpft: »Ich möchte meinen Namen ändern – ich möchte sämtliche Spuren von Gunter Leidig aus meinem Leben ausradieren. Aber noch dringender möchte ich meine Geschwister von ihm wegholen, bevor er sie zerstört. Wie kann ich ihr Vormund werden?«

Jackson, der während Petes langen Ausführungen eine sachliche Miene gezeigt hatte, verzog das Gesicht. Er beugte sich vor und fuhr sich mit einer Hand übers Gesicht. »Pete, das ist kein Kampf, den man leicht gewinnt.«

Zorn stieg in Pete auf. »Warum nicht? Du hast alles gehört, was ich gesagt habe – die Kinder werden zum Stehlen gezwungen, sie haben blaue Flecken, sie schwänzen die Schule ... und schau, wo Oscar jetzt ist! Sollte das nicht beweisen, dass Gunter Leidig ein Vater ist, der seine Kinder misshandelt?«

»Ich würde sagen, er ist alles andere als ein Ideal«, sagte Jackson mit ruhiger Stimme. »Aber unglücklicherweise definiert die Gesetzeslage nur ziemlich verschwommen, was als Misshandlung gilt. Die meisten Gerichte entfernen Kinder nur ungern aus der Fürsorge ihrer Eltern. Obwohl ich deine Sorge verstehe und dir völlig zustimme, muss ich ehrlich mit dir sein, Pete. Ich kenne keinen Richter, der einem achtzehnjährigen Studenten ...«

»Ich breche das Studium ab und suche mir einen Job.« In seiner langen durchwachten Nacht am Bahnhof, als er auf einer harten Bank gesessen und auf den Frühzug nach Shay's Ford gewartet hatte, war Pete zu einigen Schlüssen gelangt. Bennett hatte recht. Er konnte nicht an der Universität bleiben *und* für seine Geschwister sorgen, also musste er das College verlassen und sich eine Vollzeitstelle suchen. Er wollte sofort mit der Suche anfangen, sobald er Jacksons Haus verließ.

»Aaron und Isabelle werden dir bei lebendigem Leib die Haut abziehen.«

Pete zuckte bei Jacksons trockenem Kommentar nicht einmal mit der Wimper. »Das hat mit Aaron und Isabelle nichts zu tun. Es ist meine Entscheidung.«

Jackson schüttelte den Kopf und seufzte. »Pete, selbst wenn du eine gut bezahlte Arbeit hättest, kann ich mir nicht vorstellen, dass jemandem in deinem Alter das Sorgerecht für fünf jüngere Geschwister übertragen wird.«

Pete umklammerte die Kante von Jacksons Schreibtisch mit beiden Händen. »Sechs. Vergiss Oscar nicht. Wir müssen ihn aus dieser Zelle holen.«

Jackson zog eine Grimasse. »Ich weiß, dass das schwer für dich ist, Pete, aber du musst vielleicht einfach akzeptieren …«

»Nein!« Pete sprang auf. Sein Stumpf prickelte heftig, aber er achtete nicht darauf. »Ich kann nicht zulassen, dass Oscar …« Er brachte es nicht über sich, das Wort *gehängt* zu sagen.

Jackson schüttelte den Kopf. »Ein Gericht hat ihn für schuldig befunden. Ein Richter hat das Urteil gesprochen. Der Termin ist festgelegt. Weißt du, wie schwer es ist, so etwas zu kippen?«

»Aber es *kann* gekippt werden, nicht wahr? Wenn das Gericht sich geirrt hat, als es ihn schuldig sprach?«

»Hat sich das Gericht denn geirrt?«

Die Frage, obwohl sie sanft gestellt wurde, war wie ein Stich in Petes Herz. Er sank auf seinen Stuhl zurück. »Libby hat gesagt, dass Oscar schwört, niemanden getötet zu haben – er war da und wollte den Laden ausrauben, aber jemand anderes hat den Angestellten erschossen. Oscar ist dageblieben, weil er dem verletzten Mann helfen wollte. Als die Polizei kam, sahen sie Oscar und haben ihn verhaftet. Obwohl er immer wieder versichert hat, dass er nicht geschossen hat, hat ihm niemand geglaubt.« Petes Kinn bebte. »Aber ich glaube ihm.«

Jackson umrundete den Schreibtisch und legte Pete die Hand auf die Schulter. Mitgefühl leuchtete aus seinen Augen. »Pete, so schwer es mir fällt, aber ich muss ehrlich zu dir sein. Beinahe jeder Verbrecher schwört, er sei zu Unrecht verurteilt worden, egal, ob das stimmt oder nicht. Oscar hat zweifellos Angst vor dem … vor dem, was ihm bevorsteht. Natürlich beteuert er seine Unschuld.«

Pete schlug Jacksons Hand weg und stand auf. Unfähig, still zu stehen, tigerte er auf dem dicken Teppich, der den Holzboden bedeckte, auf und ab. »Aber verstehst du das nicht? Wenn mein Vater die anderen Kinder zum Stehlen geschickt hat, dann hat er wahrscheinlich auch Oscar zu diesem Laden geschickt!«

»Aber Oscar ist sechzehn – alt genug, um zu wissen, was richtig und was falsch ist. Es wird also erwartet, dass er die Konsequenzen seiner Taten trägt.«

Pete blieb stehen und starrte Jackson wütend an. »Ich kann akzeptieren, dass er für den Versuch zu stehlen bestraft wird. Aber für einen Mord? Was ist, wenn er den Mord wirklich nicht begangen hat, Jackson? Kannst du mit dem Gedanken leben, dass er für das Verbrechen eines anderen die Schlinge des Henkers spüren soll?«

Jackson saß auf der Schreibtischkante, die Arme verschränkt, den Blick finster. Es wurde so still im Zimmer, dass mädchenhaftes Kichern vom anderen Ende des Hauses an Petes Ohren drang. Pete blieb stehen. Er wollte keinen Rückzieher machen und wartete darauf, dass Jackson ihm eine Antwort auf seine Frage gab.

Schließlich seufzte Jackson. »Hat Oscar den Behörden irgendwelche Informationen über die Person gegeben, die angeblich den Schuss abgefeuert hat?«

Pete zerbrach sich den Kopf, was Libby alles erzählt hatte. Er wünschte, er hätte sich ihre Notizen aushändigen lassen – dann könnte er diese Informationen an Jackson weitergeben. »Ich glaube, er sagte, er hätte den Schützen nicht erkannt. Warum?«

»Wenn er einen Namen nennen oder eine Beschreibung abgeben würde, müssten sie seine Behauptung überprüfen. Bevor ich versuche, eine Verurteilung zu revidieren, die ein Richter ausgesprochen hat, muss ich genau wissen, wie die Sache aussieht.«

Petes Herz machte einen hoffnungsvollen Satz. »Dann machst du es also? Du bekommst ihn frei?«

Jackson hob abwehrend eine Hand. »Ich verspreche nichts. Nachdem ich von einem anderen Bezirk bin, darf ich deinen Bruder vielleicht nicht einmal besuchen, geschweige denn Nachforschungen anstellen. Aber ich werde es *versuchen*. Das ist alles, was ich tun kann.«

»Und dann lässt du mich zum Vormund von Oscar und den anderen bestellen?«

»Pete, bitte …« Jackson schüttelte den Kopf und ein trauriges Lächeln lag auf seinem Gesicht. »Besteigen wir einen Berg nach dem anderen, ja? Und während ich klettere, solltest du lieber beten. Was du erreichen willst, kommt einem Wunder gleich.«

28

Libby öffnete die Tasche auf ihrem Bett und holte das Kleid heraus, das sie am Vortag getragen hatte. Sie schüttelte die Knitterfalten aus und ging zum Schrank auf der anderen Seite ihres Zimmers im Wohnheim. Zu Alice-Marie sagte sie: »Ich wünschte, Petey hätte mir erlaubt, ihn zu begleiten. Ich werde an nichts anderes mehr denken können, bis er wieder da ist. Ich hoffe, dass er etwas für Oscar tun kann.«

Alice-Marie zog die Nase kraus. »Ich denke, es ist dumm von ihm, das zu versuchen. Wie mein Vater gesagt hat: Ein Gericht hat ihn für schuldig befunden. Also sollte jetzt Schluss sein mit der Sache.«

Alice-Maries Eltern waren sehr aufgebracht gewesen, als Libby und Petey gestern am späten Abend an der Tür geklingelt hatten. Aber nach Peteys ruhiger, höflicher Erklärung waren sie zögernd bereit gewesen, Libby zu verzeihen. Sie informierten sie jedoch darüber, dass sie nicht länger in ihrem Haus willkommen war. Dann hatten sie sich mit Alice-Marie in Mr Daleys Arbeitszimmer zurückgezogen und hinter verschlossenen Türen ein langes Gespräch mit ihr geführt. Beide Mädchen waren am nächsten Morgen in den ersten Zug gesetzt worden.

Libby hatte angenommen, dass Alice-Marie sie nach allem, was passiert war, völlig schneiden würde, aber zu ihrer Überraschung hatte Alice-Marie die ganze Fahrt zur Schule zurück mit ihr geplaudert. Sie wandte sich ihrer Zimmergenossin zu und fragte: »Könntest du Oskar so einfach aufgeben, wenn er dein Bruder wäre?«

Alice-Marie schnaubte. »*Mein* Bruder würde nicht versuchen, einen Drugstore auszurauben.«

»Weil dein Bruder eine gute Erziehung hätte, genau wie du«, erwiderte Libby leise. »Wie lernen Kinder, Richtig und Falsch zu unterscheiden? Von ihren Eltern. Was können wir von Kindern erwarten, deren Eltern ihnen beibringen, Böses zu tun? Ja, es war unrecht von Oscar, etwas aus der Drogerie stehlen zu wollen, aber ich glaube, dass andere Menschen eine Mitschuld tragen. Es ist nicht in Ordnung, nur Oscar zur Verantwortung zu ziehen.«

Alice-Marie stieß wieder leise die Luft aus, aber sie widersprach nicht. Die Mädchen erledigten ihre Aufgaben schweigend. Sie leerten ihre Taschen und räumten ihre persönlichen Gegenstände weg. Als wieder Ordnung im Zimmer herrschte, streckte sich Libby auf ihrem Bett aus, um ein Schläfchen zu halten. Auch Alice-Marie rollte sich auf ihrem Bett zusammen und schloss die Augen. Libby streckte die Hand aus und tippte Alice-Marie am Arm an. Sie riss die Augen auf. »Was ist?«

»Danke, dass du immer noch mit mir redest, obwohl ich deine Eltern wieder gegen mich aufgebracht habe. Die Tage, als du so wütend auf mich warst, waren nicht so angenehm.« Libby lächelte, um Alice-Marie zu zeigen, dass sie nicht verstimmt war.

Alice-Marie verzog das Gesicht und rutschte auf ihrem Kissen herum. »Für mich auch nicht. Es ist anstrengend, die ganze Zeit still zu sein.«

Libby war klug genug, nicht zu lachen.

»Meine Eltern wollten mich unbedingt überreden, in ein Einzelzimmer zu ziehen. Ich fürchte, sie denken, dass du keinen guten Einfluss auf mich hättest.« Sie seufzte. »Ich habe ihnen schließlich gesagt, dass ich vielleicht nach den Weihnachtsferien in ein eigenes Zimmer wechsle.«

Libby versuchte sich vorzustellen, wie es wäre, allein zu sein. Sie hätte mehr Zeit zum Schreiben. Oft ging ihr Alice-Marie mit ihrem endlosen und oft auch sinnlosen Geplapper auf die Nerven. Aber Libby fand den Gedanken, jeden Tag allein in ihrem Zimmer zu sitzen, nicht verlockend.

»Aber«, fuhr Alice-Marie fort, während sie sich zur Seite drehte und die Augen zukniff, »ich bezweifle, dass ich es wirklich tun werde. Umzuziehen ist so ein Aufwand und ich möchte nicht gern ganz allein sein. Deine Gesellschaft, auch wenn sie vielleicht unkonventionell ist, ist auf jeden Fall besser als Einsamkeit. Und zu wem sollte ich sonst gehen? Für dieses Jahr haben schon alle Mädchen eine Zimmerkameradin. Also sitzen wir hier zusammen fest. Zumindest im Moment.«

Libbys Augenlider sanken herab, aber dann fiel ihr noch etwas anderes ein. Sie setzte sich auf und tippte Alice-Marie noch einmal an. Alice-Marie zog die Nase kraus, zeigte aber sonst keine Reaktion. Libby tippte ein bisschen stärker.

»Was denn?« Der ungehaltene Ton war entmutigend, aber da Libby Alice-Marie bereits gestört hatte, konnte sie nun genauso gut ihre Gedanken loswerden.

»Danke, dass du zugestimmt hast, niemandem etwas von der Situation mit Peteys Bruder zu erzählen. Petey hat nichts damit zu tun, und es wäre nicht fair, wenn sich Leute abfällig über seinen Charakter äußern würden.«

Alice-Marie richtete sich auf und ihre Augenbrauen schossen in die Höhe. »Elisabet, ich würde Pete *niemals* für das verantwortlich machen, was sein Bruder getan hat. Gerade ich verstehe sehr gut, wie peinlich es ist, einen Verwandten zu haben, dessen Verhalten fragwürdig ist. Was meinst du, warum ich dir nicht gesagt habe, dass Roy Daley mein Cousin ist?« Sie schüttelte sich. »Er ist sehr beliebt auf dem Campus, weil er so ein großartiger Sportler ist. Ich gebe zu, dass ich versucht habe, Nutzen aus unserer Beziehung zu schlagen, um mir selbst einen Platz in der Gruppe der Beliebten zu sichern. Aber ich muss dir zustimmen – er ist total unausstehlich. Also würde ich natürlich nicht versuchen, ein schlechtes Licht auf Petes Charakter zu werfen, indem ich erzähle, was sein Bruder getan hat.«

Alice-Marie streckte die Hand aus und tätschelte Libby kurz aufs Handgelenk. »Mach dir keine Sorgen. Petes Geheimnis ist bei mir gut aufgehoben.«

Libby versuchte zu schlafen, aber hinter ihren geschlossenen Lidern stiegen Bilder von ihrem kurzen Besuch in Clayton auf und ließen sie nicht zur Ruhe kommen. Sie sah Petey wieder vor sich, wie er sich gegen die schmutzige Wand im Mietshaus seiner Eltern lehnte und erklärte, er würde seine Geschwister nicht an diesem Ort lassen. Dieses Bild legte sich über alle anderen und wurde einfach nicht schwächer.

War Petey wohlbehalten in Shay's Ford eingetroffen? Hatte Jackson zugestimmt, ihm zu helfen? Was würde Petey tun, wenn es Jackson gelang, einen Richter davon zu überzeugen, dass Petey das Sorgerecht für seine Geschwister bekam? Und – noch wichtiger – was würde er tun, wenn es Jackson nicht gelang?

Lass nicht zu, dass Petey das Herz bricht. Schenk, dass Petey sie retten kann. Libby hatte ihre hoffnungslosen, unglücklichen Gesichter immer wieder vor Augen, bis sie nicht mehr still liegen konnte.

Auf Zehenspitzen ging sie zu ihrem Schreibtisch und griff nach dem Notizbuch, das sie bei der Befragung von Oscar verwendet hatte. Obwohl sie nur vorgegeben hatte, eine Reporterin zu sein, erkannte sie jetzt beim Blick auf die Seiten voller hastiger Notizen, dass sie mehr als genug Informationen gesammelt hatte, um einen Artikel zu verfassen. Die Zungenspitze im Mundwinkel, schnappte sie sich einen Bleistift und fing an zu schreiben, verwandelte ihre Notizen in Abschnitte voller Emotionen. Nachdem sie eine Stunde lang geschrieben, ausradiert, neu formuliert und gefeilt hatte, sank sie an ihrem Schreibtisch nieder, den Kopf auf die Arme gelegt.

Miss Whitford hatte Libby geraten, ihre Leidenschaft zu entdecken. War Leidenschaft der Grund, warum sie zu erschöpft war, um den Kopf zu heben? Sie fühlte sich, als hätte sie Oscars Geschichte mit ihrem eigenen Herzblut zu Papier gebracht. Die romantisch überhöhten Erzählungen zu verfassen, war Arbeit gewesen, aber auch Vergnügen. Diesen Artikel zu schreiben war, als hätte sie ihr Inneres nach außen gekehrt. Libby konnte nicht wirklich sagen, dass es ihr Spaß gemacht hatte, Oscars Leben zu schildern. Aber sie glaubte, dass ihr ein guter Artikel über die Misere eines jungen Mannes aus erbärmlichen Zuständen gelungen war.

Aber was sollte sie nun damit anfangen?

Sie richtete sich mühsam auf und betrachtete den Artikel. Ganz bestimmt steckte in diesen Zeilen eine Lektion – eine Lektion über die Bedeutung der Familie, über die Notwendigkeit, moralische Maßstäbe zu vermitteln und sich um Menschen in Not zu kümmern. Petey würde alles tun, was in seiner Macht stand, um Oscar zu retten. Doch so ungern es Libby zugab, bestand die Möglichkeit, dass der Junge für sie verloren war. Wenn diese Geschichte aber jemanden ermutigte, sich um einen jungen Menschen in Not zu kümmern und dessen Leben auf diese Weise eine neue Richtung zu geben, dann war Oscar nicht umsonst gestorben.

Libby fischte ihre Schuhe unter dem Bett hervor. So schnell ihre unbeholfenen Finger es zuließen, knöpfte sie sie zu. Dann schob sie den Artikel in ihre Ledermappe. Wenn sie einen Zeitschriftenredakteur dafür bezahlen musste, dass er den Text druckte, dann würde sie das tun. Dies war eine Geschichte, die wirklich erzählt werden musste – koste es, was es wolle.

Am Sonntagmorgen kämpfte sich Libby durch eine tiefe Benommenheit, in der Oscars Stimme immer wieder um Hilfe rief. Sie setzte sich in ihrem Bett auf, verschwitzt und zitternd, und zwang sich, mehrmals tief durchzuatmen, um ihren rasenden Puls unter Kontrolle zu bringen. Es war ein Traum, nur ein Traum. Doch der panische Schrei hatte so echt geklungen.

Es war noch vor Anbruch der Dämmerung und bedrohliche graue Schatten verdunkelten den Raum. Nur ein Rechteck aus hellerem Grau – die Gardinen, durch die das Licht des Mondes fiel – ließ erkennen, wo das Fenster war. Alice-Marie schlief tief und fest. Ihr Atmen kam Libby in dem stillen Zimmer laut vor, als sie sich auf die Bettkante setzte und mit weit geöffneten Augen versuchte, die Uhr auf Alice-Maries Kommode zu lesen. Einige Sekunden vergingen, bis ihre Augen sich an das schwache Licht gewöhnt hatten und sie die Uhrzeit erkennen konnte. Fünf nach fünf. Sie stieß einen langen Seufzer aus, legte sich aufs Kissen zurück und starrte in den dunklen Raum.

In den vergangenen Wochen hatte sie sich Bennetts Angewohnheit, am Sonntagmorgen auszuschlafen, auch zu eigen gemacht, aber heute wollte sich der Schlaf nicht mehr einstellen. Aus Angst, der verstörende Traum könnte sie erneut heimsuchen, blieb sie mit weit aufgerissenen Augen hellwach liegen. Warum verfolgte Oscar sie? Hatte sie nicht alles für ihn getan, was sie konnte? Der Artikel, den sie geschrieben hatte, lag jetzt auf dem Schreibtisch des Redakteurs der *Boone County Daily Tribune* und wartete dort auf dessen Zustimmung. Der Mann hatte ihr nicht garantiert, dass er ihn drucken würde, aber er hatte versprochen, ihn zu lesen.

Ja, sie hatte sich die größte Mühe für Oscar gegeben.

Und wie wäre es, für ihn zu beten?

Sie schnappte leise nach Luft, als der Gedanke sich in ihr festsetzte. Zuerst hatte sie Petey zum Beten ermutigt, und jetzt mahnte sie ihr Herz, selbst auch zu beten? Sie richtete sich so abrupt auf, dass die Bettfedern protestierend quietschten. Sie blieb ganz still sitzen und hielt die Luft an, bis sie sicher war, dass sie Alice-Marie nicht geweckt hatte. Dann verließ sie das Zimmer und schlich zum Bad am Ende des Flurs. Vielleicht würde ein langes Bad in der Wanne, ein seltenes Vergnügen, ihr helfen, sich zu entspannen. Dann könnte sie sich wieder hinlegen.

Aber obwohl das Bad angenehm war, bewirkte es nur, dass sie nun völlig wach war. Sie wusste, dass sie nicht mehr würde einschlafen können, aber womit sollte sie die nächsten Stunden verbringen?

Geh zur Kirche und bete für Petey.

Sie verdrehte die Augen und murmelte: »Ich bin nicht die Beterin. Petey ist der Beter.« Ihre Worte blieben in dem dampfigen kleinen Raum hängen und Traurigkeit überfiel Libby mit solcher Macht, dass ihre Augen brannten. Sie wollte gern beten. Sie wollte gern vertrauen. Aber nachdem sie von so vielen Menschen verlassen oder zurückgewiesen worden war – von ihren Eltern, ihrem Onkel, allen möglichen potenziellen Adoptiveltern, Maelle, Jackson und sogar von Petey –, wusste sie nicht, wie sie es ertragen könnte, wenn Gott sie und ihre Nöte ebenfalls zurückwies.

Versuch es. Versuch es einfach …

Die hartnäckige Stimme in ihrem Kopf weigerte sich, zu verstummen. Sie musste sich davon ablenken. Sie eilte in ihr Zimmer und zog sich so leise wie möglich an. Aber Alice-Marie musste das leise Quietschen der Schrankscharniere gehört haben, denn sie gähnte und setzte sich auf.

»L-Libby?« Ihre Stimme klang heiser.

Flüsternd antwortete Libby: »Ja, das bin nur ich. Schlaf wieder ein. Ich mache einen Spaziergang.« Sie wusste, wohin sie wollte – niemand anderes würde dort sein.

»Im Dunklen?« Alice-Marie streckte die Arme über den Kopf. Die Bettfedern quietschten, als sie sich auf die Matratze zurückfallen ließ.

Die tiefen Schatten von vorhin waren verschwunden und das Zimmer lag jetzt in einem düsteren, rötlich gefärbten Licht. Bald würde die Sonne ihre gelben Strahlen über den Campus werfen. »Die Sonne ist fast aufgegangen. Ich werde meinen Weg finden.« Auf Zehenspitzen schlich sie zur Tür.

»Wo gehst du hin?«, fragte Alice-Marie mit schläfriger Stimme.

Libby bezweifelte, dass ihre Zimmergenossin sich später an dieses Gespräch erinnern würde, aber sie antwortete trotzdem. »Zum alten Fundament.«

»Du meinst das abgebrannte Gebäude? Das existiert also wirklich? Hast du es gesehen?«

»Ja.« Libby drehte den Türknauf und zuckte zusammen, als er einen schrillen Ton von sich gab.

»Bennett und ich sind einmal zu dem Feld hinausgegangen, aber wir haben die Grundmauern nicht gesehen.«

Libby öffnete die Tür und schlüpfte in den Korridor. Bevor sie die Tür zuzog, flüsterte sie: »Vielleicht habt ihr nicht aufmerksam genug gesucht. Tschüss, Alice-Marie.« Sie schloss die Tür hinter sich und eilte die Treppe hinunter. Miss Banks Schreibtisch war leer. Libby rannte daran vorbei und zur Eingangstür hinaus. Die Morgenluft schlug ihr kalt entgegen, aber sie ignorierte die Gänsehaut, die sich an ihren Armen bildete, und rannte den ganzen Weg zu der Baumreihe, die zur Wiese führte.

Erst auf dem von Bäumen gesäumten Weg verlangsamte sie ihre Schritte. An den Bäumen, die einmal dicht belaubt gewesen waren, hingen nur noch ein paar tapfere rostrote oder braune Blätter, die sich in der sanften Brise hin- und herbewegten. Der Boden unter ihr war von einem dichten Blätterteppich bedeckt. Sie schlenderte durch das Herbstlaub, kickte die Blätter nach oben und beobachtete, wie sie wieder zu Boden segelten. Ein Blauhäher, der sich offenbar durch ihr raschelndes Fortschreiten gestört fühlte, schimpfte vom kahlen Wipfel herunter. Seine leuchtend blauen Federn hoben sich stark von den braunen Ästen und dem blassen Himmel im Hintergrund ab.

Vor Libbys Augen schlug er mit den Flügeln und krächzte laut. Seine glänzenden Augen schienen Libby direkt anzublicken. Was für ein keckes kleines Geschöpf – glaubte es wirklich, sie in die Flucht schlagen zu können? Unwillkürlich lachte sie. Der Vogel flog auf und schwirrte zwischen den Zweigen hindurch. Sie sah ihm nach, bis er verschwunden war, dann setzte sie sich wieder in Bewegung.

Die Wiese lag direkt vor ihr, das Gras höher als bei ihrem letzten Besuch. Sie trat unter den Bäumen hervor auf die Lichtung, direkt in das Leuchten eines majestätischen Sonnenaufgangs. Rosarote, gelbe, orange und purpurrote Streifen verliehen dem Horizont eine festliche Pracht. Die Sonne – eine kräftige weiße Scheibe – schob sich durch das Zentrum der farbigen Maserung empor und schickte ihre Strahlen nach oben, um die spärlichen Wolken zu durchdringen und einen gewaltigen Fächer aus Licht zu bilden.

Libby kniff die Augen automatisch zusammen. Die Helligkeit war zu stark, um direkt hineinzublicken, aber während sie den herrlichen Sonnenaufgang betrachtete, stellte sie sich vor, dass Petey – immer ein Frühaufsteher – den gleichen Anblick in Shay's Ford erlebte. Dadurch fühlte sie sich auf unbegreifliche Weise mit ihm verbunden.

Nach diesen erfüllenden Sinneseindrücken suchte sie die Steine, auf denen einmal ein hohes, stolzes Gebäude gestanden hatte. Sie schob das Gras mit den Händen zur Seite, ließ den Blick über das Gelände wandern und entdeckte schließlich die verborgenen Fundamente. Mit einem kleinen Triumphschrei setzte sie sich auf einen länglichen Stein und drückte ihre Hände an die raue, kalte Oberfläche.

Sie kicherte, als sie daran dachte, wie Alice-Marie schlaftrunken gefragt hatte, ob die Grundmauern wirklich existierten. Nur weil sie sie selbst nie gesehen hatte, zweifelte sie daran. Aber hier saß Libby wie eine Königin auf ihrem Thron, und ihr Gewicht wurde von einem breiten, behauenen, grauen Stein getragen. *O ja, Alice-Marie, sie existieren.*

Während die Sonne höher stieg, wurde die gesamte Reichweite der Grundmauern sichtbar, die zwischen dicken Büscheln trockenen braunen Grases standen. Libby folgte jedem Zentimeter mit den Augen und staunte, dass das Fundament geblieben war, obwohl beinahe sämtliche Teile des Gebäudes durch die Hitze und die Flammen zerstört worden waren. Die Grundmauern waren stark und unbeweglich, aber sie wurden nur für jemanden sichtbar, der sich die Zeit nahm, wirklich danach zu suchen.

Als sie so allein unter dem rot getönten Himmel saß, wurde Libby von einem Gefühl überwältigt, klein und verletzlich zu sein. Sie wünschte sich, dass jemand bei ihr wäre und ihre Hand halten würde. Sie kannte das Gefühl – sie hatte es oft gehabt, nachdem sie ins Waisenhaus gekommen war, und sie hatte es bekämpft, indem sie mit Petey oder Bennett umhergerannt war oder sich ein Wochenende bei Maelle erbettelt hatte.

Maelle … Wie lange war es her, seit Libby sich ihrem liebsten Tagtraum hingegeben hatte? Hier, wo sie ganz allein war, konnte sie die Augen schließen und sich vorstellen, Maelle würde sie adoptieren. Aber diese Fantasie war nicht mehr reizvoll. Dieser Traum würde sich nie erfüllen.

Ihr brannte das Herz in der Brust, wenn sie daran dachte, dass Hannah und Hester jetzt Mama und Papa zu Maelle und Jackson sagten. Ihre Eifersucht auf die beiden Mädchen ging sogar noch tiefer als ihre Eifersucht auf Jackson. Sie hatte wenigstens immer gewusst, dass Maelle Jackson liebte – Maelle hatte jedes Mal, wenn sie und Libby zusammen gewesen waren, von ihm gesprochen.

Einmal, als Libby zwölf gewesen war, hatte sie Maelle gefragt, wie sie jemanden immer noch lieben konnte, der so weit weg war. »Warum hörst du nicht auf, auf ihn zu warten, und suchst dir jemand anderen?«, hatte Libby wissen wollen, ohne sich bewusst zu sein, wie gefühllos diese Frage war.

Sie konnte sich noch an den weichen Ausdruck erinnern, den Maelles Gesicht angenommen hatte, bevor sie die Hand an Libbys Wange legte und antwortete: »Es gibt niemanden, der Jackson ersetzen könnte. Obwohl wir weit voneinander getrennt sind, ist er mir nahe – ich fühle ihn in jedem Herzschlag.«

Damals hatte Libby sich insgeheim über diese romantische Vorstellung lustig gemacht. Aber jetzt sehnte sie sich von ganzem Herzen danach, auch einmal auf solche Weise geliebt zu werden. Zu wissen, dass jeder Herzschlag ihr galt, auch wenn man getrennt war. Wie sehr sehnte Libby sich danach, wichtig zu sein. Für einen Menschen. Für irgendjemand.

Die Sonne stieg höher, vertrieb die bunten Farben des Morgens und ersetzte sie durch ein klares Blau, das ganz genau der Farbe von Peteys Augen glich. Der Impuls, für ihn zu beten, kehrte zurück. Es überraschte sie, dass Tränen in ihren Augen brannten. Sie wollte beten – um ihren lieben Freund zu unterstützen, dessen Welt gerade zusammenbrach.

Aber sie konnte es nicht.

»Es tut mir so leid, Petey.« Sie hob den Blick zum blauen Himmel, der sie so sehr an Peteys Augen erinnerte, und sagte mit einem zittrigen Flüstern: »Ich kann nicht für dich beten. Ich bin nicht wichtig genug, als dass Gott mir Aufmerksamkeit schenken würde.«

29

Petes Bewunderung für Jackson nahm im Lauf des Tages sprunghaft zu. Obwohl er in der Nacht wenig Schlaf bekommen und nur im Zug gedöst hatte, anstatt in seinem eigenen Bett auszuruhen, wirkte er am Montag hellwach und intelligent, als er Fragen stellte, Akten durchging und es irgendwie schaffte, sich zu einem privaten Treffen mit dem Richter zu verabreden, der Oscar verurteilt hatte. Obwohl Pete sich gern für seinen Bruder eingesetzt hätte, zwang er sich zum Schweigen und überließ Jackson das Reden.

Jackson rutschte mit seinem Stuhl näher an den Schreibtisch des Richters heran und legte ihm einen Stapel Papiere vor. »Nachdem ich den Bericht über die Untersuchung des Falls und das Protokoll des Gerichtsverfahrens gelesen habe, habe ich zwei Fragen gefunden, die – meiner Meinung nach – von Mr Leidigs Anwalt nicht ausreichend angesprochen wurden.« Er deutete auf eine Stelle auf der obersten Seite. »Der Verkäufer starb an einer Schusswunde, doch am Tatort wurde keine Waffe gefunden. Niemand scheint sich über das Fehlen einer Waffe Gedanken gemacht zu haben.«

Der Richter blätterte suchend durch die aufgestapelten Akten. »Das scheint in der Tat ungewöhnlich …«

»Zweitens: Obwohl Mr Leidig wiederholt angegeben hat, ein anderer Mann sei verantwortlich für den Tod des Angestellten, wurden seine Behauptungen nie verfolgt. Die Lektüre der Berichte vermittelt den Anschein, dass der Junge gefunden wurde, wie er neben der Leiche des Angeklagten saß. Als er zugab, mit der Absicht im Laden gewesen zu sein, Geld zu rauben, wurde er einfach gleichzeitig für den Mord verantwortlich gemacht.«

Pete rutschte unruhig auf seinem Stuhl hin und her, während der Richter und Jackson das Prozessprotokoll Zeile für Zeile durchgingen und darüber diskutierten. Nach einer vierzigminütigen Sitzung hatte Jackson sich die Erlaubnis gesichert, mit Oscar zu sprechen. Er musste garantieren, jedes neue Beweismaterial der Polizei für weitere Ermittlungen zur Verfügung zu stellen.

Der Richter lehnte sich auf seinem Stuhl zurück. »Obwohl ich Ihrem Antrag nachkomme, halte ich es für äußerst unwahrscheinlich, dass der Junge mit irgendeiner wertvollen Information herausrücken wird. Was dieses Protokoll nicht wiedergibt, ist die Haltung des Jungen während der Gerichtsverhandlung. Er war sehr verschlossen und unkooperativ. Aber ich möchte nicht, dass es heißt, in meinem Gerichtssaal hätte Vergeltung über Gerechtigkeit gesiegt.«

Jackson nickte. »Vielen Dank, Euer Ehren. Ich weiß Ihre Bereitschaft, einen zweiten Blick auf die Beweislage zu werfen, sehr zu schätzen.«

Der Richter gab einem nüchtern aussehenden Mann in blauer Hose und passender Jacke mit Gürtel ein Zeichen vorzutreten. »Der Beamte wird Sie zum Gefängnis führen, wo Sie mit Mr Leidig sprechen können.«

Jackson dankte dem Richter erneut und winkte Pete zu sich. Pete rannte hüpfend, um Jackson einzuholen, und Seite an Seite folgten sie dem Beamten einen langen Gang entlang bis zu einer schweren Tür. Der Mann öffnete die Tür und trat hindurch, ohne sich umzudrehen. Jackson musste die Tür auffangen, damit sie nicht zufiel.

Eine steile, enge Treppe aus Betonstufen erwartete sie dahinter. Die Feuchtigkeit, die an den Wänden und am Betonboden haftete, machte die Oberflächen glitschig, und Pete klammerte sich am Eisengeländer fest, um mit seinem Holzbein nicht auszurutschen. Erst als sie eine verriegelte Zellentür erreichten, drehte sich der Beamte um. Seine Brauen gingen in die Höhe, als er Pete bemerkte.

»Der Richter hat gesagt, der Anwalt darf hineingehen. Von jemand anderem war nicht die Rede.«

Ein zweiter Beamter, füllig und mit dicken Wangen, stemmte sich von einem Stuhl hoch und eilte herbei. Seine rechte Hand schwebte nur wenige Zentimeter über seiner Waffe. Pete wich unwillkürlich zurück.

Jackson legte Pete die Hand auf den Rücken und schob ihn vorwärts. »Dieser junge Mann ist Peter Leidig. Er ist Oscars Bruder. Ich nehme an, dass Familienmitglieder erlaubt sind.«

Der beleibte Mann nickte. »Ja gut … sie sind erlaubt. Aber keiner von ihnen hat sich die Mühe gemacht. Die einzige Person, die hier unten war, war eine kleine Reporterin von der Zeitung.« Er warf sich in die Brust. »Sie hat auch meinen Namen aufgeschrieben.«

Der Beamte, der Jackson und Pete nach unten geführt hatte, verzog abfällig das Gesicht. »Sie bewachen hier nicht Billy the Kid, Holloway.«

Der füllige Mann fiel in sich zusammen.

»Holloway wird Sie hineinlassen«, sagte der Beamte, wieder zu Jackson gewandt. »Der Richter hat keine Zeitbegrenzung genannt, also lassen Sie Holloway einfach wissen, wann Sie fertig sind, dann lässt er sie wieder heraus.« Er marschierte ohne einen weiteren Blick davon.

Petes Herzschlag verdoppelte sein Tempo, während er darauf wartete, dass Holloway die Tür von Oscars Zelle aufschloss. Niemand außer Libby war hier gewesen, um Oscar zu besuchen? Wie verängstigt und verlassen musste sich der Junge fühlen. Und wahrscheinlich auch zornig. *Herr, schenk, dass er bereit ist, unsere Hilfe anzunehmen.*

Als er Jackson in die Zelle folgte und der Wachmann die schwere Tür hinter ihnen zuwarf, lief Pete ein Schauder über den Rücken. Die Zelle war düster, nur von einer einzigen Glühbirne erleuchtet, die an zusammengedrehten Kabeln von der Mitte der Decke hing. Eine schmale Pritsche – das einzige Möbelstück in dem kleinen quadratischen Raum – befand sich an der hinteren Wand, und ein schlanker blonder Junge lag zusammengerollt auf der nackten Matratze. Seine Augen standen offen und es schien, als würde er Jackson direkt ansehen, doch er machte keine Anstalten, sich hinzusetzen oder etwas zu sagen. Wären die blinzelnden Augen nicht gewesen, hätte Pete denken können, dass der Junge eine Schaufensterpuppe wäre, die man dort hingelegt hatte, um den Eindruck zu erwecken, dass die Zelle bewohnt sei.

Jackson räusperte sich. »Oscar?«

Oscars Reaktion bestand darin, die Nase hochzuziehen.

»Mein Name ist Jackson Harders. Ich bin ein Anwalt aus Shay's Ford und ein Freund deines Bruders Pete. Er hat mich hergebracht, damit ich dich kennenlerne.« Zum zweiten Mal gab Jackson Pete ein Zeichen, nach vorn zu kommen. Aber Pete zögerte. Ein Teil von ihm wollte zu seinem Bruder eilen, ihn umarmen und ihm versichern, dass er nicht allein war und dass er jemandem am Herzen lag. Dass er *ihm* am Herzen lag. Doch nach den vielen Jahren der Trennung waren sie Fremde.

Als Jackson etwas stärker gegen seinen Rücken drückte, hatte Pete keine Wahl, als einen Schritt vorzutreten. »H-hallo, Oscar.« Sein Bruder rührte sich nicht. »Wie geht es dir?« Ihm wurde bewusst, wie dumm diese Frage klang, und er hätte seine lächerlichen Worte am liebsten zurückgenommen. Doch zu seiner Überraschung brachte sich sein Bruder langsam in eine sitzende Position und betrachtete den Boden zwischen seinen Füßen.

Mit hängendem Kopf murmelte Oscar: »Nicht besonders gut, wenn du die Wahrheit wissen willst.«

Pete musste unwillkürlich lächeln. Er schob sein Holzbein über den Boden und trat etwas näher. Oscars Kopf bewegte sich und Pete wusste, dass er das hölzerne Bein anschaute. Oscars Brauen zogen sich zusammen und er hob den Blick zu Petes Gesicht.

»Du bist nicht mein Bruder. Mein Bruder war kein Krüppel. Ich erinnere mich kaum noch an ihn, aber das weiß ich sicher.«

Jackson mischte sich ein. »Das ist dein Bruder, Oscar. Pete hatte einen Unfall. Eine Straßenbahn ist über sein Bein gefahren, als er ein kleiner Junge war. Seit damals hat er das Holzbein.«

Oscar sah Pete ausdruckslos an. »Eine Straßenbahn hat dich überfahren. Sie hätte dich töten können.«

Pete nickte. »Gut möglich.« Er sprach extra langsam, um sich Oscars Sprechweise anzupassen. »Aber Gott hat mich gerettet. Und jetzt hat er mich hergeschickt, damit ich versuche, dich zu retten.«

Oscar stieß ein freudloses Lachen aus. »Ich bin nicht mehr zu retten. Bei mir ist alles aus.« Er rutschte zur Seite, klopfte neben sich auf die Matratze und wartete, bis Pete sich hingesetzt hatte. »Aber es ist gut, dass du gekommen bist, um dich zu verabschieden. Ich habe mich immer gefragt, was aus dir geworden ist.«

Pete wünschte, sie hätten endlos Zeit, um über die vergangenen Jahre zu sprechen. Aber ihre Zeit war begrenzt. Sie würden den Austausch auf später verschieben müssen, wenn es ihm gelungen war, seinen Bruder freizubekommen. Er legte die Hand auf Oscars Knie und beugte sich vor, um ihm direkt ins Gesicht zu sehen. »Hör zu, Oscar, letzte Woche hast du mit einer Freundin von mir gesprochen – ihr Name ist Libby. Sie hat dir viele Fragen gestellt, erinnerst du dich?«

Oscar nickte. Die Haare fielen ihm ins Gesicht und er schob sie mit dem Handrücken zurück. »Ich erinnere mich. Sie war sehr hübsch und sie hat alles aufgeschrieben. Sie hat gesagt, dass sie einen Artikel über mich schreibt.«

Pete kannte Libby gut genug, um zu wissen, dass es ein großartiger Artikel werden würde. »Das stimmt. Sie hat mir erzählt, dass du ihr gesagt hast, es wäre in der Nacht damals noch jemand anderes im Drugstore gewesen.«

Oscar senkte den Kopf.

»Sie sagt, du hast ihr erzählt, dass nicht du den Verkäufer getötet hast, sondern der andere Mann.«

Oscar schob die Schultern hoch und schien in sich hineinzusinken. »Ja … das hab ich ihr gesagt.«

Jackson trat näher und hockte sich vor Oscar hin. »War das die Wahrheit, Oscar? War jemand anderes da und hat den Verkäufer erschossen?«

»Was macht das für einen Unterschied?« Er klang abwehrend. »Die Verhandlung ist vorbei. Das Urteil ist gesprochen. Jetzt gibt es keine Hoffnung mehr für mich.«

»Doch, es gibt Hoffnung.« Pete legte so viel Zuversicht wie möglich in seine Stimme, um Oscars Mangel daran auszugleichen. »Der Richter ist bereit, deine Behauptung, dass jemand anderes den Schuss abgegeben hat, zu prüfen. Du musst uns unbedingt sagen, was du über ihn weißt.« Er senkte die Stimme und verstärkte den Griff an Oscars Knie. »Ich weiß, dass du Libby gesagt hast, du wüsstest nicht, wer der Mann war. Aber das stimmt nicht, oder? Du würdest dich sicher nicht mit einem vollkommen Fremden zusammentun, um einen Drugstore auszurauben. Das ergibt keinen Sinn.«

Oscar starrte schweigend vor sich hin.

Pete drückte das Knie seines Bruders. »Komm schon, Oscar, sag uns bitte die Wahrheit. Jackson kann dir helfen, wenn du die Wahrheit sagst.«

Oscar murmelte etwas, das Pete nicht verstand. Er lehnte sich dichter an ihn. »Was hast du gesagt?«

Er bedeckte das Gesicht mit den Händen. »Ich kann es dir nicht sagen.« Die Worte klangen wie ein Fauchen.

»Natürlich kannst du das.« Pete drückte das Knie seines Bruders noch einmal ermutigend. »Jackson wird den Mann ausfindig machen und ihn zwingen, den Behörden zu sagen, dass er derjenige ist, der den Angestellten erschossen hat, aber wir brauchen eine Beschreibung ... einen Namen.«

»Ich habe gesagt, dass ich es nicht kann!« Oscar sprang von der Pritsche auf, stürmte an Jackson vorbei und kauerte sich in der gegenüberliegenden Ecke zusammen. Er versteckte sich hinter seinen erhobenen Armen und sein Körper bebte.

Jackson richtete sich auf und ging einen Schritt auf Oscar zu. »Oscar, hat der Mann dich bedroht? Ich kann dich schützen.«

Hinter Oscars Armen erklang ein Stöhnen. Er drehte sich um, schlang sich die Arme um den Leib und drückte sich in die Ecke. »Ich brauche keinen Schutz. Ich kann selbst auf mich aufpassen. Aber wenn ich es sage, ist niemand mehr da, der ...« Er sank gegen die Betonmauer, und einen Moment lang dachte Pete, er würde auf dem Boden zusammenbrechen. Dann holte er tief Luft und richtete sich zu voller Höhe auf.

Er drehte sich langsam um und schaute zu Pete. »Es war nett von dir, dass du gekommen bist, um dich von mir zu verabschieden, Petey. Ich bin froh, dass es dir gut geht, auch wenn du ein Krüppel bist.

Ich werde dir nie vergessen, dass du gekommen bist. Aber jetzt ... solltest du besser gehen.«

Oscar durchquerte den Raum, an Pete und Jackson vorbei, ohne sie anzusehen, und ließ sich auf die Pritsche fallen. Unsicher, was er jetzt tun sollte, starrte Pete den Jungen an, bis Jackson die Hand auf seinen Arm legte.

»Pete, würdest du für ein paar Minuten nach draußen gehen? Ich möchte gern mit Oscar allein sprechen.«

Obwohl es noch so viel gab, was Pete seinem Bruder gern gesagt hätte, hatte er keine Einwände. Vielleicht konnte Jackson sein Geschick als Anwalt nutzen, um mehr Informationen aus dem Jungen herauszuholen. Er rief nach dem Wachmann, damit dieser ihn hinausließ, und ging dann in dem schmalen Flur hin und her, während er den leisen, unverständlichen Stimmen hinter der Tür lauschte.

Schließlich tauchte Jackson mit undurchdringlichem Gesicht auf. Er dankte dem Wärter und schob Pete zur Treppe. »Ich werde mindestens zwei weitere Tage in Clayton bleiben. Dich würde ich gern in einen Zug nach Chambers setzen – Isabelle wird mir einiges an den Kopf werfen, wenn ich dich nicht wenigstens ermutige, ans College zurückzukehren.«

Pete zog sich die letzte Stufe hoch und verschränkte die Arme vor seiner Brust. »Ich gehe nirgendwohin, bis mein Bruder freigelassen wird.«

Jackson nickte. »Ich habe damit gerechnet, dass du das sagen wirst. Und um ehrlich zu sein, Pete, könnte ich wahrscheinlich deine Hilfe brauchen.«

Als sie in die breite Säulenhalle traten, die zur Straße führte, wandte Pete sich Jackson zu. Sein Herz raste. »Hat Oscar dir den Namen des Mörders verraten?«

Jackson schüttelte den Kopf. »Der Richter hatte recht. Er ist der verschlossenste Junge, der mir je begegnet ist. Er wollte mir keinen Namen nennen. Aber das spielt keine Rolle. Ich weiß, wer es ist.«

Sobald ihre Seminare am Montagnachmittag vorbei waren, ging Libby zum Büro der *Boone County Daily Tribune*, um nachzufragen, ob der Herausgeber ihren Artikel gelesen hatte. Wenn er nicht die Absicht hatte, ihn zu drucken, wollte sie damit zum nächsten Redakteur gehen und weiter zum nächsten, bis sie jemanden gefunden hatte, der Oscars Situation der Öffentlichkeit bekannt machen würde. Sie wollte auch vorschlagen, die Namen zu verändern, um Peteys Ansehen zu schützen. Sicher würde der Herausgeber ihrer Bitte bereitwillig nachkommen, wenn er über Peteys Position als Theologiestudent informiert war.

Die Empfangsdame schickte sie direkt in Mr Houghtons Büro, als sie eintraf. Libbys Herz klopfte hoffnungsvoll, als sie auf dem Stuhl vor dem unordentlichen Schreibtisch des Mannes Platz nahm.

»Miss Conley …« Er schnappte sich ihre Seiten von einem Stapel neben seinem rechten Ellbogen und legte sie aufeinander. »Ich habe Ihren Artikel gelesen. Vier Mal.« Er spähte sie über den Rand der Papierbögen hinweg an. Seine Worte zeugten von Interesse, doch er klang missmutig.

»Aha?« Sie wusste nicht, was sie sagen sollte.

»Ja. Ich muss etwas nie mehr als einmal lesen, um mir eine Meinung zu bilden, also können Sie sich beglückwünschen. Es ist Ihnen gelungen, mich durcheinanderzubringen.«

Sie kratzte sich am Kopf. »Sie meinen, mein Artikel hat Sie verwirrt?« Hatte sie die Fakten nicht klar präsentiert? Sie streckte die Hand nach ihren Seiten aus, aber er hielt sie außerhalb ihrer Reichweite.

»Nicht so schnell. Ich will wissen, was Sie dazu gebracht hat, sich diese Geschichte auszudenken.«

Libby blieb der Mund offen stehen. »Ich habe mir das absolut nicht ausgedacht!«

Er wedelte mit den Blättern herum, ein zynisches Grinsen im Gesicht. »Das hier sind nicht die fantasievollen Einbildungen einer jungen Frau, die eine weltbekannte Reporterin werden will?«

Libbys Gesicht lief rot an, als sie sich an das Gespräch erinnerte, das

273

sie kurz nach ihrer Ankunft in Chambers mit diesem Mann geführt hatte. Sie hatte offensichtlich Eindruck auf ihn gemacht.

»Denn das ist eine Geschichte, die einen Aufruhr verursachen kann. Wenn man sie auf der ersten Seite bringen würde, mit einer fetten Überschrift wie *Zu Unrecht verurteilter Jugendlicher wartet auf den Galgen*, würde er in der Öffentlichkeit für Empörung sorgen und zweifellos ein paar Politiker veranlassen, über eine Änderung der Gesetze zur Todesstrafe nachzudenken.«

Libby starrte ihn verwundert an. So viel Macht steckte in ihrem Artikel?

Mr Houghton warf die Seiten auf seinen Schreibtisch. »Zu schade, dass das alles nur ein Haufen albernes Zeug ist.«

Libby sprang auf. »Jedes Wort dieses Artikels ist wahr!« Sie klatschte die Handflächen auf den Schreibtisch und brachte damit einige Papiere in Unordnung. »In diesem Moment sitzt der sechzehnjährige Oscar Leidig im Gefängnis in Clayton und zählt die Tage bis zu seiner Hinrichtung für einen Mord, den er nicht begangen hat. Er hat mir selbst gesagt, dass er unschuldig ist. Aber niemand stellt weitere Ermittlungen an, weil die Geschäftsleute in der Stadt schnelle Vergeltung sehen wollen. Dieser junge Mann muss also für das Verbrechen eines anderen mit dem Leben bezahlen!«

Mr Houghton stand auf und fing an, die Blätter einzusammeln, die durch Libbys Ausbruch aufgewirbelt worden waren. »Ich weiß sehr wohl, dass der sechzehnjährige Oscar Leidig zum Hängen verurteilt worden ist. Meinen Sie, ich besitze keinen Zugang zu einem Telefon?« Er stieß den unsortiert aufgesammelten Stapel Papiere beiseite und warf Libby einen wütenden Blick zu. »Es war nur ein einziger Anruf nötig, um festzustellen, dass Sie einen wahren Jungen und eine reale Situation gewählt haben, um Ihre Geschichte darauf aufzubauen. Schlau …« Er tippte sich mit einem Finger an die Schläfe. »Das muss ich Ihnen zugestehen – Sie sind schlau. Sie haben mich so sehr zum Nachdenken gebracht, dass ich die Sache überprüft habe. Aber der Junge wurde von einem Gericht in einem Gerichtssaal schuldig gesprochen. Ihre Behauptung, er sei unschuldig, entbehrt somit jeder

Grundlage. Und das ist der Teil, der den Aufruhr entfachen würde. Deshalb wird dieser Artikel nicht veröffentlicht.«

Libby beugte sich über den Stapel und zog ihren Text heraus. »Das werden wir noch sehen, Mr Houghton. Es gibt zwei weitere Zeitungen in dieser Stadt und unzählige in anderen Bezirken, also …«

»Und jede einzelne ist vor Ihnen und Ihrem Artikel gewarnt worden.« Der Mann machte es sich wieder auf seinem Sessel bequem. »Sie wollen Reporterin werden, junge Dame? Machen Sie Ihren Studienabschluss. Leisten Sie Ihre Beiträge. Und dann halten Sie sich an die Fakten. Erschaffen Sie kein Drama, wo keines existiert. Dafür gibt es ein Wort: Effekthascherei. Und kein Journalist, der diesen Namen verdient, bedient sich dieses Mittels.« Er wippte in seinem Sessel und füge hinzu: »Wenn Sie sich etwas ausdenken wollen, sollten Sie Märchen schreiben. Nachdem ich das hier gesehen habe« – er deutete mit dem Finger auf den Artikel, den sie mit beiden Händen umklammert hielt – »würde ich sagen, Sie sind begabt dafür.«

Libby starrte ihn mit stiller Wut an und biss sich dabei so fest auf die Zunge, dass sie überrascht war, als kein Blut kam.

»Verschwenden Sie nicht länger meine Zeit.« Mit einer abwehrenden Handbewegung scheuchte er sie davon.

Libby drehte sich auf dem Absatz um und stapfte aus dem Büro. Als sie polternd durch die Halle marschierte, hielten alle dort Beschäftigten inne, um ihr nachzusehen. Libby trug den Kopf hoch und weigerte sich, auch nur einen von ihnen eines Blickes zu würdigen. Sie stürmte auf den Gehweg hinaus und blinzelte heftig, um die Tränen der Entrüstung und Wut zurückzuhalten.

Auf dem ganzen Weg zurück zum Campus verlangsamte sie ihr Tempo nicht. Als sie das Wohnheim erreichte, war der Druck auf ihrer Brust so groß, dass sie glaubte, platzen zu müssen. Sie wollte nach oben rennen und sich unter ihrer Bettdecke verstecken. Fast hätte sie deshalb Alice-Maries fröhliches Rufen hinter sich ignoriert. Doch sie beschloss, sich nicht zu verkriechen, sondern Alice-Marie von Mr Houghtons lächerlichen Anschuldigungen zu erzählen. Sie brauchte jemanden, der Mitgefühl zeigte.

Alice-Maries Lächeln verschwand, als sie Libby einholte und ihr Gesicht sah. »Was ist los?«

»Du wirst nicht glauben, was ich gerade durchgemacht habe!« Sie öffnete den Mund, um den Ärger der letzten halben Stunde zu erzählen, aber Alice-Marie kicherte.

»Du liebe Güte, du bist ja ganz aufgebracht. Und natürlich möchte ich alles darüber erfahren, aber ich habe Bennett versprochen, ihn in der Bibliothek zu treffen. Dort wollen wir vor dem Abendessen zusammen unsere Hausaufgaben machen.« Sie zog die Schultern nach oben und kicherte wieder. »Natürlich kann ich Bennett nicht warten lassen, wie du weißt … Aber ich habe die Post aus unseren Fächern geholt. Möchtest du deine haben?«

Libby streckte die Hand aus und Alice-Marie ließ zwei Umschläge hineinfallen. Der obere Brief war von Maelle. Eine weitere Welle des Schmerzes erfasste Libby. Was würde sie in diesem Moment dafür geben, die ganze frustrierende Erfahrung ihrer langjährigen Mentorin anvertrauen zu können! Maelle würde genau das Richtige sagen, um Libbys Schmerz und Verwirrung zu lindern. Aber Maelle war damit beschäftigt, Hannah und Hester zu bemuttern.

Mit einer wütenden Handbewegung schob Libby Maelles Brief hinter den anderen. Der Absender des zweiten Umschlags war *Redaktion Fiktion, Modern Woman's World*. Schickten sie ihr Geld für ihre jüngste romantische Erzählung? Sie schnaubte. »Zumindest hat *albernes Zeug* seinen Nutzen.«

Alice-Marie zog die Stirn kraus. »Wie bitte?«

Libby schüttelte den Kopf. »Ist nicht wichtig. Danke, dass du mir die Post gebracht hast. Wir unterhalten uns später.« Aber sie wusste, dass sie Alice-Marie nichts von ihrem Ärger erzählen würde. Glaubte sie wirklich, von der Tochter eines Mannes, der zutiefst von Oscars Schuld überzeugt war, Mitgefühl erwarten zu können?

Alice-Marie drehte sich um und eilte über den Hof zur Bibliothek. Libby schleppte sich langsam die Stufen zu ihrem Zimmer hinauf. Dort setzte sie sich auf die Bettkante und öffnete halbherzig den Umschlag des Briefes der Zeitschrift.

Sie zog einen Briefbogen hervor, doch kein Scheck flatterte heraus. Mit gerunzelter Stirn starrte sie in den nun leeren Briefumschlag. Das Letzte, was sie heute brauchen konnte, war eine Ablehnung ihres *Märchens*! Mit einem tiefen Seufzer wappnete sie sich innerlich und entfaltete den Brief.

Liebe Miss Conley,
mit Begeisterung schreibe ich Ihnen bezüglich Ihrer jüngsten Einsendung an Modern Woman's World. *Obwohl wir Ihre Geschichte unserer Leserschaft noch nicht vorgestellt haben, haben unsere Mitarbeiter Ihre bewegenden, leidenschaftlichen Geschichten gelesen und wir sind uns alle darin einig, dass Ihre Erzählungen alles überragen, was gegenwärtig für uns geschrieben wird.*

Stolz erfüllte Libby, als sie dieses Lob las. Miss Catherine Whitford hatte angedeutet, dass sie durch das Schreiben von fiktionalen Texten ein Gefühl der Befriedigung spüren und Anerkennung finden würde. Vielleicht war dieser Brief, so direkt nach der Ablehnung, die ihr Versuch eines ernsthaften Artikels bei Mr Houghton ausgelöst hatte, ein prophetisches Zeichen. Vielleicht war es am Ende doch ihre Bestimmung, romantische Erzählungen zu verfassen. Libby beugte sich über den Brief und las weiter.

Nach den überwältigenden Reaktionen der eifrigen Leser unserer Belegschaft, freue ich mich, Ihnen eine Stelle als feste Autorin von Liebesgeschichten für Modern Woman's World *anbieten zu können. Dies würde von Ihnen erfordern, einen Vertrag zu unterzeichnen, der uns garantiert, dass Sie Ihre Geschichten für die Dauer eines Jahres nur unserer Zeitschrift anbieten. Wie Sie wissen, erscheint* Modern Woman's World *zweiwöchentlich, und ab Januar 1915 würden wir gern eine Geschichte pro Ausgabe drucken, das bedeutet, dass Sie uns jeden Monat zwei Geschichten liefern müssten. Im Gegenzug zu Ihrer exklusiven Bindung an unsere Zeitschrift bieten wir Ihnen ein monatliches Gehalt von zwölf Dollar an.*

Libby ließ den Brief sinken. In ihrem Kopf drehte sich alles. Ein exklusiver Vertrag? Zwei Geschichten monatlich? Ein Zwölf-Dollar-Gehalt für weniger als eine Woche Aufwand? Vielleicht könnte sie Petey das Geld geben, um ihn beim Unterhalt seiner Geschwister zu unterstützen. Er würde wahrlich alle Hilfe brauchen, die er bekommen konnte. Während sie dasaß und über den Segen dieses unerwarteten Angebots nachdachte, wurde sie von einem Klopfen an der Tür gestört.

»Herein«, rief sie gedankenverloren.

Eine der jungen Frauen, die mit Alice-Marie Mitglied bei *Kappa Kappa Gamma* geworden war, spähte ins Zimmer. Sie streckte Libby eine Zeitung entgegen. »Ich hab Alice-Marie und Bennett in der Bibliothek getroffen und sie haben mich gebeten, dir das zu bringen. Sie meinen, da ist ein Artikel drin, der dich interessieren könnte. Unten auf Seite drei.«

Libby nahm die Zeitung entgegen und dankte dem Mädchen. Ihr Herz begann zu pochen. Hatte einer der anderen Zeitungsredakteure beschlossen, ihren Artikel entgegen der Warnung von Mr Houghton zu drucken? Sie schlug die Zeitung auf und überflog die Autorenangaben auf der Seite, die das Mädchen genannt hatte. Aber zu ihrer Überraschung fiel ihr nicht der eigene Name, sondern Peteys Name ins Auge.

Petey hatte etwas veröffentlicht? In freudiger Erwartung ließ sie sich mit der Zeitung an ihrem Schreibtisch nieder. Doch als sie Peteys unverblümten Aufsatz las, löste sich jedes Quäntchen Hochgefühl, das die Komplimente des Zeitschriftenredakteurs geweckt hatten, in Nichts auf.

30

Bennett lehnte sich an die raue Außenseite des Verwaltungsgebäudes und kaute auf einem getrockneten Grashalm herum, während er seine Beute im Blick behielt. Ein langer Schatten schützte ihn davor, entdeckt zu werden, aber der Gegenstand seiner Aufmerksamkeit wartete gemäß seiner Anweisung genau dort, wo er ihn haben wollte – direkt in der Sonne auf dem Rasen vor der Bibliothek.

Bennett hatte den Ort sorgfältig ausgewählt. Die Vorlesungen endeten am Mittwochnachmittag um vier Uhr – eine Stunde früher als an anderen Tagen. Die Studenten standen immer noch in Grüppchen zusammen und unterhielten sich, bevor sie auf ihre Zimmer gingen oder sich auf den Weg in die Bibliothek machten, um dort zu lernen. Es würden genügend Zeugen dort sein, um eine gründliche, dauerhafte Demütigung sicherzustellen. O ja. Die Falle stand bereit. Und es hatte sich alles mit unglaublicher Leichtigkeit zusammengefügt.

Lächelnd beobachtete Bennett die unbekümmerten Aktivitäten seines Opfers, die von seiner völligen Ahnungslosigkeit über die bevorstehende Gefahr zeugten. Roy Daley boxte einem Kamerad an die Schulter, warf dann den Kopf zurück und lachte. Er wirbelte herum, um einem Erstsemesterstudenten, der auf dem Gehweg vorbeikam, ein Bein zu stellen. Der glücklose Junge fiel mit dem Gesicht voran zu Boden, und Roy schlug sich aufs Knie und lachte dröhnend. Als der Junge versuchte aufzustehen, trat Roy ihm so heftig ins Hinterteil, dass er ein paar Meter weit rutschte. Sein boshaftes Gelächter drang über zwölf Meter Entfernung an Bennetts Ohren.

Bennett warf den Grashalm weg und lachte leise in sich hinein. Was für ein Vergnügen würde es sein, den großmächtigen Roy Daley entthront zu sehen. Am Ende dieses Tages würde Roy nicht nur Libby in Ruhe lassen, sondern wäre wesentlich kleinlauter und demütiger.

Er warf einen prüfenden Blick auf seine Taschenuhr. Nur noch wenige Minuten ...

»Hey, Bennett«, flüsterte es links von ihm. Er wandte sich um und sah, wie eins der neusten Mitglieder von *Beta Theta Pi* hinter einem überwachsenen immergrünen Strauch hervorschaute. Bennett hatte vor einer Woche die Anweisung bekommen, die buschigen unteren Äste des Strauchs zu beschneiden. Jetzt war er froh, dass er es aufgeschoben hatte. Die Stelle gab ein perfektes Versteck ab.

»Bist du bereit?«, flüsterte Bennett, den Blick wieder auf Roy gerichtet.

»Wir sind *alle* bereit.« Ein gedämpftes Lachen ertönte. »Wir können es kaum erwarten.«

Es hatte Bennett nicht sonderlich überrascht zu erfahren, dass viele Mitglieder von *Beta Theta Pi* Roy nicht leiden konnten. Sie ordneten sich unter, um zu vermeiden, dass sie selbst zum Opfer wurden. Doch die meisten zählten die Tage bis zu seinem Studienabschluss, um ihn als Leiter der Verbindung endlich los zu sein. Roys Vergnügen, neue Verbindungsmitglieder zu schikanieren, ging inzwischen weit über jugendliche Streiche hinaus. Mindestens acht *Beta*-Männer gaben zu, Rachegelüste zu haben. Bennett hatte es erstaunlich leicht gehabt, Helfer zu rekrutieren, sobald sie davon überzeugt waren, dass Roy nie herausfinden würde, wer an der Aktion beteiligt gewesen war. Solange sie es nicht ausplauderten, waren sie in Sicherheit.

Bennett konnte nur hoffen, dass Libby ihm vergeben würde, wenn alles vorbei war.

Libby saß an ihrem Schreibtisch, ein leeres Blatt Papier vor sich. Solange sie sich zurückerinnern konnte, hatte sie immer die Fähigkeit besessen, sich in ihrer eigenen Fantasiewelt zu verlieren, aber dieses Talent schien sich verflüchtigt zu haben. Keine Charaktere begannen in ihrer Vorstellungskraft zu flüstern. Keine Handlung floss ihr aus der Feder. Sie stieß ärgerlich die Luft aus und warf den Stift zur Seite. Er rollte über die glatte, hölzerne Oberfläche und blieb neben der Zeitung an der Ecke des Schreibtischs liegen.

Ihr Blick fiel auf die Zeitung, die so gefaltet war, dass Peteys Artikel oben lag. Ein stechender Schmerz durchzuckte sie. Wie hatte sie Peteys Plan vergessen können, das Schreiben von romantischen Geschichten zu stoppen? Wenn sie nur daran gedacht hätte, dann hätte dieser Brief an den Herausgeber sie nicht so überrascht. Und nicht so tief getroffen …

Sie bedeckte das Gesicht mit den Händen und stöhnte. Ach, wie sehr wollte sie sich über die Bemerkungen des Zeitschriftenredakteurs über ihre schriftstellerischen Fähigkeiten freuen! Wie viele junge Frauen in ihrem Alter bekamen schon die Chance, exklusiv für eine namhafte Zeitschrift zu schreiben? Den Vertrag mit *Modern Woman's World* zu unterzeichnen, würde ihr genau das geben, wonach sie sich sehnte – Bekanntheit, Bewunderung und finanzielle Unabhängigkeit. Doch statt Freude und Stolz fühlte sie Scham in sich. Sie wünschte, sie hätte Peteys Artikel nie zu Gesicht bekommen.

Sie riss die Schreibtischschublade auf und wollte die Zeitung dort hineinwerfen, damit sie sie nicht mehr vor Augen hatte, aber ein Klopfen an der Tür lenkte ihre Aufmerksamkeit ab. Sie ging zur Tür und öffnete sie schnell. Ein unscheinbar wirkendes Mädchen wartete im Flur. Libby musste scharf nachdenken, um auf den Namen des Mädchens zu kommen, aber schließlich fiel er ihr wieder ein. »Hallo, Caroline. Was kann ich für dich tun?«

»Entschuldige bitte die Störung …« Caroline lächelte schüchtern. »Aber ich soll dir etwas ausrichten.« Sie zog den Kopf ein und schaute sich verstohlen im Korridor um. »Kennst du … Roy Daley?«

Ärger stieg in Libby auf. Sie wünschte sich sehr, Roy Daley nicht zu kennen! »Unglücklicherweise ja.«

Die junge Frau nickte kurz. »Er hat gesagt, du kennst ihn. Gut, und ich soll dich für ihn holen.«

»Mich *holen*?« Libby stützte die Hand in die Hüfte und warf Caroline einen wütenden Blick zu. Wie schlimm sollte diese Woche noch werden? »Und was genau soll das bedeuten?«

Caroline hob abwehrend die Hände und schüttelte den Kopf. Krauses braunes Haar wippte neben ihren dünnen Wangen auf und ab.

»Kennst du nicht das Sprichwort, dass man den Überbringer einer Botschaft nicht töten soll? Ich tue nur das, was mir aufgetragen wurde.«

Libby tippte mit dem Fuß auf den Boden. »Du kannst direkt zu Roy Daley zurückmarschieren und ihm sagen, dass man mich nicht *holen* kann. Besonders nicht für *ihn.*« Sie wollte die Tür zumachen.

»Warte!« Caroline klang panisch.

Libby hielt inne.

»Wenn du nicht kommst, wird er sich total über mich aufregen. Und ... und ...«

Libby verdrehte die Augen. »Na gut. Ich werde dich nicht zwischen die Fronten schicken.« Sie nahm ihren Mantel vom Haken neben der Tür und zog ihn an, während sie Caroline die Treppen hinunter und in den Hof hinausfolgte.

»Roy ist vor der Bibliothek. Er hat gesagt, dass er dort wartet.« Caroline stieß diese letzte Botschaft hervor, drehte sich dann um und verschwand im Laufschritt um die Ecke des Wohnheims. Der Wind trieb ihr Kichern mit sich fort.

Stirnrunzelnd machte sich Libby auf den Weg zur Bibliothek. Mit jedem Schritt wuchs ihre Wut. Was glaubte Roy eigentlich, wer er war, dass er sie so zu sich rief und erwartete, dass sie seinem Befehl Folge leisten würde. Ja, sie ging zu ihm, um die erbärmliche Caroline vor einer verbalen Abreibung zu bewahren. Aber er würde seine Entscheidung, sie »holen« zu lassen, in dem Moment bereuen, in dem sie vor ihm stand!

Sie sah ihn auf dem Rasen vor der Bibliothek mit einigen Kameraden warten, genau wie Caroline es gesagt hatte. In letzter Zeit trug er einen eng anliegenden Pullover, der auf der Brust mit dem Emblem der Studentenvereinigung bestickt war. Er stand breitbeinig und mit herausgedrückter Brust da, stellte schamlos seinen durchtrainierten Körper zur Schau – eine arrogante, egozentrische Pose. Ein selbstgefälliges Grinsen machte sich auf seinem Gesicht breit, als er sie näher kommen sah.

Ihre Schritte wurden langsamer und ihr Ärger stieg. Sämtliche

Kümmernisse und Enttäuschungen der letzten Tage summierten sich und erfüllten Libby mit einem Zorn, den sie kaum mehr beherrschen konnte. Vielleicht hatte Roy ihr einen Gefallen getan, indem er nach ihr geschickt hatte. Ihr lag nicht das Mindeste an Roy, was würde es also ausmachen, ihn als Zielscheibe ihrer aufgestauten Emotionen zu benutzen? Voller Vorfreude auf den befreienden Ausbruch stürmte sie über den Rasen wie ein Stier auf der Jagd nach dem flatternden roten Tuch.

Bevor sie Roy jedoch erreichen konnte, stieß jemand einen Schrei aus, der wie indianisches Kriegsgeheul klang, und Libby blieb verblüfft stehen. Ihre Nackenhaare stellten sich prickelnd auf, als Männer, die mit Augenlöchern versehene Kissenbezüge über den Köpfen trugen, aus allen Richtungen herbeirannten. Libby sah noch Roys überraschtes Gesicht, bevor jemand sie vom Boden hob und mit ihr davoneilte. Sie klammerte sich an den Hals des Mannes und kreischte, er solle sie freilassen, doch er reagierte nicht darauf, bis sie den Vorbau der Bibliothek erreicht hatten. Er ließ sie herunter und eine barsche Stimme hinter dem Kissenbezug befahl: »Beweg dich nicht! Genieß die Show!« Dann drehte er sich um und gesellte sich zu den anderen.

Von ihrem günstigen Beobachtungsposten hatte Libby einen großartigen Blick auf Roy in der Mitte der heulenden, tanzenden Reihe von maskierten Schurken. Jemand hatte den Saum seines Pullovers hochgezogen und der eng anliegende Stoff wirkte wie eine Hülle für seinen Kopf und die Arme. Seine Hände wedelten in der Luft herum, als er versuchte, sich zu befreien, aber es nützte ihm nichts. Er stolperte im Kreis hin und her und verlangte mit erstickter Stimme, dass ihn jemand befreien solle. Stattdessen marschierten zwei Männer mit einem Stück Seil um ihn herum. Libby schlug sich entsetzt die Hände auf den Mund, als die Männer ihn an den Knien fesselten. Jetzt hatte er keine Möglichkeit mehr zu entkommen.

Als Roy auf diese Weise hinreichend gefangen war, stiegen die Triumphschreie der Männer auf. Vier andere rannten herbei. Jeder von ihnen trug einen Eimer, in dem eine schaumige weiße Flüssigkeit schwappte. Einer stellte sich an die Seite, schwang den Arm und rief: »Eins, zwei, *jetzt*!« Auf dieses Stichwort hin kippten die Männer den Inhalt ihrer Eimer über Roy. Weiße Schmiere lief in dichten Strömen über seinen Körper nach unten und sammelte sich in einer Pfütze zu seinen Füßen. Jubel und Beifall stiegen von der Zuschauermenge auf, die mit jedem Moment größer und ausgelassener wurde.

Libby blieb, wo sie war, entsetzt über das, was passierte, doch zugleich auf seltsame Weise fasziniert. Sie hüpfte auf und ab, um über die Köpfe der Studenten zu sehen, die sich über den Hof verteilten. Sie zeigten mit den Fingern, lachten und riefen Kommentare – bei dieser Versammlung ging es lauter und rauer zu als bei jeder Sportveranstaltung. Roy war gefesselt, seine Arme steckten fest und sein Gesicht war bedeckt. Er konnte also keine Vergeltung üben und alle schienen diese Gelegenheit möglichst ausgiebig nutzen zu wollen. Obwohl Libby ihn oft als verabscheuungswürdig bezeichnet hatte, wurde doch ihr Mitgefühl geweckt, als sie daran dachte, wie er sich jetzt fühlen musste – so blind und hilflos wie eine Raupe im Kokon.

Während Roy auf der Stelle hüpfte, mit seinen Händen herumfuchtelte und schrie, man solle ihn befreien, näherten sich zwei weitere, mit Kissenhüllen maskierte Männer. Statt Eimern hatten sie dicke Kissen in den Händen. Libby schnappte nach Luft, als sie erkannte, was geplant war. Sie hielt sich den Mund zu, um ihren Schrei zu ersticken, als die Männer die Kissen mit Taschenmessern aufschlitzten und anfingen, den Inhalt über Roys Kopf auszuschütten. Der Hof sah aus wie bei einem Schneesturm, als die Daunenfedern sich in der Luft ausbreiteten. Sie blieben am Leim an Roys Körper haften. In der Schule hatte sie davon gelesen, dass Menschen geteert und gefedert wurden, und hatte es für eine furchtbare Art der Strafe gehalten. Zu sehen, wie Roy Opfer dieses Verfahrens wurde, bestätigte ihr, wie demütigend es war. Roy brüllte protestierend.

Studenten – Männer wie Frauen – eilten herbei, um händeweise Federn vom Boden aufzulesen und sie auf die klebrige Masse zu drücken, die immer noch von Roys Körper herabtriefte. Alice-Marie war mittendrin und ihr Kichern war aus dem Jubel und Gelächter der

Menge herauszuhören. Als sie mit ihm fertig waren, sah Roy wie ein halb gerupftes, kopfloses Huhn aus.

Ein Mann tauchte mit einer Schubkarre hinter der Bibliothek auf. Er bahnte sich einen Weg in die Mitte der Menge und umrundete Roy drei Mal, während er ihn verhöhnte, was neuen Jubel auslöste. Dann schwenkte er die Schubkarre scharf herum und rammte sie von hinten in Roys Kniekehle. Roy stieß einen erschrockenen Schrei aus, taumelte nach hinten und fiel direkt in die Schubkarre. Der Führer der Schubkarre sprang auf und ab und streckte beide Hände mit dem Siegeszeichen in die Luft. Er verbeugte sich vor der applaudierenden Menge und packte dann die Griffe der Schubkarre, um Roy auf eine holprige Fahrt über den Hof mitzunehmen, während die Studenten weiterlachten und zustimmend schrien.

Alice-Marie rannte zu Libby hinüber. Tränen strömten ihr über die Wangen. »Meine Güte, hast du jemals etwas so Lustiges gesehen?«

»Er ist dein Cousin. Wie kannst du darüber lachen?«

Alice-Marie blieb der Mund offen stehen. »Findest du nicht, dass er das verdient hat?«

Libby brachte keine ehrliche Antwort zustande. Ja, Roy verdiente es, dass sich das Blatt wendete, aber diese öffentliche Demütigung schien weit über Gerechtigkeit hinauszugehen. Sie hatte etwas Rachsüchtiges an sich. Was würde Petey tun, wenn er hier wäre?

Libby beobachtete, wie der Führer der Schubkarre im Zickzack über den Rasen fuhr, sodass Roy von einer Seite auf die andere rollte. Federn flogen durch die Luft und Roys Hände zappelten immer noch nutzlos über seinem Kopf hin und her. »Wer sich das ausgedacht hat, hat einen sehr kranken Humor.«

Alice-Marie lehnte sich nah an sie heran. »Es war Bennett! Und er ist noch nicht fertig!« Ihre Augen funkelten.

Libby packte Alice-Marie am Arm. »*Bennett* ist dafür verantwortlich? Was hat er noch alles geplant?«

Statt etwas zu erwidern, streckte Alice-Marie den Finger aus. Libby folgte ihm mit dem Blick und sah, dass die Schubkarre sich direkt auf den Eingangsbereich der Bibliothek zubewegte. »Bleib hier!«, quietschte Alice-Marie, bevor sie wieder auf den Rasen rannte. Die Studenten machten einen Weg frei, bildeten mit ihren Körpern einen Tunnel, durch den der Führer der Schubkarre sie direkt bis an den Rand des Vorbaus schob. Das Rad knallte gegen den Rand der dreißig Zentimeter hohen Betonstufe und Roy wurde zu Libbys Füßen herausgeschleudert. Dann sprang der Schubkarrenmann auf den Vorbau und zerrte an Roys Pullover, bis sein rotes, wütendes Gesicht zum Vorschein kam.

Der Maskierte stützte die Hände auf die Knie und beugte sich zu Roy hinunter. »Bitte schön, Daley.« Die Stimme, die schadenfroh hinter dem Kissenbezug hervorklang, verriet die Identität des Sprechers. »Hier ist Elisabet Conley, genau, wie du es haben wolltest.«

Libbys Augen glühten, als der Schubkarrenführer – der verkleidete Bennett – beide Arme in ihre Richtung warf, als präsentiere er sie am Hof.

»*Jetzt* kannst du sie fragen, ob sie mit dir ausgehen will!«

31

»Pete, ich werde es dir nicht noch einmal sagen.« Jacksons Ton wurde streng. Er legte die Hand an Petes Brust. »Bleib hier bei deiner Mutter und den Kindern. Ich möchte allein mit deinem Vater sprechen.«

Pete warf einen Blick über die Schulter. Seine Mutter stand unter dem Vordach von Bransons Laden. Sie hatte Lorenzo dicht neben sich, die anderen Kinder standen eng in ihrer Nähe. Drängten sie sich so zusammen, weil sie ihrer Mutter nahe sein wollten, oder versuchten sie nur, dem kalten Regen zu entkommen?

Pete wandte sich wieder zu Jackson um. »Ich halte es nicht für klug, dass du allein mit ihm sprichst. Wenn es wahr ist, was du vermutest, müssen wir damit rechnen, dass er gefährlich ist und sich zu schützen versucht.« Pete schluckte. »Eine Waffe wurde auf diesen Verkäufer gerichtet, Jackson. Ich könnte es mir nie verzeihen, wenn …«

»So etwas sollst du nicht einmal denken«, erwiderte Jackson. »In meinem Kampf gegen die Kinderarbeit hatte ich es mit zahlreichen widerwärtigen Gestalten zu tun. Mehr als einmal war der Lauf eines Gewehrs auf mich gerichtet und ich bin immer unverletzt davongekommen. Das soll sich heute nicht ändern.«

»Aber …«

»Vertrau mir, Pete – ich achte auf meine Sicherheit. Ich habe eine Frau und zwei Kinder zu Hause, die mich brauchen. Ich werde nichts Unbedachtes tun. Und jetzt bleib hier.« Jackson versetzte Pete einen sanften Schubs Richtung in Vordach. Dann zog er den Kopf ein, trottete über die Straße und versuchte, den Regentropfen auszuweichen. Kurz darauf verschwand er im Mietshaus.

Pete bewegte sich näher zu seiner Familie. Seine Geschwister starrten mit großen, ängstlichen Augen zu ihm hoch. Seine Mutter war besorgter, als er sie je gesehen hatte. Jahrelang hatte Pete den Groll gegen seine Eltern gehegt – gegen seine beiden Eltern. Aber als er jetzt in das müde, traurige Gesicht seiner Mutter sah, fragte er sich, ob sie vielleicht genauso ein Opfer der gleichgültigen Selbstsucht seines Vaters war wie er. Sie ähnelte dem Monster seiner Fantasie jedenfalls in keiner Weise, als sie sanft mit den Fingern durch Lorenzos zerzaustes Haar fuhr.

Pete ließ seinen Blick von Lorenzo über Dennis zu den älteren Jungen wandern. Was würde aus seinen Geschwistern werden, wenn ihre familiäre Situation sich nicht änderte? Jacksons Antrag, die Kinder der Leidigs aus ihrem Elternhaus zu holen und Pete die Vormundschaft zu übertragen, hatte nichts bewirkt. Vermutlich konnte er dem Richter keine Vorwürfe machen – er war ein einbeiniger Achtzehnjähriger ohne Vollzeitstelle und ohne eigenes Zuhause. In den Augen des Richters konnte er den Kindern nichts Besseres bieten, als sie jetzt schon hatten. Trotzdem wollte Pete die Kinder immer noch bei sich haben. Unbedingt.

Die Tür des Gemüseladens öffnete sich quietschend und der Eigentümer, Keith Branson, trat heraus. »Was ist denn hier los, warum steht ihr da herum?«

Obwohl man die Frage als Angriff verstehen könnte, hörte Pete keine Feindseligkeit aus der Stimme des Mannes heraus. »Wir brauchen für ein paar Minuten einen Platz, an dem wir vor dem Regen geschützt sind. Wenn wir im Weg sind, können wir …«

»Dann kommt doch herein!« Keith winkte mit der Hand und lächelte die Kinder an. »Hier drin ist es wärmer. Meine Frau hat kochendes Wasser auf dem Herd. Will jemand eine Tasse Tee? Oder vielleicht einen Kakao? Meine Frau kocht den besten Kakao der ganzen Stadt – das sagen alle.«

Lorenzos Gesicht leuchtete auf. Er richtete einen flehenden Blick auf seine Mutter. »Dürfen wir, Mama? Ja?«

Zu Petes Überraschung schaute seine Mutter zu ihm, als warte sie auf sein Einverständnis. Er spürte einen Kloß im Hals. Er nickte und sie führte die Kinder mit sanften Schubsen und gemurmelten Ermahnungen in das Geschäft. Pete folgte ihr und ein angenehmer Schauder erfasste ihn, als er die Wärme des bullernden Holzofens in der Mitte des Ladens spürte.

Mrs Branson eilte herbei, ein herzliches Lächeln auf dem faltigen Gesicht. »Du liebe Güte, ihr seht alle völlig durchgefroren aus! Der Regen hat unseren schönen November ganz düster gemacht, was? Mrs Leidig, dort in der Ecke steht ein wirklich netter Schaukelstuhl. Warum setzen Sie sich nicht eine Weile hin – Sie sehen völlig erschöpft aus. Ihr Kinder, kommt herüber zum Herd, dann gieße ich euch den versprochenen Kakao ein. Nichts wird euch besser aufwärmen als eine Tasse Kakao mit viel Milch. Und Kekse? Mögt ihr Kekse?«

Lorenzo nickte so heftig, dass seine Haare wippten. »Ja, Madam!«

Lachend kniff Mrs Branson Lorenzo in die Nase. »Das habe ich mir gedacht. Gut, dass ich Kekse habe. Haferflockenkekse mit vielen Rosinen. Komm zu mir herüber.«

Berta sank in den Schaukelstuhl und legte ihren Kopf an die geschwungene Rückseite. Aber sie behielt die Kinder im Blick, die sich um den Herd drängten, während Mrs Branson damit beschäftigt war, den Kakao zu kochen. Nachdem seine Familie auf diese Weise versorgt war, trat Pete an den Eingang zurück und richtete den Blick auf die Tür des Mietshauses. Er wünschte sich, Jackson würde bald wieder auftauchen.

Keith stellte sich neben Pete und stieß ihn mit dem Ellbogen an. »Alles in Ordnung?«

»Ich hoffe es …«

Der Mann warf einen kurzen Blick über die Schulter zurück und rückte dann näher an Pete heran. »Der gut gekleidete Mann, den ich draußen auf dem Gehweg mit euch zusammen gesehen habe … ist er hier, um zu helfen?«

Pete nickte. »Ja. Er ist Anwalt. Wir versuchen, die Kinder in ein besseres Zuhause zu bringen.« *Bitte, lass es bei mir sein.*

»Das wäre eine gute Sache.« Mr Branson stieß einen Seufzer aus. »Meine Frau und ich haben uns neulich Abend unterhalten. Wir fühlen uns ziemlich schuldig, das gebe ich gern zu.«

Pete sah den Mann verwundert an. »Schuldig? Warum denn das?«

»Die ganze Zeit haben wir geschimpft, dass niemand einen Finger krumm macht, um den Kindern zu helfen … und uns ist klar geworden, dass wir nicht mehr gemacht haben als schimpfen. Wir hätten auch helfen können.«

Pete klopfte dem Mann ermutigend auf die Schulter. »Ich würde sagen, Sie haben eine Menge getan. Sie haben ihnen erlaubt, mit Obst und Gemüse davonzuschleichen, ohne einen Penny zu bezahlen. Sie haben dafür gesorgt, dass sie etwas zu essen hatten. Das ist wesentlich mehr, als andere getan haben.« Ein scharfer Ton schlich sich in seine Stimme.

Keith ließ mit trauriger Miene den Kopf hängen. »Aber es war nicht genug. Nicht einmal ansatzweise. Wir haben den Ältesten oft mit allerlei Gesindel an der Straßenecke herumhängen sehen. Jetzt wünschte ich, ich hätte ihm einen Job angeboten. Müßiggang ist aller Laster Anfang, heißt es. Wenn ich dafür gesorgt hätte, dass er etwas zu tun hat, wäre er vielleicht …«

»Geben Sie sich keine Schuld.« Pete schüttelte sich und schob die Hände in die Manteltaschen. Keith Branson schrieb sich zu viel Verantwortung zu. Es war Gunter Leidigs Aufgabe gewesen, Oscar vor Schwierigkeiten zu bewahren – und er hatte gründlich versagt. Der prickelnde Schmerz in seinem Stumpf verschlimmerte sich, wie immer, wenn er zu lang auf einer Stelle stand. Doch er würde seinen Posten nicht verlassen, bis Jackson aus dem Haus kam. Er klopfte mit der Spitze des Holzbeins auf den Boden. »Nein, Sir, es war nicht Ihre Schuld. Ich hätte längst zurückkommen sollen. Ich habe es nicht getan, weil ich Angst davor hatte, meinen Vater wiederzusehen.«

Keith hob ruckartig den Kopf und blickte Pete mit offenem Mund an. »Also sind Sie *doch* ein Leidig!«

Beschämt nickte Pete. »Ja, Sir. Es tut mir leid, dass ich Sie irregeleitet habe. Aber mein Freund, der Anwalt, hilft mir, meinen Namen zu ändern. Es wird nicht mehr lange dauern, dann bin ich Peter Rowley.«

»Warum?«

Die kindliche Stimme schreckte Pete auf. Er drehte sich unbeholfen um und sah, dass Lorenzo mit einer dampfenden Tasse Kakao zwischen den Händen hinter ihm stand. Das Gesicht des kleinen Jungen war verwirrt. »Heißt das, dass du dann nicht mehr mein Bruder bist?«

Pete wünschte, er könnte sich vor dem Jungen auf ein Knie niederlassen, um auf gleicher Höhe mit ihm zu sein. Aber das Einzige, was er tun konnte, war, sich mit der Hand an seinem gesunden Knie abzustützen und nach vorn zu beugen. »Natürlich nicht, Lorenzo. Ich werde immer dein Bruder sein.«

»Aber warum änderst du dann deinen Namen?«

Wie konnte er diesem Jungen erklären, dass der Name mit hässlichen Erinnerungen verbunden war? Sein Name gab ihm ein Gefühl der Beschämung, weil er ihn von einem Mann erhalten hatte, dem so wenig an seiner Familie lag. Er hasste seine Verbindung mit Gunter Leidig. Er suchte nach beruhigenden Worten, aber bevor ihm etwas in den Sinn kam, erklang von draußen irgendwo ein lauter Knall.

Lorenzo zuckte zusammen. Kakao schwappte über den Rand seiner Tasse und lief ihm über die Hände. »Was war das?«

Pete richtete sich auf und schaute verwundert in alle Richtungen. Keith trat näher zur Tür, den Kopf zur Seite gelegt.

Es knallte noch einmal. *Und ein weiteres Mal.*

Der alte Mann drehte sich mit einem Ruck zu Pete, die Augen weit aufgerissen. »Das klang wie Pistolenschüsse.«

»Oh, Gott im Himmel, Jackson …« Pete stolperte an Mr Branson vorbei durch die Tür und eilte zum Straßenrand. Der dichte Regen nahm ihm die Sicht, aber er schirmte die Augen mit der Hand ab und spähte durch den prasselnden Regenguss. Auf der anderen Seite wurde die Haustür aufgestoßen und ein Mann sprang vom Vorbau herunter. Ohne anzuhalten rannte er in vollem Tempo die Straße hinunter und verschwand hinter dem grauen Regenvorhang. Aber Pete hatte genug gesehen, um ihn zu erkennen. Schnell richtete er den Blick wieder auf die Tür des Mietshauses. Niemand folgte. Das konnte nur eines bedeuten.

Er drehte sich ruckartig zum Laden um, wo Keith mit ausgebreiteten Armen am Eingang dafür sorgte, dass die Kinder und Frauen im Innenraum blieben. Pete brüllte: »Mr Branson, haben Sie ein Telefon?«

Der Mann nickte.

»Rufen Sie die Polizei! Und sagen Sie ihnen, dass wir einen Krankenwagen brauchen – sie sollen ihn zur Wohnung von Leidigs schicken. Bleiben Sie alle hier. Ich muss mich um Jackson kümmern!«

Ohne auf den stechenden Schmerz in seinem Stumpf zu achten, rannte Pete über die vom Regen rutschigen Pflastersteine, so schnell es sein Holzbein erlaubte. Seine Seele flehte mit jedem unbeholfenen Schritt: *Bitte, Herr, schenk, dass Jackson nicht verletzt ist.*

Libby legte die Hände um die dampfende Kaffeetasse und sah Bennett finster an. Die Heiterkeit von vorhin, die auf dem Rasen ausgebrochen war, setzte sich im Speisesaal fort. Der Raum war bei den Mahlzeiten immer von summenden Gesprächen erfüllt, doch an diesem Abend saßen die Studenten noch lange nach der Essenszeit zusammen, um sich zu unterhalten und Kaffee zu trinken. In verschiedenen Ecken brandete Gelächter auf und verlieh dem Raum etwas Festliches. Offenbar hatten alle mit Vergnügen zugeschaut, wie Roy eine Dosis seiner eigenen Medizin verabreicht worden war.

»Ich verstehe, warum du Roy völlig geschlagen sehen wolltest. Aber mir gefällt es nicht, dass ich der Käse in dieser Mausefalle war.« Libby schlug ihren strengsten Tonfall an, während sie mit Bennett sprach. »Wenn du mich benutzen wolltest, hättest du mich vorwarnen müssen.«

»Ja, das hätte ich vermutlich tun sollen.« In Bennetts Stimme lag keine Reue, und Libbys Irritation wuchs, als Alice-Marie bei dieser lässigen Antwort ein Kichern ausstieß. Er legte seinen Arm um Alice-Maries Stuhlrücken und grinste. »Aber das hätte die Überraschung verdorben.«

Eine weitere Runde Lachen brach in der Gruppe aus, die hinter ihrem Tisch saß. Libby beugte sich vor und hob die Stimme. »Mir ist fast die Luft weggeblieben, als dieser maskierte Mann mich gepackt hat und mit mir weggerannt ist!«

Bennett kicherte. »Ja, ein halbes Dutzend hat sich freiwillig für diesen Teil des Plans gemeldet. Ich habe Riley ausgesucht, weil ich wusste, dass er sich gut benehmen und dich wirklich dorthin bringen würde, wo ich dich haben wollte.«

Libby nahm an, dass sie ihm für diese rücksichtsvolle Überlegung danken sollte, aber eine andere Frage beschäftigte sie. »Wie hast du Roy überhaupt dazu gebracht, dorthin zu kommen? Ich kann mir nicht vorstellen, dass er sich von irgendwem etwas vorschreiben lässt.«

»Das war das Schöne an dem ganzen Plan.« Bennett hob den Kopf und stieß ein amüsiertes Johlen aus. »Er dachte, er würde *dich* herbeilocken, und in Wirklichkeit haben wir *ihn* herbeigelockt. Es waren nur ein paar gut gezielte Nachrichten nötig, die unter falschem Namen weitergegeben wurden.«

»Mit anderen Worten, eine Menge Lügen.«

»Schau dir doch nur das Ergebnis an!« Bennett breitete die Arme aus und sah mit zufriedenem Grinsen von Alice-Marie zu den Tischen voller fröhlicher Studenten und wieder zu Libby. »Hat sich das nicht gelohnt?«

Bennetts Argument löste einen Gedankengang in Libbys Kopf aus. War ein Endergebnis wichtiger als das Mittel, das man benutzte, um es zu erreichen? »Ich weiß es nicht.«

Plötzlich verzog Bennett das Gesicht. »Außerdem war alles, was du durchmachen musstest, dass jemand dich hochgehoben und weggetragen hat. Ich zahle einen viel höheren Preis.«

»Und der wäre?«

Bennett spielte mit seiner Serviette, den Kopf gesenkt. »Um Caroline zum Mitmachen zu bewegen, musste ich ihr versprechen, sie am Samstagnachmittag zu einem Eis einzuladen.«

Als Libby sich den großmäuligen Bennett mit der schüchternen, unscheinbaren Caroline vorstellte, musste sie sich ein Lächeln verkneifen. »Ich denke, das ist ein angemessener Preis dafür, bei so einem Betrug mitzumachen – für Caroline.«

Bennetts Kopf schoss in die Höhe. »Hey! Das ist aber nicht nett!«

Libby und Alice-Marie lachten gemeinsam über diesen Scherz auf Bennetts Kosten. Während sie ihrer Heiterkeit noch freien Lauf ließen, tippte jemand Libby auf die Schulter. Immer noch kichernd drehte sie den Kopf und sah in Miss Banks' ernstes Gesicht.

Erschrocken schluckte Libby ihr Lachen hinunter. »Ja, Madam?«

Die Hausmutter hielt ein zusammengefaltetes Blatt Papier in der Hand. »Dieses Telegramm ist für Sie gekommen. Es ist von Maelle Harders.«

Ein Schauder kroch über Libbys Körper. Sie nahm das Blatt mit zitternden Händen entgegen. »D-danke.«

Miss Banks klopfte Libby leicht auf den Rücken und Libby meinte, im sonst eher unfreundlichen Gesicht der Frau Mitgefühl zu lesen. Sie drehte sich zu Bennett herum und hielt das Telegramm in die Höhe. »Ich habe Angst, es aufzumachen.«

»Jetzt mach nicht so ein Theater, Lib.« Bennett verdrehte die Augen. »Maelle bestätigt wahrscheinlich nur deine Reisepläne für Thanksgiving – es ist nicht mehr weit bis zu den freien Tagen, das weißt du doch.«

Libby schüttelte den Kopf. »Nein, es ist etwas Schlimmes, das weiß ich.« Sie schob das Telegramm über den Tisch. »Lies du es.«

Mit einem ungeduldigen Seufzer nahm Bennett es in die Hand. Er zog eine Braue hoch und gab Libby mit einem Blick zu verstehen, dass sie sich lächerlich machte, dann entfaltete er das Blatt Papier. Sein Kinn fiel herab und sämtliche Farbe wich aus seinem Gesicht. Irgendwie wusste Libby, dass er keinen Scherz machte.

Sie riss ihm das Telegramm aus der Hand und las die kurze Nachricht:

Jackson von Petes Vater angeschossen STOP Krankenhaus Clayton STOP Bitte bete STOP

Libby stieß sich vom Tisch ab. Sie hob den Rock und stürmte zur Tür.

32

Auf halbem Weg über den mondbeschienenen Hof blieb Libby stolpernd stehen. Wo sollte sie hin? Sie konnte ihrer Unruhe und Angst nicht davonlaufen. Sie schlang sich die Arme um den Körper und merkte, dass sie ihren Mantel im Speisesaal vergessen hatte. Sollte sie zurückgehen? Schwer atmend schaute sie panisch nach rechts und links. Während der Abend in die Nacht überging, wurde der Wind immer kälter und zerrte an ihrem Rock und ihren Haaren. Tiefe Schatten lauerten in jeder Richtung.

Vor ihrem inneren Auge sah sie statt der unheimlichen Nachtlandschaft eine Reihe von Gesichtern. Jackson, Maelle, Petey, sogar Hannah und Hester. Sie stellte sie sich mit betroffenem Blick und zitternden Lippen vor. Sie litt mit jedem von ihnen, aber am meisten mit Petey. Sein Vater hatte Jackson verwundet. Petey würde den Rest seines Lebens eine Schuld mit sich herumtragen, die ihm nicht gehörte.

Bitte bete, hatte Maelle geschrieben. Es war eine kurze, einfache Aufforderung, aber hinter den Worten steckte so viel Verzweiflung und Flehen. Libby schossen Tränen in die Augen und sie drückte sich die Faust auf den Mund. Sie meinte, ihre Brust müsse zerspringen, so groß war die Sehnsucht, Maelles Bitte zu folgen.

»Libby! Libby, warte!«

Alice-Maries Stimme drang an Libbys Ohren. Sie drehte sich um und sah ihre Zimmergenossin und Bennett auf sich zutraben, aber sie konnte jetzt nicht mit ihnen reden. Sie hatte einen Auftrag zu erfüllen – sie musste Gott finden und ihn bitten, Jackson zu retten. Petey zu retten. Alice-Marie und Bennett würden sie nur davon ablenken.

Sie hob wieder ihren Rock und setzte sich in Bewegung. Ohne auf ihre Richtung zu achten, rannte sie los. Sie wusste nur, dass sie den Ort der Stille finden musste, an dem Gott wohnte.

Sie stürmte zwischen Reihen hoch aufragender Bäume hindurch, die ihre Äste wie lange Finger zum sternbedeckten Himmel ausstreckten. Dann erreichte sie ein grasbewachsenes Feld und ihr Lauf wurde durch kniehohen Bewuchs gebremst. Sie knurrte verärgert – sie musste Gott unbedingt finden! – und kämpfte sich weiter vorwärts, bis ihr Fuß gegen etwas Hartes stieß. Sie fiel kopfüber in ein Kissen aus dichtem, verdorrtem Gras und ihre Beine blieben auf etwas liegen, das fest und kalt war – es war das steinerne Fundament, das unter dem vom Mondlicht erhellten Himmel lag, wie zu einer Umarmung ausgebreitet.

Mit brennenden Lungen, unfähig, auf ihren zitternden Beinen zu stehen, drehte sie ihren Körper, bis Arme und Kopf auf der kalten, rauen Grundmauer ruhten. Ihre Finger schlossen sich um den Rand des Fundaments und warme Tränen flossen über ihre Wangen – seit sie ein kleines Mädchen gewesen war, war dies das erste Mal, dass sie sich selbst erlaubte, Tränen zu vergießen. Hier, wo sie ganz allein war, drückte sie das Gesicht an das massive, beständige Fundament.

Während sie dort lag und ihr das Herz unter der wogenden Brust schmerzte, ging ihr die Zeile eines Kirchenlieds durch den Kopf, das sie in der Kapelle in Shay's Ford gesungen hatten.

Er ist ein Fels, ein sichrer Hort und Wunder sollen schauen, die sich auf sein wahrhaftig Wort verlassen und ihm trauen.

Sie bewegte den Kopf und der Stein kratzte an ihrer Wange, als ihr ein weiterer Text, ein Bibelvers, in den Sinn kam.

Fürchte dich nicht, ich bin mit dir; weiche nicht, denn ich bin dein Gott. Ich stärke dich, ich helfe dir.

Libby erinnerte sich an eine von Maelles sanften Unterweisungen vor langer Zeit. »*Mein liebes Mädchen, wenn du Jesus darum bittest, dein Heiland zu werden, dann wird Gott dein Vater. Dann wirst du für alle Ewigkeit ihm gehören und er wird für alle Ewigkeit dir gehören.*«

»O Jesus, rette mich, bitte …« Gequält drangen die Worte aus ihrer Kehle. »Bitte sei *mein* Gott, *mein* Vater.«

Und als eine weitere Flut von Tränen über ihr Gesicht stürzte, öffnete Libby ihre Seele schließlich für den Einen, der in seinem Wort versprochen hatte, bei ihr zu sein. Ihre Angst um Jackson, ihre Sorge um Maelle und die Zwillinge, ihr Kummer über Peteys Last – all das strömte in tränenreichem Flehen aus ihr heraus.

»Bitte nimm Maelle Jackson nicht weg – sie liebt ihn so sehr. Bitte lass nicht zu, dass Hannah und Hester noch einmal den Vater verlieren – sie brauchen ihn, Herr! Und bitte … bitte … Petey …« Sie schluckte und ihr Hals schmerzte so sehr, dass sie fast nicht mehr sprechen konnte. »Er hat in seinem Leben schon so viel zu tragen gehabt. Er hat dir trotz allem treu gedient. Bitte rette Jackson, damit Petey sich nicht die Schuld an seinem Tod aufbürden muss. Bitte, Gott. Bitte … bitte …«

Während sie betete, wurde Libby von einer tröstenden Gegenwart eingehüllt. Ein Gefühl des Friedens und der Sicherheit – wie sie es bisher nie erlebt hatte – erfüllte sie von innen heraus. Erstaunt hob sie den Kopf zum sternbeglänzten Himmel. »Du bist hier, nicht wahr, Gott? Das bedeutet … dass ich dich endlich gefunden habe. O Herr, ich danke dir.«

Sie barg das Gesicht wieder in den Händen und weitere Tränen flossen. Reinigende Tränen. Dankbare Tränen. Sie hatte keine Ahnung, wie lange sie sich an die steinerne Grundmauer geklammert und innerlich den Einen gepriesen hatte, der Petey, Maelle, Jackson – und sie – in seinen allmächtigen Händen hielt. Als die Tränen schließlich versiegten, richtete Libby sich auf und setzte sich hin. Sie spürte die feste Steinmauer unter sich, als sie über die Veränderung staunte, die sich tief in ihrem Inneren ereignet hatte. Eine Gewissheit, so fest wie das steinerne Fundament, das jetzt ihren müden Körper stützte, erfasste sie. Genau wie diese Grundmauern trotz der Zerstörung des Gebäudes erhalten geblieben waren, so blieb auch Gott – unverrückbar, stark, sicher –, wenn alles andere verloren schien. Wie hatte sie so blind sein und ihn übersehen können? Sie hatte so intensiv nach ihm gesucht … und er war die ganze Zeit da gewesen und hatte nur darauf gewartet, dass sie aufhörte zu rennen und sich in seine Arme fallen ließ.

Die alte Libby hätte eine Tasche gepackt und wäre zum Bahnhof gesaust, um zu Petey und Maelle zu reisen. Die alte Libby hätte keine Ruhe gefunden, ohne zu wissen, wie es Jackson ging. Aber seltsamerweise hatte Libby nicht das Bedürfnis, zu ihren Freunden zu eilen. Sie wollte einfach nur hierbleiben, in Gottes Umarmung, und ihm vertrauen, dass er sich um die Nöte der Menschen kümmerte, die ihr so am Herzen lagen. Sie saß zufrieden und ruhig da, drückte sich die Hände auf die Brust und spürte den starken Herzschlag darunter. Ein Lächeln breitete sich auf ihrem Gesicht aus. »Gott, ich weiß, dass du das bist. Ich spüre dich mit jedem Herzschlag.« Sie schluckte. Neue Tränen stiegen ihr in die Augen, sodass die Sterne am Himmel verschwammen. »Danke, dass du mich zu deinem Eigentum gemacht hast.«

Als sie in den wolkenlosen Himmel blickte, lächelte der Mond rund und gelb auf sie herab. Libby seufzte und konnte ihren eigenen Atem in der Nachtluft sehen. Sie schüttelte sich vor Kälte. Es war spät – Alice-Marie und Bennett würden sich Sorgen machen, wenn sie nicht bald wieder auftauchte. Sie sah mit zittrigem Lächeln nach oben. »Wir unterhalten uns bald wieder.« Jetzt, wo sie wusste, dass Gott ihr zuhörte und sich um sie kümmerte, würde sie oft mit ihm reden.

Sie raffte ihren Rock zusammen, stellte sich auf die Füße und eilte zu ihrem Zimmer zurück. Alice-Marie lief dort hin und her wie ein Tiger im Käfig. Sobald Libby durch die Tür huschte, rannte sie zu ihr und umarmte sie fest.

»O Libby! Gott sei Dank bist du wieder da! Bennett packt gerade seine Tasche. Ich habe schon angefangen, für dich zu packen. Er hat gesagt, er würde am Bahnhof anrufen und fragen, wann der nächste Zug nach Clayton fährt, und …«

»Ich fahre nicht.«

Alice-Marie rückte von ihr ab. »W-wie bitte?«

Libby lächelte ihre Zimmerkameradin an und ging zu ihrem Bett. Sie schob den geöffneten Koffer zur Seite und setzte sich auf die Matratze. Sie verschränkte ihre Finger im Schoß und seufzte. »Ich bleibe hier.«

»Aber ... aber ...« Alice-Marie sank auf ihr Bett und starrte Libby stumm an.

Libby beugte sich vor und nahm die Hand ihrer Zimmerkameradin. »Alice-Marie, ich kann im Moment absolut nichts für Jackson und Maelle oder Petey tun. Ich bin schwach und ohnmächtig. Aber Gott ist stark.« Der Friede, der sie an den Grundmauern eingehüllt hatte, breitete sich wieder in ihr aus, machte ihr Herz froh und zauberte ein Lächeln auf ihr Gesicht. »Ich habe meine Freunde Gottes Fürsorge anvertraut und ich vertraue ihm, dass er sich um sie kümmert.« Ein leises Lachen stieg in ihr auf, freudig und leicht. Wie befreiend es war, Gott zu vertrauen! »Er ist dort und das genügt.«

Alice-Marie schüttelte den Kopf in offensichtlicher Verwirrung. »Bist du dir sicher?«

Obwohl Libby wusste, dass Alice-Maries Frage ihrer Entscheidung galt, nicht nach Clayton zu fahren, beschloss sie, sie auf ihre letzte Aussage zu beziehen. »Ich war mir noch nie in meinem Leben so sicher.«

Alice-Marie seufzte und ließ die Schultern hängen. »Dann werde ich Bennett eine Nachricht schicken, damit er weiß, dass du lieber nicht fahren möchtest.« Sie stand auf und eilte zur Tür. Aber bevor sie das Zimmer verließ, warf sie noch einen Blick auf Libby. »Du wirkst irgendwie ... anders.«

Neugierig legte Libby den Kopf zur Seite. War es möglich, dass Alice-Marie etwas von dem sehen konnte, was in ihrem Inneren passiert war? Doch obwohl sie wartete, gab Alice-Marie keine weitere Erklärung ab. Sie schüttelte nur noch einmal den Kopf und huschte zur Tür hinaus.

Was war mit Libby passiert? In den vergangenen zwei Tagen hatte sich Bennett oft über das seltsame Verhalten seiner Freundin gewundert. In seinen boshaften Momenten beschuldigte er sie schlafzuwandeln, während er sie ein andermal dafür beneidete, wie ruhig sie alles akzeptierte, was in Clayton vor sich ging. Immer, wenn sie sich begegneten, fragte sie ihn, ob er etwas Neues von Jackson wusste. Bei jeder negativen Antwort erwartete er, sie würde die Fäuste ballen, frustriert knurren oder erklären, sie müsse jetzt einfach nach Clayton fahren. Doch obwohl er die Sorge in ihren Augen aufflackern sah, wurde sie immer von etwas weggewischt, das er nicht beschreiben konnte.

Libby war einfach nicht mehr Libby. Und er wusste nicht, ob ihm das gefiel oder ob es ihn störte.

Am Freitagmittag traf er Alice-Marie zum Essen, was immer eine angenehme Ablenkung war. Doch selbst sie erwähnte Libbys veränderte Haltung. »Ich kann nicht sagen, woran es liegt, aber sie verhält sich nicht wie sie selbst. Ich mache mir wirklich Sorgen um sie. Ich glaube, diese Situation mit Pete und seiner Familie hat sie in eine Art Wahnsinn getrieben.«

»Eine Art Wahnsinn?«

»Na ja, wie willst du es dir sonst erklären? Sie hat angefangen, jeden Tag in der Bibel zu lesen – bis diese Woche wusste ich nicht einmal, dass sie eine besitzt. Ich habe sie mehrmals dabei ertappt, wie sie auf den Knien betete, und da ist etwas in ihren Augen – ein verträumter Ausdruck, der sich nicht beschreiben lässt. Sie hat mich in den vergangenen Tagen nur ein Mal angeschnauzt! Und wenn das nicht ein Zeichen ist, dass etwas nicht stimmt, dann weiß ich auch nicht.«

Zwei Leute am Tisch hinter Bennett begannen, sich darüber zu streiten, wer dieses Jahr den Wimpel gewinnen würde, und ihre Stimmen übertönten alles andere im Saal.

Bennett griff nach Alice-Maries Hand. »Komm mit. Hier drin ist es zu laut. Gehen wir ein paar Schritte.«

»Bei diesem Wetter?«

Er musste zugeben, dass es nicht mehr viel Spaß machte, draußen zu sein. In einer Woche war Thanksgiving und der Herbst war mit grauem Himmel, kaltem Wind und gelegentlichen stürmischen Regenfällen über sie hereingebrochen. Aber in den vier Wänden des Speisesaals fühlte Bennett sich eingesperrt – er brauchte Luft.

»Du kannst meine Jacke über deinem Pullover tragen, und ich zieh dich ganz nah zu mir her.« Er zwinkerte und lächelte, als sie kichernd errötete. »Gehen wir!«

Sie blieben auf dem gepflasterten Gehweg, statt über den Rasen zu schlendern. Der Regen der letzten Tage hatte den Boden aufgeweicht und Alice-Marie wollte mit ihren Schuhen nicht in den Matsch treten. Wie versprochen zog er sie dicht an sich, doch er gestand sich ein, dass er dies nicht nur ihr zuliebe tat – ihr Körper strahlte Wärme aus und vertrieb die Kälte.

Andere Studenten kamen an ihnen vorbei. Jeder – Mann wie Frau gleichermaßen – lächelte und nickte ihm zu. Bennett ertappte sich dabei, wie er anfing zu stolzieren. Seine Beliebtheit hatte sich verdoppelt, seit es die Runde gemacht hatte, dass er der Urheber von Roys Demütigung war. Keiner der anderen hatte offen zugegeben, an dem Streich beteiligt gewesen zu sein, aber ihm machte das nichts aus. Er würde die Verantwortung komplett auf sich nehmen, selbst wenn Roy Vergeltung plante. Zumindest hatte Roy aufgehört, Libby zu verfolgen und er schikanierte auch andere Studenten nicht mehr so häufig.

Alice-Marie schüttelte sich und drückte sich noch dichter an ihn. »Fährst du an Thanksgiving nach Hause, Bennett?«

Bennett war davon ausgegangen, dass er und Libby nach Shay's Ford zurückkehren würden. Er hoffte, auch Pete würde dort sein – und Jackson. »Wahrscheinlich.« Er lächelte auf sie herab. »Warum? Hast du gehofft, ich würde stattdessen mit zu dir nach Hause kommen?«

Die Röte stieg ihr ins Gesicht. Er sollte aufhören, solche Dinge zu sagen, damit setzte er ihr nur Flausen in den Kopf. Jetzt, wo er einige der *Beta-Theta-Pi*-Männer auf seine Seite gezogen und sich auf diese Weise einen Platz in der Verbindung gesichert hatte, musste er sich nicht mehr um Alice-Marie bemühen. Außerdem konnte er dank seines gestiegenen Ansehens am College die Angel nach jedem Mädchen auswerfen, das er haben wollte. Es würde wesentlich mehr Spaß machen, die freie Auswahl zu haben, als sich an eine zu hängen. Aber irgendwie schien er es nicht zu schaffen, sich von Alice-Marie zu trennen.

Sie stieß ihn mit dem Ellbogen an und warf ihm ein albernes Lächeln zu. »Bestimmt würde es Caroline gefallen, vor ihren Eltern mit dir anzugeben. Vielleicht möchtest du Thanksgiving lieber mit ihr verbringen.«

Bennett knurrte und zeigte die Zähne, doch Alice-Marie lachte nur darüber. »Du solltest es besser wissen.« Morgen würde er den versprochenen Ausflug zum Drugstore mit dem unattraktiven Mädchen machen; dann wäre er mit Caroline fertig. Es war auch gut so. Ihre schwärmerischen Blicke quer durch den Speisesaal oder von der anderen Seite des Rasens gingen ihm auf die Nerven.

Alice-Marie seufzte. Ihr Atem bildete eine kleine Wolke, die sekundenlang vor ihnen in der Luft hing. Die Luft war kälter, als Bennett gedacht hätte. Seine Hände fühlten sich langsam taub an. Er schob die eine, die an Alice-Maries Taille lag, in seine Jackentasche, die von ihrer Schulter hing. Mit einem leichten Schubs lenkte er sie Richtung Frauenwohnheim. Er würde sie zum Haus Rhodes bringen, damit er seine Jacke zurückfordern konnte. Er brauchte sie.

Sie warf ihm einen weiteren geheimnistuerischen Blick zu und verkürzte ihre Schritte, bis er gezwungen war, ebenfalls langsamer zu werden. »Ich weiß, dass du an Thanksgiving nicht zu mir kommen kannst – es sind nur so wenige freie Tage und du möchtest sicher deine Freunde im Waisenhaus besuchen. Aber was hältst du davon, einen Teil der Weihnachtsferien in Clayton zu verbringen?« Ihre Wangen leuchteten rosarot und Bennett hatte den Verdacht, dass die Farbe nichts mit dem kalten Wind zu tun hatte, der ihnen ins Gesicht blies. »Es wäre wirklich schön, wenn meine Mutter und mein Vater dich kennenlernen könnten. Die paar Minuten, die du und Pete letztes Mal in unserem Haus wart, waren viel zu kurz, um miteinander bekannt zu werden.«

Was würden Alice-Maries Eltern wohl von ihm halten? Alice-Marie schien es nicht zu stören, dass er Waise war und nichts über seine Herkunft wusste. Aber würden ihn ihre Eltern auch so akzeptieren, wie er war? Weil er nicht wusste, was er antworten sollte, entschied er sich, sie zu necken. »Du liebe Güte, Miss Daley, du bist aber kühn. Ich hätte nicht gedacht, dass gut erzogene junge Damen so forsch sein dürfen.«

Sie presste die Lippen zu einem missbilligenden Strich zusammen und schlüpfte unter seinem Arm hervor. »Ich entschuldige mich, wenn ich einen *forschen* Eindruck gemacht habe. Ich wusste nicht, dass eine einfache Einladung als Dreistigkeit missverstanden werden könnte.«

Bennett lachte. Ihre kecke Antwort erinnerte ihn daran, wie Libby früher immer auf seine Scherze reagiert hatte. Sie hatten so viel Spaß bei ihren Wortgefechten gehabt. Würde Libbys freche Seite wieder zum Vorschein kommen, wenn sie endlich erfuhren, wie es um Jackson stand?

Alice-Marie streckte die Nase in die Höhe und schnaubte. »Und wenn du unhöflich genug bist, mich auszulachen, werde ich meine Einladung vielleicht zurückziehen. Da hast du es!« Mit gerunzelter Stirn sah sie ihn böse an. »Was sagst du dazu?«

Bennett sagte gar nichts. Stattdessen neigte er den Kopf in der vollen Absicht, einen Kuss auf ihre kessen Lippen zu drücken. Ein Kuss war immer besser als eine lange Erklärung. Aber bevor seine Lippen ihre berührten, hörte er einen durchdringenden Schrei.

»Bennett!«

Er richtete sich ruckartig auf und erwartete, Caroline auf dem Gehweg kreischen zu sehen. Stattdessen stürmte Libby auf sie zu. Sie winkte mit einem Telegramm. Tränen strömten über ihr Gesicht. Er trat einen Schritt weg von Alice-Marie. Beim Anblick von Libbys Tränen setzte sein Herz beinahe aus. Es musste eine schreckliche Neuigkeit sein, wenn Libby weinte.

Er fasste sie an den Schultern und blickte in ihr tränennasses Gesicht. »Geht es um Jackson? Ist er …«

»Er wird wieder gesund!« Ein Schluchzer schnürte Libby die Stimme ab. Sie schüttelte den Kopf und sah ihn voller Staunen an. »Gott hat ihn gerettet, Bennett! Er hat unsere Gebete gehört und ihn gerettet!«

33

»*Gott hat ihn gerettet! Gott hat ihn gerettet!*«

Libbys Worte hallten so laut und heftig in Bennetts Kopf wider, dass ihm die Ohren rauschten. Er ließ Libby los, trat einen Schritt zurück und zwang sich, eine Antwort zwischen den Zähnen hervorzustoßen. »Das ist großartig, Lib.« Er tastete blind um sich, erwischte den Ärmel seiner Jacke und riss sie Alice-Marie von den Schultern.

Alice-Marie kreischte empört auf, aber er achtete nicht auf ihren Protest und rammte seine Arme in die Ärmel. Er drehte sich um und marschierte auf das Männerwohnheim zu. Eine namenlose Wut durchfuhr ihn und er stampfte so fest über den harten Steinboden, dass seine Fußsohlen wehtaten.

»Bennett, warte!« Libbys bestürzter Ruf erreichte seine Ohren, bevor ihn eine Hand von hinten an der Jacke packte.

Er riss sich los und marschierte weiter, aber ein hartnäckiges Klackern auf dem Gehweg verriet ihm, dass Libby ihn immer noch verfolgte. Er blieb stehen und drehte sich zu ihr um. »Was denn?« Die kurze Frage brach aus ihm hervor und überraschte ihn selbst mit ihrer Heftigkeit.

Sie wich kurz zurück und eilte dann wieder vorwärts, um ihre Hand auf seinen Arm zu legen. »Ich dachte, du würdest dich mehr freuen. Ich weiß, dass du dir um Jackson Sorgen gemacht hast. Warum bist du also so …?« Sie schien unter seine Haut blicken zu wollen, um die wahren Gefühle darunter zu entdecken.

Er wandte sich ab und ließ den Blick über den Hof schweifen, die Zähne so fest aufeinandergepresst, dass ihm der Unterkiefer weh tat. »Ich bin froh, dass es Jackson gut geht.« Sein Hals brannte, als er versuchte zu sprechen. »Es sind gute Neuigkeiten. Jackson geht es gut. Pete geht es gut. Dir geht es gut. Allen geht es gut!« Er ballte die Hände zu Fäusten und rammte sie tief in die Taschen, um nicht in Versuchung zu geraten, etwas zu tun, was er später bedauern würde.

Libby packte ihn am Arm, führte ihn vom Gehweg weg unter den Dachvorsprung des nächsten Gebäudes, wo sie vor dem Wind und neugierigen Blicken etwas geschützt waren. »Sag mir, was los ist.«

Ihre Tränen waren getrocknet und hatten schimmernde Spuren auf ihren glatten Wangen hinterlassen. Es wurde ihm eng um die Brust, als er die Zärtlichkeit in ihren Augen sah. Sie musste aufhören, ihn so anzusehen. »Nichts ist los.«

»Doch, da ist etwas. Bei der Nachricht von Jacksons Genesung hätte ich alles von dir erwartet, nur keinen Zorn. Aber du bist zornig, Bennett, das sehe ich.« Sie drückte seinen Arm und beugte sich dicht zu ihm hin. »Sag mir, warum.«

Bennett riss sich los. »Nein.«

»Warum nicht?«

»Weil es nichts ändern wird!« Er wünschte, sie würde sich ebenfalls ärgern – würde ihn anblaffen, er solle seine Einstellung ändern, oder ihn auffordern, sich wie ein menschliches Wesen zu benehmen. Sie hatte in der Vergangenheit nicht gezögert, ihm ihre Meinung um die Ohren zu schlagen. Wenn sie es jetzt wieder tun würde, hätte er einen guten Grund, um ebenfalls zu schreien und zu wüten. Aber sie schaute ihn weiterhin in dieser sanften, lieben Weise an. Eine Art, die er nicht verdient hatte. »Lass mich in Ruhe, Lib.«

»Nein, das werde ich nicht tun. Erst, wenn du mir verrätst, was dich ärgert.«

»Was mich ärgert, bist du!« Wenn es etwas gab, das sie aus der Reserve locken würde, dann war es das. Er wappnete sich innerlich und machte sich auf eine wütende Tirade von ihr gefasst.

Wie erwartet, verhärtete sich ihre Miene. Sie öffnete den Mund leicht und ihr Kinn hob sich stolz. Doch zu seiner Enttäuschung schien sie dann in sich zusammenzusinken. Sie schloss kurz die Augen und holte tief Luft. Als sie die Augen wieder öffnete und ihn ansah, war die ganze Wut von kurz vorher verschwunden. Die seltsame, ruhige Hinnahme, die ihm in den vergangenen Tagen an ihr aufgefallen war, kehrte zurück und dies machte ihn noch wütender.

»Hör auf mit den Ausreden, Bennett. Du versteckst dich vor der

Wahrheit.« Ihr ruhiger Ton trug nicht dazu bei, seine Frustration zu verringern. »Du bist nicht wütend auf mich, aber du bist wütend. Was ist los?«

Er beugte sich vor, bis sein Gesicht nur noch Zentimeter von ihrem entfernt war. Seine Kiefer waren so verspannt, dass er die Worte kaum hervorbrachte, als er fauchte: »Na gut, Lib, du willst die Wahrheit hören? Du hast recht. Ich bin im Moment völlig außer mir und könnte *vor Wut platzen*, und ich habe allen Grund dazu. Offenbar reicht es nicht, dass mein bester, die theologische Laufbahn einschlagender Freund in einem fort von Gott spricht und mir die Ohren vollpredigt – jetzt fängst du auch noch damit an!

Ich habe noch nie irgendwo richtig dazugepasst – nicht im Waisenhaus, wo mich jemand ausgesetzt hat, noch bei den Rowleys, bei denen ich nie an Pete herankam, noch hier auf dem Campus, wo alle Studenten aus gutem Hause stammen ... aber zumindest hatte ich in gewisser Weise dich. Wir waren uns ähnlich, du und ich – wir haben beide keine Familie gefunden, so wie andere Kinder aus dem Heim, wir haben nirgendwo dazugepasst ... wir waren zusammen.« Er hielt inne. Wie sollte Libby etwas von dem verstehen, was er sagte? Er verstand ja selbst nicht, was er da alles von sich gab.

Doch trotz seiner unzusammenhängenden, wild hervorbrechenden Worte hörte Libby aufmerksam zu. Er sah in ihr offenes, geduldiges Gesicht und sein Zorn brodelte von Neuem auf. »Gott hat Jackson gerettet.« Er imitierte ihre Stimme und schlug dabei einen sarkastischen Ton an. »Na, da ist Jackson aber etwas Besonderes. Gott scheint einfach alle zu retten – Pete, Jackson, all die Kinder, die an meiner Stelle adoptiert wurden ...« Er schluckte und erkannte schließlich die Ursache für die Veränderung, die er in den letzten paar Tagen an Libby gesehen hatte. »Selbst dich.« Bennett fing an zu schwitzen, trotz der niedrigen Temperatur. »Und wo bleibe ich bei alldem? Was hat Gott jemals für mich getan?«

Tränen glänzten in Libbys Augen. Eine weitere Veränderung – Libby weinte sonst nie. Er hatte keine Ahnung, wie er auf ihre Tränen reagieren sollte. »Hör auf damit!« Er zeigte auf ihr Gesicht, als eine

Träne sich löste und ihr über die Wange lief. »Fang nicht an zu heulen wie ein Baby. Ich habe dir nichts getan.«

Sie schüttelte den Kopf und ihr Kinn zitterte. »Ich weine nicht meinetwegen, Bennett. Ich weine deinetwegen. Weil du es einfach nicht siehst.«

»Was sehe ich nicht?«

»Dass Gott die ganze Zeit bei dir gewesen ist.«

Er prustete. »Ach, ja. Das ist so klar wie eine nagelneue Fensterscheibe.« Seine Stimme triefte vor Hohn. Er machte eine Bewegung und wollte davonstürmen.

Libby hielt ihn vorn an seiner Jacke fest. Obwohl er sich losreißen wollte, zwang ihn etwas dazu, an Ort und Stelle zu bleiben. Aber er wich ihrem Blick absichtlich aus. Ihre sanfte Stimme drang trotzdem an seine Ohren und ihr warmer Atem berührte seine Wange.

»Ich verstehe dich, Bennett. Ich habe Gott auch nicht gesehen, bis zu dem Moment, als ich gestolpert und in seine Arme gefallen bin. Aber er ist hier, genau in diesem Moment und liebt uns beide so, wie er es immer getan hat. Unser Problem ist, dass wir versucht haben, ihn mitten in unseren eigensüchtigen Wünschen zu finden, statt zu erkennen, dass er genau dort auf uns wartet, wo er uns haben möchte.«

Bennett zog die Augenbrauen zusammen. »Das ergibt keinen Sinn«, widersprach er.

»Ich weiß. Es ist am Anfang schwer zu verstehen, aber sobald du es einmal begriffen hast, verändert sich alles.« Sie zog leicht an seiner Jacke und er wusste, was sie von ihm wollte. Er sollte sie anschauen, doch er hielt das Gesicht trotzig abgewandt. Sie seufzte. »Bennett, du hast gesagt, dass Gott dich nie gerettet hat. Warum denkst du das?«

Tief sitzende Verletzungen aus alten Zeiten kehrten an die Oberfläche zurück. »Du weißt warum. Meine Eltern haben mich weggeworfen. Sie haben mich Leuten überlassen, denen ich egal war. Als ich wegrannte, hat niemand nach mir gesucht.« Er würde nie den Tag vergessen, als er aus der Tür des Kinderheims auf die Straße hinausgerannt war und gehofft hatte – einfach nur gehofft hatte –, jemand würde ihm nachgehen. Er ballte die Fäuste noch fester, als die Erinnerung an die Angst dieser ersten Nacht in einer Gasse eine Welle von Schmerz und Scham auslöste. Warum war niemand gekommen? »Sie haben mich einfach gehen lassen.«

So leise, dass er sie fast nicht hörte, fragte sie: »Und wer hat dich gefunden?«

Bennett schluckte und weigerte sich, eine Antwort zu geben.

»Aaron Rowley hat dich gefunden.« Sie schlug mit den Fingerknöcheln leicht an seine Brust. »Nicht wahr? Und er hat dich mit zu sich genommen. Er hat keinen Moment gezögert. Er hat dir ein Zuhause gegeben, Bennett. Hast du dir nie überlegt, dass das Gottes Art war, die Hand nach dir auszustrecken und dich zu retten?«

»Ich wollte mein *eigenes* Zuhause.« Er klang kindisch, töricht, aber er konnte nicht anders. Er wollte sein eigenes Zuhause und seine eigenen Eltern. Und Gott hatte ihm das nicht gegeben, was er wollte.

»Ich wollte eine Mutter und einen Vater …«, sagte Libby mit trauriger Stimme, und trotz seiner Entschlossenheit, ihr den Blick nicht zuzuwenden, konnte Bennett nicht widerstehen, kurz in ihr Gesicht zu schauen. Ihre Augen trafen sich und blieben aneinander hängen. Das ruhige Einverständnis, das in ihrem Blick lag, löste eine Welle der Sehnsucht in ihm aus. Wie musste es sich anfühlen, solchen Frieden in sich zu haben?

»Ich verstehe immer noch nicht, warum Gott zu meinen Gebeten, Maelle möge mich adoptieren, Nein gesagt hat. Ein kleiner Teil von mir wird sich immer wünschen, sie hätte es getan, denn ich liebe sie so sehr. Vielleicht …«, sie neigte den Kopf und wirkte, als würde sie langsam etwas begreifen, »vielleicht hat er Nein gesagt, weil ich lernen sollte, dass ich Maelles Liebe nicht so sehr brauchte wie seine. Darüber muss ich noch nachdenken.«

Sie zog wieder an seiner Jacke. »Aber fürs Erste möchte ich dir einen Rat geben: Hör auf, Gott dort sehen zu wollen, wo du ihn haben *willst*. Fang an, ihm zu vertrauen, dass er genau dort ist, wo du ihn *brauchst*. Und dann wirst du erkennen … dass er bei dir ist, Bennett, und dass du bei ihm gut aufgehoben bist.«

»Ich bin so froh, dass du wieder gesund wirst«, sagte Pete und legte die Hände auf das eiserne Fußende von Jacksons Krankenhausbett. Nachdem Maelle endlich bereit war, von Jacksons Seite zu weichen und sich im Hotel ein wenig auszuruhen, hatte Pete nun die Möglichkeit, einige Zeit mit Jackson allein zu sein.

Er hatte Maelle das Vorrecht, bei ihrem Mann zu sein, nicht missgönnt. Doch er wollte mit eigenen Augen sehen, dass Jackson sich von der Verletzung erholte, die er erhalten hatte, als er mit Gunter um die Waffe rang.

Pete schüttelte traurig den Kopf. »Und dabei hast du mir versprochen, dass nichts passieren würde, wenn du zu meinem Vater gehst und mit ihm redest ...«

Jackson fuhr mit der Hand durch die Luft, verzog dann das Gesicht und drückte die Handfläche gegen den Verband an seinem Oberkörper. »Es ist nur eine Fleischwunde. Obwohl es mir leidtut, dass ich allen so viel Sorge verursacht habe, bin ich froh, dass es passiert ist. Wäre ich nicht angeschossen worden, hätte mir die Polizei vielleicht nicht geglaubt, dass Gunter den Mord an dem Verkäufer gestanden hat. Die Schusswunde hat mir Glaubwürdigkeit verliehen.«

Pete senkte den Kopf. Er war der Sohn eines Mörders; diese Tatsache hing wie ein Mühlstein an seinem Hals. »Ich verstehe immer noch nicht, warum Oscar der Polizei nicht gesagt hat, dass mein Vater der Schütze war. Er wäre lieber gestorben, als die Wahrheit zu sagen.«

»Oscar hat das getan, was er für das Beste hielt«, erklärte Jackson in einem Ton, der für Pete sehr nach Anwalt klang. »Wer hätte für die Familie gesorgt, wenn dein Vater verhaftet und gehängt worden wäre? Oscar wusste, dass er die Verantwortung für seine Mutter und Geschwister nicht übernehmen konnte. Er war bereit, sich selbst für sie zu opfern.«

Pete staunte über die Selbstlosigkeit seines kleinen Bruders. Es steckte etwas Gutes in dem Jungen – er hoffte nur, dass ein Richter das auch erkennen würde. »Was wird jetzt aus Oscar?«

Jackson seufzte. »Die Mordanklage wurde Gott sei Dank zurückgenommen, aber Oscar hat zugegeben, dass er den Laden ausrauben wollte. Er wird sich für dieses Vergehen verantworten müssen.«

»Aber er wird nicht gehängt.«

»Nein, er wird nicht gehängt.«

Pete hüpfte zu einem Stuhl in der Ecke und setzte sich. Ihm war ganz schwach zumute vor Erleichterung. Es war ihnen gelungen, Oscar aus der Henkersschlinge zu retten. Doch was wurde nun aus seiner Mutter und seinen anderen Geschwistern? Gunter Leidig war verschwunden. Obwohl die Polizei nach ihm suchte, war Pete davon überzeugt, dass sie ihn nicht finden würden. Es wäre dumm von ihm, wenn er nach Clayton zurückkäme, wo der Galgen auf ihn wartete. Seine Familie war jetzt auf sich gestellt.

»Wenn Aaron und Isabelle morgen eintreffen, muss ich mit ihnen darüber reden, dass ich das Studium abbrechen werde.« Petes Hände lagen auf seinen Knien und geistesabwesend massierte er sich das rechte. »Jetzt, wenn mein Vater endgültig weg ist, muss jemand für meine Mutter und die Kinder sorgen. Ich bin der Älteste, also ist das meine Aufgabe.«

Jackson drehte sich etwas auf dem Kissen, um Pete mit gerunzelter Stirn anzusehen. »Hast du vor, nach Clayton zu ziehen?«

Wie sehr war Pete die Vorstellung zuwider, von allen getrennt zu sein, die er liebte. Das Bild von Libbys Gesicht schoss ihm durch den Kopf. Sie zu verlassen würde am schwersten sein. Aber es wäre gut für sie beide. So könnten sie ihre fruchtlose emotionale Bindung lösen und jeder von ihnen könnte seinen eigenen Weg gehen. Wenn er nicht in den vollzeitlichen Dienst ging, könnten sie vielleicht eine Möglichkeit finden, ihre Differenzen zu überbrücken. Seltsamerweise machte Pete dieser Gedanke aber nicht froh.

Er hob seine Hände in einer hilflosen Geste in die Luft. »Was soll ich sonst machen? Ich kann nicht Vollzeit arbeiten *und* studieren. Jemand muss die Miete zahlen sowie Lebensmittel und Kleidung für die Kinder kaufen. Meine Mutter kann das sicher nicht. Sie hat nie eine Stelle gehabt – sie war immer von meinem Vater abhängig.« War die Angst vor seinem Vater oder ihre mangelnde Ausbildung der Grund gewesen, warum sie im Haus geblieben war wie in einer Falle? »Jetzt wird sie von mir abhängig sein.«

»Was denkst du, was für eine Arbeit du finden wirst?«

»Vielleicht könnte ich in der Brauerei arbeiten.« Pete gefiel der Gedanke nicht, an so einem Ort zu arbeiten, aber wenigstens war die Bezahlung ordentlich. »Oder vielleicht kann ich am Hafen etwas finden.«

»Du meinst, dass sie einen Mann mit einem Holzbein einstellen?« Obwohl Jacksons Ton freundlich war, taten seine Worte weh. »Wenn nicht, dann suche ich mir einen Schreibtischjob. Vielleicht in einer Bank oder als Buchhalter in einem Geschäft.«

»Ohne Ausbildung?« Jackson schüttelte den Kopf. »Das ist Unsinn, was du da redest, Pete. Seit du zehn Jahre alt warst, wolltest du nur eins − predigen. Willst du behaupten, dass es dir jetzt nicht mehr wichtig ist, Pfarrer zu werden?«

Pete klopfte mit dem Holzbein auf den Boden. Er testete die Ausrede, die er Aaron und Isabelle präsentieren wollte. »Was wäre … was wäre, wenn ich dir sagen würde, dass ich das Predigen nur ausgewählt habe, weil ich wusste, dass ich auch mit nur einem gesunden Bein auf der Kanzel stehen kann? Beim Predigen spielt es keine Rolle, ob man ein Holzbein hat − meine Fähigkeit, zu sprechen, beeinträchtigt es nicht.«

»Das meinst du doch nicht ernst.«

Pete starrte auf die Spitze seines Holzbeins, die aus seinem Hosenbein hervorschaute. Er seufzte. Nein, er meinte das nicht ernst und er hoffte, Gott würde ihm vergeben, dass er so eine Behauptung jemals aufgestellt hatte. Er war von Gott, der vor vielen Jahren sein Leben bewahrt hatte, zum Predigen berufen worden. Pfarrer zu werden, war keine bequeme Lösung für ihn, sondern die Reaktion auf das Ziehen in seinem Herzen. Er antwortete ehrlich: »Nein, tue ich nicht.«

»Dann gib deinen Traum nicht auf. Gott hat einen Plan in alledem. Mir scheint, du versuchst, alles selbst zu regeln, anstatt dich auf ihn zu verlassen. Aaron und Isabelle haben dir etwas anderes beigebracht.«

Pete schluckte die Scham herunter, die wie ein Kloß in seinem Hals saß. »Vielleicht hast du recht.«

»Natürlich habe ich recht. Ich weiß alles – frag nur mal Hannah und Hester.«

Pete gluckste leise. Diese Mädchen hatten es gut, dass sie Jackson zum Vater hatten. Noch besser war aber, dass Jackson sich glücklich schätzte, sie als Töchter zu haben.

Jackson gähnte. »Ich will dich nicht hinauswerfen, aber ich bin müde. Ich würde gern noch ein bisschen schlafen, bevor mich der Arzt mit Maelle nach Hause schickt.« Er grinste. »So wie ich sie kenne, wird sie dort wie eine Glucke ständig um mich herum sein und mir die Ruhe rauben. Macht es dir etwas aus, wenn …?«

Pete stand von seinem Stuhl auf und hinkte zum Bett. »Ganz und gar nicht. Ruh dich aus. Ich komme morgen wieder.«

»Wann fährst du nach Chambers zurück?« Jackson schob den Kopf auf dem Kissen hin und her. Pete hatte sein normalerweise sorgfältig gekämmtes Haar noch nie so zerzaust gesehen. »Ich beabsichtige, Oscar nächsten Montag im Gericht zu treffen und ihn als Anwalt zu vertreten, wenn er sein neues Urteil erhält. Maelle wird bei deiner Mutter und dem Rest der Familie vorbeischauen. Warum gehst du nicht zum College zurück, bevor du so hintendran bist, dass du den Stoff nicht mehr nachholen kannst?«

»Ein paar weitere Tage machen nichts aus.« Pete milderte die eigensinnige Antwort mit einem Lächeln. »Ich möchte Aaron und Isabelle treffen.« Er brauchte ihren Rat. »Und ich würde gern für Oscar da sein – er soll wissen, dass er nicht allein ist.«

Jackson schloss die Augen. »Schon gut, schon gut. Aber jetzt schwirr ab.«

»Ja, Sir.« Pete verließ das Krankenhaus und wartete am Straßenrand auf eine vorbeifahrende Droschke. Er hatte zum Hotel gehen wollen, doch im letzten Moment änderte er seine Meinung. Bevor er den Tag ausklingen ließ, musste er einen weiteren Besuch machen. Er winkte eine Droschke heran und kletterte auf den engen Rücksitz. »Bringen Sie mich bitte zu Bransons Lebensmittelgeschäft.«

34

Libby hängte sich bei Alice-Marie ein, als sie am Sonntagmorgen nach dem Gottesdienst aus der Kirche traten. Obwohl Petey sie mehrmals eingeladen hatte, mit ihm zusammen die kleine Steinkapelle zu besuchen, war sie der Einladung nie gefolgt. Seit ihrem Wochenende in Shay's Ford war sie nicht mehr im Gottesdienst gewesen. Wie hatte sie es nur geschafft, so lange wegzubleiben? Libby lächelte und genoss noch immer das gute Gefühl, andere Christen zu treffen, Loblieder zu singen, dem Pfarrer zuzuhören, wie er aus der Bibel vorlas und dann erläuterte, wie sich die Worte im Leben der Gemeindemitglieder anwenden ließen.

Im Rückblick sah sie, dass sie eine Menge Zeit in der Kirche verbracht hatte. Vor ihrem Tod hatten ihre Eltern sie mit in den Gottesdienst genommen. Später war sie mit Mr und Mrs Rowley in die Kapelle in Shay's Ford gegangen. Sie hatte mehr Sonntage, als sie zählen konnte, auf einer hölzernen Kirchenbank zugebracht. Sie hatte zugehört, doch irgendwie hatte sie das Gehörte nie richtig angenommen. Sie war zu sehr damit beschäftigt gewesen, sich Gott so zurechtzubasteln, dass er in ihre Vorstellungen passte. Jetzt, als Libby erkannt hatte, dass Gott immer das Richtige tat, entdeckte sie eine neue Freude darin, am Gottesdienst teilzunehmen. Sie konnte es nicht erwarten, dass Petey zurückkehrte, damit sie ihm alles erzählen konnte, was während seiner Abwesenheit passiert war.

»Meinst du, dass wir Bennett beim Essen treffen werden?« Alice-Marie schloss den obersten Knopf an ihrem Mantel und zog sich die kleine Pelzmütze etwas tiefer über ihr hochgestecktes Haar.

»Bennett schwänzt vielleicht die Kirche, aber er lässt keine Mahlzeit aus«, antworte Libby. »Er ist bestimmt im Speisesaal und wartet, dass es etwas zu essen gibt.« Sie wünschte sich jedoch, er wäre im Gottesdienst gewesen. Die Predigt des Pfarrers über das fünfte Kapitel des Matthäusevangeliums versprach allen, die Sehnsucht nach

Gerechtigkeit hatten, dass diese Sehnsucht Erfüllung finden würde. Bennett brauchte Erfüllung und Libby wusste, dass Gottes Wort der beste Ort war, um seinen tiefsten Hunger zu stillen.

Sie und Alice-Marie traten zur Seite, um einem anderen Paar auf dem Gehweg Platz zu machen. Der Mann und die Frau gingen Arm in Arm, langsam, die Blicke ineinander versunken. Ihre völlige Konzentration aufeinander rührte etwas in Libbys Herz an. Sie und Petey hatten sich an Matts Hochzeitstag in der Scheune so angesehen. Würden sie einander jemals wieder auf diese Weise in die Augen sehen?

Alice-Maries Kichern unterbrach Libbys Gedankengang und sie warf ihrer Zimmerkameradin einen verwirrten Blick zu. »Was gibt's zu lachen?«

Alice-Marie deutete auf das verliebte Paar. »Siehst du, wer das ist? Caroline und Winston.« Sie kicherte wieder und legte sich die behandschuhten Finger auf die Lippen. »Bennett sollte sie zu einem Eis in den Drugstore einladen, aber sie wollte nicht mitkommen. Stattdessen ging sie mit Winston dorthin!« Alice-Marie schüttelte den Kopf. »Kannst du dir vorstellen, Winston Bennett vorzuziehen?« Sie stieß einen tiefen Seufzer aus und ließ die Wimpern klimpern. »Aber ich bin erleichtert. Mir hat die Vorstellung, dass er mit einem anderen Mädchen etwas unternimmt, ohnehin nicht gefallen.«

Ein Grollen hallte in der Ferne und Libby sah nach oben. Graue Wolken trieben über den Himmel und verdeckten die Sonne. »Wir sollten uns beeilen, bevor sich die Schleusen öffnen. Es riecht nach Regen.« Mit eingezogenen Köpfen legten sie die restliche Entfernung im Laufschritt zurück. Kurz bevor sie den Speisesaal betraten, grollte der Donner über ihren Köpfen und dicke Regentropfen lösten sich aus den Wolken und prasselten auf die Erde.

Alice-Marie verzog das Gesicht. »Ich vermute, dass wir hier eine Weile feststecken werden.«

Libby zuckte gleichgültig die Achseln. »Es ist warm und trocken hier und es gibt eine Menge zu essen.«

Wie Libby erwartet hatte, saß Bennett bereits im Speisesaal und hatte einen gefüllten Teller vor sich. Er streifte sie kaum mit einem

Blick, als sie an seinen Tisch kamen. Alice-Marie stützte eine Faust in die Hüfte und zeigte auf seinen Teller. »Hättest du nicht auf uns warten können?«

»Hättet ihr euch nicht beeilen können?«, gab Bennett zurück. Seine Stimme hatte einen harten Klang. In den vergangenen Tagen war er Alice-Marie gegenüber ungeduldig und launisch gewesen. Libby fragte sich, warum die junge Frau sein flegelhaftes Benehmen duldete. An ihrer Stelle hätte Libby ihn schon längst mit Handkuss an Caroline weitergegeben.

»Wir waren in der Kirche.« Alice-Marie zog sich den Hut vom Kopf und schüttelte ihn, bis Wassertropfen in alle Richtungen sprangen. »Warum warst du nicht da?«

Bennett beugte sich über seinen Teller und schaufelte sich eine enorme Menge schwarzer Bohnen in den Mund. »Ich gehe nicht zur Kirche.«

»Vielleicht solltest du das aber tun«, erwiderte Alice-Marie mit scharfer Zunge. »Es würde dir guttun.«

Er gab keine Antwort.

Alice-Marie bewegte sich Richtung Essensausgabe. »Komm, wir stellen uns an, Libby.«

»Ich komme gleich.«

Nachdem Alice-Marie zwischen Libby und Bennett hin- und hergeblickt hatte, stolzierte sie davon.

Libby zog einen Stuhl hervor und setzte sich. Sie beugte sich dicht zu Bennett. »Bist du immer noch wütend und lässt es an Alice-Marie aus? Denn das ist nicht fair. Sie hat dir nichts getan.«

Bennetts Löffel schwebte über seinem Teller, als er Libby einen flüchtigen Blick zuwarf. »Nein, ich bin nicht wütend.«

»Warum bist du dann so gereizt? Du hast Alice-Maries Gefühle in den letzten Tagen mehrmals verletzt. Sie hat deinetwegen sogar geweint.« Der Beschützerinstinkt, den Libby gegenüber Alice-Marie empfand, überraschte sie selbst. Seit wann war Alice-Marie mehr für sie als eine lästige Zimmergenossin? Irgendwie waren sie im Lauf der letzten Monate Freudinnen geworden.

Bennett schob sich einen weiteren vollen Löffel in den Mund und sagte: »Tut mir leid.«

»Du klingst nicht, als täte es dir leid.« Libby hatte nicht die Absicht, den Rückzug anzutreten, als Bennett sie mit gerunzelter Stirn ansah. »Bist du nett zu ihr, wenn sie wiederkommt?«

Er grunzte.

Sie schlug ihm aufs Handgelenk. »Bennett!«

Plötzlich fing er an zu lachen. Seine Augen funkelten und er grinste sie jungenhaft an. »Bombardierst du mich mit Erdklumpen, wenn ich nicht nett bin?«

Ihr Ärger schmolz, als Kindheitserinnerungen aufstiegen. Wie oft hatte sie Bennett eine echte oder vermeintliche Missetat heimgezahlt, indem sie sich neben dem Waisenhaus im Gebüsch versteckt und ihn mit aufgesammelten trockenen Erdklumpen beworfen hatte, wenn er es am wenigsten erwartete? Viele Male hatte Petey mit ihr im Gebüsch gesessen und sie hatten sich sehr zusammennehmen müssen, um ihr Versteck nicht zu verraten, indem sie laut loskicherten, sobald Bennett vorbeikam.

»Diese Tage fehlen mir«, gab Libby mit einem leichten Seufzer zu.

»O ja. Es war viel einfacher damals, nicht wahr?« Bennett spähte zu Alice-Marie hinüber, die an der Essenstheke stand, den Finger auf den Lippen, und voll auf die Frage konzentriert war, was sie denn auswählen und auf ihr Tablett stellen sollte. Er zog die Augenbrauen zusammen. »Sie möchte, dass ich an Weihnachten mit zu ihr nach Hause fahre und ein paar Tage bei ihnen verbringe, damit ich ihre Eltern kennenlerne.«

Libby machte große Augen. »Ich wusste, dass ihr ziemlich viel Zeit zusammen verbringt – Alice-Marie erzählt mir alles. Aber ich wusste nicht, dass ihr euch so nahegekommen seid.«

»Sind wir uns auch nicht. Zumindest denke ich das. Ich weiß nicht, wie ich mich ihr gegenüber verhalten soll.«

Vielleicht war das eine Erklärung für sein unmögliches Benehmen. Er versuchte, Alice-Marie abzuschrecken. Libby drückte sein Handgelenk. »Statt gemein zu ihr zu sein, könntest du ihr einfach die Wahrheit sagen. Sag ihr, dass du nicht weißt, wie es mit euch weitergehen soll.«

Er runzelte die Stirn. »Und das funktioniert?«

Libby lachte. »Warum sollte es nicht funktionieren?«

»Ich weiß nicht. Sie ist ein Mädchen. Mädchen sind ... empfindlich.«

Sie lachte wieder. »Mir hast du immer unverblümt gesagt, was du denkst.«

»Ja, aber jeder weiß, dass du kein normales Mädchen bist, Lib.« Der neckende Tonfall verriet ihr, dass sie mit ihrer Kritik an seinem Verhalten ihre Freundschaft nicht ruiniert hatte. Aber er irrte sich, wenn er sie nicht für ein normales Mädchen hielt. Selbst in diesem Moment trug sie den Kummer mit sich herum, sehr verliebt in jemanden zu sein, der für sie unerreichbar war. Sie wünschte, sie könnte Alice-Marie vor diesem Schmerz bewahren.

»Von mir wollen wir jetzt nicht reden. Es geht um Alice-Marie ... versprich mir, ihr zu sagen, dass du noch nicht für eine Beziehung bereit bist, die über Freundschaft hinausgeht. Sie muss das wissen, bevor sie dir ihr Herz schenkt. Es ist viel leichter, sich zu verlieben«, sie schluckte und kämpfte gegen die Tränen, »als sich zu ent-lieben, wenn es einmal passiert ist. Du darfst sie nicht so verletzen.«

Bennett senkte den Löffel und wandte ihr seine gesamte Aufmerksamkeit zu. »Alles in Ordnung mit dir?«

»Nicht wirklich.« Sie zog die Nase hoch, um ihre Gefühle unter Kontrolle zu bringen. »Ich habe mir dummerweise erlaubt, mich in Petey zu verlieben, obwohl ich wusste, dass es mit uns nichts werden kann. Du hast selbst gesagt, dass wir nicht ... zusammenpassen.«

Bennett nagte an seiner Unterlippe. »Ja, das habe ich gesagt. Aber weißt du was, Lib? Ich habe mich vielleicht getäuscht.« Er klopfte mit dem Löffel an den Tellerrand, was sie an Peteys Gewohnheit erinnerte, mit dem Holzbein zu klopfen. »In letzter Zeit bist du anders geworden. Ruhiger. Mehr im Reinen mit dir. Mehr wie Pete. Du hast mir erzählt, du hast Gott gefunden, weißt du noch? Das hat etwas in dir verändert.«

Er rutschte auf seinem Stuhl hin und her, als wäre ihm das Gespräch unangenehm. Aber als er weitersprach, war seine Stimme kräftig. »Ich sage nicht, dass du losrennen und Petey bitten solltest, dich zu heiraten, aber … irgendwann … wenn ihr euch beide immer noch liebt und er dich fragen sollte … dann denke ich, wäre es nicht mehr so lächerlich.«

»Ach, Bennett!« Ohne nachzudenken schlang Libby die Arme um seinen Hals. Er erwiderte die Umarmung nicht, aber er klopfte ihr halbherzig auf die Schultern. Während sie an Bennett hing, schien ein Gedanke durch die Luft zu schwirren und sie am Hinterkopf zu treffen. »Oh!« Sie löste sich von ihm. »Ich muss los.«

»Wohin?« Er erhob sich halb, als sie vom Stuhl aufsprang und anfing, ihren Mantel zuzuknöpfen.

Alice-Marie kam herbeigeeilt, ein Tablett in den Händen und die Stirn gerunzelt. »Elisabet Conley, habe ich gerade gesehen, wie du meinen … wie du Bennett umarmt hast?«

Libby wischte die Befürchtungen ihrer Zimmerkameradin mit einer Handbewegung weg. »Ja, aber mach dir keine Gedanken – Bennett wird alles erklären.«

»Werde ich das?« Er wirkte verunsichert.

Libby warf ihm einen finsteren Blick zu und zischte: »Sprich einfach mit ihr, Bennett!« Sie wirbelte herum und bewegte sich auf die Tür zu.

»Libby?«, rief Alice-Marie ihr nach. »Willst du nichts essen?«

Sie blieb nicht einmal stehen. »Ich habe keinen Hunger!«

»Aber …«

»Wir reden später miteinander!« Sie stürmte zur Tür hinaus und achtete nicht auf den Regen, der immer noch fiel. Essen konnte sie auch später. Aber diese Aufgabe konnte nicht warten.

»Und deshalb hat Mr Branson zugestimmt, Oscar Arbeit zu geben, sobald er aus dem Gefängnis kommt, wann immer das auch sein wird.« Pete lehnte sich zurück und strahlte Aaron und Isabelle über den Tisch hinweg an.

Oscar würde bei den Bransons in guten Händen sein. Die beiden erinnerten ihn an seine eigenen Pflege-Großeltern, Ralph und Helen Rowley, die einen wunderbaren Einfluss auf sein Leben gehabt hatten. Er wäre vielleicht in die Kriminalität abgerutscht, wenn sie ihm nicht eine sichere Zuflucht geboten und ihn wie ein eigenes Kind behandelt hätten. Er hoffte und betete, dass Oscar jetzt, wenn er eine zweite Chance bekam, bessere Entscheidungen treffen würde.

»Es freut uns sehr, dass sich für Oscar alles so gut entwickelt hat.« Isabelle nahm Petes Hand. Obwohl sie sich in einem öffentlichen Restaurant in Clayton befanden, war Pete nicht peinlich berührt. Er liebte diese Frau so sehr, wie er seine eigene Mutter hätte lieben können. Es schien gut und richtig, dass sie seine Hand hielt und ihn ermutigte.

Er sagte: »Ich bete um ein mildes Urteil. Gerecht soll es sein, aber milde. Ich hoffe, dass der Richter angemessen mit Oscar umgehen wird.«

Aaron stützte die Ellbogen auf den Tisch. »Ich habe gestern Abend mit Jackson gesprochen. Er glaubt, dass der Richter Oscar ein leichtes Strafmaß bemessen wird, da es sein erstes Vergehen war und er dabei vor allem seinem Vater gehorcht hat. Außerdem hat er bereits viele Tage im Gefängnis verbracht.«

Bei der Erwähnung von Gunter Leidig krampfte sich Petes Brust schmerzhaft zusammen. Er konnte es nicht erwarten, Peter Rowley zu werden und damit den Stempel loszuwerden, den sein Vater ihm aufgedrückt hatte. »Ich denke, die Wahrscheinlichkeit, dass Oscar wieder in Schwierigkeiten gerät, ist viel geringer, wenn er auf angemessene Weise beschäftigt ist. Außerdem wird er so einen Beitrag zum Unterhalt der Familie leisten. Das wird mir eine große Hilfe sein.«

Aaron und Isabelle wechselten einen Blick und dann räusperte sich Aaron. »Pete, Oscar ist nicht die einzige Person, über die Jackson und ich uns unterhalten haben. Er hat mir erzählt, dass du das College abbrechen willst, um für deine Mutter und deine Geschwister zu sorgen.«

Isabelle zog ihre Hand weg und betrachtete Pete bedrückt. »Ich muss dir sagen, dass ich sehr dagegen bin.«

Pete stöhnte auf. Warum hatte Jackson ihm nicht erlaubt, es Aaron und Isabelle auf seine Art zu sagen? »Würdet ihr wenigstens mit mir darüber reden? Es ist mir wirklich wichtig.«

Isabelles grüne Augen flammten auf. »Nichts ist wichtiger, als dass du eine gute Ausbildung bekommst. Dein Stipendium sollte …«

Aaron legte seine Hand auf ihre. »Isabelle, wir wollen Pete erst einmal zuhören.«

»Aber …«

Aaron schüttelte leicht den Kopf und Isabelle holte tief Luft. Sie stieß den Atem langsam aus und blickte Pete an. »Na gut. Ich werde zuhören.« Sie richtete ihren Finger auf ihn. »Aber erwarte von mir keine Unterstützung für einen Plan, der beinhaltet, dass du die Universität verlässt!«

Gegen seinen Willen musste Pete lachen. Libby beklagte sich oft über Isabelle, aber in vieler Hinsicht waren sie sich ähnlich. Dazu gehörte auch ihre Starrköpfigkeit. Er nahm jedoch an, dass es besser wäre, diese Meinung für sich zu behalten. »In Ordnung. Ich möchte euch sagen, worüber ich nachdenke …«

In den nächsten Minuten erzählte er ihnen, welche Sorgen er sich um seine Mutter und seine Geschwister machte. Ohne einen Mann, der für ein Einkommen sorgte, wären die Kinder die Leidtragenden. Seine Kehle fühlte sich wie zugeschnürt an, als er seinen starken Wunsch beschrieb, sich um seine Geschwister zu kümmern. Er endete mit: »Ihr habt euch um mich gekümmert. Was wäre aus mir geworden, wenn ihr das nicht getan hättet? Meine Geschwister brauchen jetzt jemanden, der für sie sorgt. Ich möchte einfach das Richtige tun.«

Während seiner Erklärung hatten Aaron und Isabelle einige Blicke gewechselt, als verständigten sie sich mit den Augen, aber sie hatten ihn nicht unterbrochen. Jetzt erwiderte Aaron: »Zuerst einmal möchte ich dir sagen, Pete, dass wir dich dafür bewundern, dass du die Verantwortung für deine Familie übernehmen möchtest.«

Isabelle drückte wieder seine Hand. »Du könntest ihre Notlage auch ignorieren, nachdem sie dich so schlecht behandelt haben, als du ein kleiner Junge warst.« Sie schenkte ihm ein herzliches Lächeln. »Deine Bereitschaft, dich ihrer anzunehmen, statt einen Groll gegen sie zu hegen, zeigt uns, was für ein wunderbarer Mann du geworden bist.« Tränen glänzten in ihren Augen. »Wir sind beide sehr stolz auf dich.«

Pete spürte, wie seine Brust bei diesem Lob schwoll. »Dann stimmt ihr also zu, dass ich das Studium abbrechen sollte?«

Isabelle hob das Kinn. »Absolut nicht.«

»Aber du hast gerade gesagt …«

»Wir haben gesagt, dass wir deinen Wunsch bewundern. Wir haben nicht gesagt, dass wir es auch für das Beste halten.«

Verwirrt sah Pete zwischen Isabelle und Aaron hin und her. »Ist das denn nicht das Gleiche?«

Aaron lachte leise. »Nicht ganz. Also gut, Pete. Wir haben dir zugehört. Bist du jetzt bereit, uns ebenfalls zuzuhören?«

Pete vermutete, dass er die gleichen Argumente hören würde, die Jackson bereits ins Feld geführt hatte. Aber er würde die Menschen, die ihn großgezogen hatten, nicht respektlos behandeln. Er nickte.

Aaron stützte einen Arm auf den Tisch und seine Miene wurde ernst. »Du musst wissen, Pete, dass Isabelle und ich wegen der Situation zu Hause gebetet haben. Als Lorna und Matt heirateten, wussten wir, dass Lorna nicht die Absicht hatte, für immer im Waisenhaus weiterzuarbeiten. Sie war einverstanden, weiterhin zu putzen und beim Kochen zu helfen, bis sie und Matt selbst eine Familie gründen würden, aber …« Er grinste und gab Isabelle ein Zeichen, weiterzusprechen.

Isabelle klatschte in die Hände und ihr Gesicht strahlte vor Freude. »Lorna ist in anderen Umständen. Jetzt schon! Sie und Mattie werden im Hochsommer ein Baby bei sich willkommen heißen. Sie sind überglücklich, und wir sind es auch. Ist das nicht aufregend?«

»Das freut mich sehr für sie.« Pete hatte keine Ahnung, inwiefern er oder seine Familie durch die Ankunft von Matts und Lornas Baby betroffen sein sollten.

Aaron fuhr fort: »Jetzt, wenn sie ein Kind erwartet, möchte Lorna ihre Zeit in ihrem eigenen Zuhause verbringen und dort alles vorbereiten. Deshalb hat sie darum gebeten, von der Arbeit im Waisenhaus freigestellt zu werden.«

Isabelle nahm den Faden wieder auf. »Natürlich heißt das für uns, dass wir furchtbar unterbesetzt sind. Die arme Köchin Ramona reibt sich mit dem ganzen Kochen, Putzen und der Wäsche völlig auf. Ich helfe, so viel ich kann, aber nachdem ich auch unterrichte und mich um die Kinder kümmere, habe ich nicht genug Zeit übrig. Und deshalb ...« Sie überließ Aaron wieder die Fortsetzung.

»Deshalb haben wir darum gebetet, dass sich jemand findet, der Lorna ersetzen kann. Wir brauchen eine besondere Person, die bereit ist, in die Schule zu ziehen und sich viele Stunden ihrer Tätigkeit zu widmen.« Aaron zog eine Schulter hoch, als zögere er fortzufahren. »Nachdem wir gestern Abend mit Jackson gesprochen haben, kam uns der Gedanke, dass deine Mutter vielleicht Interesse hätte, in die Schule zu ziehen und diese Pflichten zu übernehmen.«

Petes Augenbrauen schossen in die Höhe. »Meine Mutter?«

»Warum nicht?« Isabelles Gesicht leuchtete vor Begeisterung. »Wir wissen, dass sie hauswirtschaftliche Fähigkeiten hat. Sie hat sich viele Jahre lang um den Haushalt deines Vaters und um ihre eigenen Kinder gekümmert. Und wenn sie einverstanden ist, sind die Kinder natürlich auch willkommen.« Sie verzog ein wenig das Gesicht. »Mir ist klar, dass es nicht dasselbe sein wird, wie eine eigene private Wohnung zu haben, aber zumindest wären alle unter einem Dach.«

Pete nickte langsam. Ihm gefiel die Idee immer besser. Wenn seine Mutter zustimmte, würde er sich keine Sorgen mehr darüber machen müssen, dass die Kinder hungern, frieren oder ohne Aufsicht sein würden. Aaron und Isabelle würden sich darum kümmern, dass sie zur Schule und in die Kirche gingen. Er hatte im Reginald-Standler-Heim für verwaiste und verlassene Kinder eine wunderbare Kindheit verbracht und er hatte keinerlei Einwände dagegen, dass auch seine Brüder und Elma dort aufwachsen sollten.

Dass seine Mutter an diesem Ort leben sollte, der für ihn eine Heimat geworden war, machte ihm jedoch zu schaffen. Er hatte viele Jahre damit zugebracht, sie abzulehnen. Er hatte alle Erinnerungen an sie ausradieren wollen. Jedes Mal, wenn er Aaron und Isabelle besuchen würde, wäre er gezwungen, seine Mutter an diesem Ort der Zuflucht und Sicherheit zu sehen. Konnte er zulassen, dass diese zwei Hälften seines Lebens – die eine Hälfte voller unglücklicher Erinnerungen und die andere Hälfte voller Frieden – sich miteinander verbanden?

Er fragte: »Habt ihr mit meiner Mutter schon darüber gesprochen?«

Isabelle schüttelte den Kopf. »Nein.« Wieder legte sie ihre Hand auf seine. »Wir dachten, dass du vielleicht zuerst darüber beten möchtest. Und dann, wenn du glaubst, dass es im besten Interesse deiner Mutter und deiner Geschwister ist, solltest du unserer Meinung nach derjenige sein, der ihr den Vorschlag macht. Schließlich bist du jetzt der Mann in der Familie.«

35

Libby ließ ihren Bleistift fallen und massierte ihre schmerzenden Fingerknöchel. Ein Blick auf die Uhr bestätigte ihr, dass sie vier Stunden am Stück geschrieben hatte. Ungestört. Alice-Marie war noch nicht zurückgekehrt und Libby hoffte, dass sie und Bennett ihre Differenzen geklärt hatten und einen angenehmen Nachmittag zusammen verbrachten.

Sie stand auf und streckte sich, löste die Verspannung in ihrem Rücken und nahm dann die Blätter in die Hand, auf denen ihre neuste Geschichte stand. Sie lächelte. Es war ihre beste bisher. Sie hob den Blick zur Decke und sagte: »Danke, Herr.« In ihren Händen hielt sie eine Liebesgeschichte voller Romantik mit einem Helden, der das Herz jeder Frau zum Schmelzen bringen würde. Doch es war eine Geschichte, die trotzdem Peteys Zustimmung finden würde.

Sie blickte auf ihre Arbeit und betete, dass sie auch dem Zeitschriftenredakteur gefallen würde. Peinliche Hitze überzog ihr Gesicht, als sie sich erinnerte, wie sie in den vergangenen Geschichten absichtlich Szenen der körperlichen Erregung geschildert hatte. So gern sie die Gelegenheit nutzen und für *Modern Woman's World* schreiben wollte, wusste sie doch, dass sie keine weiteren Erzählungen der bisherigen Art einschicken könnte.

Tatsächlich wollte sie die bisher eingesandten Arbeiten zurückziehen. Sie würde das bereits erhaltene Geld zurückzahlen müssen und sie hoffte, dass man ihr dafür etwas Zeit zugestehen würde. Aber sie konnte nicht mehr guten Gewissens erlauben, dass diese Geschichten veröffentlicht wurden. Sie ehrten Gott nicht und von jetzt an wollte sie Gott mit ihrem ganzen Leben ehren.

Sie kehrte zum Schreibtisch zurück, schlug ihre Bibel auf und blätterte zu der Stelle, die der Pfarrer bei der Hochzeit von Matt und Lorna als Predigtgrundlage genommen hatte. Die wunderbaren Worte aus dem dreizehnten Kapitel des ersten Korintherbriefes über die

Bedeutung der Liebe weckten einen süßen Schmerz in Libbys Brust. Die Verse vier bis sechs erzählten so beredsam von Gottes Liebe zum Menschen und zeigten gleichzeitig, wie seine Kinder sich gegenseitig lieben sollten.

Libby überflog wieder die Geschichte, die sie an diesem Nachmittag geschaffen hatte. »Diese Geschichte spiegelt deine Liebe wider, Gott. Ich möchte Petey so gern helfen, für seine Geschwister zu sorgen. Wenn es dein Wille für mich ist, dann schenk, dass diese Erzählung angenommen wird, sodass ich weiterhin meine schriftstellerische Begabung nutzen kann, die du mir geschenkt hast.«

Am Dienstag vor Thanksgiving saß Pete mit seiner Mutter hinten im Gerichtssaal. Neben Jackson stand Oscar aufrecht und stolz mit neuem Hemd, neuer Hose und frisch geschnittenen Haaren. Nichts erinnerte mehr an den schmutzigen Jungen, der sich auf der Matratze in der unterirdischen Zelle eingerollt hatte.

Der Richter, nüchtern und streng in seiner schwarzen Robe, schaute von seinem Platz hinter der Richterbank herab. »Junger Mann, da du dich des versuchten Raubes schuldig bekannt hast, verurteile ich dich zu sechs Monaten Strafarbeit, die in der Missouri Strafanstalt in Jefferson City abgeleistet werden.«

Oscar warf einen kurzen Blick über die Schulter. Pete nickte ihm ermutigend zu, und er drehte den Kopf wieder dem Richter zu.

»Ich muss außerdem meine Dankbarkeit zum Ausdruck bringen, dass die Wahrheit über die gegen dich vorgebrachte Mordanklage ans Licht gekommen ist. Du kannst dich glücklich schätzen, junger Mann, dass du so viele Menschen hast, die für dich kämpften. Es ist meine Hoffnung, dass du aus dieser Erfahrung mit dem festen Vorsatz herausgehen wirst, ein gesetzestreuer Bürger zu sein, und dass du beweisen wirst, dass das in dich gesetzte Vertrauen der Menschen, die dir geholfen haben, gerechtfertigt war.«

»Ja, Sir. Danke, Sir.«

Der Richter erhob sich und Pete und Berta standen ebenfalls schnell auf. Als der Richter den Raum verließ, näherten sich zwei Polizisten von ihrem Platz hinter der Richterbank und streckten die Hände nach Oscar aus. Oscar wich zurück und warf einen panischen Blick über die Schulter. Pete ging nach vorn, so schnell sein Holzbein es ihm erlaubte.

»Könnten wir noch einen Moment bekommen … um uns zu verabschieden?«

Die Polizisten wechselten einen Blick und dann nickte einer von ihnen. »Fünf Minuten.«

Berta eilte herbei und streckte ihre Arme über die hölzerne Absperrung, um Oscar zu umarmen. Eine Flut von Tränen strömte über ihr mageres Gesicht. »Ach, Oscar …«

Oscar klammerte sich an sie und vergrub sein Gesicht an ihrer Schulter. »Es wird schon gut werden, Mama. Nur sechs Monate. Das ist nicht so lang.«

»Ich und die Kleinen, wir werden dir jeden Tag schreiben.« Berta schaute zögernd zu dem Beamten, der am nächsten stand. »Darf er Briefe von seiner Familie empfangen?«

Der Mann nickte. »Ja, Madam. Sein Anwalt hier kann Ihnen die Adresse geben.«

Berta löste sich von Oscar und legte beide Hände um sein Gesicht. »Siehst du? Dann hast du jeden Tag etwas, auf das du dich freuen kannst – einen Brief von uns. Und du schreibst auch – vernachlässige Lesen und Schreiben nicht! Wer weiß, vielleicht kommst du auch eines Tages an eine Universität, wie dein Bruder Petey.«

Pete trat näher und streckte den Arm aus, um Oscar die Hand auf die Schulter zu legen. »Benimm dich gut und tu, was man dir sagt.«

Oscar nickte. »Das werde ich.«

»Ich werde dir auch schreiben und die Tage zählen, bis du wieder frei bist. Dann unternehmen wir etwas Besonderes zusammen – nur du und ich. Wie klingt das?«

»Wirklich gut, Pete.« Oscar senkte einen Moment lang den Kopf, dann hob er ihn wieder, um Petes Blick zu begegnen. »Danke, dass du zum Gefängnis gekommen bist. Danke, dass du … zurückgekommen bist.«

Pete legte seine Hand an Oscars Hals und zog ihn so fest an seine Brust, wie es die Absperrung zwischen ihnen zuließ. Oscars Schläfe berührte Petes Kinn und sein kräftiges Haar kitzelte ihn am Hals. Pete wollte ihn nicht loslassen, aber einer der Polizisten räusperte sich und sagte: »Es wird Zeit.«

Pete löste sich von Oscar, damit Berta ihn noch einmal umarmen konnte. Dann schauten sie den Polizisten nach, wie sie Oscar durch eine Tür am vorderen Ende des Saals führten. Berta drückte sich die gekrümmte Hand gegen den Mund und ihr Körper wurde von lautlosen Schluchzern geschüttelt. Zögernd hob Pete den Arm und legte ihn ihr um die schmalen Schultern. Sie lehnte sich nicht an ihn, aber sie hob das Gesicht und Dankbarkeit stand in ihren müden Augen.

»Wir sollten lieber gehen.« Jackson nahm seine Mappe und drehte sich steif zur Tür. Er legte eine Hand stützend an seine Rippen und gab Pete und Berta ein Zeichen, vorauszugehen. Ihre Schritte hallten auf dem Marmorboden wider, als sie zusammen durch den Korridor gingen.

Draußen wandte sich Jackson an Pete. »Da dein Zug nach Chambers drei Stunden früher geht als unserer nach Shay's Ford, sage ich dir hier Auf Wiedersehen.« Er hielt ihm die Hand hin und Pete drückte sie fest. »Gute Reise.«

»Danke. Und danke für …« Wie sollte Pete Worte finden, die all das umfassten, was Jackson in den vergangenen Wochen für seine Familie getan hatte? Er schüttelte den Kopf. »Danke für *alles*, Jackson.«

Jackson lächelte. »Gern geschehen. Ich bin froh, dass alles so gut ausgegangen ist.«

»Ich auch.«

»Kommst du Ende der Woche zu Thanksgiving nach Shay's Ford?«

Berta warf einen hoffnungsvollen Blick in Petes Richtung, als Jackson die Frage stellte. So gern Pete an Thanksgiving nach Hause fahren wollte – um sicherzugehen, dass seine Geschwister sich gut einlebten, und um Zeit mit Matt und Lorna und allen anderen zu verbringen –, war er doch schon zu lange vom College weg gewesen. Er würde viel Zeit brauchen, um alles nachzuholen.

Widerstrebend schüttelte er den Kopf. »Ich fürchte nicht. Einer meiner Professoren, Pastor Hines, hat mir angeboten, bei ihm zu wohnen, wenn ich jemals einen Platz brauchen würde. Also werde ich wahrscheinlich darauf zurückkommen und die freien Tage verwenden, um den Stoff nachzuarbeiten, den ich während meiner Zeit hier verpasst habe.« Die enttäuschte Miene seiner Mutter schmerzte ihn, deshalb fügte er in fröhlichem Ton hinzu: »Aber an Weihnachten werde ich da sein. Darauf kannst du dich verlassen.«

»Ich denke, das ist eine kluge Entscheidung«, erwiderte Jackson. »Nun gut ...« Er schlug sich die lederne Aktenmappe gegen das Bein und blickte zu Berta. »Maelle ist wahrscheinlich noch in Ihrer Wohnung und hilft den Kindern, für den Umzug zu packen. Gehen wir also dorthin und bringen die Sache zu Ende. Die Abfahrt des Zuges kommt schneller, als wir denken.«

Aber Berta blieb wie angewurzelt stehen, die Augen bittend auf Petes Gesicht gerichtet. Pete wusste, was sie wollte. Was sie brauchte. Und er wünschte sich, es ihr geben zu können. Aber es war zu früh. Vielleicht würde es ihm eines Tages gelingen, die Arme um seine Mutter zu legen und sie fest an sich zu drücken, doch Gott musste noch ein bisschen an ihm arbeiten, bis er dazu bereit war.

Pete lächelte sie an und sagte: »Du wirst bei Aaron und Isabelle in guten Händen sein – sie gehören zu den wunderbarsten Menschen, die Gott jemals auf diese Erde gesetzt hat.« Er hob die Hand zum Gruß. »Auf Wiedersehen!«

Bertas Lippen zitterten. »Auf Wiedersehen, Petey.« Sie drehte sich um und folgte Jackson zum Straßenrand, wo er eine Droschke anhielt. Pete wartete, bis sie hineingestiegen waren und das Gefährt ratternd verschwunden war, bevor er sich auf den Weg zum Hotel machte. Er würde seine Tasche holen und dann eine Droschke zum Bahnhof nehmen. Heute Abend wäre er wieder in Chambers. Er war nur eine Woche weg gewesen, aber es kam ihm vor wie ein Jahr, weil in dieser kurzen Zeit so viel geschehen war.

Pete blieb auf dem geschäftigen Gehweg stehen, senkte den Kopf und sprach ein stilles, aufrichtiges Dankgebet an Gott für sein rettendes Eingreifen. So viele lose Fäden waren zu einem sinnvollen Ganzen verwoben worden. Pete war stärker aus diesen Erfahrungen hervorgegangen, noch entschlossener, Gottes Willen in allen Lebensbereichen zu suchen und zu tun.

Er öffnete die Augen und eilte vorwärts. Er konnte es kaum erwarten, nach Chambers zurückzukehren und seinen zwei besten Freunden von all den Wundern der vergangenen Woche zu erzählen. Dann erlahmten seine Schritte und seine Begeisterung versiegte. Wenn er die Wahrheit sagen wollte, musste er Gott die Ehre geben. Würde Bennett die Ereignisse spöttisch als glückliche Umstände bezeichnen? Würde Libbys abwehrender Zorn aufflackern – war sie immer noch ärgerlich darüber, dass er sie abgewiesen hatte? Einen Moment lang überlegte er, ob er nicht all das, was passiert war, für sich behalten sollte, um sich ihrem Gespött nicht auszusetzen.

Aber dann straffte er die Schultern und fing an, hüpfend zu rennen, um sich wieder in Bewegung zu setzen. Ob sie es hören wollten oder nicht – er würde ihnen alles erzählen, was er erlebt hatte. Und er würde dem die Ehre geben, der sie verdiente.

Am folgenden Morgen stand Pete früh auf und traf sich noch vor dem Frühstück mit Pastor Hines. Dieser erklärte sich freudig bereit, Pete über das Thanksgiving-Wochenende bei sich aufzunehmen und bot ihm sogar seine Hilfe bei den verpassten Hausaufgaben an.

»Ich freue mich, dass Sie wieder da sind, Mr Leidig. Ich hatte halb die Befürchtung, sie hätten das Studium zu schwer gefunden.«

Pete schüttelte den Kopf. »Nein, Sir. Ich habe fest vor, meinen Abschluss in Theologie zu machen. Gott hat mich zu dieser Aufgabe berufen und er hat mir alles gegeben, damit ich bis zum Ende durchhalten kann. Ich versuche also, mich zu bemühen und ihm zu gefallen.«

»Sehr gut.« Der Professor klopfte Pete auf den Rücken. »Und ich freue mich darauf, mit Ihnen zu arbeiten. Gehen Sie jetzt schnell zum Frühstück – wir sehen uns dann später im Seminar.«

Auf seinem Weg zum Speisesaal ging Pete am Haus Franklin vorbei, um Bennett abzuholen, doch zu seiner Überraschung war Bennett schon weg. Sein Zimmergenosse war allerdings da. Winston blinzelte Pete durch seine runden, dicken Brillengläser hindurch an.

»Ich fürchte, du wirst Bennett heute nicht auf dem Campus finden. Er ist letzte Nacht weggegangen, nachdem er eine Tasche gepackt hatte. Als ich ihn deshalb fragte, sagte er, er hätte eine dringende Verpflichtung zu erfüllen und würde bald zurückkehren.«

Pete bezweifelte, dass Bennett die Formulierung *dringende Verpflichtung* benutzt hatte, aber er dankte dem mageren Jungen und setzte seinen Weg zum Speisesaal fort. Vielleicht hatte Bennett mit Libby gesprochen. Er hoffte, sie würde ihm sagen können, wohin Bennett gegangen war.

Pete war fast mit essen fertig, als Libby in Begleitung von Alice-Marie zur Tür hereinkam. Sein Herz machte einen Satz, als er sie entdeckte. Sie trug das zarte zweiteilige braune Kleid, das Isabelle ihr fürs College ausgesucht hatte. Es war ihm schleierhaft, wie ein einfaches braunes Kleid ihre Wangen so rosig und glänzend hervorheben konnte, aber das tat es irgendwie. Ihr langes dunkles Haar fiel ihr über die Schultern und auf ihren wundervollen Lippen lag ein sanftes Lächeln. Sie war die schönste Frau auf dem Campus. Vielleicht auf der ganzen Erde.

Er stützte sich mit den Handflächen auf dem Tisch ab und stand auf. »Libby!« Sie drehte den Kopf, als sie seine Stimme erkannte, und als sie ihn sah, breitete sich ein entzücktes Lächeln auf ihrem Gesicht aus. Sie kam mit anmutigen Bewegungen auf ihn zu, und er ergriff ihre ausgestreckten Hände. Die einfache Berührung bewirkte, dass sein Herz so wild in seiner Brust tobte wie eine gefangene Fliege in einem Marmeladenglas. Er lachte aus reinem Vergnügen.

»Du bist wieder da!« Sie strahlte ihn an. »Ich habe nicht damit gerechnet, dich vor Thanksgiving zu sehen. Ist Jackson auf dem Weg nach Shay's Ford? Hat die Polizei deinen Vater geschnappt? Ist es Jackson gelungen, den Richter von Oscars Unschuld zu überzeugen? Wie geht es Maelle – hast du sie oft gesehen?« Dann lachte sie und schüttelte den Kopf. »Und wenn ich meinen Mund jetzt nicht zumache, wirst du nie eine Chance bekommen, etwas zu sagen.«

Sie löste sich von ihm und wedelte mit den Händen. »Setz dich wieder hin. Iss fertig. Ich hole mir schnell mein eigenes Frühstück und dann ...«

Pete spähte zur Uhr an der Wand und seufzte. »Ich habe ein Seminar, Libby. Unser Gespräch wird bis zum Mittagessen warten müssen.«

Sie machte ein enttäuschtes Gesicht. »Ach, da habe ich versprochen, mich mit Alice-Marie und ein paar anderen Mädchen vom Dachverband für Frauenverbindungen zu treffen. Sie brauchen zwei Erstsemestervertretungen und Alice-Marie geht fest davon aus, dass wir beide ausgewählt werden. Tut mir sehr leid.«

Er zwang sich zu einem Lächeln, obwohl er lieber geknurrt hätte. »Das ist doch in Ordnung. Wie wäre es mit dem Abendessen?«

»O ja. Wir sehen uns auf jeden Fall beim Abendessen.« Ihr Lächeln kehrte zurück und zu seiner Überraschung ging sie auf die Zehenspitzen und drückte ihm einen Kuss auf die Wange, bevor sie zwei Schritte zurücktrat. »Abendessen um sechs, Petey. Wir sehen uns!«

Er sah ihr nach, wie sie mit leichten Schritten zu Alice-Marie zurückeilte. Er hatte ihr so viel zu erzählen, aber er hatte auch so viel zu fragen. Irgendetwas musste in den letzten Tagen passiert sein, was eine noch anziehendere Seite an ihr zum Vorschein gebracht hatte. Was könnte es sein?

Er hinkte zur Geschirrabgabestelle, um sein Tablett wegzuräumen. Sein Blick hing immer noch an Libby. Wie sollte er es bis sechs Uhr aushalten, bis er sie wiedersah?

36

Fröhlich summend fuhr Libby sich mit der Bürste durchs Haar und kämmte sich die widerspenstigen Strähnen aus dem Gesicht. Mit geschickten Handbewegungen flocht sie einen Zopf und fixierte das Ende mit einem Band. Sie lächelte sich im Spiegel an und war mit dem Ergebnis zufrieden.

Sie strich mit den Fingern an ihrem dicken schwarzen Zopf entlang und dachte an die Zeiten zurück, als Maelle ihr erlaubt hatte, ihre fließenden rotbraunen Locken zu bürsten. Sie hatte immer wie Maelle sein wollen – stark, unabhängig und voller Zuversicht. Als Libby nun in ihr ruhiges Gesicht sah, glaubte sie, ihr Ziel erreicht zu haben. Aber das hatte nichts mit langen Haaren zu tun oder damit, sich keine Tränen zu gestatten oder selbstbewusst aufzutreten.

Maelle war eine Frau des Glaubens. Sie betrachtete Gott als ihren Vater – als ständig gegenwärtigen Begleiter und Helfer. Libby drückte sich die Hand aufs Herz und war von Dankbarkeit erfüllt, dass auch sie Gott kannte. Er war bei ihr und würde sie nie im Stich lassen.

Libby wandte sich vom Spiegel ab und sah auf die Uhr. Viertel vor sechs. Ihr Herz setzte einen Schlag lang aus. Sie griff eifrig nach ihrem Mantel, aber ihre Finger zitterten, als sie sich mit den Knöpfen abmühte. Sie musste über sich selbst lachen und sagte laut: »Man könnte meinen, ich wäre mit dem Prinz von England verabredet und nicht mit Petey Leidig im Speisesaal!« Aber nicht einmal der Prinz könnte so wichtig sein wie Petey – nicht für sie.

Sie beugte den Kopf, faltete die Hände und schloss die Augen. »Gott, du weißt, wie sehr ich Petey liebe. Aber größer als meine Liebe zu ihm ist mein Wunsch, dir zu gefallen. Wenn ich ihm ...« Das Wort, das sie niemals sagte, lag bebend auf ihren Lippen. In ihrer Erinnerung erklang ihre kindliche Stimme laut, rief das Wort fröhlich ihren Eltern zu, als sie den Weg hinunterfuhren. So viele Jahre lang hatte Lebewohl bedeutet, diesen Menschen nie wiederzusehen.

Konnte sie Gott genug vertrauen, um ihm die Herrschaft über dieses Wort zu geben?

»Lebewohl …« Es brach aus ihr heraus und ihre Brust schmerzte, doch ihre Lungen atmeten weiter. Sie blickte zur Decke hoch und stellte sich Gottes anerkennendes Lächeln vor. »Wenn ich Petey Lebewohl sagen muss, werde ich das ertragen, weil ich weiß, dass ich in deinem Herzschlag ruhe.« Eine selige Zufriedenheit erfüllte sie. Etwas, was tief in ihrem Inneren zerbrochen gewesen war, musste Heilung erlebt haben, als sie dieses lang verweigerte Wort aussprach.

Sie nahm ihre lederne Mappe, in die sie die Blätter gelegt hatte, die sie Petey zeigen wollte, und griff nach dem Türknauf. Sie war bereit.

Sie versuchte zu gehen, aber ihre Füße wollten nicht gehorchen. Nach ein paar gesitteten Schritten fingen sie zu hüpfen an. Und dann rannten sie. Sie richtete sich auf und zwang sich zu ruhigen, maßvollen Bewegungen. Aber nach wenigen Metern fing sie schon wieder an zu hüpfen. Angetrieben von einer Welle der Vorfreude ließ sie ihren Füßen schließlich die Freiheit und rannte das letzte Stück zum Speisesaal. Und dort stand Petey. Er wartete bereits in seinem besten Anzug unter dem Vordach, das Haar sorgfältig gekämmt und ein Willkommenslächeln auf dem Gesicht.

Libby bremste ihren Lauf so plötzlich, dass sie auf dem Betonboden rutschte. Ihre Blicke trafen sich und sie konnte nicht verhindern, dass sich ein Lächeln auf ihr Gesicht stahl. »Du bist früh dran.«

»Du auch.«

Dann blieben sie verlegen stehen und sagten nichts mehr. Einige Studenten schoben sich zwischen ihnen hindurch und gingen zur Tür. Libby musste den Kopf hin- und herbewegen, um Petey im Blick zu behalten. Sein Lächeln verschwand keinen Moment. Nahm er die Unterbrechung überhaupt wahr? Sie eilte vorwärts, so nahe an ihn heran, dass niemand mehr zwischen sie treten konnte, so nahe, dass sie den Kopf in den Nacken legen musste, um in seine lieben blauen Augen zu sehen.

Um seine Augen bildeten sich Fältchen und ihr klopfte das Herz bis zum Hals. Er bot ihr seinen Arm an. »Sollen wir hineingehen?«

Mit einem Kichern hakte sie sich bei ihm unter. Sie betraten den Saal gemeinsam und sein Ellbogen drückte ihre Hand gegen seine Rippen. Die Schlange war lang, aber Libby hatte es nicht eilig. Es machte ihr nichts aus zu warten. Nicht, während sie mit Petey zusammen war. Sie sprachen nichts, obwohl die Leute um sie herum sich unterhielten. Es gab keinen Grund zu reden. Hochzuschauen und sein vertrautes Lächeln und die Zufriedenheit in seinen Augen zu sehen, war genug. Als sie schließlich ihre Tabletts in der Hand hatten, deutete er zu einem Tisch in der hinteren Ecke. Sie erreichte ihn zuerst, doch aus unerfindlichen Gründen setzte sie sich nicht sofort hin, sondern blieb stehen.

Petey hinkte neben sie. Etwas funkelte in seinen Augen – Verständnis? Anerkennung? – und er stellte sein Tablett ab. Mit einer leichten Verbeugung nahm er ihr das Tablett ab und stellte es neben seins, dann zog er einen Stuhl für sie zurück. Sie ließ sich darauf nieder, als hätten sie diesen Ablauf schon unzählige Male geübt. Es lief scheinbar alles ganz automatisch ab, aber die prickelnde Erregung, die seine Nähe bei ihr auslöste, war alles andere als normal.

Gott, ich habe dir gesagt, dass ich ihm Lebewohl sagen kann. Wenn du es für das Beste hältst, werde ich es tun, aber bitte gib mir Kraft.

»Soll ich beten?« Petey hielt ihr seine Hand hin und sie ließ ihre hineingleiten. Seine Finger schlossen sich warm um ihre, als er Gott für das Essen dankte und ihn um seinen Segen bat. Er öffnete die Augen, ohne sich von ihr zu lösen. Er saß einfach nur da, den Blick eindringlich auf ihr Gesicht gerichtet, während er weiter sanft ihre Hand hielt.

Einen Moment lang meinte Libby, zur leibhaftigen Heldin einer ihrer Erzählungen geworden zu sein. Ein unregelmäßiger Herzschlag und das herrliche Gefühl, irgendwo in den Wolken zu schweben, machten sie zittrig und unsicher, wie es weitergehen sollte. Irgendjemand musste den Normalzustand wiederherstellen und es war offensichtlich, dass er nicht derjenige sein würde.

Mit leisem Kichern zog sie ihre Hand aus seiner und griff nach ihrer Gabel. »Also, erzähl mir alles, was passiert ist.« Ihre Stimme klang unnatürlich hoch, aber ihre alltäglichen Gesten schienen Petey in die Realität zurückzuholen. Er zuckte zusammen, schaute auf seinen Teller, als wäre er überrascht, Essen vor sich zu finden, und nahm seine Gabel in die Hand. Nach dem ersten unkontrollierten Versuch, etwas aufzuspießen, entspannte er sich, und während sie aßen, berichtete er ihr in allen Einzelheiten von seiner Zeit in Clayton.

Libby lauschte voller Verwunderung. In Gedanken sah sie Puzzleteile vor sich, die wie von selbst an die richtige Stelle fielen und ein Bild vollendeten, wie Gott es sich gedacht hatte. Als er fertig war, berührte sie ihn am Handgelenk. »Petey, wärst du wirklich vom College abgegangen, um deine Mutter und Geschwister zu versorgen, wenn Aaron und Isabelle ihnen nicht angeboten hätten, ins Waisenhaus zu ziehen?«

Er zog die Stirn kraus. »Ich glaube, das hätte ich getan. Ich glaube nicht, dass Gott diese Entscheidung gesegnet hätte – ich hatte ihn in meine Pläne gar nicht einbezogen –, aber ich hätte es getan. Und obwohl ich ihnen unbedingt helfen wollte«, er seufzte, als würde ihm etwas zum ersten Mal bewusst, »hätte ich mich wahrscheinlich sehr elend gefühlt. Ich soll predigen, Libby. Das ist die Aufgabe, die Gott mir zugedacht hat. Alles andere – selbst etwas Wohlmeinendes, das Gutes hervorbringt – wäre weniger befriedigend gewesen. Ich bin stärker entschlossen als je zuvor, Gottes Willen zu tun, egal, was es mich kostet.« Ein schmerzlicher Ausdruck überschattete sein Gesicht und er legte die Gabel neben den halb geleerten Teller. »Selbst wenn es mich dich kostet.«

Tränen schossen Libby in die Augen. Sie umklammerte sein Handgelenk. »O Petey … es geht mir ganz genauso.«

Er warf ihr einen verwirrten Blick zu.

»Petey, darf ich dir erzählen, was ich erlebt habe, als du weg warst?«

Er drehte seinen Stuhl ein kleines Stück, um sie direkt ansehen zu können. Fasziniert hörte er zu, als sie von ihrem wilden Lauf auf der Suche nach Gott erzählte. Als sie ihm schilderte, was sich ihr in den Momenten an der alten Grundmauer enthüllt hatte, standen Tränen in seinen Augen und ein sanftes Lächeln stahl sich auf sein Gesicht.

»Lange bin ich so dumm gewesen und habe versucht, Gott zu dem zu machen, was ich gern wollte – eine Art Wunscherfüller.« Sie gluckste reumütig und schüttelte den Kopf. »Als ob er jemals so klein sein könnte … Jetzt, als ich erkannt habe, welchen Wert ich bei ihm besitze, bedeutet es mir nichts mehr, von Tausenden gekannt und bewundert zu werden. Seine Liebe hat all die leeren Stellen in meiner hungrigen, bedürftigen Seele gefüllt.«

Petey wendete seine Hand, um nach ihrer zu greifen. Er drückte sie fest, um ihr seine Zustimmung zu signalisieren. Dann schrak er plötzlich auf. »Libby, bedeutet das, dass du dein Ziel, Autorin zu werden, aufgegeben hast?«

Sie sog die Luft ein, biss sich auf die Unterlippe und zog ihre Mappe hervor. Ihre Finger hatten Schwierigkeiten mit dem Verschluss, aber schließlich gelang es ihr, sie zu öffnen und die Zeitung herauszuziehen, in der Peteys Artikel veröffentlicht war.

»Petey, als ich das gelesen habe …« Mit gesenktem Blick, das Herz voller Scham, zwang sie sich weiterzusprechen. »Ich wollte mich in ein Loch verkriechen und nie wieder herauskommen. Ich habe genau solche Geschichten verfasst, wie du es beschreibst – Geschichten, die den körperlichen Aspekt der Liebe in den Mittelpunkt stellen und alles andere ignorieren. Sie waren so leicht zu schreiben. Meine endlose Fantasie … hat mir gut gedient.« Sie riskierte einen Blick auf sein Gesicht. Keine Schuldzuweisung war darin zu sehen. Sie schluckte und fuhr fort. »Eine Zeitschrift hat mir sogar ein paar Geschichten abgekauft und mich vor Kurzem gebeten, exklusiv für sie zu schreiben. Sie haben mir einen Vertrag angeboten.«

Sie zog den Brief von Mr Price hervor. Petey nahm ihn mit ernstem Nicken entgegen und heftete den Blick darauf, als sie wieder anfing zu reden. »Mir würden ein Dutzend Möglichkeiten einfallen, wie ich dieses Geld verwenden könnte, aber am liebsten hätte ich es dir gegeben.« Er hob ruckartig den Kopf und seine Augenbrauen schossen in die Höhe. »Für deine Familie«, erklärte sie. »Ich wusste, dass du es gebrauchen könntest.«

»Ach, aber …«

»Aber nachdem ich deinen Artikel in der Zeitung gelesen und mein eigenes Herz befragt hatte, konnte ich dieses Angebot nicht annehmen. Ich konnte keine solchen Geschichten mehr schreiben – auch nicht, um dir zu helfen.«

Er ließ die Schultern sinken und die Erleichterung stand ihm ins Gesicht geschrieben.

»Ich habe Mr Price bereits geschrieben und ihn gebeten, meine Erzählungen aus ihrem Veröffentlichungsplan zu nehmen, und ...« Ihre Hände zitterten, als sie noch einmal in die Mappe griff. »Ich würde ihnen stattdessen gern das hier anbieten.« Sie legte sechs beschriebene Blätter in Peteys ausgestreckte Hände. »Es ist eine Geschichte. Eine Allegorie. Weißt du, was das ist?«

Den Blick auf die Seiten gerichtet, schüttelte er den Kopf.

»Eine Allegorie ist eine metaphorische Geschichte. Sie erzählt das eine und stellt gleichzeitig etwas anderes dar.«

Sein Gesichtsausdruck blieb fragend.

Sie lachte leise. »Jesus hat Gleichnisse erzählt.«

Er legte den Kopf mit aufmerksamer Miene zur Seite.

»Es waren Geschichten über Menschen oder Ereignisse, aber sie hatten eine tiefere Bedeutung. Eine Allegorie ähnelt dem Gleichnis ein wenig – die Erzählung transportiert eine moralische oder religiöse Bedeutung, die über die reine Handlung hinausgeht.« Sie tippte auf die Blätter. »Ich habe mich auf 1. Korinther 13 bezogen, als ich das hier schrieb. Es ist eine Liebesgeschichte, Petey, zwischen einem Mann und einer Frau, aber die tiefer liegende Botschaft erzählt von der Liebe, mit der Gott jedem von uns begegnet.« Sie lächelte. »Mir kommt gerade der Gedanke, dass Gott eigentlich ein romantischer Schöpfer ist. Gibt es eine größere Liebesgeschichte als die im Lukasevangelium, die davon erzählt, wie Jesus sich für die Menschheit opfert?«

Petey stieß den Atem leicht aus. »So habe ich es noch nie betrachtet.«

Ihre Hände zitterten, als sie ihre nächste Bitte äußerte: »Ich möchte, dass du meine Geschichte liest. Und dann, danach, wenn du sie für geeignet hältst, schicke ich sie an Mr Price.«

»Warum soll ich sie zuerst lesen? Es ist deine Geschichte. Du solltest damit machen, was du möchtest.«

»Aber deine Meinung ist mir wichtig. An dem Tag, als wir uns draußen begegnet sind und du mir erzählt hast, du würdest Liebesgeschichten den Kampf ansagen, da …«, sie wand sich, als sie an ihre heftige Reaktion dachte, »da fühlte ich mich schuldig und konnte dir fast nicht ins Gesicht sehen.« Seufzend gab sie zu: »Ich möchte nicht, dass sich jemals wieder etwas zwischen uns stellt. Also lies sie, Petey, bitte. Und sag mir deine ehrliche Meinung.« Sie zuckte die Achseln. »Natürlich sagt Mr Price mir möglicherweise, auch wenn du die Geschichte gut findest, dass sie nicht das ist, was er sucht. Aber das ist in Ordnung. Zumindest weiß ich dann, dass ich meinem Gewissen gehorcht und nicht etwas fortgesetzt habe, das Gott meinem Empfinden nach missfallen würde. Das ist viel wichtiger.«

Petey ließ die Blätter auf den Tisch sinken. Eine Weile lang schien er sie mit einem ernsten Zug um den Mund zu begutachten. Dann blickte er Libby an. Sie hielt den Atem an, als sie seinen Gesichtsausdruck sah.

»Libby, was du darüber gesagt hast, dass du deinem Gewissen folgen und nichts tun würdest, was Gott missfallen würde …«

»*Hier* seid ihr beiden also!« Die Stimme erklang von einer Stelle hinter Libbys Kopf. Sie drehte sich ruckartig um und ihr Blick fiel auf Alice-Marie, die die Hände in die Hüften gestützt hatte. In ihren Augen loderte der Zorn. »Kommt sofort mit! Ihr *müsst* sehen, was Bennett dieses Mal angestellt hat!«

37

Studenten standen in Grüppchen auf dem Rasen unter einer kahlen Eiche zusammen und unterhielten sich aufgeregt. Das Licht einer nahe gelegenen Straßenlaterne fiel auf Bennetts widerspenstiges rotes Haar in der Mitte der Gruppe. Pete fasste Libby am Arm. »Komm mit.« Sie schoben sich durch die Menschen, um Bennett zu erreichen, während Alice-Marie hinter ihnen herstapfte. Als Pete einen guten Blick auf seinen Kameraden werfen konnte, zuckte er vor Überraschung so heftig zusammen, dass er sich beinahe selbst zu Fall gebracht hätte.

Libby schlug sich die Hände auf die Wangen. »Bennett! Was hast du gemacht?«

Bennett strich über die Vorderseite seiner graugrünen Militäruniform. »Ich habe mich freiwillig gemeldet.« Er grinste Libby an. »Habe ich dir das nicht angekündigt?«

»Aber …« Sie schüttelte den Kopf und ihr Blick glitt von seinem Kopf zu den Füßen und wieder zurück. »Jetzt? Solange du am College bist?«

Bennett lachte. Er klopfte dem Studenten, der ihm am nächsten stand, auf den Arm und machte eine Kopfbewegung Richtung Speisesaal. »Geht schon rein und sucht euch einen Platz. Ich komme in einer Minute.«

Die anderen schlenderten davon, immer noch ins Gespräch vertieft. Pete stand in sprachlosem Schweigen zwischen Libby und Alice-Marie. Beiden Mädchen schien es die Sprache verschlagen zu haben. Sie starrten Bennett einfach nur an. Bennett grinste breit und spielte mit den Metallknöpfen an seiner eng anliegenden Uniformjacke. »Echt heiß, was? Eine Waffe habe ich noch nicht – das kommt dann nach dem Training –, aber ich darf die Uniform trotzdem schon tragen.« Er zog eine kleine Mütze aus der hinteren Hosentasche und setzte sie sich in keckem Winkel auf den Kopf. Dann breitete er die Arme weit aus. »Also, was meint ihr?«

Das Leben kehrte in Alice-Marie zurück. »Ich meine, dass du komplett den Verstand verloren hast!« Sie wandte sich an Libby. »Schau ihn dir an, er ist bereit für den Krieg! Er ist bereit für … für …« Sie brach in Tränen aus und rannte Richtung Frauenwohnheim davon.

Libby näherte sich Bennett. »Was um alles in der Welt hat dich dazu getrieben? Die Vereinigten Staaten sind nicht im Krieg. Es gibt also keinen Grund, warum du ein Gewehr zur Hand nehmen müsstest.« Sie klang eher verletzt als ärgerlich. Sie schaute Hilfe suchend zu Pete, und er trat einen Schritt vor und legte ihr tröstend die Hand auf die Schulter.

»Bist du wirklich in die Armee eingetreten, Bennett, oder hast du dir die Uniform nur ausgeliehen?« Er kannte Bennetts Hang, die Aufmerksamkeit auf sich zu ziehen, gut genug, um ihm einen solchen Trick zuzutrauen.

Bennett spannte den Unterkiefer an. »Ich bin wirklich eingetreten.« Er zuckte die Achseln und zog am Saum seiner Jacke. »Aber nur als Reservist. Wenn wir in den Krieg ziehen, spielt das natürlich keine Rolle – da schicken sie mich dann trotzdem hin. Aber als Reservist kann ich am College bleiben. Das Studium ist bereits bezahlt, also kann ich es genauso gut weiterführen.«

Pete spürte, wie Libby sich neben ihm entspannte, und er konnte ihre Erleichterung nachvollziehen. Wenigstens plante Bennett nicht, sofort alles hinzuwerfen. »Warum hast du dann nicht gewartet, bis du mit dem Studium fertig bist?«

Bennett reckte angriffslustig das Kinn. »Willst du die Wahrheit hören? Als ich das erste Mal darüber nachdachte, wollte ich es deinetwegen tun, Pete.«

Pete schrak zusammen. »Meinetwegen?«

»Ja. Ich habe es so satt, es nie mit dir aufnehmen zu können.« Ein verächtlicher Ton schlich sich in seine Stimme. »In der Waisenschule haben die Rowleys mir immer gesagt, dass ich mir an deinem Verhalten ein Beispiel nehmen soll. Bei jedem Spiel, das wir machten, hat Lib immer dich als Erstes gewählt, nie mich. Hier am College scheinst du besser bei den Leuten anzukommen als ich – sie haben dir einen Spitznamen gegeben und reden darüber, was du alles mit deinem Holzbein schaffst ...«

Er atmete einmal tief ein und aus. Eine Wolke entstand über seinem Kopf und verschwand. »Aber du könntest nie Soldat sein. Du könntest hier«, mit einer Handbewegung umfasste er das Gelände, »nie in einer Uniform auftauchen.«

»Du hast es also getan, um mir eins auszuwischen?« Pete wollte die Antwort gar nicht wissen. Wenn Bennett der Armee einfach nur beigetreten war, um ihn zu überbieten, und deshalb eines Tages auf dem Schlachtfeld getötet wurde, könnte er nie darüber hinwegkommen.

»Vielleicht am Anfang, aber ...« Bennett bohrte seine Stiefelspitze ins Gras und senkte den Kopf. »Aber dann ich habe ich darüber nachgedacht. Ich habe keine Familie – nicht wie du. Niemand wartet auf mich. Es gibt nicht wirklich einen Ort, an den ich gehen kann, wenn ich mit dem Studium fertig bin. Ich dachte mir, wenn ich in der Armee bin, werde ich immer einen Platz haben ... an den ich gehöre.«

Bennetts Worte trafen Pete mitten ins Herz. Er hatte kläglich darin versagt, seinem Freund zu zeigen, dass er einen festen Ort der Zugehörigkeit finden würde, wenn er Gottes Liebe annahm. Er ließ den Kopf hängen und schluckte die Traurigkeit hinunter, die wie ein Kloß in seinem Hals steckte.

»Vermutlich wollte ich deshalb unbedingt zu *Beta Theta Pi* gehören. Es ist die beste Verbindung auf dem Campus. Ich dachte, dass ich mich dann wie jemand Besonderes fühlen würde – als würde ich irgendwo dazugehören.« Er schnaubte. »Ganz schön dumm von mir. Jetzt, wo sie mir sagen, sie würden mich aufnehmen, habe ich abgelehnt. Scheint mir plötzlich nicht mehr so wichtig. Ich weiß nicht, warum ...« Bennett warf einen Blick über die Schulter zum Frauenwohnheim. »Ich glaube, ich habe Alice-Marie aus der Fassung gebracht, was?«

Libby nickte. »Mit Sicherheit.«

Bennett verzog den Mund. »Meint ihr, ich soll zu ihr gehen ... mit ihr reden?«

»Ja, das solltest du.«

Libbys Ton war sachlich und Pete musste lächeln. Libbys temperamentvolle Seite hatte ihm immer gefallen, aber diese ausgeglichene Art war auch angenehm.

»Na gut, ich schätze, dann werde ich mal …« Er machte eine Handbewegung Richtung Wohnheim.

»Ja, geh und sprich mit Alice-Marie«, antwortete Pete, »und wenn du fertig bist, dann komm zu mir. Ich muss dir etwas sagen. Etwas, das du *unbedingt* hören solltest.«

Bennett blieb einen Moment lang stehen und sah Pete direkt ins Gesicht. Er hob seine Mundwinkel zu einem schiefen Grinsen. »Ja, ich glaube, ich weiß, was du sagen willst.« Er nickte kurz. »Ich werde versuchen, es mir anzuhören.« Er schlenderte davon und ließ seine Füße übers Gras schleifen.

Pete drehte sich wieder zu Libby um. »Also, wir waren mitten in …«

Sie riss erschrocken den Mund auf. »Meine Mappe!« Sie wirbelte herum und stürmte in den Speisesaal zurück. Kurz darauf tauchte sie mit der schwarzen Ledermappe wieder auf. Sie hielt sie mit einem strahlenden Lächeln in die Höhe. »Das hier wollte ich nicht verlieren.«

»Und ich wollte gerade sagen …« Pete schluckte. Sie hatte ihm in Clayton so beigestanden, hatte ihn ermutigt und darum gekämpft, Oscar vor der Henkersschlinge zu bewahren. Als sie die Möglichkeit gehabt hatte, Geld mit ihrem Schreiben zu verdienen, war ihr erster Gedanke gewesen, ihn damit zu unterstützen.

Pete wusste, dass ihr viel an ihm lag – sie wollte seine Zustimmung, bevor sie eine andere Art von Geschichte bei der Zeitschrift einreichte. Und jetzt war Gott ihr wichtig geworden. Sie gab offen zu, dass sie in ihrem Leben nach seinem Willen fragen wollte. Diese Veränderung erfüllte sein Herz mit Jubel. Aber bedeutete all das, dass sie ihn liebte?

Sie schwang ihre Mappe hin und her und das Leder machte ein leises, raschelndes Geräusch, als es ihren Rock streifte. Sie wartete darauf, dass er etwas sagte. Aber es wollte ihm nicht gelingen, einen

Satz hervorzubringen. Er hatte gehört, dass Taten lauter als Worte sprechen. Deshalb beschloss Pete, Taten sprechen zu lassen. Er trat einen Schritt nach vorn, nahm Libby in die Arme und drückte seine Lippen auf ihren überraschten Mund.

Libby ließ ihre Mappe ins Gras fallen.

In diesem Moment trat eine Gruppe von Studenten aus dem Speisesaal und ihre Anwesenheit war eine unwillkommene Störung. Petey rückte von ihr ab und sah zum Gehweg. Libby bückte sich schnell und hob ihre Mappe auf. Sobald sie sich wieder aufgerichtet hatte, fasste Petey sie am Ellbogen und schob sie über den dunklen Hof. Zuerst dachte sie, er würde sie zum Frauenwohnheim zurückbringen, aber er eilte mit seinem hopsenden Laufschritt an dem Gebäude vorbei und steuerte das andere Ende des Campus an.

Ihr Atem ging stoßweise, als er sie immer weiter von Haus Rhodes wegbrachte und sie schließlich den baumbestandenen Pfad erreichten, der zum steinernen Fundament des alten Collegegebäudes führte. Aber statt mit ihr zu der Wiese zu gehen, zog er sie unter einen Baum und lehnte sich gegen den Stamm. Sein Atem ging so schwer, dass seine Brust sich sichtbar hob und senkte.

Libbys Brust wogte ebenfalls, aber sie wusste nicht, was der Grund dafür war – der stramme Marsch oder die Verwunderung über das, was geschehen war. »P-Petey!« Ihre Stimme klang rau. »Du hast mich geküsst!«

Petey ergriff ihren Zopf und ließ ihn durch die Finger gleiten, bis er das Ende in der Hand hatte. Er hielt es fest und bewegte den langen Zopf spielerisch hin und her. »Ich wollte dich seit deinem sechzehnten Geburtstag küssen. So lange liebe ich dich schon. Vielleicht noch länger.« Sein Gesicht, vom Mondlicht beleuchtet, das durch die kahlen Äste über ihren Köpfen fiel, zeigte einen reuevollen Ausdruck. »Aber ich hätte nicht diesen Moment wählen sollen. Ich ...«

»Du solltest es wieder tun.«

Er richtete sich mit einem Ruck auf und sah sie eine Sekunde lang überrascht an. Dann stieß er ein leises Lachen aus. Es hatte einen freudigen Klang. Er ließ den Zopf los und legte seine Hände an ihre Wangen. Er beugte sich langsam vor, spannte sie mit dieser Verzögerung auf die Folter und drückte seine Lippen endlich auf ihre.

Ihre Augen schlossen sich. *Es ist also wahr, was man sich erzählt. Das Herz fängt an zu flattern.* Die Mappe glitt ihr aus den Fingern. Sie fiel mit einem leisen Rascheln in das Laub unter ihren Füßen. Sie schlang ihren Arm um ihn und legte ihre Wange an seine Brust.

»Libby?« Er hielt sie ganz fest und das zeigte ihr, dass sein Herz genauso ergriffen war wie ihres. Sie konnte es sogar durch seine Jacke schlagen hören. »Du hast gesagt, dass du Gott mit deinem Leben … mit deinen Begabungen dienen möchtest. Stimmt das?«

»Ja.« Sie wusste nicht, wie sie nach Gottes Willen ihre schriftstellerischen Fähigkeiten einsetzen sollte – ob in allegorischen Geschichten, die ein Bild von seiner Liebe und Gnade zeichneten, oder in Artikeln, die informierten und inspirierten. Aber sie vertraute fest darauf, dass er es ihr offenbaren würde, wenn sie ihn beständig im Gebet fragte.

»Ich will ihm auch folgen, mit jeder Entscheidung, die ich treffe, auch …« Seine Finger spreizten sich kurz an ihrem Rücken, dann schob er sie ganz sanft von sich. Er ließ sich gegen den Stamm sinken. »Ich kann nicht richtig nachdenken, wenn ich dich im Arm habe.«

Sie verkniff sich ein wissendes Lachen. Die romantischen Geschichten hatten also auch darin recht. Sie wollte ihn nicht in Versuchung bringen. Deshalb bewegte sie sich ein Stück rückwärts, sodass er viel Platz hatte. Dann verschränkte sie die Hände vor sich und bewunderte den Anblick, den Petey im Sternenlicht bot. Alice-Marie hatte recht – sein Haar hatte die Farbe des Mondlichts. Und ihr eigenes war wie der dunkle Himmel hinter den Sternen. Die perfekte Kombination.

»Petey, du musst jetzt nicht nachdenken. Wir haben noch genug Zeit dafür. Wir sind immer noch sehr jung. Gott will uns bestimmt noch viel beibringen. Jetzt im Moment genügt es zu wissen, dass er uns zusammengeführt hat. Er hat uns die Gelegenheit geschenkt, Freunde zu werden.«

»Gute Freunde«, ergänzte er.

»Beste Freunde«, verbesserte sie. Sie streckte die Hand aus und er tat es ihr gleich. Ihre Finger trafen sich und verschränkten sich ineinander – eine einfache Berührung, die doch von Herzen kam. »Ich liebe dich und es macht mich sehr glücklich, dass du mich ebenfalls liebst. Aber noch besser ist, dass wir beide Gott lieben. Wenn wir beide nach seinem Willen fragen, werden wir herausfinden, was er mit uns vorhat … irgendwann … und es wird vollkommen sein.«

Eine Weile lang blieben sie so stehen, ihre Finger ineinander verschlungen, ihre Sinne hellwach. Es kam Libby vor, als wären sie die beiden einzigen Menschen auf der Welt.

Ihr Blick glitt zum Rand der Bäume, zu der Wiese, wo die Grundmauern lagen, unauffällig, aber für jeden zu finden, der danach suchte. Peteys Daumen streichelte ihren und sie hob den Kopf, als er seinen senkte. Sie lächelten gemeinsam.

Mit belegter Stimme sagte er: »Ich sollte dich nun zurückbegleiten. Ich möchte nicht, dass du zu spät zur Nachtruhe kommst.«

Sie nickte. Wenn sie zu spät kam, würde Miss Banks sie sicher rügen. Wieder einmal.

»Außerdem muss ich heute Abend noch mit Bennett sprechen.«

Libby wusste, was Petey ansprechen würde – Bennetts überwältigendes Bedürfnis, einen festen Platz zu haben, an den er hingehörte. Petey würde ihm sagen, wo er diesen Platz finden könnte, wenn er seinen trotzigen Willen aufgeben und sich Gott überlassen würde. Es war schwer, den eigenen Stolz loszulassen, aber sie hatte selbst erfahren, welche Freude es mit sich brachte, wenn man sich schließlich geschlagen gab. Sie betete darum, dass Bennett auf Peteys Worte hören und zum Glauben finden würde.

Hand in Hand schlenderten sie durch den mit Bäumen gesäumten Weg. Als sie den Eingang zum Wohnheim erreichten, wollte Libby sofort hineingehen, aber Petey hielt sie zurück, indem er sanft an ihrer Hand zog.

»Ich werde an Thanksgiving nicht nach Shay's Ford fahren. Ich muss meinen versäumten Stoff nachholen. Aber ich habe meiner Mutter versprochen …«

Libby staunte, wie leicht ihm die Bezeichnung *meine Mutter* über die Lippen ging. In seiner Stimme schwang keine Ablehnung mit, noch zeigte sich etwas davon in seiner Miene.

»… ich würde an Weihnachten dort sein. Bitte richte allen Grüße von mir aus, wenn du hinfährst, und schau, ob meine Geschwister sich gut einleben, ja?«

Libby drückte seine Hand, berührt von seiner Sorge um diese Menschen – diese Fremden –, die seinen Namen trugen. »Natürlich mache ich das. Und ich werde jeden Tag dafür beten, dass sie Frieden und Glück finden.«

Seine Lippen bogen sich zu seinem vertrauten, liebenswürdigen Lächeln. Dann sah er sich kurz nach links und rechts um, bevor er sich vorbeugte und einen keuschen Kuss auf ihre Wange drückte. »Gute Nacht, Libby. Träum was Schönes.«

Sie zweifelte nicht daran, dass sein Abschiedswunsch sich erfüllen würde.

38

»Libby, ich habe dich vermisst! Es ist so gut, dich wieder hier zu haben – und das drei volle Wochen lang!«

Libby lehnte sich in die unförmigen Kissen auf dem stark abgenutzten Wohnzimmersofa zurück und grinste Maelle an. »Vielleicht überlegst du es dir anders, bevor unsere Weihnachtsferien vorbei sind. Schließlich bist du es nicht gewöhnt, drei Mädels um dich zu haben. Ich werde dir vielleicht lästig.«

Maelle hatte darauf bestanden, dass Libby die langen Ferien über nicht im Waisenhaus, sondern bei ihnen wohnte. Doch jeden Tag fuhren sie zur Schule hinüber, um Zeit mit Isabelle, Aaron und den Kindern zu verbringen. Obwohl Isabelle ihnen aufgetragen hatte, das Waisenhaus zu schmücken, Geschenke einzupacken, die von lokalen Gemeinden für die Kinder geschickt wurden, und der Köchin Ramona bei der Vorbereitung von Leckereien für die bevorstehenden Festtage zu helfen, hatte Libby das nichts ausgemacht. Es war so schön, wieder zu Hause zu sein, umgeben von den Menschen, die sie liebte.

Sie blickte durch den Salon des Waisenhauses zu Hannah und Hester, die zusammen mit Peteys kleiner Schwester Elma im Schneidersitz auf dem gewebten Wollteppich saßen und vollauf damit beschäftigt waren, Papierpuppen anzuziehen. Ihre Gesichter sahen zufrieden aus und gelegentlich war ein kurzes Kichern aus dem kleinen Kreis zu hören. So eine Veränderung in so kurzer Zeit – das machte die Liebe aus, wurde Libby klar. Sie stellte auch überrascht fest, dass keine Feindseligkeit mehr in ihrem Inneren war. Sie und Petey hatten angefangen, jeden Abend miteinander zu beten. Sie hatten Gott gebeten, ihr zu helfen, den Groll gegen Maelle und Jackson loszulassen. Offenbar waren ihre Gebete erhört worden.

Maelle stupste Libby leicht gegen die Schulter. »Seit wann könntest du mir lästig werden?« Scherzhaft machte sie ein böses Gesicht, das gleich wieder mit einem Lachen verschwand. »Nur weil ich jetzt Mutter bin, heißt das nicht, dass ich keine Zeit mehr für meine liebste, sorgfältig ausgesuchte kleine Schwester habe. Und ich denke«, ihr Gesichtsausdruck wurde weich, als sie die blondhaarigen Mädchen betrachtete, »Hannah und Hester werden davon profitieren, dich als Tante zu haben – du gehst zur Universität, veröffentlichst als Autorin Texte …« Maelles Augen glitzerten. »Ich bin sehr stolz auf dich, Libby.«

Libby dachte über Maelles Worte nach. Wenn Maelle nicht ihre Adoptivmutter sein konnte, dann war es das Zweitbeste, sie als große Schwester zu haben. Ihr gefiel auch der Gedanke, ein positiver Einfluss für Hannah und Hester zu sein – ganz in der Art, wie Maelle sie beeinflusst hatte. Lächelnd nickte sie. »Ich wäre gern Hannahs und Hesters Tante … solange sie mich nicht Tante Libby nennen.« Sie gab vor, sich zu schütteln. »Da fühle ich mich alt.«

Maelle legte Libby den Arm um die Schulter und die beiden lachten zusammen. Libby lehnte sich dicht an Maelle und genoss die angenehme Kameradschaft. Wie herrlich war es, die Feindseligkeit abzustreifen und mit ihrer lieben Mentorin und Freundin vereint zu sein.

Isabelle Rowley eilte geschäftig in den Raum und wischte sich die Hände an einer rüschenbesetzten Schürze ab. Sie wedelte mit der Schürze zu den Mädchen hin und beschwerte sich sanft. »Räumt jetzt schnell eure Sachen weg – Mr Rowley, Pete und Wendell kommen gerade mit dem Weihnachtsbaum die Eingangstreppe hoch. Sie stolpern über euch, wenn ihr nicht aus dem Weg geht.«

Kichernd sammelten die Mädchen ihre Sachen ein und verschwanden um die Ecke. Ihre Absätze klapperten über die Treppenstufen, als die Eingangstür aufgestoßen wurde. Kalter Wind und der Geruch nach Schnee und Kiefernholz drangen in den Raum. Maelle fasste Libby an der Hand und sie eilten gerade rechtzeitig zur großen Tür im Eingangsbereich des Waisenhauses, um zu sehen, wie Aaron versuchte, eine riesige Kiefer durch die Öffnung zu zerren. Nadeln flogen in alle Richtungen, als Aaron an dem rauen Stamm riss.

Isabelle stand auf dem ersten Treppenabsatz und wrang die Hände. »O Aaron, sei vorsichtig! Ich glaube, der Baum ist zu groß. Du musst vielleicht zurückgehen und einen kleineren schlagen.«

Er schüttelte den Kopf. Schweißtropfen standen ihm auf der Stirn. »Nein. Den hier hat Wendell ausgesucht und wir bekommen ihn in den Salon – und wenn ich die Eingangstür vergrößern muss!« Er zog noch einmal mit ganzer Kraft. Die großen unteren Äste wurden nach innen gebogen und mit einem Ruck schoss der Baum durch die Tür und verstreute dabei noch einmal eine Portion Nadeln. Aaron landete mit Schwung auf dem Hosenboden und Petey und Wendell stolperten hinter dem Baum ins Zimmer, wobei sie beinahe auf ihre vor Kälte geröteten Nasen fielen.

Isabelle schnappte nach Luft, Maelle fing an zu lachen und Libby starrte auf den Baum. Sie klatschte erfreut in die Hände. »Schaut euch das an! Das ist der größte Baum, den wir je hier drin hatten!« Sie sauste an Petey und Wendell vorbei, um die Tür zuzuwerfen, dann stellte sie sich neben Petey. Kälte strahlte von seiner Jacke aus. Sie schüttelte sich und schlang sich die Arme um den Körper. »Er ist perfekt!«

»Das finde ich auch«, sagte Petey und klopfte seinem Bruder auf die Schulter. Der Junge strahlte.

Trampelnde Schritte waren über ihnen zu hören und eine Schar von Kindern ergoss sich über die Treppe. Offenbar hatten die Zwillinge und Elma die Nachricht verbreitet, dass der Baum eingetroffen war. Alle Gesichter leuchteten vor Begeisterung auf und glückliches Plappern erfüllte den Raum, in dem alle dicht gedrängt standen.

Isabelle hob abwehrend die Hände. »Ja, wir schmücken den Baum nach dem Essen, genau wie wir es geplant haben, aber jetzt müsst ihr erst einmal aus dem Weg gehen. Während Mr Rowley und Pete den Baum in den Ständer einspannen, geht ihr nach oben und sammelt sämtlichen Baumschmuck ein.«

Mit fröhlichen Ausrufen drehten sich die Kinder um, tobten die Stufen hinauf und verschwanden oben um die Ecke. Isabelle schaute sich den Baum genauer an. »Ich hoffe, dass wir genug Schmuck ha-

ben, um den Baum zu verzieren. Du liebe Güte, er ist wirklich riesig!«
Dann lachte sie kopfschüttelnd und zwinkerte Wendell zu. »Es ist der
hübscheste Baum, den wir je hatten – so füllig und gerade gewachsen.
Selbst ungeschmückt ist er wunderschön.«

Wendell verkroch sich in seiner Jacke und sein Gesicht lief rot an.
»Danke, Madam.«

Maelle umrundete den Baum und ging zur Treppe. »Ich werde den
Kindern helfen, die ganzen Kisten mit dem Baumschmuck zu finden.
Ich könnte ihnen sogar auftragen, Papierketten zu basteln. Dann sind
sie aus dem Weg, bis du für sie bereit bist.« Sie stürmte die Treppe
hoch.

Isabelle schüttelte den Kopf und sah Maelle mit liebevollem Blick
nach. »Ich habe den leisen Verdacht, dass sie sich nur angeboten hat,
nach den Kindern zu sehen, um nicht bei den Essensvorbereitungen
helfen zu müssen.« Sie zuckte die Achseln. »Na gut. Sie wird dafür
sorgen, dass die Kinder aus dem Weg sind, und das ist eine unschätz-
bare Hilfe. Und Libby kann den Tisch fürs Essen decken. Komm mit,
meine Liebe.«

Libby wäre lieber dageblieben und hätte zugesehen, wie Petey und
Aaron den Baum in seinem hölzernen Halter vor dem größten Fenster des Salons aufstellten, aber sie folgte Isabelle wie angewiesen.

Pünktlich um sechs versammelten sich alle um den auf Böcken
stehenden Tisch im riesigen Speiseraum der Schule und setzten sich
mit einer Menge Gekicher und freundlich gemeinten Rippenstößen
dicht gedrängt auf die Bänke. Wie immer saßen Isabelle und Aaron an
den gegenüberliegenden Stirnseiten, und die Kinder füllten die Bänke, die sich auf beiden Seiten des Tisches entlangzogen. Aaron sprach
das Dankgebet und fing an, Suppenschälchen weiterzureichen.

Es überraschte Libby jedes Mal wieder, wie die Rowleys es schafften, jeden am Tisch unterzubringen. Im Lauf der Jahre hatten sich die
Gesichter verändert – manche Kinder hatten in Adoptivfamilien ein
neues Zuhause gefunden, Neuankömmlinge waren dazugestoßen –,
aber egal, wie viele Kinder unter dem Dach der Schule lebten, alle
fanden immer einen Platz.

Heute Abend war es besonders eng. Da Weihnachten war, waren Matt und Lorna zum Essen gekommen, und selbst die Köchin Ramona und Peteys Mutter saßen mit am Tisch, statt zwischen Küche und Esszimmer hin- und herzuhasten. Dank der anderen zusätzlichen Gäste – Petey und Libby, Maelle und Jackson mit ihren Töchtern – waren alle gezwungen, sich zusammenzuquetschen. Aber niemand beschwerte sich. Libby war jedoch froh, dass Bennett die erste Woche der Ferien bei Alice-Marie verbrachte. Mit seinem breiten Körper hätte er unmöglich noch irgendwo Platz gehabt.

Libby blickte über den Tisch zu Petey, der zwischen seinen jüngsten Brüdern eingeklemmt saß. Obwohl er die Ellbogen an den Körper drücken musste, um keinen der Jungen anzurempeln, wirkte er entspannt und ausgeglichen. Sich mit seiner Mutter zu versöhnen, hatte die Anspannung aus seinem Gesicht vertrieben. Jedes Mal, wenn er sich über den kleinen Lorenzo beugte, um ein paar Worte mit Berta Leidig zu wechseln, wurde es Libby warm ums Herz.

Gott, so viele Gebete sind erhört worden. Petey ist mit seiner Familie versöhnt, ich bin mit Maelle versöhnt ... Weihnachten ist eine Zeit des Friedens – danke, dass wir das Fest ohne jede Missstimmung feiern können.

Sobald die Kinder fertig gegessen hatten, baten sie lautstark darum, den Baum schmücken zu dürfen. Mit erhobenen Händen rief Isabelle sie zur Ruhe auf, und nach ein paar turbulenten Sekunden verstummten ihre Stimmen schließlich. »Jeder trägt seinen Teller und sein Besteck in die Küche, um der Köchin Ramona zu helfen. Dann *geht* ihr – ich möchte nicht, dass ihr lauft, sonst könnte jemand überrannt werden – zum Salon und wir werden ...«

Der Rest ihrer Anweisungen ging in Freudengeheul unter. Ein wildes Gemenge entstand, als die Kinder von den Bänken kletterten, ihre Teller schnappten und in die Küche eilten. Löffel und Gabeln fielen klirrend zu Boden. Gekicher und Gekreische wurden laut. Schritte rappelten über den Boden, als die Kinder Isabelles Verbot zu rennen missachteten. Libby legte sich die Hände auf die Ohren, um sich vor dem Getöse zu schützen, doch sie fühlte sich trotzdem wie betäubt durch den freudigen Lärm.

Isabelle schaute über den Tisch zu Aaron und lachte. Kapitulierend hob sie die Hände. Er stimmte in ihr Lachen ein und hob ihren kleinen Sohn, Reggie, aus seinem Kindersitz. »Ich gebe in der Küche die Anweisungen. Geh du in den Salon und übernimm dort die Aufsicht«, sagte er, während er hinter den Kindern hermarschierte.

Maelle und Lorna standen auf und begannen, Mrs Leidig beim Tischabräumen zu helfen, aber Matt legte seine Hand an Lornas Ellbogen. »Nein, du arbeitest heute nicht, werdende Mama. Geh in den Salon und überwache das Baumschmücken. Ich helfe beim Abräumen.« Lorna wollte protestieren, doch Matt brachte sie mit einem Kuss zum Schweigen.

Obwohl Libby wusste, dass es sich nicht gehörte, einen so zärtlichen Moment zu beobachten, konnte sie den Blick nicht abwenden. Überall herrschte Liebe – zwischen Maelle und Jackson, Matt und Lorna, Aaron und Isabelle und sogar Petey und seiner Familie. Das Herz wurde ihr weit und sie war so überglücklich, dass sie dachte, die Brust müsste ihr zerspringen. Wie herrlich, mitten in dieser wunderbaren Gruppe von Menschen zu sein!

Sie konnte es nicht erwarten, beim Schmücken des Baumes dabei zu sein und wollte nach ihrem Teller greifen. Doch da legte sich eine warme Hand auf ihre Schulter und bremste sie. Als sie aufsah, stand Petey lächelnd hinter ihr. Allein seine Nähe beschleunigte ihren Herzschlag. Bevor sie fragen konnte, was er von ihr wollte, legte er sich den Finger auf die Lippen und sie behielt die Frage für sich.

Wortlos ließ er seine Hand an ihrem Arm entlanggleiten, bis er auf ihre Finger traf. Er nahm ihre Hand und führte sie um die Ecke und den Korridor entlang, bis er sie schließlich in die kleine Kammer unter der Treppe zog, wo niemand sie sehen konnte.

Er lehnte sich in die Ecke und musste sich etwas bücken, um nicht gegen die schräge Decke über sich zu stoßen. »Endlich Ruhe, herrlich …«

Libby hätte ihm widersprechen können. Verschiedene Geräusche drangen von anderen Teilen der Schule zu ihnen her – Kinderstimmen aus dem Salon, Geschirrklappern aus der Küche, Isabelles gebieterische Stimme, die Anweisungen gab, wie der Baum geschmückt werden sollte. Aber dann schaute sie in Peteys wunderbare blaue Augen und sämtliche Geräusche traten in den Hintergrund. Die dunkle Nische war zwar alles andere als idyllisch, aber sie wurde zu einer Zuflucht, in der sie einander nahe waren.

Er hielt immer noch ihre Hand und sie schloss ihre Finger fester um seine. Er drückte sie leicht, bevor er sie losließ und in seine Tasche griff. »Ich habe etwas für dich.«

Beim Klang seiner leisen, rauen Stimme lief Libby ein angenehmer Schauder über den Rücken. Sie stieß ein Kichern aus. Obwohl er sich in den vergangenen Wochen vollkommen anständig verhalten und ihr nicht einmal einen Kuss auf die Wange gedrückt hatte, hoffte sie, er würde ihre ungestörte Zweisamkeit ausnutzen und ihr einen Kuss auf die Lippen schenken. Sie neigte den Kopf und lächelte. »Aber Weihnachten ist erst morgen.«

»Morgen werden die anderen um uns herum sein. Und dieses Geschenk ist …« Er kräuselte einen Moment lang die Stirn und suchte nach dem passenden Wort. Seufzend beendete er den Satz mit: »Persönlich.«

Vielleicht hatte er die Absicht, sie zu küssen. Unwillkürlich taumelte sie in seine Richtung. Er zog die Hand aus der Tasche und streckte ihr auf der offenen Handfläche ein kleines Kästchen entgegen. Libby rückte etwas von ihm ab, um das Kästchen anzuschauen. Es war aus Holz, besaß einen Deckel mit Scharnieren und sah verschrammt aus, als hätte sich die Lackierung vom vielen Gebrauch im Lauf der Jahre abgelöst.

»Frohe Weihnachten, Libby.«

Sein Tonfall war so zärtlich, dass Libby von einem süßen Verlangen erfüllt wurde. Ihr Blick traf seinen. »Was ist das?«

Mit einem leichten Wippen der Hand lockte er sie, das Kästchen zu nehmen. »Schau es dir an.«

Mit langsamen, bewussten Bewegungen streckte sie die Hand danach aus und spürte, wie die Spannung in ihrem Inneren wuchs. Ihre Finger zitterten, als sie den Deckel hob und sie schnappte überrascht nach Luft. Wer hätte in einer so abgenutzt wirkenden Verpackung einen solch glänzenden Schatz erwartet?

Sie drückte sich die Hand auf das heftig pochende Herz und sah Petey mit großen Augen an. »Oh! Sie … sie ist wunderschön!«

Er nahm die Brosche von ihrem Kissen aus abgewetzter schwarzer Seide. Das schwache Licht aus dem Flur fiel auf die roten geschliffenen Steine und ließ die kreisförmig darum herum angebrachten Perlen rosig schimmern. Er schob sich das leere Kästchen in die Tasche und griff nach dem runden Kragen ihres Kleides. Seine Fingerknöchel streiften ihr Schlüsselbein, und ein prickelnder Schauder lief ihr über den Rücken, als er die Brosche befestigte. Automatisch fasste Libby mit der Hand danach und befühlte die Steine. Da die Brosche fast unter ihrem Kinn steckte, konnte sie sie nicht sehen, aber ihre Finger konnten die Perlen leicht von den roten Edelsteinen unterscheiden.

Er stand vor ihr und blickte auf die Brosche herab. »Sie sieht perfekt an dir aus. Ich wusste es.«

Libby holte tief Luft und versuchte, ihr rasendes Herz unter Kontrolle zu bringen. »Petey, ich habe noch nie etwas Hübscheres gesehen. Aber wo …? Was …?« Ihre Zunge schien unfähig, vollständige Sätze zu formulieren. Sie hätte nie damit gerechnet, ein so wertvolles Geschenk zu erhalten.

Er lehnte sich an die Wand und lächelte sie an, während sein Holzbein leise gegen den Holzboden klopfte. »Die Brosche besteht aus Perlen und Rubinen. Meine Mutter hat mir gesagt, dass mein Großvater sie meiner Großmutter an ihrem Hochzeitstag geschenkt hat. Dann gab meine Großmutter sie meiner Mutter, als sie meinen Vater heiratete. Und jetzt …«

Libby berührte die Brosche leicht mit den Fingerspitzen und dachte an die Generationen von Frauen, die sie vor ihr getragen hatten. Sie schüttelte leicht den Kopf. »Petey, du solltest sie behalten. Sie gehört in deine Familie.«

Er beugte sich so weit zu ihr vor, dass sein Gesicht nur wenige Zentimeter von ihrem entfernt war. »Wenn du sie hast, wird sie in meiner Familie bleiben. Denn ich bitte dich, sie als Verlobungsbrosche anzunehmen.«

Träumte sie? Sie zwickte sich ins Handgelenk. Der scharfe Schmerz verriet ihr, dass sie außerordentlich wach war. Sie erwiderte seinen direkten ernsthaften Blick. »Als Verlobungsbrosche?«

Er nickte langsam. »Ja. Wir sollten noch nicht heiraten. Nicht, bevor wir das Studium abgeschlossen haben. Aber ich weiß, dass ich dich liebe. Ich weiß, dass ich mein Leben mit dir teilen möchte – meinen Dienst, mein Herz …« Plötzlich hielt er inne und zog die Stirn kraus. »Gehe ich von falschen Voraussetzungen aus? In diesem vergangenen Monat … da haben wir uns jeden Tag getroffen, um zusammen zu beten und miteinander zu reden. Meine Liebe zu dir ist tiefer geworden. Ich kann mir nicht vorstellen, ohne dich zu sein. Aber wenn du …«

Sie ergriff seine Hände und hielt sie ganz fest. Süße Erinnerungen aus den vergangenen Wochen – das gemeinsame Lachen und auch der gemeinsame Schmerz, als sie sich im Gebet für Bennett vereinten – wirbelten durch ihren Kopf, bis ihr fast schwindelig wurde. Sie hatte so viel mit Petey erlebt. Sie konnte sich nicht vorstellen, ohne ihn zu sein. »Mir geht es genauso. Ich liebe dich. Und nichts möchte ich lieber tun, als mich an dich zu binden.«

Sie erhob sich auf die Zehenspitzen, als seine Arme sich um sie legten und sie zu ihm zogen. Ihre Lippen trafen sich und sie war überrascht, wie salzig sie schmeckten. Sie hatte nicht einmal gemerkt, dass sie weinte – Freudentränen darüber, zu Hause angekommen zu sein. Sie drückte sich fest an Petey und hatte das Gefühl, als hätte ein kleines Puzzleteil ihres Lebens den richtigen Platz gefunden.

Aus dem Salon drang eine Melodie herüber – die Kinder hatten ein Lied angestimmt. Libby neigte den Kopf in Richtung des Geräusches und ein Lächeln legte sich auf ihre Lippen. Schon seit Libby damals ins Waisenhaus gekommen war, hatte Isabelle Weihnachtslieder mit den Kindern gesungen, bevor sie sie am Weihnachtsabend zu Bett schickte. Obwohl Libby am liebsten für immer in Peteys Armen bleiben wollte, wusste sie, dass sie sich den anderen anschließen sollten.

Er musste das Gleiche gedacht haben, denn er löste sanft die Umarmung. »Sie singen. Wir müssen gehen.«

Sie nickte und er nahm ihre Hand. Zusammen gingen sie durch den Flur zum Salon, wo sie an der breiten Tür stehen blieben. Die Kinder saßen grüppchenweise auf dem Boden um den hoch aufragenden Baum herum, der mit schimmernden Glaskugeln, Papierketten und kindlich ausgeschnittenen Sternen und Lebkuchenmännern beladen war. Die Spitze des Baums berührte die Decke und sein oberster Zweig schien auf die versammelten Sänger herunterzublicken.

Libby blieb still stehen und hörte dem Lied der Kinder zu, die Hand in Peteys festem Griff. Ihr Blick schweifte langsam durch den Raum und die Bilder brannten sich in ihr Gedächtnis: Isabelle und Aaron am Kamin, der kleine Reggie im Halbschlaf auf Aarons Schulter, Rebecca und Constance an Isabelles Rock gelehnt, Maelle und Jackson auf dem Sofa mit Hannah und Hester zwischen sich gedrückt, Matt und Lorna gemeinsam auf dem Schaukelstuhl, Matts Arme um Lornas Taille und Lornas gebogener Arm um seinen Hals, ihre Finger in seinem Haar, Peteys Mutter auf einem Stuhl mit Lorenzo und Dennis auf den Knien und Elma, Wendell und Orel um sie herum. Auf jedem Gesicht lag ein friedlicher Ausdruck.

Sie spürte einen Kloß im Hals, der ihr erneut Tränen in die Augen trieb. Sie liebte jede einzelne der hier versammelten Personen. Ihre Finger klammerten sich fester an Petey und er drückte sie ebenfalls. Sie fühlte so viel Wärme und Geborgenheit in sich, dass sie sich fragte, wie sie all diese Emotionen in sich behalten konnte, ohne zu zerspringen.

Maelle bewegte den Kopf und ihre Blicke trafen sich quer durch den Raum. Libby berührte die Brosche und Maelles Augen folgten der Handbewegung. Ein wissendes Lächeln erhellte ihr Gesicht und sie zwinkerte Libby zu. Libby lächelte zur Antwort. Sie verstanden sich vollkommen, ohne ein Wort gesagt zu haben.

Libby wollte wissen, ob Petey den Segenswunsch in Maelles Augen bemerkt hatte und sie schaute zu ihm hoch. Das Glitzern in seinen Augen verriet ihr, dass er es gesehen und genauso gerührt über

Maelles Zustimmung war wie sie. Schweigend legte er seine Arme um ihre Taille und zog sie dicht an sich. Libby legte ihre Arme über seine und stellte fest, dass sie wunderbar zusammenpassten. Er neigte den Kopf, bis sein Kinn auf ihrem Haar ruhte, und seufzte zufrieden.

Libby schloss die Augen und erlaubte ihren restlichen Sinnen, jede Einzelheit dieses Moments aufzunehmen – die Wärme von Peteys Umarmung, den leichten Druck seines Kinns an ihrer Schläfe, die lieblichen Kinderstimmen, die *Stille Nacht* sangen, die vermischten Gerüche von frisch geschlagenem Kiefernholz und Rauch aus dem Kamin. Später würde sie sich diese einzigartige Nachtmusik, die ihrem Herzen verkündete, dass sie am Ort des Friedens und der Zugehörigkeit angekommen war, wieder ins Gedächtnis rufen wollen. Vielleicht würde sie darüber schreiben, damit sie für immer festgehalten war. Aber fürs Erste genügte es, glücklich in Peteys Armen zu ruhen.

Dank

Meiner Familie: *Mom und Daddy, Don, meinen lieben Mädels* – dieses Schriftstellerleben hat mich in Richtungen geführt, die keiner von uns hätte vorhersehen können, aber Ihr bleibt an meiner Seite und teilt diesen Dienst. Danke für Eure Unterstützung und dass Ihr stolz auf mich seid.

Meinen Kritikern: *Eileen, Connie, Margie, Judy, Ramona und Donna* – danke für eure Vorschläge, aber noch mehr für eure Gebete und eure Freundschaft. Ich bin froh, dass wir zusammen diese Sache angehen!

Grant Bumgarner – danke, dass Sie mir offen von Ihren Erfahrungen als »einbeiniger Mann« berichtet haben. Ihre Ehrlichkeit hat mir geholfen, tief in Peteys Charakter einzudringen und das Gefühl zu bekommen, ihn wirklich zu kennen.

Deena Sawyer, meiner Schwägerin und Freundin – Deine Ermutigung kommt immer genau zum richtigen Zeitpunkt. Ich mag Dich sehr!

Charlene und den Mitarbeitern von Bethany House – es ist ein solcher Segen für mich, mit Menschen zusammenzuarbeiten, die meine Leidenschaft teilen, Geschichten von Gottes Liebe und Gnade zu erschaffen. Danke für alles, was ihr tut.

Schließlich, und das ist das Wichtigste, möchte ich *Gott* danken – Du hast mir gezeigt, dass Jeremia 29,11-13 wahr ist. Du lässt Dich von allen finden, die Dich suchen, und Deine Pläne sind immer besser als meine. Danke, dass Du mich überreich und über alles hinaus, was ich mir erhoffen oder vorstellen hätte können, gesegnet hast. Jedes Lob und alle Ehre soll direkt an Dich zurückgehen.

Kim Vogel Sawyer

Mein Herz wird immer nach dir suchen

Paperback, 13,5 x 20,5 cm, 320 S.
Nr. 395.148, ISBN 978-3-7751-5148-1

Amerika im 19. Jahrhundert: Züge bringen verwaiste Kinder in den Westen, wo sie von Familien adoptiert werden. Dabei werden Maelle und ihre Geschwister getrennt. Doch sie schwört, dass sie sie wiederfinden wird. Ein packendes Familiendrama vor historischer Kulisse.

Kim Vogel Sawyer

Mein Herz kennt die Antwort

Paperback, 13,5 x 20,5 cm, 352 S.
Nr. 395.149, ISBN 978-3-7751-5149-8

Reinhardt und Lillian Vogt müssen mit ihren drei Söhnen und Reinhardts Adoptivbruder Eli nach Amerika auswandern. Doch auf der Überfahrt kommt es zu einer Tragödie, die Lillian und Eli zu einer unerwarteten Entscheidung zwingt. Können Ihre Herzen der Vernunft folgen?

Bitte fragen Sie in Ihrer Buchhandlung nach diesen Büchern!
Oder schreiben Sie an: SCM Hänssler, D-71087 Holzgerlingen;
E-Mail: info@scm-haenssler.de; Internet: www.scm-haenssler.de

Kim Vogel Sawyer

Bleibe bis zum Frühling

Paperback, 13,5 x 20,5 cm, 304 S.
Nr. 395.080, ISBN 978-3-7751-5080-4

Kansas 1874: Als Geoffrey seine Braut Emmaline nach fünf Jahren Trennung endlich am Zug abholen kann, begegnet ihm eine Fremde. Ihre Liebe ist erloschen. Geoffrey ist verzweifelt, doch er kann Emmaline ein Versprechen abringen: Bleibe bis zum Frühling …

Julie Klassen

Das Mädchen im Torhaus

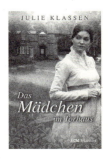

Paperback, 13,5 x 20,5 cm, 448 S.
Nr. 395.351, ISBN 978-3-7751-5351-5

1813: Vom Vater verstoßen findet Mariah Aubrey in einem verlassenen Torhaus ein neues Zuhause und beginnt heimlich, als Schriftstellerin zu arbeiten. Doch als der junge Marineoffizier Matthew das Anwesen übernimmt, geraten alle ihre Pläne durcheinander …

Bitte fragen Sie in Ihrer Buchhandlung nach diesen Büchern!
Oder schreiben Sie an: SCM Hänssler, D-71087 Holzgerlingen;
E-Mail: info@scm-haenssler.de; Internet: www.scm-haenssler.de